Ana Caroline Delgado

Teoricamente Princesa

Teoricamente Princesa

Alyssa Cole

Tradução
Fernanda Cosenza

essência

Título original: *A Princess in Theory*

Preparação: Roberta Pantoja
Revisão: Bárbara Parente e Franciane Batagin Ribeiro
Diagramação: Vivian Oliveira
Capa: Nadine Badalaty
Imagens de capa: Michael Frost Photography; ©trait2lumiere/Getty Images (stairs)

Dados Internacionais de Catalogação na Publicação (CIP)
Angélica Ilacqua CRB-8/7057

Cole, Alyssa
Teoricamente princesa / Alyssa Cole; tradução de Fernanda Cosenza. – São Paulo: Planeta, 2020.
304 p.

ISBN 978-65-5535-109-5
Título original: A princess in theory

1. Ficção norte-americana 2. Ficção romântica 3. Crianças adotadas - Ficção I. Título II. Cosenza, Fernanda

20-2479 CDD 813.6

Índices para catálogo sistemático:
1. Ficção norte-americana

2020
Todos os direitos desta edição reservados à
Editora Planeta do Brasil Ltda.
Rua Bela Cintra, 986, 4º andar – Consolação
São Paulo – SP – 01415-002
www.planetadelivros.com.br
faleconosco@editoraplaneta.com.br

— Eu preciso contar para você — disse o príncipe Thabiso, entre um beijo e outro — quem eu sou.

"Quem eu realmente sou", ele acrescentou bem baixinho.

— Eu sei quem você é — respondeu Ledi. Ela tirou a camiseta e revelou um sutiã cinza de tecido fino, que envolvia os seios macios. — Você é o cara que aprendeu a cozinhar para mim. O cara que me fez rir de um jeito que eu não ria há muito tempo. O cara que…

Ela sussurrou o restante no ouvido dele.

Ele riu e deslizou o dedo pela renda do sutiã de Ledi.

— Adoro quando você fala assim.

— Só com você. Eu sinto que passei a vida inteira tentando manter tudo sob controle, mas agora só quero deixar rolar.

Ele via o desejo nos olhos dela.

— Preciso contar uma coisa para você, Ledi.

Mas como ele seria capaz de dizer?

Para todas as pessoas que ouviram que não podiam ser princesas:
vocês sempre foram.

1

De: LikotsiAdelele@ReinoDeTesolo.te
Assunto: Saudações da Família Real de Tesolo

Cara srta. Smith,

Espero que você esteja bem. Eu, Likotsi Adelele, assistente de Sua Alteza Real, tenho procurado por você em toda parte nos últimos meses, por determinação do excelentíssimo – e curiosíssimo – príncipe Thabiso. Ele me incumbiu de encontrar sua prometida, e acredito que obtive êxito: é a senhorita. Por ser magnânimo, bondoso e compreensivo, nosso príncipe está disposto a limpar as feridas inflamadas do passado e permitir que elas cicatrizem. Para auxiliar nesse processo, por favor, envie os seguintes registros digitalizados: carteira de motorista, passaporte ou outro documento de identidade; histórico médico atualizado...

De: LikotsiAdelele@ReinoDeTesolo.te
Assunto: RES: RES: RES: RES: Saudações da Família Real de Tesolo

Olá mais uma vez, cara srta. Smith,

Dizem que a persistência é uma virtude, e eu me considero uma pessoa virtuosa, visto que já lhe escrevi diversas vezes e, mesmo sem obter resposta, continuo tentando. O príncipe deseja conhecer a mulher escolhida pela deusa Ingoka para ser sua noiva, e eu estou encarregada de fazer com que o desejo dele seja cumprido. Ocorre-me que talvez a senhorita tema as consequências dos atos teimosos e irracionais de seus pais, mas não se aflija. Tudo ficará bem... se a senhorita for, de fato, a mulher escolhida para ser a futura rainha de Tesolo. Tenho motivos para acreditar que a senhorita é a mulher que ele procura. No entanto, eu preciso, PRECISO, ter alguma prova da sua identidade antes de prosseguirmos. Eu não irei expor o príncipe à perfídia. Portanto, suplico que a senhorita: (a) me responda e (b) me envie...

De: LikotsiAdelele@ReinoDeTesolo.te

Assunto: ENC: RES: RES: RES: RES: RES: RES: RES: RES: RES: Saudações da Família Real de Tesolo

Para a bondosa e gentil srta. Smith,

Talvez a senhorita não tenha recebido os e-mails que enviei ao longo das últimas semanas (ver abaixo). Não posso crer que tenha lido e ignorado meus apelos sinceros. Caso receie que o povo de Tesolo a tenha execrado devido à sua subversão, não se aflija. Apesar da quebra de confiança causada pelo egoísmo de seus pais, o contrato matrimonial, firmado perante a deusa e o governo de nosso povo, permanece válido. Conforme atestado em minhas mensagens anteriores (ver abaixo, caso já não o tenha feito após meu pedido anterior), embora eu acredite ser a senhorita a destinatária legítima deste e-mail, antes que possa apresentá-la ao príncipe Thabiso após tão longa ausência, precisarei de mais informações. Por favor, envie digitalizações de sua carteira de motorista, passaporte ou outro documento de identidade; seu endereço atual; número de RG e CPF...

— Eu realmente não tenho tempo para isso — resmungou Naledi, a irritação abafada pelo som agradável dos caros equipamentos de laboratório.

Ela deletou o e-mail da tela do celular com um golpe no ícone da lixeira.

As primeiras mensagens tinham sido divertidas, uma distração bem-vinda do restante da caixa de entrada, que consistia basicamente em lembretes do calendário sobre sessões de estudo, lembretes de pagamento do empréstimo estudantil, bases de dados a serem analisadas e outras evidências da vida de uma pós-graduanda. Os e-mails haviam deixado de ser um entretenimento à medida que os campos de assunto foram ficando mais urgentes, deixando evidente que não se tratava de uma coincidência: em algum lugar do mundo, uma golpista a escolhera como alvo. Era uma ideia perturbadora para uma pessoa discreta como Ledi, e provocava uma sensação de impotência bastante familiar para alguém que havia sido jogada em casas de estranhos durante boa parte da infância.

Ignorar os e-mails não tinha adiantado: a golpista tinha redobrado seus esforços, inabalável pela falta de resposta de Ledi. Ela considerou bloquear todas as mensagens do remetente, mas parecia mais assustador *não* saber se estava ou não recebendo aqueles e-mails perturbadores.

Ledi deslizou os óculos de proteção por cima dos cachos grossos, que estavam penteados para trás e presos em um rabo de cavalo cheio, e revisou mentalmente sua lista de tarefas. Já tinha organizado o material necessário para os experimentos, preparado os slides e registrado os dados naquela manhã, então conseguiria até estudar um pouco.

Ela sacou da mochila no chão seu exemplar de *Epidemiologia moderna* e o colocou sobre a mesa. A princípio, equilibrar o emprego de assistente no laboratório com o de garçonete, além das aulas da pós-graduação, não parecera uma tarefa tão ambiciosa – Ledi estava acostumada a se dividir entre o trabalho e os estudos desde os treze anos. Mas ao sentir a tensão se acumular na nuca só de pensar nas provas finais, nos experimentos e no que mais viesse pela frente, ela começou a achar que talvez tivesse dado um passo maior que a perna.

Ela tinha tido a sorte de fazer a transição do programa de lar temporário do governo para a vida adulta melhor do que algumas pessoas que conhecera na mesma situação, mas sorte não era um fator estatisticamente relevante para planejar seu futuro. Ganhar dinheiro, por outro lado, era um plano de ação garantido, e ter várias fontes de renda era uma segurança da qual não podia abrir mão. Ela não tinha uma família a quem recorrer quando as coisas ficavam difíceis, e um único erro no trabalho ou na universidade poderia fazer desmoronar os planos de vida que ela havia feito tão cuidadosamente.

— Oi, Naledi.

Brian, do pós-doutorado, surgiu atrás dela.

Era muito "divertido" trabalhar com ele: no primeiro dia, depois de ela ter se apresentado, ele lhe pediu para jogar o lixo fora com mais frequência, pensando que ela fosse a faxineira. Ele constantemente explicava conceitos básicos para Ledi – apenas para Ledi – durante as reuniões do laboratório, enquanto pedia opiniões a Kevin, o novato, sobre como as coisas deveriam funcionar.

Ele era "diversão pura".

Ledi se virou. Brian estava com o cabelo preto todo bagunçado e a barba por fazer. Ele parecia estressado, o que não era incomum, mas não costumava ser um bom sinal para Ledi.

— Oi, Brian — disse ela, tentando achar o tom agradável e respeitoso que funcionava com ele.

Ela odiava não poder simplesmente se dirigir a ele como um ser humano normal, mas *alguma coisa* o havia levado a dizer à dra. Taketami – a pesquisadora principal do laboratório e, portanto, sua chefe – que ela estava "sendo debochada" com ele.

Ledi não podia se dar ao luxo de ficar com fama de problemática.

Ela queria ser cientista desde que a professora da quarta série lhe dera um exemplar velho da *National Geographic*. Tinha ficado fascinada com a capa: uma mulher negra, igual a ela, olhando por um microscópio. Era uma cientista tentando descobrir a cura de uma doença misteriosa, e Ledi tinha extraído daquela imagem não apenas a noção de que desejava fazer o mesmo, mas também a de que *podia*.

Ela não tinha previsto as outras variáveis da vida de uma mulher na área científica: políticos que tratavam a profissão com desprezo, ameaçando seu futuro e o do planeta, ou colegas cientistas como Brian, que tratavam mulheres no laboratório como assistentes pessoais e não como pares.

— Como está hoje? — perguntou ela, no mesmo tom que as secretárias dos seriados populares de TV usavam para aplacar os chefes machistas. Brian sorriu; pelo visto ele também assistia a essas reprises.

— Na verdade, estou com o trabalho um pouco atrasado depois da conferência da Keystone. — Foi aí que Naledi reparou na pilha de papéis que ele tinha nas mãos.

Esse filho da puta, pensou.

— Ah, que pena — disse ela.

— Temos que fazer a inscrição para uma bolsa e estamos ferrados se perdermos esse financiamento. Já que você não está com muita coisa para fazer...

— Como você sabe se eu não estou com muita coisa para fazer? — perguntou ela, no mesmo tom educado, incapaz de se segurar.

Brian pigarreou.

— Bom, você está só sentada aqui.

— Kevin também está só sentado aqui. Ele está obviamente assistindo a um filme no celular — disse ela, inclinando a cabeça na direção do colega do outro lado da sala, que estava rindo do que quer que fosse. A voz de Brian ainda estava calma e educada, mas ela viu suas sobrancelhas se franzirem de irritação.

— Olha, todo mundo tem que fazer trabalho braçal às vezes. É parte do jogo. Você por acaso acha que está acima disso?

Ledi puxou o ar. Ela dava duro, muito mais do que deveria, na verdade. Esse era o problema. Quando você trabalhava mais que o necessário o tempo todo, trabalhar o suficiente parecia corpo mole.

— Não — respondeu ela, em voz baixa. — Eu não acho isso.

Por que fui abrir a boca?

Ela aprendera logo cedo que desafiar as pessoas que tinham poder tornava você desagradável, e isso significava juntar suas coisas em um saco preto de lixo e ser mandada de volta para o orfanato. Ela engoliu em seco, empurrando a leve onda de náusea, e se lembrou da palestra para mulheres da área científica a que tinha assistido. Ela tinha que impor seus limites, do contrário as pessoas achariam que ela não tinha nenhum.

— Não tenho problema em fazer a minha parte, mas esta é a quarta vez que você me pede ajuda na inscrição para uma bolsa — explicou ela. — E deixa eu adivinhar: o prazo termina esta semana?

Brian assentiu secamente.

— Kevin nunca fez uma inscrição dessas para você — completou ela, com gentileza, embora estivesse cansada de ser gentil. Estava só cansada e ponto.

— Mais um motivo para você fazer — insistiu Brian. — Não vai cometer erros de principiante.

E isso encerrava o assunto; se continuasse a argumentar, estaria forçando a barra, e por mais que ela tivesse ouvido sobre agarrar as oportunidades sem hesitação, quando Ledi se atirava, em geral dava de cara com um muro que exercia força de igual intensidade em sentido oposto. Ela deveria ter ficado de boca fechada e só pegado os formulários com um sorriso.

— Claro. Vou começar já. Desculpe.

Ela guardou o livro de epidemiologia e pegou a papelada, fazendo um esforço para não amassar tudo em uma bola, enquanto Brian foi embora sem agradecer.

Ledi respirou fundo para se recompor.

Pós-doutorandos imbecis são passageiros, descobertas científicas são eternas.

Quando abriu os olhos, Trishna, parceira de laboratório e colega da turma de Saúde Pública, estava olhando para ela do outro lado da bancada de trabalho. Seu cabelo longo e escuro estava preso para trás, e os óculos de proteção ampliavam a expressão irritada.

— Ele é um babaca — disse Trishna, e Ledi se permitiu um breve momento de camaradagem antes de dar de ombros.

— Não é nada de mais — falou ela, com vivacidade. Sorriu para Trishna e torceu para não deixar transparecer o impulso homicida que estava sentindo.

— É demais, sim. Foda-se o Brian — completou Trishna. Ela levantou as sobrancelhas por trás dos óculos. — Ele provavelmente está com inveja do seu estágio com o dr. Kreillig na Força-Tarefa Epidêmica durante o verão. Parece muito irado. Força-tarefa! Igual àquele meme com o cara de óculos escuros segurando uma arma. "Estou aqui para mascar chiclete e curar doenças, e acabou o meu chiclete."

Trishna pegou dois tubos de ensaio e os apontou ameaçadoramente pelo laboratório.

Ledi teria rido, se Trishna não tivesse trazido à tona mais um dos traumas da imensa bagagem que ela carregava. Ela mexeu nos papéis que Brian tinha deixado, mas sem prestar muita atenção neles.

— É, estou bem animada para aprender muito nesse verão.

O que realmente queria dizer era que o orientador dela, o dr. Kreillig, tinha parado de responder aos e-mails e de atender às ligações dela, e que, na verdade, ela não fazia ideia do que aconteceria com seu estágio no verão, mas compartilhar esse tipo de coisa não era do feitio de Ledi.

— Parece que a dinâmica na Força-Tarefa é ótima — acrescentou ela, para disfarçar. Era só fazer comentários vazios com um sorriso no rosto que as pessoas não percebiam que você estava embromando. — Eles fizeram um trabalho incrível isolando o surto recente de legionelose.

Ser extrovertida e amigável enquanto mantinha as pessoas a distância era instintivo para Ledi. Ela enxergava isso como a versão social de uma bicamada lipídica: flexível, dinâmica e projetada para manter as partes importantes dela separadas de potenciais ameaças do ambiente externo. Se vinha funcionando tão bem, e por tantas eras, para os procariontes, também serviria para uma pós-graduanda falida, que estava apenas ligeiramente acima deles na cadeia evolutiva.

— Quando você começa? — perguntou Trishna.

— Ainda estou esperando uma resposta sobre isso. O dr. Kreillig é bem ocupado.

As duas coisas não deixavam de ser verdade.

— Hum, será que ele está ocupado com alguma epidemia? — Trishna sugeriu para ajudar. — Parece que no ano passado, quando os casos de Zika começaram a aparecer, ele sumiu por uns dias

Ledi não desejaria uma epidemia para ninguém, mas aquilo talvez explicasse por que não tinha notícias dele havia mais de uma semana. Uma semana parecia uma eternidade quando seu estágio, a tese que ele originaria e talvez o destino de toda a carreira dela estavam em jogo. Se ao menos o dr. Kreillig fosse tão motivado quanto sua golpista nigeriana – ou melhor, tesoliana, para ser mais específica –, ela não estaria naquela situação.

— E você? — perguntou Ledi, mudando de assunto.

— Ah, vou para o Maine na semana depois das provas.

O celular de Ledi vibrou, e uma mensagem de sua amiga Portia apareceu na tela.

Vai ter uma vernissage na galeria em que estou estagiando amanhã à noite. Vinho e queijos liberados! Você adora vinho e queijos liberados! 😃

Ledi adorava comida e bebida liberadas de todos os tipos, mas se fosse a essa vernissage, teria que se apertar na galeria de arte da moda com outras cem pessoas que também adoravam uma boca-livre. Provavelmente, também teria que lidar com Portia bêbada. Portia bêbada não estava na lista de tarefas quilométrica de Ledi.

Parece divertido, mas tenho que trabalhar no Instituto até às nove amanhã. 😥

Ah, que saco. De repente tomamos um drinque depois? 🤞

De repente!

De repente não. Portia era sua melhor amiga, mas Ledi estava exausta demais para lidar com farras regadas a álcool. Queria que a taça de vinho após um dia longo fosse uma forma de relaxar, não um prelúdio para uma noite de excessos. Não que tivesse nada contra os excessos, só não tinha tempo para eles – nem para o pico de ansiedade a cada vez que a amiga sacudia os braços para chamar um garçom ou ia de novo até o bar.

Portia exemplificava perfeitamente a necessidade de Ledi ter uma membrana social. Uma vez que alguém passava para o lado de dentro, Ledi não conseguia deixar de se preocupar, e a preocupação não trazia nenhum resultado concreto no mundo real, exceto esgotar sua preciosa energia.

Ah, você viu seu resultado no MeuTesteGenético? Sou 83% africana e 17% europeia. Tenho que ter uma conversa com a minha mãe e avisar que na verdade não somos descendentes de uma princesa *cherokee*.

Eita. Segura aí essa conversa. Você sabe que eu não acredito na precisão desses testes.

Durante algum evento promocional para influenciadores digitais, Portia tinha ganhado dois kits de teste de DNA e dado um para ela. Ledi ficou momentaneamente seduzida pela possibilidade de descobrir mais sobre seu passado, mas quando o e-mail com os resultados chegou, ela o deletou. Que diferença fazia? Ela era 100% nova-iorquina, e isso era tudo que precisava saber. Sim, o banco de dados genético conectava você a possíveis parentes, mas...

Mas o quê? Ela sobrevivera a uma infância nada agradável, estava a caminho de se tornar uma epidemiologista incrível, e não precisava de nenhuma baboseira pseudocientífica para levar mais dúvidas à vida dela.

Ela estava bem.

— Tudo correndo bem com essa coisa da bolsa? — gritou Brian, do outro lado do laboratório. — Está conseguindo entender tudo?

Ele levantou os polegares como se isso fizesse parte da pergunta. Ela queria responder levantando um outro dedo para ele, mas em vez disso deu um sorriso largo e falso.

— Tudo sob controle — respondeu ela, alegremente, e desejou que fosse verdade.

2

De: LikotsiAdelele@ReinoDeTesolo.te
Assunto: URGENTE! CONTRATO MATRIMONIAL

À estimada srta. Smith,
Escrevo novamente na vã esperança de uma resposta. Apesar das infrações de seus pais no passado, a senhorita mantém a benevolente estima do REI LERUMO e da RAINHA RAMATLA do Reino de Tesolo, e seu contrato com o filho deles ainda é válido. É imperativo que entre em contato comigo imediatamente a respeito de seu noivado com Sua Alteza Real, o PRÍNCIPE THABISO...

Na noite seguinte, Ledi amaldiçoou os deuses do antispam mais uma vez ao entrar no conjugado em Inwood. Ela também amaldiçoou a si mesma por ter esquecido de jogar o lixo fora antes de se arrastar como uma sonâmbula até a biblioteca da universidade naquela manhã: o apartamento dela cheirava à comida chinesa barata que ela tinha comprado duas noites antes.

Largou a mochila no chão e pegou a sacola plástica que tinha ficado pendurada na maçaneta da porta. A vida dos vizinhos ecoava pelo corredor, junto com os passos dela a caminho da lixeira: a sra. Garcia do apartamento em frente, a viúva aposentada que gravava as novelas e assistia a elas no volume máximo toda noite, depois que chegava em casa do trabalho voluntário; Jayden e Ben, as crianças do 7C, que pareciam estar sempre rindo histericamente de alguma coisa; Boca, o papagaio que xingava em lituano toda vez que alguém passava pela porta do 7H.

Ela também sentia os diferentes aromas dos vizinhos: culinárias típicas de pelo menos quatro continentes, além da contribuição esfumaçada do *hipster* maconheiro que tinha se mudado algumas semanas antes.

A lixeira do prédio reunia todos os aromas comunitários, depois os fermentava e os amplificava. Ela prendeu a respiração ao entrar no cubículo, usando a manga da roupa para abrir a gaveta da lixeira infestada de bactérias, e jogou fora as sobras dos ovos *foo yung*. Quando o celular vibrou no bolso, Ledi sentiu uma onda de irritação que quase a fez jogá-lo no lixo também. No entanto, seria apenas uma solução temporária para o problema da golpista inconveniente, e ela tinha trabalhado muito por aquele aparelho para considerá-lo descartável.

Ela tinha dado a sorte de conseguir um apartamento com aluguel congelado assim que se formou na escola, e o trabalho de meio período como garçonete no luxuoso salão de jantar do Instituto pagava muito bem, mas ainda assim o celular havia consumido uma boa parte de seu orçamento. Uma quantia que poderia ter sido destinada ao abatimento do empréstimo estudantil, ou pelo menos ao pagamento de alguns juros. Ela havia negociado uma boa taxa de juros, mas a financeira havia sido vendida para uma dessas empresas cujo único interesse era extorquir os coitados dos clientes, que não tinham conseguido pagar pelos próprios estudos à vista. Pensar em todo o montante que devia, e que continuaria devendo a várias entidades governamentais, fazia Ledi ter vontade de guardar o celular em segurança e se jogar pela lixeira.

E quem iria perceber se você fizesse isso, tirando os cobradores? E Portia?

Quando voltou para o apartamento, lavou bem as mãos na pia do banheiro minúsculo e desabou no futon.

Ela estremeceu. *Estou precisando mesmo de um colchão mais confortável.*

Já tinha juntado dinheiro suficiente para substituir o futon por algo melhor, mas o cérebro rejeitava a ideia de gastar, colocando o plano na categoria das coisas que a Ledi do futuro – que poderia pagar produtos desse tipo sem precisar conferir três vezes o saldo bancário –, poderia comprar. Ledi não sabia quanto dinheiro seria o suficiente para isso, mas tinha certeza de que ainda estava muito longe desse objetivo.

Ela se espreguiçou e fechou os olhos, bloqueando os pensamentos sobre dinheiro e o futuro incerto. O corpo doía depois de horas em pé servindo as pessoas no Instituto, e o cérebro tinha derretido de tanto estudar e tentar não se preocupar com o estágio.

Ledi dissera a si mesma para não ficar empolgada demais ao receber a oferta de Kreillig para estagiar no verão, porque a empolgação era só um nome diferente para expectativa, e a expectativa era o caminho mais rápido para a decepção. Mas então ela tinha lido um post no *garotasdeoculos.com* que falava sobre a desvalorização das próprias conquistas, em que a autora pedia às leitoras para comentarem suas conquistas mais recentes. Sob o manto da anonimidade digital, ela postou "EU CONSEGUI UM ESTÁGIO FODA!!". Tinha se deliciado com as curtidas e o encorajamento recebidos nos comentários, mas agora sentia que estava pagando o preço por isso com uma espera torturante pela resposta de Kreillig.

E ainda tinha a golpista, pensando que Ledi era louca a ponto de achar possível ser uma princesa...

Um chiado frustrado vindo do canto do apartamento interrompeu sua melancolia, e ela pulou da cama sentindo uma pontada aguda de culpa por ter falhado com alguém – ou algo – que dependia dela para sobreviver.

— Desculpe! Merda, vocês devem estar morrendo de fome!

Ela correu até a pequena gaiola que ficava perto da única janela do cômodo, com uma vista panorâmica para a parede de tijolos do prédio ao lado. Não era grande coisa, mas o destino de Gram-positivo e Gram-negativo seria acabar fatiado debaixo do microscópio de algum pesquisador, então ela achava que eles estavam agradecidos.

Os dois camundongos brancos pularam de excitação, pressionando as patinhas rosa contra o vidro ao verem Ledi se aproximando. Era sexta-feira, o que significava que ela tinha trazido do laboratório um rango rico em gordura.

— Isso mesmo, é do bom — disse ela, tirando o sanduíche da mochila e jogando as migalhas pela grade superior da gaiola. Eles chiaram de satisfação e correram para pegar a comida. — E aí, o que acham, pessoal? — perguntou ela, se apoiando na parede perto do peitoril.

Dois pares de olhinhos rosa a observavam. Gram-positivo parou de mastigar o pedaço que tinha nas mãos, como se esperando que ela continuasse.

— Pareço uma princesa para vocês?

Gram-negativo virou as costas para buscar mais comida, e Ledi teve que dar razão a ele.

Ela não sabia por que uma golpista tesoliana a escolheria como alvo. Olhou ao redor do pequeno apartamento. Era limpo, mas a mobília era evidentemente de segunda mão, adquirida em bazares beneficentes ou achada no meio da rua. Ela havia pendurado cartões-postais e emoldurado cartazes baratos para tentar dar alguma personalidade à área de estar; o único quadro bonito tinha sido presente de Portia. Como quase tudo em sua vida, a decoração nascera das sobras de outras pessoas. Os golpistas obviamente precisavam refinar seus critérios de busca.

Ou talvez tivessem acertado em cheio.

O egoísmo de seus pais... Fazia tanto tempo que ela não pensava nos pais, mas os e-mails da tal de Likotsi a tinham feito voltar a se perguntar. Quase chegou a responder, *quase*, mas então lembrou a si mesma que era assim que eles atraíam as pessoas. Talvez houvesse um banco de dados listando crianças que tinham passado da idade de serem adotadas ou reconectadas à família, e aqueles desgraçados o usavam para fisgar suas vítimas.

Ledi respirou fundo, combatendo a confusão de emoções que se misturavam dentro do peito. Não se sentia assim desde os dezessete anos, sentada no dormitório da faculdade enquanto famílias de todos os tipos acompanhavam os filhos na mudança. Quando perguntaram onde estavam seus pais, ela mentia, dizendo que eles já tinham ido embora; era mais fácil do que lidar com os olhares de pena que a verdade provocava. Vários de seus colegas se formaram achando que os pais dela estavam vivos. Não importava; aquelas pessoas eram uma parte periférica de sua vida universitária.

Ledi afastou esses pensamentos desagradáveis.

Os e-mails eram mais do que uma inconveniência. Eram um lembrete do que ela perdera. Mesmo já sendo adulta e tendo construído um belo caminho no mundo, parte dela sempre seria a menina de quatro anos se escondendo no armário de um lar temporário desconhecido, incapaz de processar o fato de que nunca veria os pais novamente.

Ela se lembrava da pele negra do pai e de como o sorriso dele parecia capaz de mover o mundo. Do cheiro de flores e manteiga de cacau da mãe e de seu abraço apertado. Mas era só isso, tirando um ou outro fragmento de memória que às vezes aparecia em sonhos e que se estilhaçava se ela tentasse segurá-lo com muita força. Não sabia quem eles eram, nem quem *ela* era, e cada um daqueles e-mails a recordava deste ponto central: ela estava sozinha.

Gram-positivo chiou e correu para o lado mais próximo de onde ela estava. Pressionou a pata contra a gaiola como se sentisse a tristeza dela. Ela deu um toque leve no vidro, em sinal de gratidão, e suspirou.

Não vai ficar mais patético que isso, pensou Ledi, afastando-se do peitoril da janela e dando poucos passos até a pequena cozinha. *Estou sendo consolada por um* Mus musculus.

O celular vibrou, mas ela o ignorou, certa de que seria mais um e-mail irritante ou Portia querendo saber se ela tinha mudado de ideia sobre os drinques. As duas possibilidades eram igualmente desanimadoras, já que Portia ainda considerava o filme *Se beber, não case!* o ideal de uma noite divertida.

Ledi olhou de relance para o celular, e o brilho da tela chamou sua atenção. Talvez devesse sair de casa. Fazia tempo que não se divertia, e a companhia da melhor amiga era mais saudável do que ficar conversando com camundongos. Mas ao pensar no papo furado com estranhos no bar, ou pior, Portia perguntando o que havia de errado, ela se decidiu. Falar sobre Kreillig e sobre a golpista tornaria tudo real, e Portia certamente tentaria achar uma solução, porque a amiga se dedicava a solucionar qualquer coisa que não fosse ela mesma.

Ledi foi até o freezer. Passaria a noite com Ben & Jerry, que não faziam perguntas e não entornavam o caldo, a não ser de passas ao rum. Eles não a arrastariam para nenhuma roubada, e com certeza não a julgariam por nutrir uma fantasia infantil de que talvez, quem sabe, a golpista de Tesolo estivesse falando a verdade.

Um barulho de britadeira despertou Ledi, que sonhava com as taxas de correções de Bonferroni. O despertador ainda não tinha tocado, o que significava que era cedo demais, ou tarde demais, para qualquer tipo de obra. Ela poderia ligar para a prefeitura e reclamar, mas não adiantaria nada. Seria um telefonema placebo. Ela puxou o travesseiro sobre a cabeça.

O barulho recomeçou quando ela voltava a pegar no sono, e só então percebeu que não vinha lá de fora. O bate-estaca era dentro de casa.

— Ledi! Preciso ir ao banheiro! — disse uma voz conhecida na porta da frente.

Merda.

Portia. Batendo na porta de Ledi no meio da noite em vez de estar em seu próprio apartamento no Brooklyn. *De novo.*

Droga. Lá se vai meu sono REM.

Estava tão cansada que quase chorou por causa do precioso sono perdido. Até poderia fingir que não estava em casa, mas isso teria dois desfechos possíveis: (1) um dos vizinhos acordaria, talvez fazendo um escândalo; (2) Portia sairia vagando por aí, deixando Ledi preocupada com a segurança dela até chegar em casa. Ambos os resultados acarretavam a perda do sono, logo, atender à porta economizaria tempo e energia, e talvez uma visita ao pronto-socorro.

Amigas são para isso, certo?

Ela se arrastou para fora da cama e destrancou a fileira de fechaduras da entrada. O cheiro característico de pub irlandês a atingiu em cheio ao abrir a porta, e ela franziu o nariz.

— Você está bem? — perguntou Ledi, por hábito. Era também a resposta que dava ao acordar na manhã seguinte com mensagens da amiga bêbada. Portia parecia bem; na verdade, melhor do que bem.

Um dia, Ledi faria um estudo de caso sobre como a amiga parecia sempre tão composta, mesmo estando completamente zoada. A calça *skinny* creme quase não tinha manchas, e a blusa marrom de alfaiataria estava amassada só o suficiente para ser estilosa. Os brincos, o colar e as pulseiras eram uma mistura de estilos – clássico refinado com *boho chic* – que caía muito bem nela. Os cachinhos avermelhados estavam deslumbrantes, com as pontas viçosas, e a pele negra estava limpa e suave, pontuada apenas por algumas sardas.

Só os olhos não pareciam muito bem. Tinham uma desconfiança que costumava aparecer depois de alguns drinques, mesmo quando Portia supostamente estava se divertindo. Era algo que Ledi nunca conseguira entender em todos aqueles anos de amizade. Tampouco tinha conseguido convencer a amiga a conversar com alguém cujo trabalho fosse entender.

— Estou bem. Espero não estar atrapalhando — disse Portia, em voz baixa, ligeiramente arrastada, enquanto apertava os olhos para dentro do apartamento de Ledi. — É só que a gente não se vê há algum tempo, e eu fiquei preocupada quando liguei e mandei mensagens e você não respondeu. A festa depois da vernissage não era muito longe daqui, quer dizer, a festa depois da festa depois da vernissage, que era basicamente eu e o artista na casa dele, então eu decidi passar para ver se você ainda estava viva.

Portia sorriu e deu de ombros, dissolvendo parte da irritação de Ledi. Uma parte bem pequena. Microscópica. Ledi *estava mesmo* ocupada demais para encontrar com ela nas últimas semanas, apesar dos convites insistentes para jantares, drinques e eventos artísticos variados. Portia tinha ficado preocupada, e ninguém mais se preocupava com Ledi desde a sua transição de lares temporários para uma vida independente. Mas aparecer bêbada na porta de uma amiga no meio da noite não era legal, mesmo que a intenção fosse boa; e aquela não era a primeira vez, nem mesmo a quinta, que aquilo acontecia.

Ledi já havia conversado com Portia sobre isso, como amiga e como profissional de saúde em formação. Em cada conversa, uma Portia repreendida prometia pegar mais leve nas festas enquanto uma Ledi frustrada explicava que não continuaria a aturar palhaçadas de bêbada; as duas engoliam as mentiras com facilidade, porque qual seria a alternativa?

— Ledi? — Havia uma leve nota de pânico na voz dela.

Ledi suspirou.

— Estamos no meio na madrugada, então, sim, você está me atrapalhando. Mas já que veio até aqui conferir se eu não tinha sido morta por um assassino em série, acho que tudo bem — respondeu Ledi, abrindo espaço para ela entrar.

Não está tudo bem.

Portia cambaleou para dentro do apartamento e fez uma curva fechada para entrar no banheiro, que aparentemente tinha sido projetado para contorcionistas.

Ledi foi até a pequena cozinha. Encheu uma garrafa de água e jogou lá dentro um multivitamínico efervescente que ajudaria a evitar a ressaca. Ficou parada por um momento, observando as bolhas através da embalagem plástica transparente e ouvindo seus artigos de higiene sendo derrubados das prateleiras no banheiro. Sentiu o peso de uma pergunta que se esforçava para não fazer.

Não seria bom se alguém cuidasse de mim, para variar? Por experiência própria, a menos que houvesse algum tipo de pagamento envolvido, ninguém estava interessado na tarefa.

Ledi ouviu a descarga e o barulho de alguma coisa se espatifando no chão. Ficou tensa.

— Também queria ver se você estava bem depois daquela coisa toda com Clarence — continuou Portia, ao sair do banheiro esfregando as mãos na calça, como se a conversa não tivesse sido interrompida. Ela puxou o celular reluzente, pelo menos três gerações mais moderno que o de Ledi e duas vezes maior. — Tenho que comprar outra vela para você. Vou encomendar agora, chega amanhã. E você está precisando muito de umas toalhas de rosto novas. Vou adicionar ao pedido.

Ledi piscou.

Vela? Certo, isso explicava o barulho. Toalhas? As que ela tinha estavam ótimas. Clarence? Ela já tinha superado aquele relacionamento passageiro; uma mensagem inoportuna da "outra" tinha revelado a verdadeira natureza dele. Algumas semanas sem as histórias chatas sobre o mercado financeiro foram o suficiente para entender que Melissa S., que estava "nua e esperando por ele", tinha sido uma bênção.

— Hum, obrigada? Mas Clarence é passado. Já está arquivado nos anais do *Diário de Embustes de Nova York*. — Ela entregou a garrafa a Portia. — Junto com noventa e cinco por cento dos seus casinhos.

— Ótimo. — Portia ignorou a provocação sobre a própria vida amorosa, se jogou no futon e começou a rolar a tela do celular enquanto tomava golinhos da garrafa. — Será que a gente devia matá-lo? Posso ajudar a esconder o corpo. Você sabe que a minha família é dona de um monte de terras lá para o nordeste. Ah, olha só essas toalhas de rosto com microscópios bordados!

Ela mostrou o celular para Ledi.

— Não precisamos matar Clarence. Ter que conviver com ele mesmo já é castigo suficiente — afirmou Ledi, inclinando-se para olhar a tela. — A estampa é fofa, mas eu posso comprar minhas próprias toalhas.

— Por quê? Eu falei que compraria. E ainda acho que a gente devia dar uma navalhada nele — disse Portia, bocejando.

Ledi balançou a cabeça. Portia *poderia* matar por ela, mas faria isso com uma faca luxuosa da Tiffany, ou de onde quer que fosse que os ricos compravam seus talheres, não com uma navalha qualquer. Se por acaso usasse uma navalha, seria um modelo talhado à mão em alguns dos workshops que ela frequentava, feito de vidro reciclado das praias ou algo do tipo.

Portia era uma eterna estudante, experimentava tudo que despertasse algum interesse e logo passava para a próxima atividade que lhe chamasse a atenção. Podia se dar ao luxo de flanar, escolhendo impulsivamente onde – e com que seriedade – se dedicaria aos estudos. Ledi tentava não se ressentir disso, e em geral conseguia. Portia não tinha pedido para ser uma versão feminina de Riquinho, assim como Ledi não tinha pedido para ser Aninha, a Pequena Órfã.

Ledi se deitou na cama ao lado de Portia, puxando um pedaço da coberta que estava embaixo da amiga. Podia dormir um pouco. Para o café da manhã, tinha o grupo de estudos de bioestatística, seguido de um longo turno no Instituto, com mais um pouco de estudo arrematando a noite. Além de mais ansiedade sobre o estágio, se Kreillig não respondesse.

— Ledi? — Portia soltou a coberta e a empurrou na direção dela.

— Que foi?

— Não atrapalhei você de verdade, atrapalhei?

Ledi ainda estava irritada, e não queria encorajar maus hábitos, mas parte dela estava feliz pela visita da amiga. Andava tão consumida pela universidade e pelo trabalho que havia esquecido como era bom interagir com alguém que não tinha nada a ver com nenhum dos dois.

— Não, você não atrapalhou.

Portia respondeu com um ronco leve; já tinha dormido.

Ledi suspirou e ficou encarando a escuridão, totalmente desperta. Não tinha dado muita importância ao término recente, mas agora se perguntava por que Portia estava preocupada com um possível retorno de Clarence. Ledi nunca tinha esperado que o casinho durasse muito para início de conversa. Ela era como um ímã defeituoso; as pessoas tentavam grudar nela, mas havia algo intrinsecamente errado na sua constituição. A hipótese era respaldada por mais de vinte anos de dados, começando pela primeira família adotiva. As visitas bêbadas de Portia no meio da noite eram preocupantes, vá lá, mas Ledi ainda ficava chocada toda vez que a amiga se importava o suficiente para ir vê-la.

É por isso que você atura isso tudo?

Ledi se mexeu no futon, afastando o pensamento desconfortável, mas não foi rápida o suficiente para evitar outro: tinha sido um alívio descobrir a infidelidade de Clarence, porque ele comprovava sua hipótese do ímã. E quando ele deu de ombros e disse "também não é como se você me amasse", não estava errado. A membrana social mantivera seu coração intacto.

Ainda assim, ela se perguntava como seria deixar alguém entrar. Não Clarence, que tinha sido um namorado do tipo "Somente em caso de emergência", mas alguém que pudesse refutar de verdade a sua hipótese.

Seria assustador.

Ledi se revirou na cama, tentando se desvencilhar dos pensamentos que ameaçavam aprisioná-la, enquanto Portia resmungava ao seu lado.

Ela estava bem sozinha. Sempre estivera. E se nenhum cara bacana conseguisse atravessar suas barreiras? Tudo bem também.

Ficaria tudo bem.

Ela encarou o teto, tentando se forçar a dormir. Seu cérebro tinha outros planos, levando-a por um tour guiado de todo o trabalho que ela precisava terminar, enquanto explicava como sua incapacidade de fazer isso resultaria em um fracasso total e absoluto. Por fim, como um rato correndo a toda velocidade na rodinha, ela se exauriu pensando em todos os jeitos de como poderia falhar e nas repercussões de cada uma dessas possibilidades, até começar a adormecer.

Meu Deus, siiim, isto é muito melhor que sexo, quem precisa de um homem?, ela pensou enquanto deslizava para a doce escuridão do sono – então, o celular vibrou.

Ela resmungou com a cara no travesseiro, o corpo pesado de fadiga, e alcançou o telefone.

De: LikotsiAdelele@ReinoDeTesolo.te
Assunto: O tempo é precioso

Srta. Smith,
Sei que recebeu minhas mensagens e posso ver que foram lidas. Não sei por que ignora minhas tentativas de contato. É imperativo que responda imediatamente, do contrário...

— Filha da puta — rosnou ela.

Desta vez, não deletou o e-mail. Era uma resposta que eles queriam? Pois bem.

De: N.Smith@webmail.com
Assunto: RES: O tempo é precioso

VAI. SE. FODER.

3

— Vossa Alteza.

Thabiso abriu os olhos. A posição na mesa de massagem fazia com que os mocassins italianos da assistente pessoal ficassem diretamente em sua linha de visão. Embora já estivessem no voo para Nova York havia algumas horas, ele tinha certeza de que, se olhasse para cima, Likotsi ainda estaria vestindo o blazer de alfaiataria, o colete e a gravata, e a camisa estaria impecável como se tivesse acabado de ser passada. Fazia muito tempo que ele se resignara a não ser o mais bem-vestido do palácio.

No entanto, ele não olhou para cima. Fechou os olhos e se concentrou nas mãos ágeis da massagista em seu corpo. As pontas dos dedos pressionavam seus músculos, que ainda estavam tensos após três dias de reuniões comerciais estressantes em Lichtenburg. A massagem era um esforço inútil, dadas as reuniões adicionais que o aguardavam em Nova York, mas Thabiso desfrutava do prazer sempre que podia. Os tabloides que especulavam o cotidiano da realeza ficariam profundamente decepcionados quando descobrissem que o solteirão mais cobiçado da África passava a maior parte do tempo estressado com o trabalho e buscando pequenas doses de alívio, como a maioria dos reles mortais.

— Senhor? — insistiu Likotsi.

Thabiso fungou de irritação. Queria apenas relaxar por um momento antes que o avião pousasse e a batalha começasse de novo. Sentia vontade de pressionar as mãos contra os ouvidos e gritar, como fazia quando criança. Seus ataques de pirraça eram lendários, e o rei e a rainha estavam sempre enfatizando a sorte que ele tinha de ser o único herdeiro do trono, de tanto que havia testado a paciência deles.

Enfatizavam que ele era o único herdeiro com bastante frequência.

Sem pressão.

O som do mocassim batendo repetidamente no chão acarpetado acrescentou um ritmo perturbador à música relaxante que a massagista tinha colocado para tocar. Thabiso sabia o que significava: Likotsi tinha algo importante para lhe dizer. Talvez algo relacionado ao acordo comercial com a União Africana.

"Eles nos fazem de tolos com essa oferta, príncipe Thabiso. Temos que rejeitá-la!"

Ou quem sabe outro conflito com os fazendeiros sul-africanos que vinham avançando sobre as terras de Tesolo.

"Se a coroa não proteger nosso território, seremos obrigados a nos proteger, Vossa Alteza."

Havia também uma empresa interessada nos minérios raros do solo de Tesolo, para uso em telas de celulares e carros híbridos. Do jeito que insistiam, parecia até que esses produtos eram mais importantes que o futuro ambiental de um pequeno reino africano.

"Isso será muito lucrativo para os cofres de Tesolo, Vossa Alteza. Como ministro da Economia, entendo mais desses assuntos que o senhor. Confie em mim."

Ou talvez, o que era ainda mais preocupante, seus pais tivessem finalmente levado a cabo a ameaça de lhe arrumar uma noiva, já que ele não estava tomando providências para assegurar a linha sucessória dos Moshoeshoe.

"Filho, você adiou esse dever por muito tempo. Nossos súditos estão preocupados com o futuro do reino, e já se fala em mau agouro."

Parecia que todos precisavam dele, e o número de pessoas que o viam como seu provedor e defensor só aumentava. As responsabilidades eram como areia movediça, afundando-o pouco a pouco desde que nascera. Às vezes, Thabiso tinha certeza de que a pressão o esmagaria. Ele era um príncipe destinado a ser rei, e não havia como se aposentar ou descansar do dever para com seu povo.

Ele queria tanto um descanso. No entanto, essa opção não existia para filhos únicos. Thabiso lutou contra o ressentimento que começava a crescer como uma erva daninha nos cantos mais escuros de sua mente. Ressentimento dos pais, por não terem gerado mais filhos, e do povo, por esperar que ele fosse um príncipe mítico, e não um de carne e osso. Todos se esqueciam do Thabiso que acompanhava o título de príncipe, e, às vezes, ele mesmo também esquecia.

— Meu príncipe?

Ele não podia mais fugir das responsabilidades.

Levantou a cabeça da mesa de massagem e encarou Likotsi. Em vez de estarem turvos de preocupação, os olhos dela estavam grandes e brilhantes. Ela segurava o tablet lustroso que usava para coordenar cada aspecto da vida de Thabiso, das consultas odontológicas aos encontros amorosos, passando pela elaboração de acordos políticos.

— Tenho novidades — anunciou ela, puxando levemente a gravata, um pecado capital e um tique que denunciava sua empolgação.

A curiosidade dele se acendeu.

— Já está bom, Trudy — disse ele, por cima do ombro, para a massagista. Ela fez uma mesura e foi para a área de serviço do jatinho particular, provavelmente para fofocar com a comissária de bordo.

— Essa era Melinda — corrigiu Likotsi. — Trudy foi demitida há duas semanas, depois daquela sua reação infeliz ao óleo de massagem usado por ela durante o voo para o Quênia. O senhor quase a baniu do reino, está lembrado?

— Estou lembrado é da urticária que me atormentou durante as reuniões em Nairóbi — respondeu Thabiso, irritado. — Tive que participar de discussões de vida ou morte, com líderes de nações importantes, enquanto me concentrava em não me esfregar no assento para coçar a bunda. Trudy teve sorte de não ser jogada em uma masmorra.

Likotsi balançava o tablet para a frente e para trás.

— Tenho notícias importantes a dar, a menos que o senhor deseje continuar discutindo essa grave injustiça.

Thabiso franziu o rosto para o deboche dela, mas deixou passar. Likotsi sabia exatamente até onde podia provocá-lo, o que era mais que qualquer um. Em parte, porque ele a admirava, mas também porque não sobreviveria uma semana sem ela, e ambos sabiam disso.

"Seu avô combateu os colonizadores com as próprias mãos, e você não consegue fazer nada sem uma assistente. Ingoka chora."

— O que é? Mais diretrizes dos ministros? Mais inquietações dos súditos com o meu vestuário ocidental demais, ou com o fato de que sorrio muito, ou muito pouco? — Thabiso jogou as pernas pela lateral da mesa de massagem e se sentou, tentando parecer digno vestido apenas com uma cueca boxer e óleo aromatizado. Não que reclamar de coisas que eram inerentes a sua elevada posição fosse digno, mas ele estava exausto.

Likotsi lançou-lhe um olhar preocupado.

— Tem certeza de que está tudo bem?

— Tenho. — Ele era um príncipe. Óbvio que estava bem. Tinha que estar. — Prossiga.

Likotsi assentiu, e a expressão preocupada logo deu lugar a uma de orgulho.

— O departamento de cultura e relações internacionais do palácio disse recentemente ter recebido uma notificação daquele site de testes genéticos, uma das poucas compatibilidades fora do continente, o que levantou minhas suspeitas. Graças às minhas habilidades formidáveis de navegação na internet, consegui limitar a área à América do Norte. — Likotsi fez uma pausa, como se quisesse saborear os elogios que estavam por vir. Thabiso ficou olhando para ela, que então suspirou e continuou. — Reduzir o mundo inteiro a três países facilitou bastante a minha busca. E talvez isso não tenha sido completamente lícito, mas obtive o nome de usuário do site de testes genéticos e encontrei uma correspondência em um fórum on-line de nerds. HeLaMusa é bem ativa em um site chamado *garotasdeoculos.com* e é também conhecida como Naledi Smith, nascida Naledi Ajoua, tem um endereço de IP em Nova York...

Naledi Ajoua.

Ele estava começando a sentir algo além de agitação: empolgação. Não sentia isso havia algum tempo. O treinamento para governar um reino em geral despertava outras emoções, como frustração, raiva e pânico, pelos menos para quem se importava com seus súditos. E Thabiso se importava bastante.

Seus dedos apertaram a base da mesa de massagem.

— Você disse que tinha algumas informações, mas não me atualizou sobre esses desdobramentos.

— Bom, eu não queria alimentar esperanças. E até... cinco minutos atrás, não havia nenhuma novidade. — Juntando os calcanhares e balançando a cabeça, que era raspada bem rente, Likotsi começou a entoar, como se fizesse um anúncio para a corte de Tesolo: — Ela finalmente respondeu, Vossa Alteza! Sua metade matrimonial misteriosa! Sua primorosa predestinada perdida.

Thabiso agarrou o tablet antes que Likotsi continuasse com as tentativas pavorosas de aliteração.

— Príncipe…

— Shh! —Thabiso fez um gesto com a mão afugentando Likotsi. Sentia a cabeça estranhamente leve e o corpo pesado.

Desde menino, ouvira lendas sobre a noiva prometida, com os pais malvados e egoístas que a tinham levado embora. Cada babá ou preceptor dera um toque pessoal à história, e alguns chegaram mesmo a conjecturar sobre a inevitável reconciliação.

"A vontade da deusa não pode ser negada, meu príncipe! Não se aflija!"

Uma foto da cerimônia de noivado ficava pendurada nos aposentos íntimos do palácio, duas criancinhas bochechudas, em vestimentas coloridas e estampadas, com guirlandas de flores na cabeça. Os olhos da menina estavam radiantes de felicidade enquanto ela brincava com as pétalas que os circundavam, e ele olhava para ela com uma adoração sincera. Infelizmente, nenhuma outra mulher desde então havia sido capaz de evocar aquela emoção. Ele tivera amigas e amantes, mas ninguém que lhe provocasse o mesmo arrebatamento daquela versão mais jovem de si mesmo, eternizada para a posteridade.

A história deles tinha se tornado seu conto de fadas pessoal, ou talvez um dos romances ardentes que ele roubara da biblioteca da rainha na adolescência. Assim como acontecera com os contos de fadas, Naledi fora deixada de lado conforme a realidade da vida adulta se concretizava. Até que, poucas semanas antes, ele tinha cruzado com aquela foto outra vez, e em meio ao planejamento orçamentário, enquanto lidava com ministros inescrupulosos e com a pressão dos pais, um desejo se acendera nele como uma chama. Ele tinha ficado surpreso com a própria esperança desesperada e infantil, inadequada a um descendente dos guerreiros Moshoeshoe. Mas a sentia mesmo assim. E o único jeito de se livrar de uma esperança tão tola era extinguindo-a. Para isso, precisava encontrar Naledi, e tudo indicava que Likotsi havia conseguido.

Será que ela se pareceria com as moças bobinhas que os pais haviam apresentado a ele? Mulheres programadas como autômatos, que faziam de tudo para provar sua subserviência. Ou seria como as mulheres com quem jantava durante as viagens, tão cegas pelo poder que sequer notavam o príncipe debaixo da coroa?

O seu objetivo é se livrar dessa fraqueza, não se refestelar. Se ela for uma idiota, melhor ainda.

— Vossa Alteza — disse Likotsi, estendendo a mão para o tablet como se quisesse tomá-lo de volta. — Sinto muito, mas em meio à empolgação eu falhei em comunicar que a resposta dela foi pouco encorajadora. Acredito que os pais tenham envenenado os pensamentos dela contra o senhor. Não pode haver outra explicação para essa resposta grosseira às minhas mensagens tão educadas.

— Hum. — Thabiso passou o dedão pela tela, revelando as palavras de sua prometida.

VAI. SE. FODER.

O sorriso que moveu suas bochechas foi incontrolável, assim como a risada ridícula que se seguiu. Um membro da realeza não deveria gargalhar como uma hiena histérica; seu professor de etiqueta o teria repreendido. Mas ele leu as palavras em voz alta e riu até as lágrimas começarem a escorrer pela barba.

Quando criança, imaginava Naledi no alto de uma torre em algum lugar distante, prisioneira de um feiticeiro maligno. Acreditava que ela precisava ser salva, e que ele seria seu salvador.

VAI. SE. FODER.

Ah não, Naledi não precisava da ajuda dele.

— Príncipe? — O mocassim de Likotsi tinha voltado a bater no chão. — Não sei o que ocasionou a tentativa de encontrar sua prometida, mas agora que ela respondeu, como deseja proceder em face dessa indelicadeza?

O nariz de Likotsi se retorceu como se ela tivesse sentido cheiro de *mielie pap* queimado. O que não tinha o menor problema, porque Thabiso sempre gostara da parte queimada do mingau de farelo de milho; talvez por ser uma das poucas imperfeições a passar pelos rígidos controles de qualidade em sua vida de príncipe e único herdeiro do reino.

— Essa Naledi parece ter valido a espera. Eu gostaria de conhecê-la. Agora.

Likotsi olhou incisivamente para a janela do avião e depois de volta para Thabiso.

— Certo, não espero que você consiga trazê-la a trinta mil pés de altitude. Quando pousarmos em Nova York, traga-a até mim imediatamente — completou ele.

Likotsi levantou as sobrancelhas.

— Bem, nos Estados Unidos isso configura sequestro, Vossa Alteza. É verdade que o senhor *está* protegido pela imunidade diplomática, mas talvez possamos guardar esse benefício para assuntos mais importantes. Podemos pedir que ela venha ao seu encontro, mas, dada a resposta anterior, eu não apostaria muito nisso.

Um incômodo pouco familiar atravessou Thabiso. Ele queria uma coisa, e não havia garantia de que conseguiria obtê-la. Isso era raro, de fato, e aguçou seu desejo como uma ponta afiada.

— Pois bem. Então eu irei até ela.

Likotsi engasgou de susto, mas quando Thabiso olhou de volta ela já havia obrigado o rosto a retornar a uma expressão neutra de concordância.

— Como o senhor achar mais apropriado — respondeu ela. — Ainda não tenho um endereço residencial, mas acredito ter localizado o local de trabalho. Ela parece ser — outra franzida de nariz — garçonete. A que vida os pais a condenaram com sua falta de consideração! Em Tesolo, ela teria uma vida de luxo! Suas mãos seriam suaves e macias como...

— Likotsi!

Ela se encolheu e ajeitou a gravata.

— Perdão.

— Você disse que seria capaz de localizá-la, então prossiga. Preciso de uma distração nessa viagem, e acredito que a encontrei.

— Sim, senhor.

Thabiso ficou sentado na mesa de massagem, sem mais qualquer sinal do relaxamento provocado pelas mãos de Melinda. Os músculos estavam retesados de empolgação... e de medo? Não, não era isso. Era a mesma sensação que ele tinha antes de fazer um discurso importante ou de tomar uma decisão que impactaria seu povo durante gerações.

— Estou nervoso — murmurou ele, para si mesmo.

Fazia tanto tempo que a vida se resumia a uma série de deveres mundanos que até uma eventual ida à nova boate da moda, ou um encontro com a mais nova estrela em ascensão de Nollywood, tinham se tornado apenas mais uma parte do trabalho. Ele não sentia um nervosismo assim em relação a uma mulher desde a primeira vez que tinha feito amor, mas mesmo nessa ocasião tivera *alguma* noção do que esperar. Naledi era um mistério, e talvez um erro. Um dos aspectos de ser um bom príncipe era evitar erros a qualquer custo, mas dessa vez…

Ele não esperava um "felizes para sempre" como nos romances açucarados de sua juventude. Esperava entusiasmo, e pelo jeito Naledi era capaz de provocar exatamente isso.

4

— Ledi, sei que você está ocupada, mas...

Ela se virou e deu uma olhada feia para Dan, também apelidado carinhosamente entre ela e os colegas do Instituto de "Dan-só-me-ferra" e "Dan-tenho-um-turno-com-aquele-babaca". Ledi estava arrependida de ter concordado em trabalhar nas semanas anteriores às provas finais, e a presença dele não estava ajudando.

Mais cedo, quando ela entrou na cozinha, encontrou-o rabiscando de modo dramático no Moleskine com a Montblanc reluzente. Óbvio que ele teve que declamar o profundo poema falado que acabara de escrever, intitulado "Mamãe *Macchiato*". E agora ele queria a atenção dela outra vez.

— Eu. Estou. Ocupada.

As palavras saíram tão afiadas quanto as facas sobre os pratos que ela equilibrava nos braços.

Ela já estava atendendo quatro mesas enquanto ele atendia uma. O grupo de astrofísicos não lhe dava um minuto de sossego, pedindo que ela explicasse detalhadamente cada prato no menu degustação especial da semana seguinte. Os matemáticos do outro lado do salão estavam lá fazia um tempão, tão distraídos debatendo teoremas que se esqueciam de comer. Ledi já tinha tomado uma bronca de Yves, o chef suíço, por levar os pratos daquela mesa duas vezes para serem reaquecidos. Como se ela *quisesse* destruir a integridade e a textura do precioso peixe-espada.

E o melhor de tudo era que os clientes precisariam liberar o salão dentro de meia hora, de modo que ela pudesse terminar os preparativos para um evento VIP naquela noite. Teria que treinar um novo funcionário, o que poderia ser ótimo, se não estivesse dividindo o turno com Dan. O mesmo Dan que era incapaz de dar conta das tarefas mais simples sem ter que ser instruído diversas vezes.

— Enquanto arrumava as coisas para o evento, comecei a ter uma crise de um quarto de idade — disse ele.

Ela achou que fosse uma brincadeira, até ver a expressão dele. Estava falando seríssimo, e a olhava como se ela fosse sua terapeuta, não sua colega de trabalho.

Só me ferra.

— Dan. — Ela expirou devagar, tentando pensar em uma resposta para aquela baboseira. — A expectativa de vida do americano de classe média do sexo masculino é setenta e oito anos, e você já tem trinta e poucos, então isso seria mais próximo de uma crise da meia-idade.

— Merda. — Ele arregalou os olhos. — Você está absolutamente certa.

Ledi tinha os braços fortes, mas as postas generosas de peixe e o aparelho de jantar de boa qualidade eram pesados. Ela não havia derrubado um prato sequer desde que começara a trabalhar como garçonete, ainda na época da escola, e se Dan a fizesse quebrar sua marca, ela diminuiria significativamente a expectativa de vida dele.

— Mais alguma coisa? — perguntou ela, com esforço. Os braços estavam começando a tremer.

— É só que… não achei que seria tão difícil — falou ele, mexendo na camisa amassada de smoking, que todos os garçons do Instituto tinham que usar. — Montar mesas, carregar bandejas de pratos, limpar a sujeira *dessa gente*. Fala sério, pensei que eles fossem gênios ou alguma coisa assim. São uns porcalhões. Achei que seria um trabalho fácil.

Esse filho da puta, ela pensou.

— Na verdade, é um trabalho fácil — explicou ela, tentando não deixar a frustração transparecer. Precisava administrar qualquer que fosse a crise que ele estava tendo e sobreviver ao restante da noite. — É fisicamente desgastante, às vezes emocionalmente também, mas, ao contrário dos caras lá fora, não é preciso ser nenhum gênio para fazer isso aqui.

A boca de Dan murchou em uma careta.

— Pensei que esse emprego fosse me ajudar a entender melhor o protagonista do meu romance, sabe? Botar a mão na massa. Mas todo mundo está sempre me pedindo alguma coisa. — Ele a olhou com pena. — Sei que você não entende o processo criativo, mas este lugar está sufocando a minha musa.

A única coisa que a impediu de jogar um dos pratos na cara de Dan foi a certeza de que Yves a cortaria em pedacinhos se ela lhe pedisse para preparar um novo peixe-espada. Estava acostumada com as pessoas pensando que ela não era capaz de compreender as coisas, mas foi o tom de pena que a deixou irritada. Não queria a pena de ninguém. E os fregueses podiam ser um pouco esquisitos, mas estavam mudando o mundo de verdade, enquanto Dan rabiscava versos sobre "olhos de gotas carameladas".

Yves espiou pela porta.

— Se eu tiver que reaquecer esse peixe mais uma vez... — E fez o gesto de uma lâmina cortando o pescoço. Ledi se perguntou de onde as pessoas tinham tirado a ideia de que os suíços eram um povo pacífico. Eles tinham inventado aquelas facas e sabiam como usá-las.

Ela respirou fundo, lembrando que esse trabalho pagava bem e oferecia benefícios para os funcionários de meio período. Não valia a pena abrir mão do plano de saúde por causa de Dan.

— Só me dê um minuto e a gente já conversa sobre isso, pode ser?

Ele fez que sim com a cabeça, mas o olhar estava distante, ainda remoendo a crise provocada pelo ato de dobrar guardanapos.

Ela correu com os pratos dos matemáticos, chegando à mesa bem na hora que os braços começavam a ceder, e deu uma indicação sutil de que dessa vez era bom eles comerem. Eles assentiram e atacaram a comida sem nem olhar para ela, mas, no caminho de volta para a cozinha, um dos astrofísicos a chamou com um sinal. Queria que ela lhe trouxesse um pouco mais da couve usada como guarnição no prato, para que ele pudesse demonstrar uma teoria dos buracos de minhoca.

— Na curva da folha, está vendo? — começou o dr. Zietara, enveredando por uma explicação complexa sobre a matéria dobrando-se sobre si mesma.

Ledi não entendia tudo que ele dizia, mas mesmo assim era fascinante. Eram situações como aquela que a faziam lembrar por que gostava tanto de trabalhar no Instituto. Mentes brilhantes precisavam comer, e às vezes compartilhavam um pouco de seu brilhantismo com quem estivesse por perto. Ela se sentiu agradecida por ele ter feito contato visual com ela, incluindo-a na conversa – pesquisadores do próprio campo em que ela atuava às vezes a ignoravam durante uma explicação, como se partissem do princípio de que ela não conseguiria entender –, mas então se lembrou de todo o trabalho que ainda tinha pela frente.

— O salão vai fechar em breve, senhor — avisou ela, quando ele finalmente parou para respirar.

— Excelente — respondeu ele, tirando mais papéis da mochila e largando a pilha sobre a mesa. — Vamos poder trabalhar em paz quando esses matemáticos ridículos forem embora.

Ele e os colegas olharam feio para o outro lado do salão.

Ledi soltou um gemido e correu de volta para a cozinha. O lugar estava silencioso demais. Faltava o barulho metálico de Dan movendo as mesas do estoque nos fundos, ou pelo menos o som da caríssima máquina de expresso italiano trabalhando, enquanto ele tomava mais um *cappuccino* de graça.

— Dan?

A pergunta terminou em um gritinho quando ela pisou em algo escorregadio e quase caiu. Debaixo do sapato de trabalho, viu uma camisa de smoking abandonada. Já deveria ter imaginado que ele não poderia simplesmente se demitir como um ser humano normal, nem esperar o turno acabar. Tinha que fazer uma intervenção artística. Ele provavelmente estava caminhando sem camisa rumo à liberdade, enquanto planejava usar aquilo como a triunfante cena final de seu livro.

Porra.

Depois dessa, a calma que ela vinha se esforçando para manter começou a falhar. Começou a sentir uma pressão incomum pulsando nos seios da face, ao ver cada item da lista de tarefas se multiplicar diante de seus olhos como um norovírus.

Dan a tinha deixado sozinha com os preparativos e o serviço de um evento para quarenta pessoas. Quando chegasse em casa, ainda teria horas de estudo pela frente, do contrário seria reprovada nos exames práticos, transformando seu primeiro ano de pós-graduação em um desperdício caríssimo. A tese avançava aos tropeços, o orientador estava desaparecido e o estágio incrível durante o verão era incerto. E ela tinha certeza de que os matemáticos iam pedir que ela reaquecesse o peixe mais uma vez.

— Poooorra — exalou ela.

As portas que davam para o salão de jantar se abriram, e Ledi tentou forçar um sorriso. Devia ser o dr. Zietara querendo saber da couve.

Só que, em vez do pesquisador mal-humorado, quem estava parado na porta era o homem mais atraente que Ledi já tinha visto sem ser em uma foto de ensaio sensual. Por um segundo, ela foi atingida pela sensação de encontrar um velho amigo depois de muito tempo, mas estava enganada: nunca tinha visto aquele cara.

Ele era alto, com os ombros largos e definidos formando um corpo em V que denunciava a prática regular de natação. Vestia uma camiseta verde-escura e calça jeans preta de corte reto com um caimento justo, mas não a ponto de alardear o *emoji* da berinjela. Ela teria chutado que a calça tinha sido feita por um alfaiate, mas quem gastaria dinheiro com jeans feitos sob medida?

A pele dele era negra, um tom ligeiramente mais escuro que o dela, e o cabelo raspado rente nas laterais enrolava-se em pequenos *dreads* perfeitos no topo da cabeça. Uma barba bem desenhada emoldurava os lábios volumosos e, em vez de disfarçar o maxilar largo, acentuava sua angulosidade.

Aquela barba fazia os dedos dela tremerem de vontade de coçá-la, ou de sacar o celular e tirar uma foto de recordação. Ledi não era tão boa quanto Portia nas redes sociais, mas com uma foto daquela poderia angariar fácil um milhão de curtidas até o fim do dia, e talvez até uma menção honrosa por serviços prestados à humanidade – pelo menos à parcela dela que sentia atração por homens.

— Hum — exclamou ela. Em geral, sua reação aos homens que conhecia no dia a dia era de indiferença ou, no máximo, tolerância, mas alguma coisa naquele cara fez seus pensamentos voarem para longe, bem longe do laboratório, do salão de jantar do Instituto e dos estudos. No momento, os únicos dados que ela estava interessada em coletar eram a tração exata daquela barba contra a parte interna de suas coxas e a variação de massa provocada pelo corpo dele sobre o dela.

Ele pigarreou, e ela percebeu que estava agachada, encarando-o de baixo para cima com uma intensidade que devia tê-lo feito temer pela própria segurança. Duvidava que isso fosse novidade para ele, embora fosse para ela, e seu rosto ficou quente de vergonha.

Empurrou a camisa de Dan para debaixo da mesa de metal e se levantou.

— Posso ajudá-lo, senhor?

Soava estranho se dirigir a alguém da idade dela com tanta formalidade, mas no Instituto nunca se sabia quem era VIP – o pesquisador mais renomado costumava frequentar o salão de jantar vestindo apenas um roupão de banho. Além do mais, aquele cara tinha um ar de autoridade.

— Tem um homem lá fora dizendo que precisa de uma couve. Parece um tanto insistente.

Ah, e ele também tinha um sotaque. Meio britânico, misturado com algo mais que era igualmente charmoso.

— Couve? — Em algum lugar na memória de Ledi, uma faísca se acendeu, mas todas as vias neurais estavam congestionadas, tentando processar quem quer que fosse aquele gostoso diante dela.

Ele sorriu, o tipo de sorriso que criava pequeninas rugas em volta dos olhos, e Ledi sentiu um arrepio no corpo todo.

— Isso — continuou ele, com o sotaque grave. — Couve. Uma hortaliça, vai muito bem no *moroko mash*, mas imagino que não sirvam isso aqui. Mas quem sabe? Ainda não tive a oportunidade de me familiarizar com o menu.

Familiarizar? Menu? Suas faculdades cognitivas, que estavam completamente embaralhadas, aos poucos começaram a juntar as peças.

Aquele era o novo funcionário. Ela sentiu uma pontada de desgosto ao ver suas fantasias envolvendo barbas e coxas desmoronando como um dos suflês de Yves. Ao se dar conta de que teria que treiná-lo, imediatamente arquivou-o na categoria dos colegas de trabalho.

— Ah, já está ajudando os clientes? Que ótimo, mostrando proatividade — elogiou ela. Embora o cérebro registrasse que ele estava classificado como "Não", os demais mecanismos não estavam respondendo. Ledi tentava soar inteligente e controlada, mas o córtex responsável pela fala estava emperrado em "Nossa, que espetáculo", o que dificultava um pouco a formação de sentenças. — Hum. Aqui.

Ledi agarrou um punhado de couve da tábua de corte sobre a bancada e o empurrou na direção dele. Ele olhava das folhas para ela repetidamente, franzindo a sobrancelha em uma expressão óbvia de julgamento.

— Tem razão, eu deveria estar usando luvas — disse ela. — Deveria ser a primeira a cumprir a norma. Saúde pública! Micróbios são o inimigo!

Ela tinha bastante certeza de que o olhar que ele lhe deu, enquanto ela largava a couve sobre a tábua e enfiava uma luva de látex na mão direita com um estalo, era o mesmo que ela lançava sobre os caras que pregavam no metrô fazendo referências bíblicas questionáveis em sermões sobre o apocalipse.

— Não, não era isso — explicou ele, balançando a cabeça, e tudo fez sentido para ela. Como tinha cometido um erro tão bobo?

— Ah, sim!

Ela se virou e pegou um prato pequeno, forrou-o com um fino guardanapo de papel e posicionou a couve sobre ele, dando algumas ajeitadas gentis antes que a hortaliça fosse usada como material educativo.

Boa. Apresentação é sempre importante — disse ela, ao entregar-lhe o prato. — Eu costumo ser mais eficiente, mas tive um longo dia. Uma longa semana. Mês! — Ela se conteve. — Você parece ter alguma experiência, então pode levar isso até a mesa, tudo bem? Lembre-os de que o salão fechará para membros em vinte minutos e que eles precisam sair. Vou pegar uma camisa de smoking para você, e podemos começar o treinamento.

Antes que pudesse se controlar, ela apontou os indicadores para ele e estalou a língua.

Que diabos. De onde saiu isso?

Deu as costas para ele e se afastou rapidamente, indo se esconder na sala fria onde os alimentos eram estocados. Tinha certeza de que seu rosto estava soltando vapor, e essa não era a única parte do corpo que parecia quente.

Você é uma adulta, Ledi repreendeu a si mesma. *Só porque o cara mais gato e gostoso que você já viu na vida vai trabalhar ao seu lado a noite toda, isso não é razão para agir como uma personagem de filme dos anos 1990.*

O problema não era só ele ser atraente – havia caras gatos a rodo em Nova York –, mas o fato de ela estar atraída *por* ele. E não era apenas físico; por um instante ela teve a absurda impressão de que o conhecia. Sentira uma conexão que era tão improvável quanto impossível... Seria difícil esquecer um homem daquele.

Ela sentiu uma breve onda de pânico; por ironia do destino, o funcionário novo tinha causado uma espécie de reação viral nela, fazendo sua membrana social entrar em colapso. Suas defesas estavam desativadas, e ela ainda tinha todo o resto da noite pela frente.

Estava na merda.

Ela encostou o queixo no peito e soltou um gemido alto de constrangimento.

A porta da sala fria se abriu e a cabeça de Yves apareceu, com as sobrancelhas grisalhas arqueadas de curiosidade.

— Tudo bem aí? — Ele olhou em volta, desconfiado.

— Melhor nem perguntar — murmurou ela, ao passar por ele.

— Eu controlo o número de abobrinhas, ouviu? — gritou ele, atrás dela.

5

Thabiso ficou parado no meio da organizada cozinha de aço inox com o prato de couve na mão, olhando para onde Naledi estivera antes de lhe dar a ordem e ir embora.

A mulher que deveria ser sua noiva, cujo destino estava entrelaçado ao dele por desígnio religioso e decreto real. A mulher cuja família quebrara a promessa assumida, trazendo desonra para si e para as sacerdotisas que haviam jejuado, rezado e se esgotado durante dias antes de escolherem Naledi como a futura rainha. Ela deveria ter se curvado e implorado perdão; em vez disso, havia jogado hortaliças nele, mandando e desmandando como se ele fosse um plebeu, não um príncipe.

Aquilo iria revoltar o povo e horrorizar seus pais. Thabiso estava intrigado.

Naledi.

Cílios muito, muito longos contornavam os grandes olhos castanho-escuros. Ela tinha a pele macia, de um negro luminoso, o que lhe conferia uma aura de inocência, como se nunca na vida algo a tivesse tirado do sério. A boca era um monumento à parte. Lábios cheios e exuberantes que, mesmo sem nenhuma maquiagem, acabavam com qualquer ideia de inocência. O sotaque nova-iorquino não soava exatamente como nos filmes que ele tinha visto, mas era cativante mesmo assim.

Era mais bonita do que nas fotos que Likotsi havia conseguido garimpar de sua esparsa presença nas redes sociais. As imagens a mostravam mais reservada, e eram incapazes de capturar sua energia. Ela tinha um ar firme; parecia alguém em quem se podia confiar para a execução de uma tarefa.

Então por que está aqui, e não em Tesolo, como o noivado exige?

Poderia simplesmente ter lhe perguntado, à queima-roupa, mas algo o impediu. O jeito como tinha olhado para ele. Havia fogo naqueles olhos encantadores quando ela deslizou a língua pelo magnífico lábio inferior, mas o mais importante era que ela não dera nenhum sinal de tê-lo reconhecido. Ele ficara ligeiramente incomodado ao esperar uma reação dela e perceber que não haveria nenhuma. Tinha imaginado dezenas de versões do reencontro – um pedido de desculpas, no mínimo, era um tema recorrente –, mas não havia couve em nenhuma delas. No entanto, o fato de ela tê-lo visto apenas como um homem comum tinha sido como uma porta mágica se abrindo, uma alternativa ao caminho que ele pensava ser o único possível.

Ela não sabe quem eu sou.

Thabiso estava tão acostumado a ser tratado por "Sua Alteza Real" que isso o entediava, mas o fio do desejo que se tensionara entre eles, como que tecido pelo destino, havia partido dele, e somente dele. Thabiso sentira vontade de puxar o fio e trazê-la para perto, para os seus braços. Queria aproveitar só mais um pouco, antes que ele se transformasse no príncipe Thabiso e ela se transformasse em mais um projeto tesoliano a ser administrado. Porque era aquilo que significaria, para ele, qualquer conversa sobre noivado e casamento: trabalho.

Outra coisa o tinha deixado com o pé atrás: os olhos dela. A aura de pura alegria daquela foto de infância se perdera. Embora ela tivesse sido amigável, uma certa preocupação nela o havia feito hesitar. Thabiso tivera treinamento em linguagem corporal – uma habilidade imensurável quando o futuro de milhões de pessoas poderia ser afetado por sua destreza nas negociações –, e ela era tão fechada quanto os diplomatas que ele conhecia. Mas no momento em que a viu pela primeira vez, ela estava vulnerável. Frustrada. Uma mulher que chegou ao limite.

Thabiso com frequência imaginava de que forma sua vida tinha sido impactada pela ausência dela – crescera ouvindo o que poderia ter acontecido se sua prometida não tivesse desaparecido –, mas como teria sido a vida dela sem ele? Sem Tesolo?

A intenção dele tinha sido a de aparecer no emprego mundano dela e deixá-la maravilhada, o que não era algo difícil para a realeza, mas nada tinha saído como o planejado desde que ele entrara no prédio.

Quando o leito do rio faz a curva, a água o segue.

Thabiso olhou para a couve, depois se virou e atravessou as portas duplas, indo em direção à mesa daquelas pessoas grosseiras que o haviam confundido com um garçom. Naledi também tinha pensado a mesma coisa. Será que algo nele emanava servidão? Achava que aquela camisa lhe caía bem, mas talvez tivesse que pedir a Likotsi para aposentá-la.

Largou o prato sobre a mesa com um tinido alto da louça batendo contra a madeira.

O homem que fizera o pedido pegou o prato sem nem olhar para Thabiso, continuando a conversa com seus camaradas. Tinha acabado de ser servido por um membro da realeza e não podia sequer agradecer com um aceno de cabeça?

Filho de um antílope manco...

Thabiso esperou mais um instante pelo reconhecimento que lhe era devido, e então puxou a couve de volta.

— Com licença? — disse o homem, obviamente confuso, por fim levantando os olhos para ele.

— Não lhe dou licença. Acabo de desempenhar uma tarefa para o senhor. A resposta adequada em uma situação como esta é "obrigado". — Thabiso sublinhou cada palavra com o desprezo aprendido em anos de aulas de etiqueta.

O homem engasgou, com os olhos arregalados por trás dos óculos, e gaguejou um "obrigado". Thabiso lhe devolveu a couve.

— De nada. — Juntou as mãos. — Agora, os senhores precisam se retirar deste local, pois fui informado de que há preparativos a serem feitos para um evento. Têm minha permissão para levar o prato de couve, visto que obviamente é um item de qualidade inferior, que não fará falta. — O homem e seu grupo de amigos rapidamente reuniram seus pertences e saíram. Thabiso cruzou os braços e os observou indo embora.

Eu costumo agradecer aos meus serviçais?

Não conseguia se lembrar de ter feito isso explicitamente. Seus serviçais sempre haviam estado lá, como as fotos dos ancestrais nas paredes e a mobília passada de geração em geração. Certamente, eles não se sentiam afrontados quando ele fazia um sinal com a mão ou os chamava sem dizer uma palavra. Afinal, ele era um príncipe. Tinha que atender a expectativas que os cidadãos comuns jamais entenderiam.

Um familiar tapinha de censura no ombro o lembrou da presença de Likotsi.

— Se me permite a ousadia, Vossa Alteza... O que, exatamente, está fazendo?

— Trabalhando — respondeu Thabiso. Estava se sentindo bastante satisfeito consigo mesmo. Não apenas era um excelente negociador e um homem de negócios perspicaz, mas, após completar as tarefas que lhe haviam sido atribuídas, estava prestes a se tornar um exímio garçom também. A deusa realmente brilhava em todas as suas iniciativas. — Tudo indica que consegui um emprego.

Likotsi abriu a boca de susto e balançou a cabeça.

— Não, não. O senhor já tem um emprego. Ser príncipe. E também tem um jantar de negócios com a Omega Corporation em duas horas.

Thabiso tinha achado que ia aparecer, fazer Naledi se arrepender amargamente por sua família ter debandado de Tesolo, como um bando de roedores, e depois seguir com seus compromissos de viagem. Mas ela não o reconhecera. E ele queria saber mais sobre aquela beleza intrigante, talvez até meio estranha.

O príncipe deu de ombros.

— A Omega pode esperar.

A boca de Likotsi ficou tensa.

— Os ministros deixaram bem explícita a importância dessa reunião.

Os ministros me enviaram para vender o bem-estar do nosso país a quem der o lance mais alto. Mas ele não podia dizer isso; ela conhecia os detalhes mais íntimos sobre ele, mas não sabia que ele concordara em permitir a extração dos minérios debaixo das terras ancestrais de seu povo. Ainda que, evidentemente, as pessoas fossem ser indenizadas, seria necessário removê-las da área, e aquilo não lhe descia bem de jeito nenhum.

"O povo vai entender que o bem-estar da nação vem primeiro, príncipe Thabiso."

Às vezes um príncipe tinha que adotar medidas desagradáveis. E às vezes os planos mudavam.

— A deusa me ofereceu a chance de conhecer Naledi, e não posso trocá-la pela Omega Corp.

— Era isso que queria, senhor? A chance de… *conhecê-la*?

Thabiso não tinha achado que fosse. O que queria quando incumbiu Likotsi de encontrá-la? Um acerto de contas? Uma válvula de escape para suas frustrações? Alguma coisa, qualquer coisa que o distraísse das milhares de preocupações que pesavam sobre seus ombros como um sol a pino? Não importava. Agora que vira Naledi, queria conhecê-la.

Talvez tivesse sido um capricho, mas ele era assim, e era o mínimo que ele merecia.

— Naledi me confundiu com um novo colega de trabalho. Consegue imaginar uma oportunidade melhor para descobrir mais sobre ela, e por que foi embora, do que a observando da mesma posição subalterna que ela ocupa? Se contasse a ela quem sou, como o planejado, ela mudaria de atitude na mesma hora, e talvez nunca soubéssemos a verdade.

Ele estava sendo egoísta, e por um motivo muito simples. Nunca ninguém lhe pedira para fazer algo tão trivial quanto entregar um prato de comida; ninguém pediria algo assim a um príncipe, a menos que quisesse ser humilhado. O que normalmente lhe pediam era muito mais desgastante, e sempre havia um custo, não importava quão respeitoso fosse o pedido. Naledi tinha dado uma ordem a ele sem pensar duas vezes, sem um traço de bajulação, e ele se pegou com vontade de que ela fizesse aquilo de novo.

Likotsi se afastou, horrorizada.

— Deseja se envolver em uma farsa! Por Ingoka, deusa da verdade e da virtude, não posso permitir.

Thabiso baixou os olhos, não porque estivesse envergonhado, mas porque aprendera havia muito tempo a passar por cima do senso de honra de sua assistente. Olhou para ela e sorriu, depois olhou ao redor com ar conspiratório.

— Ora, Likotsi, não quer desvendar o mistério da metade matrimonial desaparecida? Descobrir por que os pais dela abandonaram suas vidas, seus amigos e sua família? Por que fugiram de seus deveres e do direito que pertencia a ela por nascimento?

— Bom... sim. — Parte da tensão nos ombros de Likotsi desapareceu.

— E acha que, se souber quem eu sou, ela vai simplesmente revelar esse segredo? Ainda mais depois da resposta dela às suas tentativas por e-mail?

Likotsi fez uma pausa, franziu os lábios.

— Talvez não.

— Então está decidido. Posso usar esse trabalho para me aproximar dela e descobrir seus segredos. Será uma aventura de espionagem, como nos livros da sua juventude!

Nesse exato momento, um rapaz esguio entrou no salão, o moletom com capuz e o jeans desbotado indicando que era um estudante. Ele hesitou e, sem ver mais ninguém por ali, foi até Thabiso e Likotsi.

— Ei. Eu sou o Jamal. Começo a trabalhar aqui hoje. Desculpe o atraso. Meu trem ficou parado no túnel por uns quarenta e cinco minutos. Sabe como é.

Ah. A razão do engano, o homem que lhe permitira acesso direto a sua prometida. As sacerdotisas sempre diziam que Ingoka assumia a forma de muitos pastores para atrair os fiéis para seu caminho verdadeiro. Thabiso nunca tomava esses ditados ao pé da letra, mas talvez Jamal fosse um desses pastores.

— A vaga já foi preenchida, Jamal — declarou Thabiso. — Mas você será reembolsado por ter vindo até aqui. Likotsi, por favor pague o rapaz pelo inconveniente. — Ele olhou para as portas da cozinha, por onde Naledi poderia surgir a qualquer instante. — Lá fora.

— Calma. Espere aí! — pediu Jamal, dando um passo à frente em protesto. — Você não pode voltar atrás assim. Eu preciso desse emprego, cara.

O tom suplicante surpreendeu Thabiso. Quem ficaria chateado por perder um emprego tão banal? Mas então ele se lembrou dos gráficos que tinha estudado, sobre o desemprego entre os jovens estadunidenses; não havia plena empregabilidade naquele país, e as faculdades não eram gratuitas nem acessíveis como em nações civilizadas como Tesolo.

— Dê quinze mil dólares a ele — ordenou Thabiso, ainda olhando para a cozinha. — Vinte. Só faça isso longe daqui.

Jamal ficou imóvel, com a boca escancarada. As mãos que tinha levantado em sinal de irritação caíram ao lado do corpo e se chocaram contra o jeans.

— Não tem graça. — Ele franziu a sobrancelha. — Está falando sério?

— Está duvidando da minha honra? — questionou Thabiso, deslizando o olhar para Jamal.

— Ninguém anda por aí distribuindo dinheiro desse jeito. Isso é uma pegadinha ou…

— Se quiser o dinheiro, acompanhe Likotsi e ela o dará a você.

Thabiso percebeu que Likotsi não aprovava aquela despesa.

— Vossa Alte…

— Já gastei mais que isso com sapatos e você não disse nada. Dê o dinheiro ao rapaz, e nos vemos no hotel hoje à noite.

Ela assentiu bruscamente e foi em direção à saída, com Jamal a seguindo de perto.

— Obrigado! — gritou o garoto, por sobre o ombro.

Thabiso voltou para a cozinha, para Naledi. Passara a maior parte da vida sendo treinado para administrar um país inteiro. Qual poderia ser a dificuldade de servir um jantar?

6

Servir um jantar era um inferno.

Thabiso se achava forte e resistente, mas estava encharcado de suor, tinha distendido um músculo das costas ao tentar levantar uma bandeja pesada e já estava a ponto de jogar a toalha e desistir daquela farsa.

Talvez eu não tenha avaliado direito.

A arrumação inicial tinha corrido bem. Sabia como botar uma mesa adequadamente – o modo mais rápido de denunciar a falta de modos era pegar o talher errado, e ele havia sido instruído em todas as configurações possíveis de refeições formais. Tinha ficado orgulhoso dos elogios de Naledi ao arrumar os talheres com rapidez, enquanto ela posicionava os copos. Trabalharam com tranquilidade, afinados. Seus braços se tocavam o tempo todo, quando ela colocava uma taça aqui, um prato de pão ali – ele nunca percebera quanta graciosidade havia naquele trabalho –, e sentiu que os dois executavam uma espécie de coreografia.

Ela não falou muito de si mesma enquanto trabalharam, e educadamente refutou qualquer tentativa de papo furado relacionado a sua vida pessoal. Ele não tinha descoberto onde ela morava, onde havia sido criada, que escola frequentara ou se estava saindo com alguém, mas, em compensação, ela lhe contou tudo sobre a história do Instituto e os avanços científicos realizados ali.

— As pessoas que vêm aqui podem ser meio estranhas, mas algumas delas fizeram descobertas incríveis em suas pesquisas — comentou ela, com um tom de deslumbramento na voz. — Anos de estudo, foco, obsessão por uma única coisa, específica e delirante, em nome do objetivo quase impossível de mudar o mundo.

— É isso que você quer fazer? — perguntou ele. — Mudar o mundo?

Nesse momento, ela perdeu um pouco do entusiasmo.

— Não sei se um dia estarei na posição de fazer isso com meu trabalho. Além do mais, nessa área de atuação em geral você tem o apoio de alguém rico ou poderoso. Já vi como funciona. Cortam a verba de pesquisas importantes, tentando lucrar em vez de ajudar as pessoas. É como se esquecessem que, entre todas as pessoas do mundo, eles têm o dever de fazer a coisa certa.

Ela olhou para ele com emoção nos olhos, que logo desapareceu com algumas piscadas. Desapareceu não; foi escondida.

— Você acha que é fácil ter um poder desse tipo? — perguntou ele. Estava genuinamente curioso, e talvez aquela fosse a primeira vez que podia receber uma resposta honesta, sem que seu título de realeza fosse levado em conta.

Ledi riu.

— Fácil? Depende. Se você usar seu poder para explorar as pessoas e acumular riqueza pessoal, então sim, é bem fácil. Mas se quiser mudar o mundo para melhor...

— Não é tão fácil — completou ele.

Ele sabia que aquilo era verdade. Pensou nas inúmeras reuniões em que seus projetos haviam sido recusados, chamados de desperdício de dinheiro. Tinha a mesma formação que seus ministros, até melhor, mas no fim das contas era apenas o playboy pan-africano. Embora às vezes ele ainda insistisse um pouco, em geral cedia. Era mais fácil ceder, e ele se perguntou se isso não seria pior que explorar o povo. No mínimo a exploração seria uma ação. Ele havia se tornado complacente demais.

Naledi deu de ombros, um sinal evidente de que a conversa tinha terminado.

— Vou encher as jarras de água enquanto você termina por aqui.

Quando os convidados chegaram, tudo desandou. Nada mais de tentar conhecer sua prometida. Daquele ponto em diante, Thabiso estava apenas lutando pela sobrevivência.

Já tinha ido a inúmeros jantares como aquele; eles constituíam boa parte de suas refeições quando não estava em Tesolo, e mesmo em casa eles também aconteciam, quando organizavam eventos para visitantes ilustres. Ele sabia como as coisas funcionavam do lado do convidado: circular, tomar um ou dois drinques, então todos se sentavam, e a refeição era servida em etapas. No entanto, nunca havia pensado na logística envolvida. Era algo que simplesmente funcionava, assim como seu relógio tiquetaqueava sozinho, sem que ele pensasse nas engrenagens. Pelo visto, as engrenagens eram bem importantes.

Empratar a comida e servi-la à pessoa correta sem cometer nenhum erro não era tão simples quanto ele havia imaginado. Ledi e o chef, um suíço mal-humorado que lembrava Thabiso do diretor de sua escola, já tinham preparado as saladas, então era apenas uma questão de levar os pratos em enormes bandejas ovais e distribuí-los. Depois que Thabiso tentou apoiar a primeira bandeja no ombro e ela despencou no chão, Ledi lançou-lhe um sorriso compreensivo e entregou-lhe dois pratos, um para cada mão.

— Eu carrego as bandejas esta noite — falou ela. — Só pegue os pratos que estiverem nelas e vai dar tudo certo.

Não deu tudo certo.

Thabiso conseguiu dar uma cotovelada na orelha de uma convidada, além de aprender que "pegue você" não era uma resposta aceitável quando os clientes pediam alguma coisa, mesmo que ele estivesse visivelmente ocupado.

A seguir, eles tinham que ajudar o chef a montar os pratos principais, o que foi mais uma humilhação. Ele achava que tinha bom senso estético, mas enquanto os pratos de Naledi pareciam os de um restaurante badalado, os vegetais de Thabiso não cooperavam, e seus pratos tinham manchas de molho e respingos de caldo.

É isso que acontece nos bastidores de todos os eventos que frequento?, ele se perguntou. Nunca tinha parado para pensar em como um prato após o outro saía da cozinha, com uma apresentação perfeita. Era simplesmente assim que acontecia, não importava em que país estivesse. Parecia absurdo dedicar tanto esforço para fazer um prato de comida, prestes a ser mastigado, parecer uma obra de arte.

Ele também fracassou no serviço. Naledi serpenteava pela multidão que ficava plantada bem no meio do caminho – um bando de jegues empacados – e equilibrava a bandeja em mãos que pareciam pequenas demais e pulsos que pareciam finos demais para aguentar aquele peso. Ele sentia as próprias mãos tremerem ao pousar os pratos nas mesas, e arremessou uma posta de salmão em redução de manteiga com tomilho bem no colo de um convidado.

Naledi completava os copos segurando a jarra de água em uma das mãos enquanto servia o vinho com a outra, e sem derramar uma gota. A frente da camisa de Thabiso estava toda respingada com um *pinot noir* descente.

O pior de tudo era que o respeito e o interesse que pareciam ter acendido os olhos dela mais cedo haviam praticamente desaparecido, sendo substituídos por fadiga e decepção.

— Minha nossa! — exclamou uma mulher, quando um cubo de gelo quicou na borda do copo e mergulhou no decote dela enquanto Thabiso a servia.

Ele ponderou as opções. Tinha removido o salmão do colo do homem anteriormente. Será que deveria pescar o gelo? Naledi deslizou à sua frente antes que ele tivesse tempo de agir, pegando a jarra com elegância e enchendo o copo da mulher sem nenhum incidente.

— Sinto muito, madame. Aqui está um guardanapo limpo para se secar.

Virou-se para ele com uma careta que distorcia aqueles lindos lábios. Ele sabia que estava dificultando o trabalho dela, mas aquele olhar era doloroso, como se ele fosse um verme aflorando à superfície depois de uma chuva forte.

— Jamal, pode me acompanhar um instante? — pediu ela, pousando a mão no braço dele e conduzindo-o de volta à cozinha.

Ele gostou daquele toque, mesmo sabendo o que estava por vir. Se algum empregado dele cometesse apenas um dos erros que ele cometera, seria demitido, e talvez não conseguisse trabalhar em mais nenhum lugar do reino depois que a notícia de sua incompetência se espalhasse.

Incompetência? Se aquela era a palavra que lhe ocorria, o que ela estaria pensando dele?

Sentiu a nuca formigar. Que sensação era aquela? Uma vontade de guardar seus defeitos em um lugar onde Naledi não os visse. Ao passar por uma geladeira de inox, os ombros curvados e a expressão humilde o chocaram. Foi então que reconheceu o que estava sentindo, algo que já vira em diversas pessoas que demitira ao longo dos anos: vergonha.

Ele era um Moshoeshoe. Vergonha não deveria ser uma de suas emoções. Será que ela ousaria apontar suas fraquezas? Essa mulher que abandonara os próprios deveres e lhe negara o caminho traçado pela deusa? Tudo nele estremecia, pronto para se defender antes mesmo que ela atacasse. Ela que não ousasse diminuí-lo. Ele diria a ela como havia se rebaixado a uma plebeia qualquer. Diria exatamente em que cavidade ela poderia enfiar suas críticas. Ele era um príncipe, cacete.

A mão dela se demorou sobre o braço dele, o calor passando pelo tecido da camisa barata de smoking, depois deslizou para longe. Ela olhou para ele com a sobrancelha franzida, mas em vez de uma reprimenda, Naledi deu uma risada cansada, e o som quase foi afogado pelo barulho da coifa. Não era uma risada falsa nem forçada ou condescendente. Na verdade, era reconfortante.

Ela pegou um bolinho de uma bandeja remexida de sobremesas e entregou-o a ele.

— Temos autorização para comer isso? — perguntou ele. — Não é roubo?

— Vão jogar fora se não comermos. Eu tento levar as sobras para dá-las aos moradores de rua sempre que possível. Tecnicamente é ilegal, mas odeio ver comida indo para o lixo.

— Ah. — Thabiso nunca havia pensado muito nas sobras. Estava acostumado a ter muita comida sendo servida para ele, dar algumas garfadas e esperar que o prato fosse levado embora para que o seguinte viesse. Ele mordeu o bolinho.

— Pois é, estou começando a achar que você mentiu no currículo — disse ela, mastigando.

Na verdade, só menti sobre minha identidade. Tenho certeza de que o currículo de Jamal está correto.

— Parece que não sou apto a completar as tarefas que me deu — admitiu ele. Seu corpo ficou tenso. Aquela resposta reproduzia, involuntariamente, a que ele dera à mãe na semana anterior.

"Não importa se você se considera apto ou não, meu filho. Você é o herdeiro do trono. O único herdeiro."

Havia sido uma reação menos encorajadora do que ele gostaria.

— Tudo bem. Cagadas acontecem — completou Naledi.

— Não — disse ele. Fechou o punho em volta bolinho, derrubando algumas migalhas no chão. — Você não entende. O fracasso não é uma opção para mim. Eu deveria ser capaz de fazer isso com facilidade, no entanto, tudo o que fiz foi um desastre. Perdi sua confiança.

Meu povo perderá a confiança em mim.

— Olha, não fique estressado com isso, está bem? Não é tão grave. — Ela deu outra mordida no bolinho. — Estou fazendo pós-graduação em epidemiologia.

— Quer ajudar as pessoas que têm problemas de pele? — perguntou ele, feliz ao ver que ela estava finalmente se abrindo. — A sua é bem bonita, então...

Ela suspirou.

— Não, isso é dermatologia. Epidemiologia é um campo da saúde pública. Eu estudo doenças infectocontagiosas.

— Por quê? — rebateu ele, rápido. Essa era a primeira coisa que ela revelava voluntariamente sobre si mesma, e ele não queria deixar a oportunidade passar.

— Quando ocorre o surto de uma doença, são sempre as populações mais vulneráveis que sofrem as piores consequências. Quero que a minha pesquisa ajude a tornar o mundo mais seguro para essas pessoas.

Ledi falou como se fosse uma coisa simples. Os desejos mais grandiosos de Thabiso eram ser deixado em paz por algumas horas e tomar um bom copo de uísque, nessa ordem exata. Ele nascera com a missão de salvar seu povo; Ledi também, de acordo com as sacerdotisas, mas ela não sabia disso.

— Então você quer mesmo salvar o mundo — concluiu ele. — É bastante louvável.

— É um trabalho — disse ela, desviando do elogio. — Mas não é isso que eu quero dizer. Então, além deste emprego aqui, também sou assistente de pesquisa em um laboratório. Faço isso desde a graduação, e o primeiro laboratório em que trabalhei estava estudando a propagação de doenças venéreas. Um dia, depois de eu ter virado três noites estudando, um dos pós-doutorandos me pediu para transferir algumas amostras de gonorreia. Estava totalmente aérea e derramei as amostras em mim mesma, sem estar usando os aparatos de proteção.

— Ah — exclamou Thabiso. Americanos eram famosos por compartilharem intimidades demais, mas ele não sabia por que ela tinha escolhido aquele momento específico para dar uma informação tão pessoal. Era estranho, mas também admirável, ele achou. — Sinto muito por isso. Sei que essas doenças são carregadas de estigmas, mas não é nada de que deva se envergonhar. — Fazia esse discurso para adolescentes desde que ele mesmo era um, como garoto-propaganda da campanha de educação sexual para a juventude de Tesolo. Tinha sido sua primeira iniciativa, na época em que seu cargo ainda não o havia sobrecarregado.

Naledi olhou de um jeito estranho para ele.

— Não era contagioso, Jamal, mas obrigada pelo apoio. Só que eu não sabia disso. Surtei e ativei o chuveiro de emergência, molhando tudo em volta. Causei um curto-circuito na centrífuga e arruinei experimentos que estavam sendo produzidos havia semanas, meses.

Thabiso conteve um sorriso irônico, imaginando a mulher diante dele, que parecia tão controlada, correndo de um lado para o outro e provocando um caos.

— Talvez tenha escolhido a profissão errada. Você é muito boa como garçonete. Pode ser um caminho melhor.

Os olhos dela se estreitaram.

— Como é que é?

— Tendo a opção, por que você escolheria fazer uma coisa em que não é boa? — perguntou ele, o que não pareceu melhorar o humor dela.

— Quem disse que eu não sou boa?

Thabiso começou a suar nas têmporas.

— Não. É só que... Eu quis dizer... Por que está me contando isso?

— Não sei — respondeu Ledi, curta e grossa, depois balançou a cabeça. — Acho que meu ponto era: as pessoas fazem cagadas às vezes. Hoje sou uma ótima assistente no laboratório. Tão maravilhosa que o pós-doutorando quer que eu faça todo o trabalho dele. — Ela franziu a sobrancelha por um momento, em seguida olhou para ele. — Não é culpa sua estarmos com menos funcionários e você não poder ser treinado em uma situação menos complicada. Você vai acabar pegando o jeito.

Ele não esperava aquilo. Tinha sido uma pedra no sapato dela a noite inteira, e ela lhe dera bolinhos, apoio e uma anedota sobre gonorreia. Ela estava olhando para a pior versão de Thabiso e dizendo que acreditava nele.

— Obrigado — agradeceu ele, com a voz grave e rouca. O bolinho devia estar meio seco.

Ela sorriu e lhe deu um tapinha no braço.

— Olha, vamos mais devagar. Você pode ajudar com alguma coisa que não envolva tocar na comida nem interagir com os clientes, tipo... trocar o queimador do fondue de chocolate? Ele estava acabando da última vez que eu vi. Peça ao chef Yves para lhe dar um novo, além de um isqueiro. Pode fazer isso?

Era reconfortante ouvir alguém lhe pedir algo naquele tom. Ela tinha dúvidas, mas ao mesmo tempo o apoiava. Em seu país, não era permitido duvidar da capacidade de um príncipe de fazer alguma coisa; nem o próprio príncipe podia duvidar de si mesmo. A falta de certeza dela o deixou ainda mais motivado a agradá-la.

— Posso, com certeza — respondeu ele.

— Ótimo. Vou dar uma volta e me certificar de que está tudo certo com os convidados.

Ela levantou o punho para ele e ficou esperando.

— Orgulho negro? — Ele tentou adivinhar. Tinha acabado de assistir a um documentário sobre o movimento pelos direitos civis, mas não sabia que os americanos usavam o gesto como forma de saudação. Andava meio por fora dos movimentos de justiça social mais recentes, e imaginou que tivesse alguma relação com isso. Ele levantou o punho bem alto.

Ela deu aquela risada luminosa de novo, mas dessa vez ele não ficou irritado. Apenas curioso para entender o que havia feito para provocá-la, assim poderia produzir aquele som repetidas vezes.

— Hum, não era bem isso que eu estava sugerindo, mas sim, também pode ser. O chef está no escritório dele.

Thabiso marchou até a sala do chef, revigorado pela fé que Ledi depositava nele.

Isso é ridículo. Você escalou o Kilimanjaro. Você mandou o primeiro-ministro da Bélgica ir se catar. Você não será derrotado por um fondue de chocolate!

Quando chegou à sala do chef, ela estava vazia. Thabiso esperou, mas conforme os minutos passavam, foi ficando mais agitado, certo de que Naledi estaria pensando que ele não estava à altura da tarefa.

Posso resolver isso.

Tudo bem que não sabia direito o que ela quisera dizer com "queimador", mas foi até a estação de sobremesas cheio de propósito. Afinal, tinha habilidades dedutivas, não tinha?

Notou um porta-vela decorativo sobre a mesa do bufê. Em vez de uma vela de cera, ele continha um pavio e um pequeno reservatório plástico com querosene. Já tinha visto aquilo ser usado para todo tipo de coisa em sua terra natal.

Não era feito do mesmo metal que o pequeno recipiente embaixo do fondue, mas devia funcionar do mesmo jeito. Thabiso colocou o objeto sob a tigela do fondue e sorriu. Ele *estava* pegando o jeito. Não seria uma decepção para Naledi nem para o seu povo.

Procurou-a na multidão, vendo o que mais poderia fazer para aliviar o fardo dela. Depois de três passos, sentiu a explosão de calor nas costas.

— Ah, pelo visto eles optaram pelo *flambé* — comentou um dos convidados. — Talvez sirvam bananas flambadas!

Thabiso girou e viu labaredas dançando em volta da vasilha de metal do fondue, consumindo a toalha de mesa e devorando os guardanapos e itens decorativos espalhados pelo caminho. Pânico e uma sensação esmagadora de fracasso o congelaram por um segundo, mas então ele pegou o objeto mais próximo – um paletó pendurado nas costas de uma cadeira – e começou a batê-lo contra o fogo.

Ah, deusa, que catástrofe. As chamas pareciam indiferentes aos seus esforços para abafá-las. Incendiaram o paletó e queimaram um pouco suas mãos, mas ele estava focado em pará-las antes que...

— Saia da frente, Jamal!

Naledi passou correndo por ele com um extintor de incêndio, destemida como Mujaji, a deusa da chuva. Em poucos segundos, estava tudo acabado. Ela atacou as chamas – e ele também no processo –, os convidados da festa aplaudiram e tudo voltou ao normal, exceto pela estação de sobremesa, que ficou coberta de pó químico.

Thabiso ainda estava no mesmo lugar, tossindo o agente inibidor de fogo, quando Naledi segurou o reservatório derretido bem diante da cara dele.

— Isto... não é um queimador. — Os olhos dela estavam arregalados, e o peito subia e descia com a respiração acelerada. Ela já olhara para ele decepcionada antes, mas agora o olhava como se ele fosse um idiota. Como se tivesse se enganado ao acreditar que ele seria capaz de dar conta de uma tarefa aparentemente tão simples.

A vergonha gelou o sangue de Thabiso, seguida de perto pela indignação.

— Bem, como eu ia saber o que é um queimador? Você não devia estar me treinando?

— Estou treinando você. E também estou consertando as suas cagadas. E as cagadas do Dan. E as cagadas dos clientes. Não devia ter que me preocupar com a possibilidade de você começar um incêndio enquanto estou ocupada fazendo tudo isso. — As palavras dela saíram entre dentes cerrados, como se a culpa fosse dele.

— Você realmente não deveria falar sobre consertar as cagadas dos outros como se isso fosse motivo de orgulho. — A indignação dele explodiu, talvez até mais quente que as chamas, que quase chamuscaram sua barba. — Só um cão espera recompensas por realizar tarefas indignas para os outros. Pegue! Sirva! Leve! Você não é melhor que um... que um São Bernardo!

Ele se inclinou para a frente, no espaço carregado de tensão entre eles, pronto para continuar a batalha, mas a expressão de Naledi tinha ficado completamente apática, até mesmo os olhos expressivos.

Depois que a raiva escoou, Thabiso foi inundado de arrependimento – outra emoção pouco familiar. Talvez alguma coisa na água dos Estados Unidos provocasse aquelas flutuações. Flúor? Tinha lido sobre isso também.

Começara aquele estratagema para conhecer melhor sua prometida, mas tinha feito uma confusão danada, como o bobo da corte de um conto de fadas antes de o príncipe aparecer. Só que ele *era* o príncipe.

— Você se queimou? — perguntou ela, baixinho.

— Só um pouco. Estou bem.

— Ótimo. Porque agora não vou me sentir mal por demitir você. Saia daqui.

Ela virou as costas e saiu andando, mas então parou. A esperança se acendeu. Talvez ele pudesse consertar aquilo...

— A camisa de smoking custa vinte dólares. Faça o favor de deixar o dinheiro em cima do balcão, porque eu não vou mais pagar nenhum pato por você esta noite.

Thabiso ficou parado, com as mãos doendo e o ego seriamente ferido. Sua artimanha tinha falhado de todos os jeitos possíveis. Queria descobrir mais sobre Naledi, e queria descobrir uma coisa em especial: que a vida dele tinha sido melhor sem ela. Que o fato de ela ter ido embora não fizera diferença. Mas ao vê-la se afastar, não sentiu alívio, e nem sua curiosidade havia sido saciada.

Precisava de uma nova estratégia.

7

— Se não quiser aceitar meu conselho como sua assistente, por favor, aceite-o como mulher. Isso é uma má ideia. Péssima.

Likotsi se mexeu, sentada muito ereta no sofá que parecia inflado demais, e a calça de alfaiataria fez um barulho agudo no assento.

— Por que este sofá está embrulhado com plástico? — perguntou ela, franzindo o nariz e cutucando a desconfortável capa transparente. — Não existe absolutamente nenhuma razão para se preservar essa estampa floral monstruosa. E esse papel de parede!

Os últimos raios do fim de tarde entravam pela janela da pequena cozinha e iluminavam o sofá fora de moda; as prateleiras e os cantos do cômodo eram ocupados por uma mistura de flores artificiais e reais. O lugar não se parecia em nada com a cobertura do hotel que haviam reservado para a viagem. Enquanto a suíte tinha uma vista panorâmica de toda a cidade, esse apartamento dava para uma calçada esburacada e um salão de beleza combinado com barbearia do outro lado da rua.

— Achei que você ia gostar do ar *vintage*. — A voz de Thabiso veio do quarto no fim do corredor. — Estou francamente surpreso por você já não estar fazendo uma sessão de fotos para o InstaFoto.

Likotsi cruzou a perna de modo cuidadoso, para não amassar a calça.

— Estava esperando o senhor chegar para bancar o fotógrafo, Vossa Alteza. Tudo bem que tenho braços longos, mas uma *selfie* não poderia capturar a suntuosidade deste apartamento pouco ortodoxo que o senhor escolheu para alugar.

Thabiso sorriu enquanto pendurava as roupas no armário que a sra. Garcia, vizinha de Naledi, tinha esvaziado para ele. Likotsi havia insistido em desfazer suas malas, mas Thabiso estava tentando o método imersivo de atuação: um homem comum penduraria suas próprias roupas, certo?

A sra. Garcia tinha ficado relutante em aceitar a viagem a Porto Rico, para toda a família e com todas as despesas pagas, em troca de alugar o apartamento para ele durante sua ausência, mas quando

Thabiso descobriu que a cidade natal dela fora assolada por tempestades recentes, ofereceu-se para fazer um doação generosa para um fundo de reconstrução. Tesolo já havia enviado equipes para lá, que estavam atuando junto aos esforços locais, então um pouco mais de dinheiro por uma boa causa não faria mal algum. Ela aceitou, beneficiando o povo dela, e ele conseguiu o que queria. Tudo tranquilo, certo?

Ele sentia uma ponta de remorso. Era, no mínimo, um pouco incômoda a ideia de subornar a vizinha idosa da mulher que você estava tentando conhecer melhor...

— ... perseguindo — falou Likotsi. O sofá fez um barulho como se concordasse. — Uma linha muito tênue, quase invisível. Esse comportamento é inapropriado, e para uma mulher com o histórico de Naledi, você poderia ser visto como uma ameaça em potencial.

— Não sou uma ameaça — afirmou Thabiso. — Só preciso achar um jeito de continuar observando sem ela perceber nem descobrir que menti sobre quem eu era quando nos conhecemos.

A única resposta foi o *tsc* de Likotsi estalando a língua nos dentes. Ele deveria repreendê-la por não se colocar em seu lugar, mas já estava no modo Jamal, então deixou passar.

— Certamente não gostaria que um estranho viesse atrás de mim desse jeito — disse ela, tensa.

— Não sou um estranho — falou ele, enquanto pendurava a camisa de linho. Ele era o noivo de Naledi. Mas mesmo assim... As palavras da assistente tinham um fundo de verdade. Ele não concordaria que Likotsi, que não desejava a atenção de *nenhum* homem, fosse perseguida por um estranho.

Espere...

Ele andou rápido até a sala.

— Você acha que talvez Naledi tenha as mesmas predileções que você?

— Predileções? — Ela inclinou a cabeça e o olhou como se ele fosse uma aranha em fuga que ela tentasse esmagar. — E eu lá vou saber se ela gosta de pipoca doce ou salgada?

O rosto de Thabiso se contorceu de arrependimento.

— Me perdoe. Vou refrasear: na sua pesquisa, houve alguma evidência de que ela pudesse sentir atração por mulheres? Digo, exclusivamente por mulheres?

Ele sentira faíscas vindo de Ledi em vários momentos enquanto tentava, sem muito sucesso, fazer o serviço. Quer dizer, antes de ele próprio começar a emitir faíscas e quase colocar fogo no local de trabalho dela. Será que havia interpretado errado os sinais?

Likotsi desatou a rir, curvando-se para a frente e batendo as mãos nos joelhos.

— Vossa Alteza, embora eu admita que o senhor é um belo exemplar masculino, a homossexualidade não é a única explicação plausível para uma mulher não corresponder às suas investidas.

Essa parte doeu. Principalmente porque era o que acontecia com qualquer homem comum. Durante a vida toda, as pessoas tinham gostado dele ou se sentido atraídas por ele de maneira predeterminada, indissociável da sua condição de realeza. Tinha se achado muito esperto ao não corrigir o engano de Naledi e fingir ser Jamal, mas talvez o título de príncipe fosse o único traço dele que interessaria uma mulher.

— Estou decidido a conhecê-la, Likotsi. É o meu direito.

Ele só precisava de uma segunda chance; não podia deixar as coisas daquele jeito. Ficou com o rosto quente só de lembrar como fora petulante.

Outro *tsc*.

— Agora sério. Estou começando a me perguntar se não deveria ter lhe emprestado aquele livro que estava circulando pelo palácio. Sei que o senhor nunca teve que se esforçar para ter a atenção feminina, então permita-me explicar. A verdade é que mulheres não gostam quando estranhos aparecem no trabalho delas e depois as seguem, alegando o pretexto de "conhecê-las melhor". Por favor, tenha em mente que, só porque tem dinheiro para fazer determinadas coisas, não significa que deva fazê-las.

— Já chega. — Thabiso fez um gesto com a mão, dispensando o bom senso dela. Tinha um plano. Ou o começo de um. Ou a semente do começo de um, e isso teria que bastar por enquanto. — Você não disse que ia ao mercado? Acho que quero conhecer um desses mercados americanos.

Likotsi pegou o tablet, falando com os olhos colados à tela.

— Na verdade, tem um serviço de entrega que acho que seria perfeito para o senhor. É bem interessante. Eles enviam receitas junto com porções dos ingredientes gourmet, de maneira a evitar o desperdício. Parece que qualquer cozinheiro simplório é capaz de fazer.

— É mesmo? — Thabiso pensou na última reunião a que tinha ido antes de sair de Tesolo. Pensou em Naledi segurando o bolinho.

Odeio ver comida indo para o lixo.

— Será que o ministro da Agricultura teria interesse em um programa como esse? Ouvi dizer que os cidadãos de baixa renda que recebem auxílio do reino às vezes não comem muito mais que *mielie pap*. Um programa desse tipo poderia ser convertido em algo que desse mais opções a essas pessoas. A produção e a entrega gerariam empregos, e poderíamos comprar os ingredientes de produtores locais. Ah, e quem sabe o ministro da Cultura não possa se envolver também? Poderíamos pensar em receitas tradicionais que estão sendo esquecidas. Marque isso na minha agenda para a próxima reunião ministerial.

Likotsi olhou para ele cheia de orgulho.

— É uma excelente ideia — elogiou ela, andando de um lado para o outro. — Tenho certeza de que os ministros ficarão felizes ao vê-lo mais envolvido do que nos últimos tempos. Já adicionei uma nota sobre isso para a reunião da semana que vem.

Semana que vem. A cúpula da ONU e as reuniões com a PharmaMundial, a Omega Corp e personalidades ilustres em geral não levariam mais que uns três dias; não tinha programado nenhum tempo extra para conhecer melhor sua prometida. Depois da tremenda demonstração egocêntrica que ele fizera, depois de ela tê-lo salvado de uma morte tórrida, teria apenas uma semana com Naledi. Para... o quê?

Fazê-la se apaixonar por você.

Não, aquele nunca tinha sido o plano. Ele estava curioso, era só isso; passara a maior parte da vida sentindo a perda de uma pessoa que nunca conhecera realmente. Queria conhecê-la.

E depois?

— Vossa Alteza? — Likotsi o puxou de volta de seus pensamentos. — Estou aqui como sua assistente, mas sou insubordinada o suficiente para me considerar uma amiga também. Não posso impedi-lo de seguir em frente com essa maluquice, mas posso pelo menos pedir que tenha cuidado?

Thabiso fez uma pausa. Tinha ouvido que devia ter cuidado a vida toda, mas a sensata Likotsi não estava se referindo ao risco de manchar a imagem do reino de Tesolo. Estava se referindo a ele, o Thabiso sem título real incorporado.

Ele limpou a garganta.

— Terei, Kotsi. Agora, fique à vontade para tirar sua folga. Aproveite a noite para si mesma.

— Obrigada, senhor. — Ela guardou o tablet e puxou o celular. — Uma das mulheres cujo perfil deslizei para a direita, localizada a menos de cinco quilômetros, me convidou para um drinque. Talvez o senhor não seja o único a conquistar uma americana.

Likotsi fez uma leve dancinha com os ombros.

— Naledi não é uma conquista — corrigiu ele, com aspereza.

— "Toda mulher é uma conquista", Vossa Alteza. Cito uma frase do senhor mesmo, durante a visita ao concurso da Miss África Ocidental, seis meses atrás — disse Likotsi, alegremente, depois pegou o paletó de pied-de-poule e calçou as polainas marrons e brancas. — Falei para ter cuidado. Fingir que isso é algo mais do que uma curiosidade a ser saciada pode ser perigoso. Para o senhor e para ela.

— Você me toma por um monstro insensível.

— Eu organizo sua correspondência, senhor, então faço o papel do monstro insensível para as mulheres com quem se relaciona. — Ela deu um sorriso acusatório.

— Mas…

— Vou dormir no hotel, provavelmente acompanhada, então não espere acordado e não se meta em confusão — avisou ela, piscando, depois olhou com desconfiança para o sofá. — E cuidado para não arrumar uma dermatite alérgica por causa dessa coisa.

Então saiu, pronta para conquistar o mundo dos relacionamentos em Nova York depois de ter destrinchado Thabiso completamente em poucas frases. Havia uma razão para ele ser chamado por alguns tabloides de "playboy pan-africano". Era rico, bonito e tinha fama de mulherengo, passando de uma mulher para outra como uma zebra correndo pela grama fresca da savana.

Foi até o sofá e se sentou devagar para não fazer a almofada estufada demais estourar como um balão. Do fim do corredor, ouviu o barulho das crianças que subiam as escadas correndo.

Olhou ao redor do apartamento pequeno e limpo que seria sua casa pelos próximos dias. A sra. Garcia disse que morava ali fazia trinta anos. Trinta! Criara seus filhos naquele lugar, que mal chegava ao tamanho de um dos muitos *closets* que ele tinha em casa. As paredes estavam forradas com molduras de todas as cores e formatos; alguns dos rostos eram familiares, pois suas versões mais velhas haviam apertado a mão dele antes de embarcarem na limusine. Estavam todos radiantes de gratidão, e Thabiso não tinha certeza de que alguma vez já se sentira assim. Não, não era verdade. Sentira aquilo no dia anterior, quando Naledi tocou seu braço e disse que ele pegaria o jeito. Óbvio que tinha sido uma mentira, mas com boas intenções, em uma tentativa de aplacar seus medos.

O barulho de chaves no corredor fez Thabiso se levantar devagar, para evitar os sons desagradáveis do sofá. Foi sorrateiramente até a porta e espiou pelo olho mágico.

Naledi estava diante dele. Ou pelo menos ele tinha quase certeza de que a nuvem de cabelo grosso e cacheado e o traseiro espetacular escapando por baixo de uma pesada mochila preta pertenciam a ela. Ela derrubou as chaves, e ele percebeu, pelo jeito como ela se abaixou para pegá-las, que ela não era desastrada nem estava bêbada; estava exausta.

Thabiso foi inundado por uma vontade de ir ajudá-la, mas percebeu que não conseguia se mover. A reprimenda de Likotsi ecoava em seus ouvidos.

Perseguidor.

Em que ele estava pensando? Mudar-se para o apartamento em frente ao de Naledi? Espiar escondido o traseiro dela? Apenas três dias antes, ele tinha advertido um guarda do palácio por ficar se engraçando para cima de uma das empregadas. Ele não era muito diferente.

De repente, ela olhou para cima preocupada, e Thabiso pulou para longe da porta. Começou a suar na testa e sentiu o estômago apertar. Será que ela o vira? O que ele falaria se ela o tivesse visto? Essa era uma das muitas etapas do plano em que ele ainda não pensara. Tinha feito recentemente uma projeção detalhada do crescimento de Tesolo nos dez anos seguintes, mas não conseguia pensar em uma única palavra para dizer a Naledi para garantir as próximas horas.

Escutou passos e uma voz masculina. Esse era o sotaque que ele ouvira nos filmes. Tinha sido a aproximação do homem que chamara a atenção dela, não Thabiso espiando no olho mágico.

— Você pediu um jantar personalizado da Espátula Amarela?

— Não. — Havia uma nota de apreensão na voz dela, como se quisesse que o homem a deixasse em paz.

— Diz aqui que é uma entrega para às sete da noite no apartamento 7M.

Silêncio, seguido pelo som de papéis sendo remexidos.

— Não, isso é um *N*. É o apartamento da sra. Garcia.

O aperto no estômago de Thabiso se transformou em uma pulsação doentia quando uma batida forte soou na porta. Ele deu um passo para trás quando veio outra batida.

— Olha, eu não posso esperar. Está na hora do jantar e eu tenho uma penca de entregas para fazer.

Ele ouviu Naledi suspirar.

— Eu entrego. Ela está sempre em casa a esta hora. Está passando *La Mujer Morena*, e ela nunca perde um capítulo... Me dê aqui.

Passos no corredor, depois outra batida na porta. Dessa vez mais baixa. Hesitante.

— Sra. Garcia? — Outra batida, mais insistente. — Sra. Garcia, está em casa?

A preocupação na voz dela era inconfundível. Ele poderia se esconder como um covarde e deixá-la pensar que a vizinha tinha sofrido um ataque cardíaco, ou poderia abrir a porta e encará-la. O que, afinal, era todo o objetivo daquele plano ridículo, não era?

Ele respirou fundo e soltou o ar.

— Só um instante — gritou. A intenção era que as palavras funcionassem como um aviso de "não é a sra. Garcia!", mas, ao abrir a porta, o rosto dela foi tomado de medo. Ela se afastou até bater com a mochila na porta do próprio apartamento.

Thabiso lembrou que aquilo deveria ser uma surpresa para ele também. Ofegou.

— Naledi? O que você está fazendo aqui?

— Eu? O que você está fazendo aqui? Onde está a sra. Garcia?

Ele percebeu que ela ajustou as chaves na mão, segurando-as de maneira a deixar uma saindo espetada por entre os dedos do punho fechado.

Perseguidor.

— Está em Porto Rico visitando a família — respondeu ele. — Estou alugando o apartamento enquanto ela está fora. Sobre o que aconteceu ontem…

Naledi não relaxou a mão que segurava as chaves.

— Ela não comentou sobre nenhuma viagem. E ela odeia receber estranhos no apartamento.

— Foi algo que surgiu de repente, e parece que o meu aluguel está ajudando a pagar a hospedagem no hotel — explicou ele, colocando as mãos nos bolsos. Não deixava de ser verdade, mas ele ainda assim se sentia um maníaco.

Ela traiu você, as sacerdotisas e o seu povo. Uma mentira ou outra não são nada em comparação ao que ela fez.

— Desculpe se assustei você, não foi minha intenção — disse ele. Essa parte era inteiramente verdade.

— Me assustou? Ontem à noite você soltou os cachorros como se tivesse algum problema para controlar sua raiva, sendo que a culpa foi *sua*, depois me deixou com os restos de um incêndio para resolver, além de acabar com meu bom humor pelo resto do dia, e ainda me chamou de São Bernardo. Assustada é pouco. Eu estou puta. Agora não consigo escapar dos colegas de trabalho babacas nem em casa.

Thabiso tinha passado o dia todo se recriminando por causa do incêndio e de como tinha agido, mas não pensou muito sobre como consertar nenhuma das duas situações.

— Meu comportamento ontem foi inadmissível — afirmou ele. — Não estou acostumado a falhar e descontei minha frustração em você.

— Bem, o que passou passou. — Ela balançou a cabeça, depois perfurou-o com um olhar afiado. — Embora eu não saiba direito se a sra. Garcia teria deixado você ficar aqui se soubesse das suas tendências piromaníacas.

— Meu flerte com a piromania foi um lance passageiro — respondeu ele, com calma.

— Bom, e eu não sou o São Bernardo mais sortudo do mundo por ter presenciado isso?

Pelo visto ele tinha tocado em um ponto sensível com aquele insulto. Amaldiçoou sua língua solta e imaginou como poderia contornar aquilo. Seus relacionamentos com as mulheres não costumavam chegar ao ponto de brigar e fazer as pazes. Ele se cansava delas, as dispensava e então Likotsi lidava com qualquer coisa que pudesse acontecer em seguida. Não tinha certeza de como deveria se desculpar, mas achou que não podia ser muito diferente de lidar com um chefe de estado que se sentira ofendido.

Thabiso sustentou o olhar dela. O resto da semana dependia daquele momento.

E talvez até mais.

— Chamei você de São Bernardo como se fosse uma coisa ruim, mas é uma raça famosa pela inteligência, lealdade e autocontrole em situações delicadas. Quem me dera que alguém me achasse tão útil assim.

Naledi o encarou, os olhos grandes estavam cheios de indignação, mas de alguma outra coisa também. Estava chocada, mas satisfeita. Ele imaginou que era assim que ela devia ficar quando o homem que amava a puxava de surpresa para perto dele.

Expectativa. Era isso, e ela não era a única com esse sentimento. Um caminho se formava entre eles, pedra a pedra, cobrindo a largura do corredor e a duração do tempo que os mantivera separados. Algo o atraiu até ela, uma força que fazia o corpo dele se retesar e a respiração se acalmar. Quando ela entreabriu a boca, a força que os puxava ficou mais forte. Ela desviou o olhar dele, e quando se olharam novamente, havia uma distância ali, como se a ponte que os conectava tivesse desmoronado – ou como se ela a tivesse demolido com uma explosão controlada. Não havia frieza, ela estava calorosa quando a boca se converteu em um sorriso. Mas a distância o fez sentir que estava a quilômetros dela, e não apenas do outro lado do corredor.

— Era para ser um pedido de desculpas? — perguntou ela. — Porque, se tiver sido, vou deduzir que você nunca falou com uma mulher humana antes.

Thabiso deu um leve suspiro de alívio. Ela não tinha mandado ele ir se foder. Havia uma chance de que ele não tivesse estragado tudo. Deu um passo hesitante à frente, inclinando-se para pegar a caixa que Naledi agarrava, de maneira a não ficar muito em cima dela na porta do apartamento.

— Aquele não foi meu pedido de desculpas. — Ele tirou a caixa dos braços dela. — Mas este poderia ser. Ou pelo menos um começo.

— O que é isso? — perguntou ela, desconfiada.

— O jantar — respondeu ele, depois olhou para o recibo colado na caixa. — Para ser mais específico, coxas de frango ao limão siciliano e sálvia, acompanhadas de quinoa com pepino.

Ela ficou parada um bom tempo.

— Estou tentando calcular qual seria a probabilidade de nos encontrarmos desse jeito, mas não sei nem por onde começar — disse ela, por fim, balançando a cabeça. — É uma coincidência muito esquisita, não acha?

— Não acredito em coincidências — afirmou ele. Odiou que uma coisa tão verdadeira estivesse embrulhada em uma mentira, mas adorou o jeito como os lábios dela se separaram ao ouvir aquelas palavras.

— Eu passei completamente dos limites ontem — completou ele. — Você devia ter me deixado queimar até virar pó, mas não deixou. Gostaria de agradecê-la, só isso.

O olhar dela fugiu, e ele acrescentou:

— Isto é, se conseguir me aturar pelo tempo que vai levar para cozinhar e comer isto aqui.

O som do estômago dela roncando ecoou na estranha acústica do corredor.

Ela suspirou, mas relaxou a mão que segurava as chaves e pegou o celular.

— Estou avisando à minha amiga que vou jantar com um imbecil chamado Jamal, que com certeza é um incendiário e talvez seja um assassino em série. Então, se tentar fazer Ledi ao limão siciliano e sálvia, a polícia estará aqui antes que você tenha tempo de correr para o aeroporto.

A esperança tornando-se realidade foi algo tangível, que Thabiso sentiu no coração palpitante e na onda de alegria que empurrou os cantos de sua boca para cima em um sorriso. Ser chamado pelo nome de outro homem não era o ideal, mas o fato de que ela estava falando com ele já era uma espécie de milagre.

Ele se controlou para não fazer a piada sobre sua imunidade diplomática e foi em direção ao pequeno apartamento, que de repente parecia abrigar um mundo de oportunidades.

— Não sou um assassino em série — disse ele. — Mas também não sou nenhum chef.

Quando se virou para ela de novo, percebeu que ela estivera olhando para a sua bunda. Foi pega no ato. Por um momento, os dois se encararam, e houve a mesma onda de calor que impregnou a conversa sobre a couve quando os dois se conheceram.

— Não espere que eu vá ajudar. Não sei cozinhar nada — avisou ela, de repente. — E também não espere mais nada. Sou extremamente econômica e estou cansada de comer macarrão instantâneo, e essa é a única razão pela qual estou aceitando o convite.

Thabiso com certeza não estava acostumado a ouvir esse tipo de coisa de uma mulher. Estava sempre tendo que pedir para elas pararem de ajudá-lo, e em geral as pessoas que dividiam uma refeição com ele estavam esperando mais. Mas ele gostou do fato de ela ter deixado explícito o que queria dele. Comida e só. Já era um começo.

— Eu cuidarei disso — falou ele, reunindo confiança enquanto entravam no apartamento.

A receita parecia fácil o bastante de ser seguida e não envolvia pavios de vela. Mesmo assim, quando seu olhar avaliou o cômodo e recaiu sobre o pequeno extintor de incêndio no canto da cozinha, ele ficou aliviado. Era bom ter confiança, mas estava começando a aprender que também era útil conhecer as próprias limitações.

8

Ledi olhou para o celular bem na hora que chegou a resposta de Portia:

Opaaaaa. Você vai jantar com um cara desconhecido? *checa o horóscopo para ver qual planeta deu a louca agora*

Ledi revirou os olhos. Aquilo não era tão esquisito, era?

Isso é esquisito pra caramba, mas estou curiosa. Me conta tudo amanhã (e vai dando notícias quando puder).

Tudo bem, era *muito* esquisito. Mas Jamal não parecia ser um cara desconhecido; ela sentira uma familiaridade assim que ele tinha entrado na cozinha do Instituto. E embora estivesse acostumada a lidar com babacas, passara o dia inquieta e com raiva pelo jeito como a noite deles tinha acabado. Ela definitivamente não se sentia assim com relação a Dan.

E o pior: quando Jamal abrira a porta da sra. Garcia, uma parte dela tinha ficado feliz em vê-lo. Devia ser o lado mole e estúpido de seu coração, a razão pela qual precisava de uma membrana social para se proteger.

E agora estava fechando a porta atrás de si, preparando-se para dividir uma refeição com ele.

Você provavelmente dividiria mais que a quinoa se ele pedisse com jeitinho.

O olhar dela pousou sobre os músculos tensionados das costas de Jamal debaixo da camisa, enquanto ele colocava a caixa na mesa de jantar da sra. Garcia. Imaginou como seria segurar aqueles músculos contraídos com a palma da mão enquanto ele se empurrava para dentro dela. A imagem vívida que surgiu em sua mente fez Ledi cerrar os punhos com força. O corpo dela ficou quente ao observar os movimentos ágeis dele e perceber que, embora tivesse topado apenas um jantar, estava com fome de Jamal também.

Não. Ele é um babaca. Foque na comida de graça.

— Mas então, por que alugou justo este apartamento, com todas as opções em Nova York? — perguntou ela, enquanto examinava as fotos de família da sra. Garcia que enfeitavam as paredes. Desviou o olhar ao perceber que sua reação imediata às imagens era inveja.

— Um amigo nos apresentou, e a situação funcionava tanto para mim quanto para a sra. Garcia — respondeu Jamal, lendo rapidamente o folheto que viera junto com a encomenda.

Ao tirar cada ingrediente da caixa, ele conferia a lista, depois o levava até a pequena cozinha. Não era o método de transporte mais eficiente, mas Ledi não tinha do que reclamar, porque isso lhe dava a chance de observá-lo indo e vindo. Ele se movia com uma graciosidade à qual ela não estava acostumada; muitos caras ali do bairro tinham ginga, mas Jamal andava como se esperasse que tudo à sua volta abrisse caminho para ele passar, e como se tivesse motivo para esperar isso.

Ele tinha o porte de um garoto rico – ela sabia bem como era, depois de anos lidando com Portia e com clientes de diversos eventos em que trabalhara como garçonete, além do emprego no Instituto –, embora tivesse parecido bem inseguro diante dela no corredor. Constrangido. Ela dissera quão babaca ele tinha sido, e ele não tentara sequer inverter a situação e explicar como ela o *obrigara* a agir daquele jeito. E agora estava tentando se redimir com ela.

Ledi se perguntou se aquela seria uma nova espécie de embuste, uma versão evoluída e mais eficaz de atrair mulheres para a armadilha antes de revelar sua verdadeira natureza. Se fosse esse o caso, estava funcionando.

Embora ainda estivesse desconfiada, parte dela já estava baixando a ponte levadiça e convidando-o para entrar. Ele daria um vírus muito eficiente, se não fosse de um tamanho um bazilhão de vezes maior que o ideal para isso.

Enquanto o observava tentando decifrar como acender o fogão a gás antes que ela percebesse que ele não tinha a menor ideia do que estava fazendo, a ponte levadiça figurada parou com um tranco e começou a subir de novo.

— Sério? — Ela marchou até o fogão e empurrou Jamal de leve para fora do caminho. — Você nunca usou um fogão a gás?

— Já vi um sendo usado — respondeu ele, com petulância.

— Deixe-me refrasear: você já usou *algum* tipo de fogão?

— O que tenho em casa é elétrico. Honestamente, não pode ser tão difícil — disse ele, segurando o fósforo perto da boca errada outra vez.

Ledi revirou os olhos. Óbvio que um homem se oferecendo para cozinhar acabaria significando mais trabalho pesado para ela.

— Deixe que eu faço.

— Você disse que não sabia cozinhar. — A voz grave vibrou ao seu lado enquanto ela pegava a caixa de fósforos, riscava um e o aproximava da boca do fogão. Da boca certa.

— Quis dizer que não ia cozinhar para você. Depois que uma pessoa entende que você pode fazer uma coisa para ela, fica querendo que você faça o tempo todo.

Ela girou o botão e puxão a mão para trás quando o gás se acendeu com um *vuuush* de chama azul e laranja. Ela tinha aprendido a cozinhar muito nova; não porque fosse uma Cinderela injustiçada, mas porque isso a fazia se sentir útil para os pais do lar temporário. As pessoas não se livravam de coisas que tinham utilidade. Pelo menos na teoria.

— Sabe, você está certa — concordou ele, sério, parando em uma pose contemplativa enquanto ela o empurrava delicadamente com os dedos para que saísse da sua frente. Ele não ofereceu resistência, apenas deu um passo para trás. — Meus pais estão sempre dizendo que eu tenho que dar o exemplo, mas assim que faço uma coisa certa, as pessoas esperam que eu faça mais e mais.

— A tragédia de ser minimamente talentoso — disse ela. — Pelo visto, sou ótima em fazer inscrições para editais, então o pós-doutorando do laboratório decidiu que eu devia fazer todas as inscrições para ele.

— Você mencionou essa pessoa ontem. Ele a obriga a fazer o trabalho dele.

— Tudo bem, é como as coisas funcionam. É só que ele parece achar que eu sou a assistente pessoal dele, e não uma colega pesquisadora.

— Por que não diz "não" para ele? — O tom dele era sério, como se estivesse apresentando uma opção em que ela jamais tivesse pensado.

— Porque os homens tornam a vida mais difícil para mulheres que dizem "não", principalmente para mulheres com a minha aparência. A área científica já é bem difícil. Ficar com o estigma de ser uma pessoa que não trabalha bem em equipe ou que não contribui o suficiente poderia afundar a minha carreira.

Ele não respondeu, e Ledi suspirou. Era por isso que estava solteira. Ela precisava de um gatinho barbudo que não ficasse desconcertado com uma simples conversa sobre o que ela tinha que enfrentar no dia a dia. Quando contou para Clarence sobre a situação com Brian, ele disse para ela reclamar menos e trabalhar mais; ele via o próprio sucesso como prova de que todo mundo que não era tão bem-sucedido simplesmente não estava tentando o suficiente.

— Ah, sim. Segundo pesquisas, uma mulher que fala de uma a duas vezes em uma situação profissional ou acadêmica é vista como alguém que está monopolizando a conversa. Imagino que se disser "não" a um colega de trabalho uma ou duas vezes, isso vai ser a única coisa que ele vai lembrar sobre você.

Ledi quase derrubou a coxa de frango que estava temperando. Quando olhou para Jamal, ele estava recostado na esquadria da janela. Coçava a barba com os dedos, e por um segundo parecia O Pensador, mas recoberto por uma camada cremosa de chocolate e, a julgar pelo volume na frente da calça, um pouco mais bem-dotado.

— Isso — disse ela, com cuidado. Aquilo era uma novidade, e ela não queria fazer nenhum movimento brusco. Mas resolveu forçar um pouco mais; não tinha por que dar moleza para ele. — E também tem o *gaslighting*.

— *Gaslighting*? — Ele olhou confuso para o interruptor de luz da cozinha.

— Quando você diz que uma coisa está incomodando, ou tenta impor limites, e a outra pessoa tenta fazer você achar que está exagerando, ou que é coisa da sua cabeça. Tipo quando falo para o Brian que não é justo ele me sobrecarregar com o trabalho dele e ele age como se eu é que estivesse sendo difícil.

— Achei que isso se chamava "ser um babaca" — respondeu Jamal. — Esse Brian é um babaca.

Ledi riu. Por algum motivo, conseguia rir daquilo ao ver Jamal ficar com tanta raiva por ela.

— E ontem fui mais um homem tornando as coisas difíceis para você — completou ele. — *Eu* fui o babaca. Não gosto disso.

— Também não foi tão legal para mim, meu amigo — falou Ledi. Ela havia forçado, e em vez de revelar sua verdadeira natureza de embuste, ele a surpreendera. — Só não culpe os outros pelos seus erros e pare de exagerar no currículo que vai dar tudo certo.

A risada grave a acariciou, embora ele estivesse do outro lado da sala e ela ainda sentisse uma pontada de raiva ao se lembrar do comportamento dele no Instituto.

— Muito pertinente. — Foi só o que ele respondeu. — Quer que eu dê um jeito nesse colega de trabalho? Para que ele não incomode mais você?

Ledi virou-se rapidamente. Ele tinha mesmo acabado de lançar essa?

— Você não tinha dito que não era um assassino?

— Disse que não era um assassino em série. Isso seria um caso pontual. — Ele deu um sorriso com o canto da boca, e Ledi relaxou. — Mas falando sério, ele fez você ficar com medo de lhe recusar alguma coisa para não prejudicar sua carreira. Tenho conhecidos que poderiam fazê-lo entender que ele devia sentir medo disso também.

Ela deveria ficar tão alegre por um estranho ter ameaçado dar o troco no colega de trabalho dela? Certamente havia algo de errado com ela.

— Huuum, vou ter que recusar essa, mas obrigada pela oferta.

— Humpf. Bom, fico feliz por você não ter medo de dizer "não" para mim — falou ele. — Da próxima vez que ele tentar lhe dizer o que fazer, talvez você possa incorporar a Naledi que me demitiu sem deixar margem para dúvidas.

— Talvez — respondeu ela. Pegou a receita da mão dele e deu uma olhada. *Lavar as coxas de frango. Selar. Derreter a manteiga.* Era como realizar um experimento, mas com resultados comestíveis e deliciosos.

Ela olhou para Jamal, que a observava.

— Como aprendeu a cozinhar? — perguntou ele, de repente. — Com seus pais?

Ela não soube dizer se ele estava sendo enxerido de propósito ou apenas jogando conversa fora.

— Eu não tenho pais — respondeu ela, sem rodeios.

— Convidei um ser divino para jantar? Incrível. Precisamos de vinho para acompanhar, pode ir fazendo a mágica com a água da torneira. — Ele sorriu de leve, mas foi aquele sorriso estranho e constrito que as pessoas davam quando você dizia uma coisa que as preocupava. Ela percebeu, tarde demais, que ele não ficaria por perto por muito tempo;

ela poderia simplesmente ter mentido e dito que "sim" para encerrar o assunto. Mas agora teria que falar sobre *aquilo*.

— Bem, eu tinha. Depois não tinha mais. Eu era nova demais para cozinhar na época em que eles ainda estavam por perto. Nem lembro qual era minha comida preferida quando criança.

Ou qualquer coisa sobre a minha infância.

— Seus pais foram embora quando você ainda era muito nova? — O sotaque de Jamal fazia as palavras soarem mais pesadas, como se saídas de uma tragédia shakespeariana e não da vida cotidiana.

Ela pôs a água da quinoa para ferver. E colocou sal para não se esquecer de temperar na hora da empolgação da fervura.

— Eles morreram.

Ela havia subestimado o próprio cansaço. Só podia ser esse o motivo de ter vomitado sua história triste de órfã. Odiava o assunto, e não conseguia nem se lembrar da última vez que falara sobre isso.

— Ah. — Ele puxou o ar. — Eu sinto muito.

A voz dele ficou grave e engasgada, como se aquela morte significasse alguma coisa para ele. A maioria das pessoas mudava bruscamente de assunto, tomando a iniciativa por ela. Não era algo que a incomodava. No que dizia respeito aos pais, suas emoções mantinham o pH 7.0, e ela se esforçava para que fosse assim. Mas a sinceridade de Jamal cutucou algo dentro dela, alterando o equilíbrio que ela mantinha tão bem.

— Batida de carro. Mal me lembro do acidente. Ou dos dois — explicou ela, dispensando a bondade dele enquanto mexia a comida.

— Isso é muito triste. — Quando ela se virou, esperando que o olhar acusatório dela desse fim àquela curiosidade, ele estava encarando o chão, perdido em pensamentos. — E imagino que não tivesse parentes para acolhê-la.

Um pombo pousou no corrimão da escada de incêndio, do lado de fora da janela em que ele estava apoiado. O bicho inclinou a cabeça e ficou encarando, planejando como pegar a comida.

— Não. Fiquei sob a tutela do estado. Penhorada em lares temporários. Algumas famílias até se interessaram por mim, mas nenhuma delas fechou negócio, por assim dizer. Eram legais, com raras exceções. Eu só não me conectei o suficiente com nenhum deles para fazer a coisa da "família definitiva".

Ela guardou para si a teoria do ímã defeituoso.

— Precisa de ajuda? — ofereceu ele, de repente. — Percebi ontem que você tem dificuldade de delegar. Ou melhor, você delega as tarefas fáceis e fica com as difíceis.

— Bom, talvez você também tenha notado ontem que às vezes é mais fácil fazer certas coisas porque sou melhor nelas.

Ele soltou uma risada curta e aguda.

— Certo, mas fazer tudo sozinha não é muito sustentável, é? Por favor, delegue.

Ela parou de mexer a quinoa.

— Corte esse pepino. Em cubinhos. Cuidado para não cortar os dedos.

Ele se posicionou ao lado dela, fazendo movimentos desajeitados com a faca até pegar o ritmo.

— O que é penhorada?

Ela ficou com o garfo parado no ar, em cima de uma coxa de frango que precisava ser virada.

— Você é algum tipo de herdeiro rico que ficou sem a mesada? — perguntou ela, por curiosidade, mas o desprezo em sua voz chiou como a comida na frigideira. Provavelmente era um desses caras que pagavam tudo à vista, em dinheiro, e pensava que cheque especial era um cheque colorido com adesivos brilhantes.

Ele parou de cortar por um segundo.

— É, tipo isso.

Não quis desenvolver mais. Pois bem. Ela também não queria. Ledi virou os pedaços de frango e pegou uma pequena panela de ferro para preparar o molho.

— Pode picar a sálvia em seguida. — Foi tudo que ela disse. — E esprema os limões.

O bíceps de Jamal roçou contra o dela enquanto eles trabalhavam sem pressa. O cheiro fresco e herbal da sálvia se misturava ao aroma caramelizado do frango. Um carro passou tocando o hino pop onipresente do momento no último volume, mas eles preparavam a refeição em silêncio.

O pombo arrulhou do lado de fora da janela e se aproximou do vidro, fazendo Ledi se lembrar de um estudo que lera, descrevendo como as aves eram capazes de recordar rostos humanos. Eram mais observadoras do que as pessoas supunham. Ela se perguntou o que o pombo acharia dela e de Jamal. Um par de humanos que havia escolhido cozinhar junto todas as noites, e que talvez tivesse decidido unir outras partes de suas vidas também?

É só uma refeição de graça. E o pombo não está pensando em nada, a não ser em como participar da divisão da quinoa.

— Meus pais esperam muito de mim — disse Jamal. Pelo visto, ele era uma dessas pessoas que ficam meditativas enquanto picam legumes. — Depositam em mim todas as suas esperanças para o futuro, por isso também querem decidir tudo por mim, inclusive como faço meu trabalho e com quem devo me casar. Mas pelo menos tenho pais, então acho que não deveria reclamar.

Ledi jogou a sálvia na manteiga cítrica e tirou a panela do fogo.

— Já podemos encerrar a conversa sobre os pais e a ausência deles — afirmou ela, despejando o molho sobre o frango.

Ela não olhou enquanto ele se movia atrás dela. Concentrou-se em pegar uma pequena garfada de quinoa, assoprá-la e testar o ponto entre os dentes.

Quando por fim se virou, ele estava perto da mesa, com as mãos no bolso. Sobre cada jogo americano plástico com manchas de alvejante da sra. Garcia, a mesa estava posta com perfeição. Os talheres não eram chiques, mas aparentemente ele tinha aprendido alguma coisa que ela lhe ensinara no Instituto. Tinha até dobrado os guardanapos de papel do jeito elaborado que ela havia mostrado. Ela não deveria ter se importado, mas foi o olhar dele que a pegou. Já estivera nessa posição antes. Parada ao lado de uma mesa posta, esperando que o pequeno gesto fizesse os pais de seu lar temporário felizes, que mostrasse como ela podia ser útil...

Ledi deu um grunhido de aprovação e se virou de volta para a comida. Pelo modo como viu de relance os ombros dele murcharem, ela soube que ele esperava uma reação diferente. Ele não teria como adivinhar que o som áspero era resultado da estranha reação que acontecia no peito dela, provocada por ele. Comichões, palpitações, explosões, todo tipo de *ões*.

Emoções. Boas, que não poderiam ser atribuídas somente a uma refeição de graça.

Ela se afastou do fogão quando ele entrou de novo na cozinha. Era maior do que a cozinha estreita que ela tinha em casa, mas de repente pareceu pequena demais para os dois.

Quando olhou para cima, o olhar dele estava em seu rosto, focado mais especificamente na boca. Então seus olhos se levantaram e encontraram os dela, e as comichões e palpitações se espalharam do peito para uma parte da anatomia dela que, com bastante certeza, não fazia parte do sistema circulatório nem respiratório. Ela teria que conferir de novo os livros de anatomia, porque a pulsação entre as pernas parecia forte como a batida de um coração, tão natural quanto respirar.

Homens já haviam olhado com desejo para Ledi antes, mas o modo como Jamal olhava era totalmente novo. Não, não era verdade. Ela já vira aquilo antes. Era o olhar do Príncipe Encantado quando a Bela Adormecida abria os olhos. A expressão abismada de Eric ao acordar e encontrar Ariel embalando-o na praia. O olhar que ela pensava só existir em personagens da Disney, por parecer tão improvável que alguém jamais fosse olhar para ela daquele jeito.

E mesmo assim, ali estava, o olhar dele faiscando de malícia e desejo, os cantos da boca levantados em um sorriso esperançoso. Ela considerou dar a ele um sorriso como aquele, independentemente do que fosse lhe custar, mas sabia muito bem aonde as coisas iam terminar.

Ímã defeituoso. Bicamada lipídica, ativar.

— Tenho que ir — disse ela, de repente. Lavou as mãos, pegou a mochila e lançou o peso nas costas como se fossem funções automáticas.

— Ledi…

Ela estava indo para a porta e continuou andando, ignorando-o.

— Realmente estou muito cansada, e tenho que acordar cedo para fazer uns testes no laboratório…

— Ledi. — Dessa vez a voz dele foi autoritária, um tom que não poderia ser ignorado, e ela já tinha se virado para eles antes mesmo que percebesse. — Aqui.

O armário aberto atrás dele revelou uma caverna dos tesouros de potinhos plásticos, e o que ele segurava continha uma porção da refeição que eles haviam preparado juntos.

— Obrigado por cozinhar o jantar para mim — agradeceu ele, entregando-lhe o paralelepípedo morno de plástico.

— Imagina, tudo certo — disse ela, dando um passo para trás. Os olhos dele se estreitaram.

— O que não estaria certo seria você ir embora sem uma porção da comida que preparou — falou ele, e colocou o pote em suas mãos. — Ele abriu a porta o suficiente para que ela conseguisse passar sem encostar nele. — Eu me diverti. Obrigado por passar esse tempo comigo.

Não estava mais olhando para ela como um personagem da Disney, mas seu sorriso a banhou de calor, como o primeiro raio de sol a tocá-la depois de passar horas dentro do laboratório.

O que diabos você está fazendo? Falando sério agora!

Ela se apressou até a porta, dizendo um "obrigada" por cima do ombro enquanto mexia com as chaves para abrir a porta e entrar no próprio apartamento. Ele não ficou em pé encarando feito um esquisitão, e fechou a porta antes que ela abrisse a dela. Ledi duvidava que ele a estivesse observando pelo olho mágico, embora ela mesma tenha feito isso ao fechar a porta atrás de si.

Ignorou o aroma delicioso vindo do Tupperware.

Em casa. Viva (praticamente).

Mandou uma mensagem para Portia, alimentou os Tivôs, tomou um banho e passou no cabelo a mistura cheirosa de óleo cuja receita tinha visto em vários vídeos do YouTube, ainda que seu estômago estivesse roncando. Prendeu o cabelo em um coque no topo da cabeça e amarrou a bandana de seda que usava para dormir, toda estampada com "EU <3 CIÊNCIA", presente de Portia.

Quando por fim pegou a comida, já estava praticamente fria. Ao dar a primeira garfada, ela se perguntou se Jamal estaria fazendo o mesmo, a poucos metros de distância.

Arrependeu-se de ter negado a si mesma a visão dele mordendo o frango macio, a gordura e o molho brilhando naqueles lábios perfeitos e tornando-os ainda mais sedutores.

Em silêncio, amaldiçoou a sra. Garcia e qualquer que tivesse sido o furo estatístico que trouxera Jamal para tão perto de seu mundinho. Mas não importava no fim das contas. Estaria tão ocupada com o trabalho no Instituto e com os estudos que nem o veria de novo. E ela queria que fosse exatamente assim.

9

Ledi já tinha vestido a calça preta, ainda grogue de sono, e estava a meio caminho de terminar de abotoar pela segunda vez a camisa de smoking quando o celular tocou. Ficou irritada por um segundo – pessoas que ligavam em vez de mandar mensagem eram a praga da humanidade –, mas logo sentiu uma onda de medo. Portia não tinha respondido a mensagem na noite anterior. Talvez tivesse bebido demais outra vez. Talvez...

Mas quando pegou o celular, a tela estava acesa com o nome YVES.

— Alô?

A voz irritada de Yves sibilou pelo telefone.

— Não precisa vir trabalhar hoje. Vamos fechar por alguns dias — rosnou ele.

— O que houve? — perguntou Ledi.

— Várias pessoas passaram mal ontem depois do almoço, e estão dizendo que a causa foi esta cozinha. A *minha* cozinha.

— Ah não. — A mão de Ledi foi até o estômago, e ela imaginou todos os possíveis agentes bacterianos aos quais teria sido exposta enquanto trabalhava. Ela não tinha tempo para uma intoxicação alimentar. Mas provavelmente já teria passado mal se tivesse comido alguma coisa contaminada.

— Sabe, eu disse para não encomendarem mais aquela merda de salada embalada e continuarem comprando da feira local, mas eles reclamaram dos custos. Agora estamos pagando por isso! — gritou ele. Ledi segurou o aparelho longe do ouvido. — Você tinha que ver as trocas de e-mails que estão rolando no Instituto! Diarreia isso, jorro de vômito aquilo. Está todo mundo agindo como se eu tivesse limpado a minha bunda com a alface romana antes de servi-la. *Jävla fan!* O único jeito de essa cozinha ser mais limpa seria se eu fizesse a faxina com um lança-chamas.

Para Ledi, isso não parecia estar totalmente fora de questão. Ele seria capaz de levar um lança-chamas para o Instituto se continuassem a manchar o nome da cozinha dele.

— Sinto muito, Yves. Sei que a limpeza é uma prioridade para você. — Isso lhe rendeu um murmúrio de aprovação. — Então não é para eu ir trabalhar?

— Não, sinto muito, mas seus turnos de hoje e de amanhã estão cancelados. Volto a ligar assim que as coisas se acalmarem, embora eu saiba que você vai nos deixar em breve por causa do estágio. A gente vai se falando, pode ser?

Ela sentiu uma nova onda de pânico enquanto eles se despediam e desligavam, dessa vez pensando em sua conta bancária. Ela disse a si mesma que estava tudo bem – ela se controlava e economizava para não surtar em caso de emergência. Ou pelo menos não surtar *muito*.

Por mais frustrante que fosse, não ter que ir trabalhar era uma das melhores coisas que aconteciam a Ledi em bastante tempo.

Além do gostoso no apartamento em frente, óbvio.

Ela pensou em Jamal e no jantar que cozinharam juntos na noite anterior. Tinha ficado irritada por ter que tomar a frente da cozinha, mas o fato de trabalharem lado a lado tinha sido legal. Ela estava acostumada a encontros mais impessoais. Cinemas e cafés, talvez seguidos por algumas horas na cama do rapaz, se tanto. Nunca trazia os homens para casa, muito menos cozinhava para eles. Com certeza nunca tinha falado tanto sobre o próprio passado.

Ela tinha contado a Jamal sobre os pais. Não parecia grande coisa, dado o panorama atual de compartilhar tudo nas redes sociais, mas havia sido bem mais do que ela já contara a um desconhecido que não trabalhava no Conselho Tutelar. E ela não tivera a sensação de estar conversando com um estranho, o que tornava tudo ainda mais desconfortável para ela.

O celular vibrou em sua mão, e ela se atrapalhou toda, olhando para ele com terror, depois com alívio, ao vê-lo aterrissar na superfície macia da cama.

Ei! Estou na minha caminhada da (sem) vergonha. Como foi seu encontro com o vizinho?

Ledi sorriu.

Foi tudo bem. Acabei trazendo minha comida para casa, então não foi bem um encontro.

Espera. Como assim? Ele era um maluco?

Ele era legal.

Tão legal que você foi embora antes de sentar para comer com ele?

É.

Vocês conversaram?

Sim.

... e você gostou de conversar com ele?

Aham.

👀🌊

Você está vendo o quê?

Ledi começou a desabotoar a camisa de smoking, passando o aparelho de uma mão para a outra ao tirar as mangas. Ela imaginou o que Jamal estaria fazendo do outro lado do corredor, e depois lembrou a si mesma que aquilo não importava.

Você aguentou até o fim alguns dos encontros mais merdas e mais sacais de que se tem notícia. Mas foi embora antes de jantar com um cara legal ontem à noite. 👀🌊

Ledi revirou os olhos e digitou a resposta.

Trabalhei o dia todo no laboratório e depois no Instituto. Estava cansada.

Claaaaaro.

Mudando de assunto, tenho folga do trabalho hoje.

Espera. Como assim? De qual trabalho?

Dos dois. Meu Deus, eu posso voltar para a cama. 😂

Ela olhou rapidamente para os livros e para as anotações.

Isso! Nem pensar em estudar. Vá botar o sono em dia.

Ledi ficou toda alegrinha com a chance de ter um tempo para fazer nada, só recarregar as baterias.

De repente, a gente pode almoçar naquele restaurante brasileiro que você comentou quando abriu. É por minha conta! E o meu ex-colega de trabalho no Museu de Nova York postou que eles estão com uma mostra sobre epidemias históricas. Dia de meninas?

Ledi sabia que era, de certa forma, o jeito de Portia compensá-la por aparecer no meio da madrugada, mas também, apesar de seus defeitos, sabia que Portia era uma amiga carinhosa que queria lhe dar um refresco dos sufocos do dia a dia. Ledi ficou com vontade de encontrar com ela – ter uma conversa de verdade, que fosse coerente e da qual as duas se lembrariam –, mas era sempre desconfortável quando Portia fazia convites como aquele. O restaurante brasileiro tinha uma estrela Michelin, e o almoço lá custaria uma fortuna. Mas Ledi pensou que talvez esse fosse o objetivo. Ela não era a única que confundia ser útil com ser indispensável.

Que tal uma pizza? Fica mais no meu orçamento.

Ei, você pode aceitar comida de graça de um cara estranho, mas não da sua melhor amiga? Não esquenta. Vou buscar você aí.

Ledi suspirou e espantou a irritação. Tinha uma soneca chamando por ela.

Quando Portia chegou, Ledi já tinha vestido uma roupa casual: calça jeans reta, tênis rosa-choque e um moletom de gola ampla que caía até os ombros. Seus ombros eram bonitos, e ela de repente sentiu vontade de mostrá-los.

— Olha ela! — Portia deu uma olhada satisfeita em Ledi, de cima a baixo, e um aceno de cabeça encorajador. — Você está linda! Passou rímel? E batom?

— É um protetor labial com cor — explicou Ledi. — Comprei pelo site da Regina. O *garotasdeóculos.com* tem uma seção ótima de "maquiagens para todas as peles e todos os bolsos". O site está bombando mesmo. Você deve estar orgulhosa.

— É, a Regina sempre se dá bem quando se dedica a alguma coisa — respondeu Portia, mas seu olhar ficou distante, como sempre acontecia quando Ledi mencionava a irmã gêmea dela. Ledi entendia que ter uma gêmea podia ser um saco, mas quando essa irmã tinha um dos sites *geeks* mais populares, era normal que o assunto surgisse de vez em quando.

— Quer ir ao museu ou tomar uns drinques? — perguntou Portia, de repente.

— Ao museu. É tipo meio-dia. Seu fígado me mandou uma mensagem pedindo para tirar o dia de folga também.

Portia ficou em silêncio um tempão, parecendo não ter achado a piada muito engraçada, e o dia divertido que Ledi imaginara começou a se desfazer diante de seus olhos. Não estava a fim de discutir. Queria aproveitar sua pequena janela de liberdade.

Portia deixou para lá o que quer que a estivesse incomodando e sorriu.

— Tem razão. E eu também estou empolgada para essa mostra. Depois, posso apresentá-la para o curador, se quiser, e vocês podem falar sobre ciências e tal. Ah! Quem sabe eles não pedem para você ir lá dar uma palestra?

A tensão desapareceu enquanto Portia mergulhava em planos grandiosos para o futuro de Ledi, que seria uma cientista pública mundialmente reconhecida. Ela estava sempre incentivando a amiga na direção de coisas melhores, embora não parecesse ter a menor ideia do que fazer com a própria vida.

Ledi pegou sua bolsa favorita, no formato de uma ameba, e omitiu para Portia em que site a tinha visto enquanto trancava a porta de casa e saía pelo corredor.

Ledi sempre tivera uma percepção aguçada de seus arredores, ou pelo menos desde que podia se lembrar. Era uma habilidade necessária quando você se mudava da casa de um estranho para a casa de outro, e tinha que estar sempre se adaptando a novos pais adotivos e novos irmãos, ainda que eles fossem legais. Talvez tenha sido por isso que ela já estava encarando o 7N quando a porta se abriu.

Jamal ficou parado por um momento, bonito como sempre, com uma camiseta de gola V estampada com redemoinhos pretos e dourados, uma espécie de túnica africana, e aquele jeans perfeitamente ajustado, dessa vez em azul-marinho.

— Tudo em cima, vizinha? — cumprimentou ele, com um sorriso, como se fosse absolutamente normal cumprimentar as pessoas daquele jeito.

— Ah, oi — respondeu Portia, e dava para ver que ela estava se divertindo. — Você acabou de se mudar do interior?

— De onde eu venho também passam reprises d'*A Família Buscapé* — disse ele, sorrindo. — Não se compara a Nova York, mas não é um lugar tão provinciano assim.

— E de onde você é, exatamente? — perguntou Portia, mas Jamal já estava olhando para Ledi. Ela se lembrou do olhar que ele tinha dado para ela na noite anterior, mas não havia mais sinal dele. Apenas uma cordialidade respeitosa. Ele se inclinou um pouco para a frente.

Ele está fazendo uma reverência?

— Como foi seu jantar? — perguntou ele. — O meu estava delicioso. Só faltava uma coisa para ser ainda melhor.

Ah. *Ali estava* aquele olhar. Ledi sentiu o calor subindo até as bochechas e o pescoço.

— Páprica? — perguntou ela. — Achei que devia ter colocado um pouco de páprica.

Ele balançou a cabeça, e seu olhar contornou rapidamente a curva do ombro dela antes de retornar para o rosto.

— Não era páprica.

Três palavras simples que despertaram sensações explosivas nos seios e na barriga de Ledi.

— Meu jantar estava bom — disse Ledi, se arrependendo de não ter ficado na noite anterior, o que era um sinal de que havia tomado a decisão correta —, mas provavelmente não tão bom quanto o pacote de macarrão instantâneo que eu teria comido se você não tivesse aparecido.

Ele riu. Foi um alívio os olhos dele terem se fechado com a risada. Ledi tinha limites – todo mundo precisava ter –, mas quando Jamal a olhava, ela percebia como havia se tornado fechada em si mesma, e como era cansativo ser daquele jeito o tempo todo. O olhar dele fazia com que ela quisesse se abrir.

Respirou fundo para se recompor e sentiu um cheiro ao mesmo tempo doce e fresco, herbal e floral, que atingiu seus receptores olfativos e a invadiu. O aroma traçou uma reta no cérebro dela e agitou sua memória, instigando contornos obscuros que ela não conseguia ver com clareza. Um clarão amarelo em uma pele negra, e talvez um sorriso? No entanto, o mais forte foram as emoções.

De novo as emoções?

Felicidade. Pertencimento. A certeza de que era amada.

Jamal fechou a porta e saiu para o corredor, e então ela percebeu que o perfume vinha dele.

O que diabos?

Ledi se afastou um pouco, não por ser enjoativo, mas por não fazer a menor ideia de por que aquele cheiro evocava uma queimação em seus olhos e uma vontade de ser abraçada.

— Ahhhhhhhhhh. Foi você que fez o jantar para Ledi? O assassino em série potencial? — Portia olhava de um para o outro como se os investigasse, e seu olhar trouxe Ledi de volta das memórias e emoções, que pairavam bem nas fronteiras de sua percepção. Portia estava encarando Jamal, e isso era um problema.

Meu Deus. Não.

Portia tinha se oferecido para matar o ex de Ledi na noite anterior e, embora tivesse sido uma hipérbole, a amiga tendia a ser um pouco protetora demais em se tratando de homens. Isto é, de homens com Ledi. Não tinha o mesmo discernimento para si mesma.

Ledi começou a arrastar Portia dali.

— O Instituto está fechado devido a uma emergência, então vou finalmente conseguir fazer alguma coisa divertida antes de estudar mais tarde.

— Fechado? Quer dizer... por causa do fogo? — perguntou Jamal, acompanhando-as até a escada do prédio. A expressão dele estava tão penitente que Ledi até sentiu um pouco de pena. Um pouco.

— Não. O restaurante sobreviveu à sua tentativa de incêndio, só para ser derrotado pelas maiores babacas da natureza: bactérias.

Ele parecia confuso.

— Intoxicação alimentar — explicou Ledi.

A confusão dele se transformou em preocupação, e ela se lembrou de que ele também havia comido lá. Como um último castigo pelo comportamento dele naquela noite, ela deixaria que ele descobrisse sozinho que estava tudo bem.

— Como assim, que incêndio? Do que vocês estão falando? — perguntou Portia, virando-se para trás. Foi quando Ledi percebeu que estava andando ao lado de Jamal, e não da amiga. Desceu um degrau a mais e ficou ao lado de Portia.

— Não foi nada — falou Ledi.

Ao mesmo tempo, Jamal anunciou:

— Coloquei fogo na estação de fondue.

Agora foi a vez de Ledi olhar para trás.

— Nunca vou me esquecer de você correndo para o resgate — continuou ele. A brancura de seus dentes quebrando a uniformidade escura da barba quando ele sorriu. — Você foi tipo...

Ele começou a fazer movimentos exagerados em câmera lenta, imitando o momento decisivo como em todos os filmes hollywoodianos. Apontou um extintor de incêndio imaginário na direção de Ledi.

— O foooooonnndduuuuuuueeeeee! — gritou ele, com uma voz grave e também desacelerada, fingindo disparar um extintor que era difícil de controlar. — Não no meu turno!

Quando ele por fim parou e olhou para ela, com os braços ainda levantados como se segurassem o extintor, os dois caíram na gargalhada. Ledi não sabia o que estava acontecendo, mas seu estômago doía de tanto rir, e ela teve que parar e se segurar no corrimão com uma das mãos, colocando a outra sobre o peito.

— Não foi assim — negou ela, quase engasgando.

— Eu quase botei fogo em mim mesmo, Naledi. A imagem ficou bem marcada na minha memória, e também no meu braço esquerdo — disse ele. — Pode confiar no que eu digo.

Eles começaram a rir de novo, e Ledi percebeu que se sentia do mesmo jeito que ao sentir o perfume dele no corredor. Feliz. Pertencente.

— Não entendi — disse Portia, com as sobrancelhas finas franzidas, e Ledi notou um leve encolher de ombros. Ao contrário de Ledi, que não tinha problema nenhum em ficar nos bastidores, a sensação de estar por fora deixava Portia desconfortável.

— Ah, você tinha que ter visto — falou Ledi, quando chegaram ao térreo. Deu o braço para a amiga e foram em direção à porta.

Havia uma pessoa parada na portaria, vestida com um terno que fazia Jamal parecer um mendigo. A calça marrom tinha um vinco tão marcado que faria o jeans de Ledi parecer detonado se andasse perto dela. Um blazer marrom-escuro acinturado... uau.

A mulher de terno estava mandando uma mensagem com um sorrisinho sonhador estampado no rosto.

— Quem é essa? — sussurrou Portia. — Esse *look* é tudo!

— Acho que ela não mora aqui — comentou Ledi. — Mas vamos voar em cima dela e roubar essas polainas. Acho que consigo calçá-las se cortar alguns dedos do pé.

Quando elas empurraram a porta, a mulher levantou os olhos do celular e segurou a porta aberta para elas, como se fosse uma concierge particular elegantérrima. Por um instante, seus olhares se encontraram, e Ledi teve certeza de que a conhecia de algum lugar; a mulher a olhava como se fossem velhas conhecidas. Embora não tenha falado nada, deu um leve aceno de cabeça que fez Ledi se sentir quase aristocrática.

Eu realmente devia usar esse batom com mais frequência.

Depois ela olhou para além de Ledi e Portia, e sua expressão ficou mais reservada.

— Alt... *Amigo*, como vai? — disse ela a Jamal. O sotaque era parecido com o dele, mas com aquele elemento que ela não conseguia identificar ainda mais pronunciado. Era mais próximo da fala cantada das mulheres que faziam as tranças de Ledi de vez em quando. — Sinto informar que tenho notícias desagradáveis sobre, ah, coisas. Assuntos. Você sabe.

O sorriso que tinha no rosto enquanto mexia no celular havia sumido.

— Coisas e assuntos. De fato. — Jamal se virou para Ledi e Portia fazendo mais uma daquelas pequenas reverências. — Bom, senhoritas, espero que aproveitem o museu — disse ele, e foi conversar com a mulher maravilhosamente bem-vestida. A postura dele de repente ficou séria. Ele parecia mais alto, mais rígido, mais controlado.

Ledi gostava daquele lado dele também.

— Tchau! — Portia foi um pouco entusiástica demais na despedida.

Ledi olhou para trás ao sair do prédio. Não estava com ciúme – não o conhecia bem o suficiente para isso –, mas ainda assim sentiu uma pontada de curiosidade. Aquela mulher parecia ser próxima dele, enquanto Ledi não sabia nada sobre ele além do fato de que era cheiroso e não queria decepcionar a família. Mas tinha a sensação de que havia algo mais por trás da história que Jamal contara a ela. Não estava procurando uma desculpa para vê-lo de novo nem nada do tipo, mas precisava se certificar de que ele não estivesse fazendo nada que a sra. Garcia não fosse aprovar em seu apartamento.

Se tivesse que encontrá-lo de novo, estaria apenas sendo uma boa vizinha. Só isso.

10

— Pelo visto o senhor atravessou o fosso em chamas que o separava de sua prometida.

A voz de Likotsi ecoava no hall de entrada. Ela tirou seu fiel tablet de uma bolsa de couro que havia envelhecido perfeitamente, digitou a senha e começou a rolar a tela, mas seus olhos se levantavam a cada três segundos, deixando evidente que ela estava esperando uma resposta.

— Nossa relação está cordial — disse ele, pensando no jantar da noite anterior. Thabiso tinha cozinhado para si mesmo raríssimas vezes. Nas ocasiões desses impulsos, tivera o apoio de toda a equipe de cozinha do palácio. Com Naledi tinha sido divertido. Íntimo. Ele queria ter sido capaz de impressioná-la com seus talentos, no entanto, tinha revelado suas falhas mais uma vez, e ela não o atacara com críticas.

Depois que ela foi embora, ele sentou-se sozinho à mesa de jantar e ficou esperando por uma batida na porta que nunca aconteceu. E desejou poder superar logo a parte complicada do plano, a parte em que ele revelava quem era, para que eles pudessem chegar à fase em que seus lábios se tocavam e as mãos dele deslizavam por todas as curvas do corpo dela.

Ele tentou não deixar a mente voar muito nessa direção, mas até mesmo a comida inspirava pensamentos luxuriosos. Embora boa parte de sua dieta em países estrangeiros fosse constituída por culinária gourmet, as coxas de frango simples tinham sido a coisa mais deliciosa que ele comera em muito tempo. Enquanto saboreava o molho cítrico de sálvia, imaginou se a essência da própria Naledi não teria se misturado aos ingredientes, dando à comida um toque especial e viciante que o fizera lamber os dedos. Os pensamentos sobre a "essência" dela o obrigaram a dormir de barriga para cima, com o pau dolorosamente duro, incapaz de se aliviar no quarto rosa cheio de frufrus da sra. Garcia sem se sentir um pervertido.

Em vez disso, pesquisou o termo "*gaslighting*", depois "penhorar" e "lar temporário", e foi tomado por uma tristeza imensa ao pensar em

Ledi sozinha em casa, sem ter ao menos as memórias da família para lhe fazer companhia. Ele quase nunca ficava sozinho – quando não estava com os pais atentos, porém ocupados, sempre havia uma babá, um conselheiro, um tutor, um treinador e, mais tarde, Likotsi por perto. A falta de privacidade sempre o incomodara, mas agora, sem romantizar o passado, percebia que havia sido um privilégio. Um que ele não pedira para receber, mas do qual se beneficiara mesmo assim.

Ele pensou na garotinha sorridente que aparecia na foto do noivado, depois a imaginou em um país enorme como os Estados Unidos, em uma cidade grande e assustadora como Nova York, sozinha, jogada entre pessoas que não sabiam nada sobre a terra natal dela.

Em Tesolo, quando uma criança ficava órfã, ia morar com os parentes, ou com uma família que não podia gerar filhos, ou em um dos orfanatos comunitários que tentavam, em geral com sucesso, replicar o convívio familiar. Ele tinha olhado pela janela, para os prédios altos de tijolos e para as calçadas de concreto sujas. Manhattan não parecia ser um lugar fácil para uma criança órfã.

— Senhor? Qual é o problema? — perguntou Likotsi, interrompendo seus pensamentos.

— Ontem à noite, descobri um pouco sobre a vida de Naledi depois que ela veio para os Estados Unidos.

— Descobriu o paradeiro dos traidores Libiko e Kembe? Não consegui encontrá-los na minha pesquisa, e ela não tinha listado nenhuma informação sobre eles no site de genealogia. — Os olhos de Likotsi se estreitaram, do mesmo jeito que acontecia quando qualquer bom tesoliano falava sobre os pais de Ledi. Thabiso nunca se incomodara, mas isso tinha sido antes de conhecer Naledi, ou de saber o que acontecera com seus pais.

— Eles estão na companhia dos ancestrais — respondeu Thabiso. — Morreram quando ela era muito nova, talvez logo depois de sua chegada ao país. Ela foi colocada sob a tutela do estado, criada por desconhecidos.

Likotsi levou um susto; seus olhos subitamente se arregalaram e ficaram úmidos de emoção. A reverência aos ancestrais era arraigada em todo tesoliano, do mais rico ao mais pobre. A memória daqueles que tinham vindo antes e a transmissão do conhecimento familiar eram algo sagrado. A ideia de não conhecer os próprios pais ou as próprias raízes...

Thabiso entendeu por que Likotsi ficara tão chateada: era horrível pensar em uma pessoa a quem fosse negado o que era seu por direito.

— Vossa Alteza, ela sabe quem é? — perguntou em voz baixa. — De onde veio?

Thabiso olhou para ela, sentindo o peso da perda de Ledi como se fosse a sua própria. De certa forma era.

— Acredito que não.

O hall de entrada de repente pareceu sufocante. Likotsi escancarou a porta, como se tivesse sentido o mesmo, deixando entrar um ar fresco. Pelo menos para os padrões de Nova York.

— Se os pais dela morreram logo após a chegada... — Likotsi fez uma expressão angustiada. — Isso muda tudo. Significa que não retornaram porque não tiveram chance. Que nunca se comunicaram porque não podiam. Significa que...

O rosto expressivo de Likotsi se contorceu de confusão.

Thabiso assentiu.

— Ela diz que não se lembra da família. Eu imaginava que os pais dela tivessem trocado o sobrenome para Smith para evitar serem encontrados, mas pode ter sido uma mudança feita pelo governo por não saberem quem ela era. É um nome bastante comum por aqui.

— Vou pesquisar, senhor. — Likotsi tinha um olhar determinado, e isso costumava ser um bom sinal. — É só que... talvez agora devesse contar a ela quem o senhor é.

— Como era a suíte do hotel? — perguntou Thabiso, mudando de assunto. — E até onde me consta, você nunca usa o mesmo terno duas vezes seguidas, mas o que temos aqui?

Ele deu uma puxadinha na lapela do terno dela, que tinha uma mancha vermelha. Batom?

— Eles têm um termo para isso nesta região. Aprendi ontem à noite: "néda" — disse ela.

— Néda?

— "Néda sua conta" seria o termo completo. — Likotsi ficou com o olhar distante e sorriu ao dizer isso, como se houvesse alguma piada nas palavras que Thabiso não conseguia decifrar.

— Entendi. Acho que entendi. Não vou me meter nos seus assuntos, mas fico feliz por vê-la sorrindo como uma adolescente.

Likotsi era uma solteira cobiçada em Tesolo, embora também tivesse perdido o entusiasmo para ir a encontros nos últimos tempos. Muitas mães com esperanças de ter como nora a mão direita do príncipe – futuramente a mão direita do rei – ficaram muito decepcionadas.

— Bah — exclamou ela, passando por ele e saindo do prédio. — Temos assuntos mais importantes a tratar do que a minha vida amorosa. — Ele estava prestes a sinalizar que "amor" era um conceito sério para ser usado tão precipitadamente, mas então viu que a expressão dela se tornou grave.

— O que foi? — perguntou ele, ao sair atrás dela. Um grupo animado de adolescentes passou pela frente do prédio, com um gingado que lembrou Thabiso dos estudantes do colégio que carregava o seu nome. Pelo jeito, a petulância da juventude era igual no mundo inteiro.

Likotsi suspirou e balançou a cabeça.

— Recebemos um comunicado do vilarejo de Lek Hemane. A esposa de um dos anciãos ficou doente.

Ele sentiu um nó no estômago.

— Quem?

— Annie — sussurrou Likotsi.

Annie Jarami era uma lenda no cenário político de Tesolo, e o marido dela, Makalele, era igualmente respeitado. Eram os guardiões da sabedoria, haviam presenciado gerações de mudanças no reino e contavam histórias durante as festividades. Ambos já eram idosos desde que Thabiso se lembrava, mas Annie era durona, como as árvores retorcidas que brotavam no topo mais exposto da montanha e aguentavam o vendaval, dobrando-se sem jamais quebrar.

Annie também era a avó de Ledi.

— Ingoka nunca se engana, Vossa Alteza. Uma doença grave a esta altura? Precisa contar a Ledi quem o senhor é, e quem ela é. Logo — afirmou Likotsi. — Caso o pior aconteça.

Thabiso deu um breve aceno de cabeça. O segredo parecia ficar mais pesado a cada hora que passava, mas havia outras questões em jogo.

— A doença de Annie terá impacto sobre a representatividade das tribos na reunião sobre a ocupação das terras?

— Sim. Makalele se recusa a sair do lado de Annie, então o ministro da Economia, Alehk, irá representá-los. Ele tem... um ponto de vista diferente dos pais, como o senhor bem sabe.

Era o jeito delicado de Likotsi dizer que o homem era ganancioso, teimoso e não dava a mínima para o bem-estar de sua tribo, queria apenas encher o bolso. Era ele quem mais insistia no acordo com a Omega Corp, razão suficiente para Thabiso desconfiar da empresa. No entanto, Alehk convencera a maior parte dos outros ministros, deixando Thabiso de mãos atadas. Ele sempre havia se perguntado por que a deusa punira Annie e Makalele com não um, mas dois filhos desonrados; embora agora começasse a ver que tudo que sabia sobre Libiko talvez estivesse errado.

— É uma notícia triste, mas vamos torcer para que Annie se recupere até a reunião do conselho. O que ela tem?

— Justamente, senhor. Ninguém sabe ao certo…

— Tesolo tem os melhores médicos em sete continentes, a não ser que exista uma equipe de pinguins brilhantes escondida na Antártica — disse Thabiso, cheio de frustração. — O que quer dizer com "ninguém sabe ao certo"?

Likotsi balançou a cabeça.

— O senhor tem razão. Os médicos estão trabalhando com afinco para encontrar a causa do problema e garantir uma rápida recuperação.

A inquietação se apoderou de Thabiso como uma cobra enrolada em seu tornozelo, e ele teve medo de que a mordida venenosa acontecesse a qualquer momento.

— É um momento delicado, mas ela é idosa, então não é algo totalmente inesperado — disse ele. Idosa, porém não frágil. A sobrancelha franzida de Likotsi deixou evidente que ela pensava o mesmo. — Mantenha-me informado sobre o estado dela, e peça para os médicos enviarem um primeiro parecer.

Seus pensamentos foram para Naledi. Ele tinha pesquisado sobre epidemiologia, e isso era a praia dela, algo que a interessaria. Mas discutir o assunto significaria lhe dar detalhes quanto à localidade, e ela não havia respondido bem aos e-mails de Likotsi. Se ele mencionasse Tesolo no momento errado, do modo errado, seria obrigado a contar tudo sobre o passado dela, e essas informações cairiam sobre Ledi como um hipopótamo despencando de um prédio. O peso a atingiria do pior jeito possível, esmagando também aquilo que estava surgindo entre eles, o que quer que fosse.

A resistência dele em contar tudo a ela estava aumentando em vez de diminuir. Gostava da maneira como Naledi olhava para Jamal, de como era capaz de conversar e brincar à vontade. Quando ela descobrisse quem ele era, tudo seria diferente.

— O que mais temos na pauta do dia? — perguntou Thabiso. Era melhor se concentrar no verdadeiro motivo pelo qual estava em Nova York: a melhora da qualidade de vida em seu país.

— Após o almoço com os representantes da PharmaMundial, a Assembleia Geral na ONU requer sua presença. Depois disso, drinques no consulado da África do Sul.

Thabiso fez uma careta.

— Aquela diplomata ainda trabalha lá? A que não parava de ligar depois da nossa interação?

— A mulher que o senhor levou a acreditar que tinha uma chance de se tornar princesa? Não, ela pediu para ser realocada. Acredito que está no consulado da Islândia agora.

Thabiso não gostou da censura nas palavras de Likotsi.

— Eu não a *levei* a acreditar em nada. Deixei nítido que nossa relação era temporária, enquanto eu estivesse aqui brigando pelos pormenores do nosso acordo ambiental.

— E então ativou seu charme — concluiu Likotsi, mantendo o olhar fixo nos carros que passavam. — Assim como está fazendo com Naledi.

— Charme? Você não é a mesma Likotsi que vive me acusando de ser grosseiro?

Likotsi fez um som impaciente.

— O senhor é rude e exigente, mas isso não tem nada a ver com charme. Não sei o que aconteceu na noite passada que fez sua prometida sorrir para você daquele jeito hoje, mas posso apostar que não foi uma revelação da sua verdadeira identidade. Ou da identidade dela.

A raiva de Thabiso cresceu.

— Lição de moral sobre as minhas interações com mulheres não está no escopo da sua função de assistente. O que aconteceu ontem à noite… — Foi maravilhoso? Assustador? — Néda sua conta.

Likotsi bufou, mas seu sorriso foi sincero ao olhar para ele.

— Sua honra e sua sanidade estão, ambas, no meu radar. Se magoar essa mulher do jeito que magoou outras, o senhor não irá deixar para lá e continuar sendo o mesmo príncipe Thabiso. O que começou como uma busca pela noiva fugitiva se tornou algo bem diferente. — Likotsi balançou a cabeça. — Ela sequer sabe quem é, senhor. Seria justo com ela continuar por esse caminho? É como diz o ditado: às vezes é melhor prevenir do que remediar.

A sugestão fazia sentido; se ele terminasse tudo agora, ela sairia ilesa. Seguiria em frente com a vida dela, sem ser afetada pela descoberta de sua verdadeira identidade. Ele rejeitou a ideia imediatamente. Likotsi podia até achar que ele estava se entregando a uma espécie de estranha nostalgia, mas estar perto de Ledi o fazia feliz. Ele não achava que a felicidade fosse algo a que tivesse direito. Apaixonado ou não, ele não estava pronto para abrir mão da possibilidade de... De algo que não sabia ainda dizer.

Recusou-se a discutir mais o assunto.

— A limusine está vindo me buscar para a reunião?

— Devido ao estratagema atual, achei que não seria aconselhável. O senhor pode continuar vivendo como o humilde Jamal, para o caso de Naledi vê-lo pelo caminho.

Ela olhou para o celular bem na hora que um sedan sucateado encostou.

— Você é do aplicativo? — perguntou ela ao motorista.

O homem ao volante usava um boné dos Yankees e um moletom com capuz, em vez do uniforme de chofer ao qual Thabiso estava acostumado. O homem fez que sim.

— É. Vai sair uns trinta com a tarifa dinâmica, eu acho.

— Vinte. — Likotsi estava pechinchando igual a uma senhorinha no mercado com a pessoa que garantiria a segurança dele no percurso. Inacreditável.

— Você agendou a corrida pelo aplicativo. Sabe que eu não mando no preço — esclareceu o homem.

Likotsi deu um suspiro impaciente.

— Achei que não custava tentar. Pelo jeito sou um pouco antiquada. — Ela se virou para Thabiso enquanto abria a porta de trás. — Entre.

— Você vai me botar no carro de um desconhecido? — perguntou Thabiso, horrorizado.

— É um táxi, senhor.

— Táxis são amarelos. Esse carro está sem o para-choque, o banco está rasgado, e as janelas estão manchadas com um fluido estranho.

— Vai entrar ou não? — perguntou o motorista. Estava olhando para o telefone, provavelmente em busca da próxima corrida.

Likotsi abriu a porta mais um pouco.

— Tenha um ótimo dia, *Jamal*. Mando mensagem se tiver qualquer mudança na sua agenda. Nos encontramos no consulado às cinco.

Thabiso fez uma careta e entrou no carro. Likotsi acenou alegremente da calçada enquanto o veículo ia embora.

— Ela tem sorte de ser a melhor assistente de Tesolo — resmungou ele, baixinho, ao inalar o perfume artificial de pinha e couro.

E por isso mesmo, ele sabia que o conselho dela sobre Naledi devia ser acatado. Mas ao vê-la andando de braço dado com a amiga, sua única preocupação tinha sido quantas horas se passariam até encontrá-la de novo. Ele raramente discordava de Likotsi quando ela lhe apresentava os fatos, mas, só dessa vez, esperava que ela estivesse errada.

11

Ledi não se lembrava da última vez que tivera um dia tão relaxante. O pão de queijo e a montanha de carne do restaurante brasileiro deixaram Portia e ela em êxtase, e as duas ficaram no Central Park observando as pessoas antes de irem ver a exposição no museu. Portia atualizou Ledi sobre os casinhos mais recentes e sua mais nova obsessão: estava fazendo um curso de engenharia social. Portia em geral se atinha aos campos relacionados à arte, mas ela mudava de interesses com mais frequência do que algumas pessoas mudavam de roupa – podia se dar ao luxo de mergulhar no que quer que chamasse sua atenção. De vez em quando era frustrante, mas era uma das coisas que Ledi mais admirava na amiga. Ela sempre tinha algo novo e fascinante sobre o que conversar, e sempre estava sinceramente empolgada sobre qualquer coisa que Ledi quisesse discutir com ela.

Havia esquecido como era bom se sentar ao sol e conversar sem ficar contando, preocupada, quantos drinques Portia já tinha bebido. Sentia falta daquilo.

Depois de recarregarem as baterias, foram para o museu – um dos muitos lugares na cidade em que Portia havia estagiado. Ledi engatou em uma conversa com o curador da mostra sobre a história das epidemias em Manhattan, e Portia sugeriu casualmente a ideia de um evento no futuro, de maneira que Ledi e o curador trocaram contatos para discutir formalmente a possibilidade.

Mais tarde, Ledi tinha marcado de estudar com Trishna. Passaram horas assimilando as informações que seriam necessárias não apenas para passar, mas para gabaritar as provas, e Ledi sentiu-se mais segura. Estava confiante quanto às provas da semana seguinte, mas o dr. Kreillig ainda não tinha dado notícias, e mesmo um dia ótimo como aquele não podia distraí-la desse fato.

Todo mundo havia recebido orientações sobre custos de viagem, pontos de encontro e o que levar na mala para seus estágios. Ledi não.

Depois de ouvir Trishna se gabar de seus planos para o verão, em um consultório de saúde pública na área rural do Maine, Ledi por fim entendeu que precisava tomar a iniciativa. Com a ajuda de Trishna, escreveu um e-mail para o chefe de departamento Bell, o superior do orientador dela, e isso foi suficiente para drenar o restante de sua energia.

Ela sabia que precisava fazer aquilo, mas, no momento em que clicou "enviar", teve um flashback horrível: estava sentada no escritório do conselho tutelar, confusa e assustada, conversando com o menino mais velho ao seu lado. Não se lembrava do rosto ou da voz dele, apenas das palavras:

— Se você dedurar um adulto, mesmo se ele tiver feito uma coisa muito feia, vão sempre castigar você.

Foi quando a assistente social responsável pelo caso dele, que tinha as sobrancelhas delineadas e a boca fina e vermelha, o chamou para entrar no escritório. O garoto andou bem devagar, como se todas as criaturas assustadoras que a mente infantil era capaz de imaginar estivessem à espreita atrás do vidro jateado, e então a porta se fechou atrás dele.

Ledi havia levado aquele conselho a sério, e era difícil se livrar de velhos hábitos.

Com o dedo suspenso na tela sobre o botão de "enviar", ela pensou em Jamal, procurando uma desculpa para não envolver o supervisor.

"Fazer tudo sozinha não é muito sustentável, é?"

Tudo bem que Jamal estava se referindo a cortar vegetais, e não à carreira dela, mas Ledi também não conseguia delegar em outras esferas da vida. Respirou fundo e enviou. O que estava feito estava feito. Ela não era uma criança, não estava errada e não ia se sentir culpada por pedir ajuda.

Estava quase chegando à entrada do prédio quando reparou no homem parado na porta. Ela reposicionou as chaves buscando a melhor posição com potencial de arrancar um olho se necessário, mas quando ele se virou com a aproximação dela, Ledi reconheceu o mesmo entregador da noite anterior. Trazia outra caixa da Espátula Amarela.

— Um pouco tarde para o jantar, não? — Ela afrouxou a pegada nas chaves, mas só um pouco.

— O trânsito estava foda hoje. Alguém bateu na traseira da minha van e se mandou a pé. A polícia veio, e passar as informações todas para eles levou uma eternidade. Agora meu telefone está bombando de clientes putos e ninguém aqui abre a porta.

— Isso é pro 7N? — perguntou ela. Ele fez que sim, com a esperança de um homem que não queria subir sete andares de escada brilhando nos olhos. — Eu levo. Sou uma vizinha bacana.

— Valeu, moça. — Ele lhe entregou a caixa. — Você é uma santa.

Ela estava ligeiramente empolgada com a possibilidade de ver Jamal, mas até chegar à porta dele já tinha repensado. Embora estivesse bonita naquela manhã, depois de passar o dia para lá e para cá, do metrô para o museu, do museu para o parque e de lá para o café, estava se sentindo uma versão amarrotada e borrada da mulher que havia saído saltitante de seu apartamento.

Tinha que fazer aquilo com cuidado. Olhou pelo corredor – nenhum vizinho à vista para presenciar aquela cena esquisita.

Deixou a caixa na frente da porta de Jamal, virou-se e abriu a porta do próprio apartamento, depois foi sorrateiramente até a porta dele e tocou a campainha. Um som que pareceu a Ledi o de um gnomo gritando de dor ecoou pelo corredor, e ela correu de volta para a porta de casa. Estava sendo covarde, mas seu instinto de autopreservação era forte – só não era rápido o bastante.

— Naledi?

Ela congelou e se virou com uma cara culpada ao ouvir a voz de Jamal.

— Oi! Encontrei com o entregador outra vez. Sabe como é essa cidade… milhões de pessoas, mas é só conhecer alguém que você desenvolve uma espécie de magnetismo químico e fica atraindo a pessoa toda hora. Tipo você. E eu. Não que eu esteja dizendo que você esteja atraído por mim.

Ah, fala SÉRIO. Ledi se lembrou da pesquisa que tinha lido para uma aula, revelando que a fadiga tinha efeitos colaterais mais graves do que o consumo de álcool.

Jamal sorriu e pegou a caixa.

— Você já jantou? — Ele ignorou a gafe, e ela ficou muito grata por isso. — De repente já comeu com uma amiga. Ou durante um encontro.

— Estava estudando com uma colega de turma, não comi ainda. — Quando estava com Trishna, embora tivesse gastado mais do que devia em um *latte* requintado, ainda estava se sentindo cheia demais do almoço farto com Portia.

Jamal suspirou e relaxou um pouco. De alívio? Não, isso seria bizarro.

— Bem, *bon appetit* — disse Ledi, virando-se de volta para o apartamento dela. Ouvia o banho chamando seu nome; talvez experimentasse a regulagem de alta intensidade da ducha portátil em vez de ficar falando bobagens para o vizinho gato.

— Não está curiosa para saber qual é o cardápio de hoje? — perguntou ele. Segurou a caixa de modo instigante, como se o conteúdo dela pudesse ser mais apetitoso do que o homem que a segurava.

— Não estou a fim de cozinhar — disse ela, reflexiva, e Jamal franziu a testa.

Boa.

— Desculpe. Eu só... Estou cansada.

Por alguma razão, a voz dela falhou na palavra "cansada" fazendo-a se sentir ainda mais idiota. Tudo bem que ela tinha estudado, mas não tinha sequer trabalhado em nenhum dos dois empregos! Deveria ser capaz de encarar o mundo. Em vez disso, só queria se enrolar no sofá e vegetar. Era o que acontecia quando você diminuía o ritmo, o que era uma das razões pelas quais ela nunca fazia isso.

— Você está cansada. Ontem também estava. Não devia ter deixado você cozinhar no meu lugar. Fui insensível. Vou preparar a comida sozinho, desde que você queira se arriscar a comê-la.

Ela respirou fundo. Ele não entendia o quanto ela já estava se arriscando só de falar com ele. Só de não ter saído correndo assim que percebera o efeito que ele tinha sobre ela. Ela tinha provas e um possível estágio arruinado com que se preocupar. Não havia tempo para estrangeiros barbados e bonitos que queriam cozinhar para ela.

Peraí, quando você coloca nesses termos...

Ele endireitou as costas de repente e desviou o olhar dela.

— Não tenho muita experiência culinária, como você sabe, mas hoje assisti a alguns vídeos instrutivos entre um compromisso e outro. Acho que já entendi o básico, mas preciso de uma cobaia.

— Eu sei o que acontece com as cobaias — sussurrou ela. Agora era ela que evitava o contato visual. Disse a si mesma que ele não tinha assistido aos vídeos por causa dela, mas então se lembrou da expectativa no olhar dele quando tinha arrumado a mesa. Logo antes que ela fosse embora e o deixasse sozinho com a mesa posta.

"Só faltava uma coisa para ser ainda melhor."

— Tenho vinho também — acrescentou Jamal, percebendo a indecisão dela. — Ganhei de presente em uma das reuniões que fiz hoje. Foi tipo um sorteio.

— Qual vinho? — A oferta do jantar, por si só, já era tentadora, mas ela não ia abrir mão de uma boa noite de sono por um sangue de boi.

— Malbec. 1997.

Ledi não era nenhuma enóloga, mas sabia, depois de anos como garçonete, que era uma boa safra.

— Tudo bem — concordou ela. — Você me convenceu. Só preciso ir ver os Tivôs primeiro.

— Tivôs? — Ele ficou surpreso e começou a mexer na caixa. — Mas… eu tinha entendido que você não conhecia sua família.

— Bom, acho que você poderia dizer que eles são a minha família, de certa forma. Quer conhecê-los?

Ela fez um sinal com a cabeça em direção ao apartamento, depois entrou e acendeu a luz. Os olhos dele se arregalaram.

— É um espaço bastante pequeno para mais de uma pessoa — comentou ele, diplomaticamente. Então ouviu os chiados, e seu olhar foi direto para a janela. — Pragas. Deixe que eu cuido disso.

Ele passou por ela, e Ledi rapidamente fez o mesmo movimento, adiantando-se em relação a ele até a gaiola dos roedores.

— Pragas não. Quer dizer, não pragas desconhecidas. Esses são meus Tivôs: Gram-negativo e Gram-positivo. Um deles é do mal, mas a aparência dos dois é exatamente a mesma, então nunca sei direito qual é qual.

Os dois camundongos correram alegremente em volta da gaiola quando Ledi se aproximou e jogou alguns pedacinhos de comida lá dentro.

Quando se virou, Jamal a observava com surpresa.

— Você… permite que eles residam na sua casa? E provê a subsistência deles?

Ela riu da aversão contida no tom dele.

— É a minha penitência. Já matei muitos roedores, sabe?

O rosto dele se contorceu de horror.

— Em nome da ciência! Faz parte do trabalho no laboratório — explicou ela. — É a parte que ninguém gosta de admitir. Não *queria* ter camundongos em casa. Mas esses dois fugiram das gaiolas e ninguém sabia dizer de qual estudo tinham sido cobaias. Sacrificar um animal durante um experimento é uma coisa, mas eu não podia simplesmente deixá-los morrer, ou pior, deixar que acabassem presos em alguma armadilha.

— Você é impressionante, sabia? — disse ele. Pelo tom de voz, parecia que ele estava se referindo a alguém que trabalhava para uma ONG, não a uma mulher com gosto questionável para bichinhos de estimação.

Ela olhou para ele, sentindo o calor subir até o rosto mais rápido que a velocidade da luz, de maneira que ela já estava ruborizada antes mesmo de vê-lo.

— São só camundongos. Quer dizer, é mais provável que sejam camundongos mutantes geneticamente modificados, então acho que eles são mais impressionantes do que eu.

Ele balançou a cabeça.

— Venha jantar. Mas lave as mãos primeiro. Os Tivôs são fofos, mais ou menos, mas prefiro que você não contraia a peste bubônica. Nem me contamine com ela.

— Você está pensando em ratos, não em camundongos, e isso é calúnia e difamação. Vou lavar as mãos porque peguei o metrô até em casa. É melhor você nem saber os tipos de bactérias nojentas que usam o metrô como meio de transporte.

Jamal deu de ombros.

— Sim. Ouvi dizer que os trens são imundos e que você é assediado por pedintes a cada dois passos.

Ledi riu.

— Não é tão ruim assim, Jamal. Isso é o tipo de frase de quem nunca pegou um trem.

Ele mudou o foco para a caixa que tinha nas mãos, e Ledi ficou chocada.

Não. Não é possível...

— Você nunca andou de metrô?

Ele balançou a cabeça de modo tenso, sem saber se deveria ter vergonha ou orgulho disso. Ledi tinha achado que ele fosse um cara rico querendo descobrir como era viver do outro lado, mas até as pessoas mais ricas que ela conhecia já tinham andado de metrô em algum momento da vida. Qual era o lance com Jamal?

— Como isso é possível? — perguntou ela, sem pensar se a questão seria invasiva ou não. Ele havia cutucado as memórias mais dolorosas dela, podia aguentar uma pergunta sobre suas preferências de transporte.

— Não é tão estranho assim — respondeu ele, após uma longa pausa. — Você já usou, pessoalmente, todos os meios de transporte que existem? Eu já andei de dirigível, e você?

— Bom, não — disse ela. Quem diabos já tinha andado de dirigível, mas não de metrô?

— Balão? — perguntou Jamal.

— Não.

— Helicóptero?

— Como assim? Não.

— Avião? — Ele falou do mesmo jeito que ela teria falado ônibus municipal.

— Não. Nunca voei para lugar nenhum — respondeu Ledi. Olhou para ele desafiadoramente. — Mas uma passagem aérea é muito mais cara que um bilhete de metrô. Bom, só um pouco mais cara se você incluir todos os impostos da prefeitura, mas ainda assim não é a mesma coisa. E você só levantou mais dúvidas em vez de responder à minha pergunta.

— Você não está com fome? — perguntou ele.

— Não existe metrô no seu país? — insistiu ela. Sentia que ele estava escondendo alguma coisa. — E, já que fugiu dessa pergunta mais cedo, de onde você é, exatamente?

— A capital do meu país tem um sistema de veículo leve sobre trilhos em vez de metrô. Sou da África.

O estômago de Ledi se contraiu quando ela pensou nos e-mails estranhos que vinha recebendo. Os e-mails que haviam parado misteriosamente depois do surgimento de Jamal.

— A África não é um país — disse ela, sentindo o medo formigar na ponta dos dedos. Não parecia plausível, mas será que os golpistas teriam dado um jeito de encontrá-la? Estaria sendo vítima de um golpe elaborado? Entrando sorrateiramente na vida dela para roubar tudo que ela tinha? Seria uma loucura, mas ela costumava ouvir podcasts sobre crimes enquanto trabalhava. Não seria a coisa mais estranha que já havia acontecido.

— Sou do sul da África.

O celular dela vibrou, distraindo-a, e ela o pegou com esperança de que fosse um e-mail do dr. Kreillig.

Eu me diverti muito hoje! Se for encontrar com Jamal de novo, tente se segurar um pouco. Ele pode até não ser um assassino em série, mas a pandemia dos embustes é uma ameaça real.

Ela se perguntou se o instinto-de-melhor-amiga de Portia tinha apitado.

Ele está sendo investigado agora mesmo. 🕵️

Boooa. Coloque ele todinho debaixo do microscópio e investigue a fundo.

Naledi riu, depois viu uma notificação de novo e-mail. Sentiu uma pontada de esperança, mas quando abriu a caixa de entrada e viu o assunto, soltou um gemido.

O povo de Tesolo lhe dá as boas-vindas: Nossa história

Pelo visto, Likotsi, a Golpista, não tinha desistido dela e partido para contas bancárias mais verdejantes. Por mais frustrante que fosse, isso aplacou suas suspeitas sobre Jamal. A África era um continente gigante; seria como alguém achar que ela conheceria uma pessoa de Toronto só porque morava na América do Norte.

— Então quer dizer que você é da África do Sul? Que interessante — comentou ela, guardando o celular.

— Sim. É uma região muito interessante — respondeu ele. — E aí, vamos ver o que temos para o jantar?

— Com certeza. A gente cozinha de novo no seu apartamento. — Ela o conduziu até a porta do 7N. Além de não cozinhar, ela decidiu que também não iria lavar a louça. Estava realmente começando a curtir aquele lance de delegar. Seria uma ótima noite. — O que temos no cardápio?

Ela viu os ombros dele se descontraindo, aliviados, e um meio sorriso ameaçando voltar.

— Queijo quente gourmet — disse ele. — Duvido que eu consiga estragar essa.

12

Foi um caminhão de bombeiro gritando pela rua, a sirene aguda reverberando pelo tijolo e pelo asfalto, que arrancou Ledi do sono. Morando em Nova York, já devia estar acostumada, mas o barulho ainda fazia seu coração disparar quando ela era pega de surpresa. O cérebro procurou por alguma coisa em que se agarrar no tempo e no espaço. Onde estava?

Mamãe? Papai?

Não houve resposta, assim como não houvera tantos anos antes.

Mamãe? Papai?

Não, ela não os chamara assim, tinha sido alguma outra coisa, palavras estrangeiras na ponta da língua, e um aroma que cheirava a lar ao seu redor...

Ela acordou de vez e se mexeu para levantar, para escapar do pânico que um pequeno fragmento de memória havia despertado, quando um som de plástico sendo esmagado alertou-a para o fato de que não estava na própria cama. Isso e o peso de um homem grande e forte deitado ao lado dela.

Os sonhos se esvaneceram, os detalhes foram esquecidos, e ela percebeu que ainda estava no apartamento da sra. Garcia. O cômodo estava iluminado pela tela da TV sem som, em que uma mulher cortava vegetais animadamente com uma geringonça estranha que poderia ser sua por apenas três parcelas de nove e noventa e nove. Ledi arriscou um olhar para a esquerda. A luz azul piscante revelou Jamal profundamente adormecido, com a cabeça apoiada no ombro dela.

Ele é lindo.

A pele dele era limpa e suave, as sobrancelhas, grossas e bem desenhadas, os cílios eram sombras escuras saltando no rosto dele sob a luz do televisor. A barba estava impecável como sempre, apesar do queijo quente gorduroso que ele havia preparado sozinho. O orgulho nos olhos dele ao apresentar os sanduíches de muçarela, tomate e manjericão, apenas ligeiramente queimados, tinha sido uma graça, mas não chegava aos pés de como ele ficava dormindo.

Ela nunca tivera nenhum fascínio por um homem adormecido. Achava estranho ficar observando, e o sono era uma função tão necessária à manutenção da saúde do corpo quanto usar o banheiro. Mas ao olhar para ele, começou a entender por que as pessoas se sujeitavam a dividir a cama com a mesma pessoa noite após noite. Era bom, e íntimo. Ledi não se lembrava de já ter pegado no sono tão rápido ao lado de um homem, e não tinha sido apenas por causa do cansaço.

Jesus Cristo, você precisa parar de ficar escutando as novelas da sra. Garcia.

Ledi se mexeu de novo para levantar; tinha certeza de que ficar encarando o vizinho enquanto ele dormia configurava uma psicopatia esquisita. A brincadeira tinha acabado. Ela tinha muita coisa para fazer no dia seguinte, e garantir mais algumas horas de sono não seria a pior coisa que podia acontecer.

Consigo pensar na melhor coisa.

De repente, ficou muito consciente da sensação do braço de Jamal encostando no dela, de *todas* as partes dele que encostavam nela. Agora ela conhecia o peso do corpo dele, conseguia imaginar como seria ser pressionada por ele contra o colchão quando...

Um braço envolveu a cintura de Ledi enquanto ele abria os olhos devagar. Ficou apenas olhando para ela por um instante, depois seus lábios cheios se abriram em um sorriso sonolento.

— Não é sempre que um homem pode dizer que a realidade é ainda melhor do que o sonho. E olha que eu estava sonhando com uma coisa *muito* boa.

Ele a segurou mais forte, e Ledi engoliu em seco, desejando ter pegado mais leve com o alho em pó que colocara no sanduíche.

— Desculpe por eu ter caído no sono — pediu ela. — Você podia ter me acordado.

— Você precisava descansar — disse ele. Depois se sentou, mas não se afastou dela. — E, caso não tenha notado, gosto de ter você por perto.

Ele a encarava bem nos olhos, cheio de calor e intenção, com o corpo e aquele peso delicioso muito, muito perto dela. Se ela jogasse as pernas para o lado, poderia facilmente deslizar para o colo dele. Poderia pressionar a boca contra a dele e ver se os lábios eram tão macios quanto pareciam, e se os beijos estariam à altura daquele olhar.

Ela conseguia pensar em muitas coisas que gostaria de explorar com Jamal, mas não tinha certeza de que seria capaz de dar o primeiro passo. Encarou-o de volta, esperando que ele entendesse que, embora ela não se mexesse, estava tentando delegar a tarefa silenciosamente.

A mão dele subiu devagar pela perna dela, coberta pela calça jeans, e contornou a panturrilha com os dedos. Quando a palma da mão chegou ao joelho, ele puxou primeiro um, depois o outro, conduzindo as pernas de Ledi para cima das coxas dele. Deslizou a outra mão pelas costas dela, envolvendo-a. Talvez ela ainda estivesse sonhando. O que raios havia naquele queijo quente?

— Eu... eu... — Ledi sentia como se o corpo inteiro estivesse debaixo de uma lente de aumento sob o sol a pino. Estava quase certa de que suas roupas entrariam em combustão e se desintegrariam a qualquer momento, e, pelo jeito como Jamal estava olhando para ela, não seria um problema.

— Eu vou beijar você — declarou ele.

Ela via a tela da TV refletida nos olhos dele enquanto a boca se movia na direção dela. A frase OFERTA POR TEMPO LIMITADO aparecia invertida no reflexo, seguida de CONFORME ANUNCIADO AQUI, o que fazia sentido, porque dar uns amassos no vizinho gostoso não era algo que acontecia no mundo de Ledi.

— Ok — sussurrou ela.

Os lábios de Jamal pressionaram os dela, provando a teoria de que bastava um milissegundo para se fazer uma descoberta capaz de mudar o mundo. Dar uns amassos no vizinho gostoso *era* algo possível naquele plano de realidade, e era fantástico.

Seus lábios incrivelmente macios e carnudos acariciavam os dela, um pequeno toque na pele sensível que não deveria ter disparado uma corrente de sensações pelo corpo de Ledi, mas disparou. A barba era áspera na superfície delicada do rosto e do queixo dela, um contraponto ao beijo suave. Ela sentiu a mente se apagar, reagindo intensamente à pressão leve, e então seus reflexos entraram em ação, fazendo-a lembrar que ser beijada era uma coisa, beijar era outra. Devolveu a pressão da boca de Jamal, estendendo a língua só um pouco, para sentir um gostinho dele. Um gostinho era o máximo que ela podia se permitir com um homem que tinha aquele efeito sobre ela.

Fodeu.

Ela o pressionou com mais força, tentando regular a sensação, controlá-la de algum modo, mas os dedos dele acariciaram suas costas e ela gemeu, sentindo o autocontrole escapar quando ele arfou e segurou forte na coxa dela.

Ele deslizou a língua pelo lábio inferior dela, fazendo sua boca se abrir, recebendo-o. Jamal movia-se lentamente, mas não havia nada hesitante em sua técnica – o toque de sua língua era quente e firme. Instigante. Insistente. Ele a beijava com tanta decisão que ela gemia em sua boca, não apenas pela sensação, mas pelas possibilidades que se abriam.

Ah, que coisas aquela língua não seria capaz de fazer.

A mão dele subiu pela coxa e repousou sobre a curva do quadril dela, agarrando o moletom, e Jamal, por fim, a beijou intensamente, sem reservas. Uma pressão aguçada e deliciosa vibrou entre as pernas dela, e ela deslizou mais fundo para o colo dele, retribuindo o beijo da melhor maneira que podia.

Não havia mais sinal do Jamal desastrado que não sabia nem que faca usar para cortar o pão no Instituto. Suas mãos, sua boca e seu corpo se moviam com segurança, com classe. Pelo visto havia pelo menos uma coisa em que ele era muito, *muito* bom.

Ela pressionou o corpo contra o dele, deliciando-se com aquela solidez.

— Ledi. — Ele exalou dentro de sua boca, e puta merda, ninguém nunca havia dito seu nome daquele jeito. Como se ela fosse oxigênio e ele estivesse desesperado para respirar. — Eu quero tocar você. Quero muito. Posso tocar você?

Foi então que ela percebeu que já tinha ido longe demais. Porque já estava perdida em uma névoa de sensações, pronta para arriscar tudo, e ele mal tinha colocado as mãos nela.

Fodeu de vez.

— Com certeza. Sim. Vai fundo.

Ela nem tinha acabado direito de falar quando a mão que estava enrolada no moletom deu um puxão mais forte. O tecido que passara o dia todo sugestivamente apoiado nas curvas de seus ombros deslizou até os braços. Ele puxou até que o tecido estivesse retesado sobre os seios que doíam de desejo, a fricção ao mesmo tempo restringindo e provocando, até que o tecido macio do sutiã enfim se revelou. A nova posição da blusa forçava os braços dela para baixo, com uma pressão que era só o suficiente para mantê-los ali, e por alguma razão a reação de Ledi foi uma contração involuntária da boceta, com uma liberação de fluidos lubrificantes sem precedentes, que ela esperava não ter molhado a calça jeans.

Jamal deslizou os dedos pela curva do pescoço dela, pelos ombros nus. Contornou o maxilar e a clavícula, e ela gemeu arqueando as costas, sedenta do toque que deixava faíscas de sensação pelo caminho.

— Você gosta disso?

Quando a mão parou de se mover, ela olhou para cima e entendeu que ele estava fazendo uma pergunta, e não só falando sacanagem para preencher o silêncio. Seu olhar era quente e intenso, e ela quase fechou os olhos por causa do sentimento que aquilo despertava em seu peito.

— Sim, eu gosto disso — respondeu ela, sucinta, porque queria que as mãos voltassem a se mover, queria uma distração para aquele sentimento de pressão nas costelas, que ela esperava que fosse apenas azia.

— Maravilha — exclamou Jamal.

Seus polegares acariciaram os mamilos rígidos através do tecido fino do sutiã. Ela esperava que ele se lançasse, que fosse direto ao ponto como tantos homens com quem ela estivera, mas ele se movia tão devagar que, depois de um momento, Ledi queria gritar de frustração e prazer. Ele não desviava o olhar do seu enquanto acariciava, apertava e torcia, como se a estivesse calibrando na frequência certa, que a deixaria arfando e tremendo de vontade. Ondas de prazer a inundavam conforme ele alternava carícias leves com apertões mais fortes.

Ele não a estava deixando louca por falta de técnica; aquela *era* a técnica.

— Meu Deus.

Ela se contorceu no colo dele, se esfregando contra a ereção que pressionava o tecido da calça. Se ele estava procurando pela frequência certa, ela havia encontrado a antena. A ereção dele a pressionava através da calça jeans, estremecendo e endurecendo em resposta aos gemidos baixos de Ledi, conforme ele a provocava com as mãos até a beira da insanidade. Os braços dela ainda estavam presos para baixo, mas ela conseguia mexer a bunda, e mexeu, rebolando sobre ele.

Jamal arfou e se esfregou nela também, ainda mantendo as duas mãos ocupadas com seus seios. Seus dedos contornaram o tecido barato que adornava o sutiã, com tamanha reverência que ela se sentiu como se estivesse vestida com renda e seda. Ele enganchou os indicadores no bojo e puxou, deixando Ledi exposta.

— Que lindos — disse ele, testando na mão o peso de cada seio. Então se inclinou. Deslizou sobre um seio, depois sobre o outro, alternando os toques da língua entre castigo e adoração. Lambeu e chupou, e quando ela pensou que não ia mais conseguir suportar, ele esfregou os pelos ásperos da barba contra os mamilos sensíveis.

— Ai, caralho. — A voz dela estava engasgada, entre um grito e um sussurro, conforme as sensações ameaçavam tomar conta dela. Ledi pressionou o peito contra a barba torturante, depois se afastou, depois de novo, como se o seu corpo não conseguisse decidir o que era pior: o excesso de prazer ou a falta dele.

Ele deslizou as mãos pelas costas dela, segurando-a no lugar enquanto a provocava com a língua, os lábios e a barba. Sua ereção empurrava o tecido da calça jeans enquanto ele movia os quadris.

— Ai, caralho! — Ela sentia o prazer percorrendo seu corpo e apertando forte, até que estava aprisionada em seu desejo por ele. Queria tocá-lo, mas seus braços estavam presos. Roçava a bunda na virilha dele e, se esticasse os dedos, conseguiria acariciar a extensão confinada pela calça jeans.

— Hmmm... — O som reverberou, e ele jogou a cabeça para trás enquanto se imprensava contra a mão dela. Ela estava quase conseguindo segurá-lo pela calça jeans, mas então ele girou o quadril, de modo a ficar fora do alcance dela.

— Vou cuidar de você hoje, lembra? — disse ele.

A garganta de Ledi ficou apertada ao ouvir essas palavras, que raramente ouvia de quem quer que fosse.

Vou cuidar de você.

Hoje. Não podia esquecer essa parte crucial. *Oferta por tempo limitado.*

— Então faça isso — incentivou ela. O corpo doía de desejo, e ela não queria que ele falasse mais nada. Queria sentir.

Ele tirou uma das mãos que estava nos seios dela, abriu a calça de Ledi e puxou o jeans para baixo, até os tornozelos. Sua mão deslizou pela canela e fez um desvio na altura do joelho, em direção à parte interna da coxa. Ledi resfolegou com a leve fricção dos dedos que avançavam, com o modo como eles delinearam a abertura dela através da calcinha. Ele esfregou a palma sobre o monte de vênus, por cima do tecido fino, e o corpo inteiro de Ledi se retesou com a pressão direta e repentina.

O outro braço dele estava nas costas dela, e Ledi sentiu os bíceps contraídos apoiando-a quando arqueou as costas violentamente, em resposta à pressão intensa da palma da mão dele.

Ela espalmou as mãos contra o peito rígido, entrelaçando os dedos no tecido da camiseta dele conforme a sensação a fazia estremecer.

Ele deslizou os dedos grossos pela lateral da calcinha, traçando o contorno do clitóris e descendo até a abertura lisa.

— Deusa, você está muito molhada.

— É uma reação física bastante comum à excitação — murmurou ela, entre um gemido e outro, e ele riu.

— Então acho que não vou ficar muito convencido por isso — disse ele, inclinando-se para beijá-la. Ledi gemeu na boca dele.

— Não — respondeu ela. — Ao menos não por essa parte.

Ele a provocou desse jeito por muito tempo, murmurando enquanto deslizava as pontas dos dedos sobre o clitóris dela com firmeza, até que ela já não tinha mais a menor ideia do que ele estava dizendo, concentrada apenas no prazer provocado pela mão dele. Finalmente, finalmente, ele introduziu um dedo grosso nela, e então mais um. Tirou e enfiou os dedos, primeiro devagar, depois rápido, alternando a velocidade.

Ele estava fazendo algum tipo de mágica dentro dela, acariciando-a de um jeito que a fazia cavalgar na mão dele desesperadamente. O tecido úmido da calcinha era um tipo de fricção, e o toque dos dedos dele era outro; juntos, os dois estavam acabando com ela. Ledi estava ofegante, e queria implorar por alívio, mas não conseguia dizer nada além dos sons agudos e alucinados conforme ele a conduzia ao clímax.

Não era apenas o modo como ele a tocava. Ele não desgrudava os olhos dela. Olhava como se ela fosse uma deusa. Uma rainha. A rainha *dele*.

— Ai, isso, Jamal — gritou Ledi, e a sobrancelha dele se apertou. Nesse momento, ele pressionou o dedão no clitóris dela, unindo forças com os dois dedos que já estavam disparando o desejo no corpo inteiro dela. Ele abaixou a cabeça até o seio dela novamente e chupou só com força suficiente para fazê-la gritar e se contrair em torno dos dedos dele. Ele estava cuidando dela como se tivesse algo a provar, e quando o corpo dela se dobrou, dobrou e finalmente quebrou, conforme a prazer se espalhou por ele, os gemidos de prazer coroaram o sucesso dele.

Ledi já tinha feito bom sexo antes, mas aquele fluxo de calor que subiu por sua coluna, os dedos dos pés se contraindo e aquelas ondas e mais ondas de prazer, mesmo conforme ele retirava os dedos? Certamente aquilo nunca tinha acontecido antes. E, com certeza, não ao mesmo tempo.

Seus olhares se encontraram enquanto os últimos tremores de orgasmo a balançavam da cabeça aos pés, e a ferocidade no olhar dele a chocou. Embora ele sorrisse, havia preocupação em seus olhos, e algo mais.

Ela se sentou e se mexeu até liberar os braços, depois puxou o sutiã e o cobriu com o moletom.

— Hum, talvez eu devesse limpar o sofá da sra. Garcia — disse Ledi, com a voz ainda trêmula.

Jamal fechou os olhos e riu.

— Deixe que eu cuido disso — falou ele. — Você deveria ir dormir um pouco.

Ela pulou como se tivesse sido escaldada, abotoando a calça enquanto procurava as chaves.

— Ah, sim. Eu estava mesmo de saída...

Jamal levantou um dedo, um dos que não tinham acabado de dar a ela um orgasmo que ainda fazia suas coxas tremerem, e colocou-o sobre os lábios dela.

— Não estou expulsando você. Quer dizer, estou, mas só porque se não for embora, ficarei tentado a foder você até perder os sentidos.

Ele exalou pesadamente e passou uma das mãos pelo cabelo, como se essa tentação fosse ruim. Ele tinha acabado de fodê-la com os dedos até ela perder os sentidos, então Ledi não entendia o que o pênis poderia acrescentar à equação, a não ser que ele fosse um daqueles caras para quem "penetração é igual a compromisso".

Compromisso?

— É, parece péssimo. Horrível, na verdade. Definitivamente preciso dos meus sentidos, então... — Ela fez um sinal da cruz com os dedos e apontou para a virilha dele.

Ele foi até ela, segurou-a pelo queixo e a beijou. Esse beijo foi melhor, e talvez pior por ser melhor, do que o que tinham dado no sofá. Aquele tivera uma explicação: ele ficou com tesão no meio da noite e ela estava bem ali. Mas e esse? Era um beijo calmo e reverente, mas ao mesmo tempo era como se ele estivesse prestes a fodê-la contra a porta. Isso significava que o estrago no sofá da sra. Garcia não tinha sido uma anomalia induzida pelo sono.

— Você trabalha amanhã? — perguntou Jamal, quando afastou a boca. Voltara a assumir o tom de comando.

— Tenho que ir ao laboratório de manhã acompanhar alguns experimentos — respondeu ela, forçando o peito a parar de ofegar como se ela tivesse acabado de correr uma maratona. — E tenho que estudar.

— Está livre à tarde?

Ledi desviou o olhar, depois voltou a ele.

— Durante uma ou duas horas. Talvez.

Ele assentiu.

— Eu gostaria de uma...

Delícia vespertina? Por favor, diga delícia vespertina.

— ... acompanhante. Para o metrô. Ouvi dizer que pode ser bastante perigoso, sabia?

A empolgação de Ledi murchou.

— Aonde você tem que ir? — perguntou ela. Óbvio que ele só tinha perguntado porque precisava dela para alguma coisa. Qual era a novidade?

— Lugar nenhum. Mas agora estou me sentindo bobo por nunca ter enfrentado o metrô, e quero que a minha primeira vez seja com você. Então podemos ir aonde você quiser. Talvez a algum lugar que faça você feliz. — Ele sorriu, atenuando toda a decepção dela. — Sei que você é muito ocupada, Ledi. Se conseguir uma brecha, vou me sentir honrado em ser uma das muitas coisas que ocupam seu tempo.

Ledi não sabia o que responder a isso. Por que ele não podia chamá-la de São Bernardo outra vez para que ela lhe desse um fora e a vida pudesse voltar ao normal?

— Vamos ver — disse ela, com cuidado, depois saiu.

Isso não estava certo. Ela não deveria sentir borboletas no estômago e fazer uma dancinha feliz ao atravessar o corredor. Ela entrou em casa, a vibração e o feixe de luz do outro lado do cômodo fazendo-a perceber que tinha esquecido o celular ali. Quando viu a tela cheia de mensagens de Portia, desejou não ter visto.

Ei, preciso saber uma coisa. URGENTE. Me liga!

As mensagens começavam normais, ficando mais irritadas conforme a noite avançava – provavelmente em consonância com o consumo alcoólico de Portia. Ledi rolou a tela, lendo apaticamente as mensagens que ficavam cada vez mais agressivas, até que chegou à última.

Uau. O 🍆 é bom assim? Obrigada por deixar óbvio quais são suas prioridades. Deixa para lá.

Ledi sabia que Portia estava bêbada, sabia que ela não tivera a intenção de escrever aquelas coisas, mas a injustiça da acusação a atravessou como uma lâmina quente, derretendo a alegria que ainda restava do orgasmo e do nítido interesse de Jamal por ela.

Depois de todas as noites em claro tomando conta dela, garantindo que ela não caísse bêbada no East River ou no rio Hudson...

Ledi lutou contra a vontade súbita de chorar. Nunca fizera nada com a expectativa de que Portia lhe devesse algo. Fazia porque Portia era sua amiga, e em geral uma boa amiga. Era quando ela bebia que aquele lado negativo costumava aparecer, mas beber havia se tornado um passatempo comum para Portia. O mau hábito da amiga tinha se tornado um fardo para Ledi, e ela estava cansada de carregar aquele peso junto com tudo que já tinha.

Ledi começou a digitar uma resposta por hábito, perguntando onde Portia estava e se ela estava bem, mas então levou o dedo até o botão do aparelho, manteve-o pressionado e desligou o celular.

Pensou no rosto de Jamal quando ele pedira para ela levá-lo a algum lugar que *a* fizesse feliz. Quando tinha sido a última vez que alguém realmente se importara com isso? Não para aliviar a própria culpa, mas sinceramente?

Ela afastou a tensão, que surgia por ter quebrado um hábito de anos, e foi tomar um banho. Primeiro tinha que dormir; lidaria com todo o resto de manhã.

13

Thabiso se mexeu na cadeira ridícula e desconfortável do restaurante requintado onde a reunião de almoço havia sido marcada. A cadeira era composta por diversas partes de animais que você veria em um safári no Quênia: pernas de zebra com um encosto de pele de leão esticada entre dois chifres recurvados. Era uma demonstração não irônica de como, em se tratando da África, os estrangeiros não tinham nenhum pudor em pegar as partes que queriam e rearranjá-las ao seu bel-prazer.

Os dois representantes da Omega Corp sentados em frente a ele eram homens desse tipo. Encaravam-no com sorrisos tão artificiais quanto a refeição *nouveau africaine* que tinham acabado de comer. Thabiso havia tentado manter a compostura, mas a trilha sonora de fundo que tocava em sua mente era a primeira conversa que tivera com Ledi. Não a parte da confusão com o prato de couve, mas a parte sobre poder e o que cada um fazia com ele. Enquanto ouvia os homens esmiuçarem os detalhes do acordo para começar as escavações em Tesolo, estava bastante consciente de que, embora não tivesse pedido, ele tinha poder para mudar o mundo – ou pelo menos seu reino. Era assim que pretendia usá-lo?

Thabiso tomou um gole do café amargo e pousou a xícara no pires assimétrico, coberto com o que alguém tinha imaginado que seria um tecido *kente* estampado.

— Então, o que acha? — perguntou um dos homens. Tad? Todd? Thabiso nunca conseguia se lembrar desses nomes bobos americanos.

— Acho que preciso de tempo para processar tudo isso — respondeu ele, diplomaticamente. O que realmente queria era mandar os dois se agarrarem às vinte toneladas de merda paternalista que tinham acabado de tentar vender para ele e pularem no rio mais próximo. No entanto, deu apenas um leve aceno de cabeça que ele acreditou ser pensativo e gracioso. Thabiso prometera a Alehk que esse acordo seria firmado, mas a arrogância daqueles dois fizera os cabelos de sua nuca se arrepiarem. Precisava de mais tempo. — Muitos fatores influenciam uma decisão como essa. Mas transmitirei a mensagem ao rei, à rainha e ao alto conselho o quanto antes, e voltarei a entrar em contato assim que chegarmos a uma decisão definitiva.

O que ele realmente queria fazer era voltar o quanto antes ao apartamento 7N para não deixar de encontrar Naledi. Se é que ela apareceria. Ele havia dito para ela passar lá se pudesse. Poderia muito bem deixá-lo esperando, dado o modo como ela havia saído correndo, ainda corada depois do orgasmo. Ele já tinha visto caçadores ilegais surpreendidos por um holofote militar fugindo com menos pressa. Tinha esperanças de que ela apareceria, mas isso não tornara as últimas horas de disputas maçantes de negócios menos torturantes. Nem significava que ele iria ceder às demandas dos dois homens só para acabar logo com aquilo.

Os dois executivos se entreolharam, os sorrisos sumindo.

— Esperávamos deixar tudo acordado hoje mesmo — falou Tad/Todd. — Quando conversamos com o ministro Jarami, ele deu a entender que tudo seria acertado enquanto o senhor estivesse aqui. Que esse era, inclusive, o objetivo de sua viagem.

— Entendo — disse Thabiso. — Deve ter ocorrido algum mal-entendido, uma vez que o ministro Jarami não tem a palavra final sobre esse assunto.

O príncipe não ficou feliz em saber que tinham acontecido discussões das quais não fora mantido a par.

— Estamos certos de que esse acordo é algo que beneficiaria muito Tesolo, especialmente em face do declínio econômico da região — o outro executivo disse, tamborilando os dedos e encarando Thabiso.

Thabiso passou os dedos pela barba, feliz porque os pelos faciais escondiam a repentina tensão em seu maxilar.

— Que declínio econômico? — perguntou ele. — Não sei se estou entendendo.

— Bem, os números falam por si sós — um deles disse, calmamente. — Práticas ultrapassadas e recursos naturais em escassez prenunciam um futuro bastante preocupante para Tesolo.

Thabiso se lembrou do *gaslighting* de que Naledi falara e teve bastante certeza de que era o que estava acontecendo. Ele não sabia a que futuro preocupante o homem estava se referindo, mas mesmo assim sentia uma pontada de medo, pela possibilidade de que, se não concordasse com o que eles diziam, estaria prejudicando seu povo a longo prazo. Infelizmente para aqueles dois, uma das vantagens de ser o único herdeiro da coroa era o ego bastante inflado; e Thabiso ainda herdara a teimosia dos Moshoeshoe.

Ele riu como se o homem tivesse contado uma piada ligeiramente engraçada, porém ofensiva.

— A economia de Tesolo nunca esteve tão forte, com um aumento gigantesco nos setores de importações, exportações, turismo e energia sustentável, para mencionar apenas alguns exemplos — afirmou ele. — Não somos uma nação imatura disposta a avançar no primeiro pedaço de carne que é balançado à nossa frente. Empresas chinesas, coreanas e brasileiras também apresentaram propostas para extração do coltan, assim como algumas organizações locais. No momento, estamos avaliando todas elas, bem como o impacto ambiental a longo prazo que uma iniciativa desse porte teria sobre o país.

Dessa vez os dois não se entreolharam, mas suas expressões se tornaram mais duras.

— A Omega Corp é a maior produtora de tecnologia para *smartphones* do mundo. Temos operações de extração do coltan em seis nações africanas e em diversos países da América do Sul. Considerar uma parceria com qualquer outra empresa seria absurdo. E perigoso.

Ele se perguntou o que o ministro Jarami teria prometido àqueles dois – o que dissera que poderia lhes oferecer – para que eles achassem que ir de *gaslighting* para ameaças explícitas fosse uma boa ideia.

Thabiso sentiu a raiva subir.

— Estou bastante ciente dos interesses mundiais da Omega Corp, assim como das guerras civis, moléstias inexplicáveis e conflitos governamentais que parecem cercar suas operações como moscas na bosta. — A diplomacia já era. Mas se eram números que eles queriam discutir, Thabiso fizera pesquisas para além dos dossiês que Alehk Jarami tinha lhe dado, e ainda bem que fizera.

— Não sei o que o ministro Jarami discutiu com os senhores, mas o *meu* interesse é e sempre será o bem-estar do meu povo. — Ele olhou para o pulso, embora não usasse relógio, e se levantou. — Preciso ir. Obrigado pelo almoço. Entrarei em contato.

Thabiso apertou as mãos deles, depois saiu do restaurante. Um bom carro, mas simples e compacto, esperava por ele do lado de fora, o motorista segurando sem muito entusiasmo um cartaz com "Jamal" rabiscado. Likotsi ainda estava se divertindo, ao que parecia.

Ele fez um sinal com a cabeça para o homem, que abriu a porta para ele. Thabiso exalou para aliviar a pressão no peito. Não sabia se tinha acabado de cometer seu primeiro grande erro político. Era o único herdeiro, de fato, mas do mesmo jeito que o povo não tinha outra opção, isso significava que ele também não. Se fizesse alguma coisa que os desagradasse, carregaria sozinho o fardo dessa decisão durante todo o seu reinado.

De repente, o terno parecia muito apertado, e ele começou a remexer nas abotoaduras. Não achava que estava errado, mas sabia que teria que defender sua atitude. *Se o acordo era correto, por que a pressa? Por que a raiva? Examinar todas as opções e possíveis consequências, boas e ruins, não deveria ser uma prioridade em vez de um contratempo?*

— Tomou uma surra do trabalho? — perguntou o motorista, ao sair com o carro e pegar o trânsito da cidade.

Thabiso não estava acostumado com motoristas conversando com ele. Os choferes do palácio não ousariam tamanha falta de profissionalismo, mas as coisas eram diferentes na América. Estando em Nova York...

— Sim — respondeu ele. — O mundo está cheio de parasitas oportunistas, procurando o próximo hospedeiro para sugar. Lidar com gente assim é exaustivo.

— Nem me fale — concordou o homem, olhando para Thabiso pelo retrovisor antes de se concentrar no caminho à frente. — Sabe quanto custa uma autonomia de táxi? Cem mil! Ninguém que tenha cem mil sobrando quer ser taxista. Então os caras sem grana se juntam e cada um paga uma parte, para dividir a licença, mas todo dia aparece uma lei nova, uma baboseira nova que a gente tem que resolver. Alguém sempre querendo *alguma coisa* de você. Por isso, tanta gente anda migrando para essas empresas de aplicativos. Mas é uma rasteira em quem investiu dinheiro na autonomia.

Thabiso nunca havia parado para pensar que o trabalho de motorista pudesse ser tão pesado e tão dispendioso. Cem mil era uma quantia significativa, mesmo para ele; não conseguia nem imaginar quantos motoristas seriam necessários para juntar tudo isso. E, no fim do dia, eles não voltavam para nenhum palácio.

— Não sabia disso — falou ele. — Sinto muito pelo seu trabalho ser tão vexatório.

O motorista riu com ironia.

— É, tudo é vexatório. O aquecimento global, o governo tentando matar a gente, a educação cada vez pior. Às vezes, penso por que os meus pais vieram para este país, do jeito que as coisas andam. Mas sabe o quê? Toda noite quando chego em casa do trabalho, a minha Divya está lá me esperando. A gente cozinha junto, conto para ela sobre as pessoas que conheci durante o dia e ela me conta sobre as que ela conheceu. E momentos como esse fazem tudo valer a pena.

— Ela também é motorista? — perguntou Thabiso.

— Enfermeira — respondeu o homem, com um orgulho inconfundível. — Ela estudou muito e por muito tempo. Vamos levar uma eternidade para pagar os empréstimos, mas ela nunca esteve tão feliz. Então, estou feliz também.

Eles pararam no sinal vermelho, e quando o motorista se virou e olhou para Thabiso por cima do ombro, a opacidade no olhar e as rugas na testa dele tinham se atenuado. Ele levantou as sobrancelhas como se estivesse tendo uma revelação.

— Na verdade, vou corrigir o que eu disse. Todo mundo quer *alguma coisa* de você, mas, às vezes, existe uma pessoa para quem você *quer dar* alguma coisa. Às vezes, o fato de se doar a essa pessoa torna você melhor. E aí não parece tão ruim o que você tem que dar para todos os outros.

O motorista voltou a olhar para a frente bem na hora em que o sinal abriu. Thabiso recostou no banco como se uma rajada de vento do topo das montanhas de Tesolo tivesse soprado sobre ele, empurrando-o para trás. Dar algo de si às pessoas sempre tinha sido parte do seu trabalho. Sua educação, suas viagens, sua persona pública, tudo havia sido calibrado de maneira a melhor atender ao seu povo. Em troca, ele vivia uma vida de príncipe. Não era algo a se desdenhar, mas ultimamente ele vinha sentindo que pedaços seus estavam sendo tirados aos poucos. Pedaços que ele nunca mais recuperaria.

Havia alguém a quem ele *quisesse* dar esses pedaços? A resposta ecoou em sua mente antes que a pergunta tivesse acabado de se formar.

Naledi. Nas últimas duas noites, ela tinha voltado para casa para ele, como aquele homem voltava para sua Divya. E, na noite anterior, ela tinha gozado *nele*. Os dedos estremeceram com a memória de como ela se apertou ao redor deles, e de como o cheiro dela havia preenchido o apartamento depois que ela tinha ido embora.

Mas era mais que isso. As poucas conversas com Naledi já tinham feito com que ele quisesse dar mais ao seu povo também. Ele queria fazer mais do que simplesmente seguir os planos do ministro. Sempre havia se importado muito, mas agora não se sentia refém dessa preocupação, com tanto medo de tomar a decisão errada que acabava não tomando nenhuma.

— Você tem alguém assim? — perguntou o motorista.

— Estou chegando lá — respondeu Thabiso. Desejou poder dizer que sim, mas só conseguia pensar nos olhos de Ledi se fechando e na boca se escancarando de êxtase quando ele a tocou. Ele queria tomá-la enquanto ela se contorcia na mão dele, queria levantá-la e guiá-la até o seu pau. Mas então ela tinha gritado "Jamal," e ele percebeu que estava se comportando como um patife de quinta categoria. Ela havia se entregado voluntariamente a ele, tivera prazer com seu toque, mas sequer sabia o nome verdadeiro dele. Não seria capaz de tocá-la de novo enquanto aquela farsa estivesse acontecendo.

Pensou nos sorrisos gananciosos dos executivos da Omega Corp do outro lado da mesa, já imaginando como fariam o país em pedacinhos para aumentar sua margem de lucro. Será que suas fantasias sobre Ledi não eram igualmente egoístas?

Ele pegou o celular e mandou uma série de mensagens para Likotsi, informando-a do que havia acontecido na reunião e dizendo que logo estaria de volta ao apartamento.

— Boa sorte — desejou o motorista, quando encostou em frente ao prédio de Thabiso. O prédio de Naledi.

Thabiso assentiu e saiu do carro antes que o homem tivesse tempo de contar a gorjeta que ele tinha deixado. Subiu os degraus de dois em dois e trocou o terno por uma roupa mais casual assim que entrou no apartamento. E então ficou esperando.

— Senhor? Terra chamando o príncipe Thabiso. — Likotsi estalou os dedos na frente do rosto dele. Thabiso notou que ela usava um anel de ouro no dedinho, filigranado e com uma pedra verde e transparente.

— Joia nova? — perguntou ele, pegando o dedo dela. Ela desvencilhou a mão dele.

— Presente de uma amiga — disse ela. Tentou ficar séria, mas um sorriso surgia nos cantos de sua boca. — Uma amiga incrivelmente bonita. Tão linda que deveria ser um crime olhar para ela. E inteligente, sagaz e... — Ela suspirou, e Thabiso sabia exatamente como ela se sentia.

— Então esses aplicativos de relacionamento funcionam mesmo, não é? — perguntou Thabiso.

— Funcionam. Ainda mais quando as pessoas no seu raio não são primas ou primas de segundo grau — reclamou ela. — Mas chega de falar de mim. O senhor realmente saiu batendo pé da reunião com a Omega Corp só para ficar mofando neste apartamento a tarde inteira?

Talvez Thabiso devesse se arrepender por seu comportamento com Tad/Todd e Todd/Tad, mas a ideia de passar mais um segundo com pessoas que queriam estripar o país dele por causa de um microchip fazia seu sangue subir.

— Nah. Não havia mais nada a ser discutido com eles.

— O ministro Jarami certamente discorda. Ele ligou imediatamente após a reunião, expressando sua insatisfação pelo modo como a situação foi conduzida. Uma reunião emergencial entre os ministros foi convocada para amanhã.

— Como? — Thabiso só poderia ter ouvido errado.

— O ministro Jarami acredita que essa foi uma pancada forte sobre o povo de Tesolo e convocou uma reunião de emergência. — A voz de Likotsi estava calma, mas a raiva irradiava de seus olhos.

— Isso é algo sem precedentes — disse Thabiso. Sentiu o estômago se contrair, como se estivesse se preparando para receber um golpe. — E demonstra uma falta de respeito que não pode ser tolerada.

— O que o senhor fará para colocar Jarami em seu devido lugar? No momento, o senhor está cortejando a sobrinha dele, uma sobrinha que ele não sabe que ainda está viva, enquanto ele espalha boatos maldosos sobre o senhor para o seu povo.

Thabiso se levantou e começou a andar de um lado para o outro.

— Sabe sobre o que foi minha reunião com a Omega Corp?

— Não sei dos detalhes, senhor.

— Eles querem escavar. Querem perfurar. Todos os planos propostos por eles envolvem desalojar alguma parte da população de suas terras nativas e provocar danos, provavelmente irreparáveis, ao meio ambiente.

Likotsi olhou para o chão, uma careta repuxando a boca.

— O ministro Jarami prometeu isso a eles? Como ele seria capaz de uma afronta tão grande à deusa?

Deixando Ingoka de fora, Tesolo era um reino pequeno. O desequilíbrio de uma parte que fosse para um empreendimento desse tipo teria consequências ecológicas. A adoração aos ancestrais era sagrada, mas a preservação do reino para as gerações futuras também era. Thabiso queria ser digno da adoração que já recebia apenas por ter nascido.

— Ele é persuasivo. Faz parecer que essa é nossa única opção — falou Thabiso. — Mas não é. Combatemos invasores e colonizadores por gerações. Ainda não sou rei, mas não permitirei que meu legado seja "o homem que deixou Tesolo ser saqueada".

— E eu pensando que você tinha saído correndo da reunião porque tinha um encontro com Naledi. Não tinha me dado conta da gravidade desse assunto.

— De fato é mais sério do que eu mesmo imaginei. E por enquanto não tenho nenhum plano definido com Naledi — disse Thabiso. Não chegava a ser uma mentira, era até mais real que muitas outras coisas que estavam acontecendo na vida dele.

— Vai contar a ela hoje? — perguntou Likotsi, matando a charada.

— Não é tão simples assim — Thabiso começou, então parou ao ver o olhar perfurante de sua assistente.

Ela estalou a língua nos dentes.

— Contar a ela é simples. A reação dela, que é o que o senhor teme, é que não será tão simples. Mas por quanto tempo pode continuar com isso? Na verdade, posso lhe dizer exatamente: por mais quatro dias.

O mesmo pensamento estivera ocupando a cabeça dele a manhã inteira. Precisava contar a ela o mais rápido possível, ou arriscaria perder a confiança dela para sempre.

— Como está Annie? — perguntou ele. Não era uma mudança de assunto muito sutil, mas era algo que ele precisava saber.

— Outras duas pessoas da tribo ficaram doentes — informou Likotsi, em voz baixa. — Eles não sabem por quê. Sim, nossos especialistas médicos têm trabalhado exaustivamente para tentar descobrir a causa.

Thabiso começou a andar de um lado para o outro mais uma vez. Entre isso e os esquemas de Alehk, ele definitivamente estava inquieto.

— Será que devemos voltar?

Likotsi fez que não com a cabeça.

— Como o senhor mesmo disse, ainda não é o rei. Seus pais estão lidando com o problema, embora o senhor devesse informá-los sobre a reunião com a Omega Corp. Fora isso, a única coisa que pode fazer é se certificar de que as decisões tomadas aqui reflitam bem sobre Tesolo, e de que estão sendo tomadas priorizando os interesses de nosso povo, assim como os da neta de Annie e Makalele.

Ela não precisou acrescentar "e não os interesses do seu pau". Bastou a levantada de sobrancelha.

— Farei isso.

Justo nesse momento, a campainha horrorosa tocou, e o coração de Thabiso bateu mais forte em resposta. Ele se virou e correu até a porta, abrindo-a antes que a campainha tocasse novamente.

Ledi estava ali, de olhos bem abertos e com um sorriso nervoso enfeitando os lábios. A inquietação que se apossara dele após ouvir as notícias de casa diminuiu um pouco. Havia algo reconfortante na presença dela, no modo como ela sempre parecia saber o que fazer diante de um problema. Isso o levava a pensar que talvez pudesse fazer o mesmo se fosse necessário.

— Oi — cumprimentou ela.

A palavra foi praticamente um sussurro, e a aspereza na voz dela despertou um desejo de tomá-la em seus braços e beijá-la. Como se ela tivesse feito uma lavagem cerebral nele ao gemer e estremecer em seu colo apenas horas antes, e agora estivesse ativando seu poder sobre ele. Mas não poderia haver estremecimentos, nem nada mais, até que ele lhe contasse a verdade.

— Ei — respondeu ele, agarrando o batente da porta em vez do quadril dela.

Ledi estava de cabelo solto, um leque de cachos que emolduravam o rosto. Vestia uma camiseta roxa, estampada com o desenho de uma mulher negra em um jaleco de cientista segurando um tubo de ensaio. A calça jeans preta acentuava suas curvas, e ele podia apenas imaginar que ela estivesse calçando algum tipo de sapato, porque seu olhar subiu de volta e recaiu sobre a calça e a camiseta que abraçavam suas formas. Ele sentiu o desejo despertando na parte baixa do ventre, mas quando olhou para ela viu novamente aquela distância.

De repente, Thabiso sentiu o pomo de adão grande demais para sua garganta. Que palhaçada era aquela? Ele não era um menino sendo convidado para ir ao festival das flores pela primeira vez.

— Ainda está a fim de uma aventura de trem? — perguntou ela. — Estou estudando e fazendo testes de western blot desde às cinco da manhã. Adoraria uma pausa.

— Sim. Só um instante.

Ele voltou para dentro, pegou as chaves e a carteira e passou uma gota de óleo essencial no pescoço. O óleo havia sido abençoado pelas sacerdotisas reais de Tesolo, e supostamente trazia sorte. Ele precisaria disso se fosse mesmo revelar sua mentira.

— Não deixe de contar a ela — sussurrou Likotsi, agressivamente. — E lembre-se de que a sua agenda está lotada antes do baile de gala amanhã à noite. Nada de sair correndo feito um garoto matando aula.

— Está beeem. — Ele levantou as duas mãos em rendição. — Até mais, sargento.

Quando pisou no corredor, Ledi se virou para ele, depois franziu o nariz.

— Que cheiro é esse?

Thabiso congelou de vergonha. Será que tinha passado óleo demais? Levou a mão até a barba, cheirando-a discretamente. Achou que estava cheirando bem...

— Você também estava usando esse perfume ontem — disse ela. — Parece muito familiar, mas não consigo identificar onde já senti esse cheiro antes.

Ela se aproximou dele e ficou na ponta dos pés, com o nariz perto o suficiente do pescoço dele para fazer cosquinha, e então inalou. Thabiso contraiu os punhos atrás das costas, embora sua vontade fosse de puxá-la para perto, e talvez esfregar o óleo no corpo dela todo, para que a pele ficasse macia e escorregadia sob seus dedos.

— É óleo de *eng* — explicou ele, recuando um passo e retomando as rédeas da própria imaginação. — Feito de uma planta nativa do meu país. É muito comum por lá.

Tão comum que os pais dela deviam tê-lo usado. Ele e Ledi certamente haviam sido lambuzados com esse óleo durante a cerimônia de noivado.

Agora! Conte para ela agora!

Thabiso lutou para achar as palavras certas e se culpou por ter perdido tanto tempo antes da chegada de Ledi, fantasiando sobre o corpo dela em vez de planejar como faria para quebrar a conexão que vinha se solidificando entre eles – e como recuperá-la depois.

Se é que vai conseguir recuperá-la.

— Que estranho. — Ela balançou a cabeça. — Talvez uma das barraquinhas aqui da rua venda isso?

— Talvez, embora seja um óleo bastante raro aqui nos Estados Unidos. — Ele olhou de lado para ela e mergulhou um dedo nas águas da verdade. — Ou quem sabe não é um cheiro da sua infância? Talvez seus pais...

— Vamos — disse ela. — Só temos algumas horas antes que eu precise voltar a estudar. — Ela começou a marchar pelo corredor, deixando para trás Thabiso e a pergunta que ele tinha feito. A reação dela à simples pergunta sobre os pais não tinha sido um bom sinal para a confissão dele e tudo mais que viria a reboque.

Pela primeira vez desde que assumira a falsa identidade, Thabiso realmente desejou ser Jamal: um rapaz americano que havia se apaixonado pela colega de trabalho. Se ele fosse esse rapaz, não haveria nenhuma mentira a ser revelada e nenhuma verdade pairando sobre sua cabeça como a espada de Dâmocles.

14

— Por que faz tanto calor aqui embaixo? Que cheiro estranho é esse? Aqueles gatos estão brincando nos trilhos? Pela deusa, são ratos!

Ledi revirou os olhos, mas era difícil não achar engraçado. Desde a hora em que haviam saído do apartamento, Jamal agia como um cordeirinho dando os primeiros passos.

Quando pararam na mercearia da esquina para ela comprar dois sanduíches, as narinas dele se dilataram de susto. Ele tinha ficado encarando, horrorizado, a fila de pessoas gritando suas apostas de loteria perto do caixa, e havia se encolhido ao olhar a vitrine de carnes e frios quando ela fez os pedidos.

— Qual é a sua? Esses são os melhores sanduíches da cidade — sussurrou ela.

— Os melhores? — Jamal torceu o nariz, enojado. — Vai saber há quanto tempo essa carne está sentada aí atrás desse vidro? E o fatiador não parece ter sido limpo desde que o Bush estava na Casa Branca.

Julio, um dos proprietários da loja, que estava preparando os sanduíches para eles, olhou para cima com uma faísca de raiva nos olhos.

— Temos uma avaliação de quatro estrelas e meia no Yelp, amigão. Se quiser uma parada grã-fina, vá ao Café Gentrificação ou alguma merda assim, no fim da rua.

— Ignore-o — disse Ledi para Julio, empurrando Jamal na direção de um dos corredores. — Nós vamos comprar mais coisas. Não precisa cuspir nos nossos sanduíches nem nada, ok?

Julio fez que sim com a cabeça enquanto olhava feio para Jamal, que estava removendo com o dedo uma camada de poeira de uma caixa de cereal matinal, levantando-o para Ledi para mostrar o resultado.

Já na plataforma do metrô, com uma sacola cheia de sanduíches, bebidas e itens aleatórios que ela tinha puxado das prateleiras para agradar Julio, eles estavam esperando o trem A para Uptown. Jamal ainda estava olhando para ela depois da bateria de perguntas, então Ledi levantou três dedos.

— Respondendo suas perguntas: faz calor porque o metrô tem seu próprio sistema climático, que varia dependendo da estação. Pode estar fazendo um dia lindo e agradável lá fora, aí você desce para a plataforma e é como se estivesse sentado no colo do capeta. — Ela dobrou um dos dedos para baixo. — Esse cheiro, proooovavelmente, é água parada. Ou o corpo em decomposição de um dos membros do povo toupeira que vive nos túneis. — Ela abaixou o segundo dedo, deixando apenas o indicador levantado, apontando na direção dos dois ratos que corriam um atrás do outro, prestes a iniciar uma disputa acirrada por um resto de pizza. — Com certeza são ratos. Este é o reino deles, e nós estamos apenas de passagem. Nunca pense que a prioridade é sua nestas plataformas, porque eles não recuam e, embora a peste bubônica seja calúnia e difamação, uma mordida de rato ainda pode ferrar legal com você.

— Isso é uma piada, não é? — perguntou ele. Os ratos nos trilhos em frente a eles começaram a chiar e levantar as patas da frente. Ledi deu de ombros e arrastou-o pela plataforma. Os Tivôs dentro da gaiola eram uma coisa. Ratos selvagens de esgoto eram outra bem diferente.

— Honestamente, esta estação parece prestes a desabar a qualquer momento. Li relatórios sobre a infraestrutura americana em ruínas, mas imaginei que fosse uma hipérbole. — Ele olhou em volta, para o teto manchado e as paredes descascando.

— Esta cidade se sustenta à base de esperança e insônia — disse ela. — Quem é que precisa de infraestrutura?

— Americanos… — murmurou ele, balançando a cabeça.

Ledi deu de ombros.

— Mas agora sério, espero que você tenha seguro-viagem, porque aconteceram alguns descarrilhamentos recentemente.

A cabeça de Jamal se virou na mesma hora para ela.

— O quê? Como assim?

Uma lufada de ar quente trouxe o familiar aroma subterrâneo que precedia os estrondos e guinchos do trem chegando à estação, e então um carro retangular de aço, estampado com um enorme círculo azul e branco, surgiu. Jamal deu um grunhido de susto.

— Parece com os trens dos filmes, mas… dos filmes a que eu assisti quando criança. Imaginei que seriam mais modernos hoje em dia — comentou ele, enquanto o trem diminuía a velocidade.

Um vagão lotado passou, mas o que parou em frente a eles estava vazio, fazendo o sensor de metrô de Ledi apitar. Ela o puxou de novo e correu até o vagão seguinte, que tinha um número considerável de pessoas, mas não parecia uma lata de sardinha.

— Por que saímos correndo? — perguntou ele. — Mais ratos?

— Talvez. Nunca entre no vagão vazio quando os dois ao lado dele estiverem cheios — explicou ela. — Quer dizer que tem alguma coisa errada com ele. Às vezes, as portas entre os carros ficam trancadas, e você não vai querer ficar preso em um vagão com ratos, excrementos humanos ou coisa pior.

— Por que eu tenho a sensação de estar dentro de um pesadelo em forma de distopia e não em uma das cidades mais famosas do mundo? — perguntou Jamal, com uma risada incrédula.

Ele estava dando aquele enorme sorriso mais uma vez, como se estivessem vivendo uma aventura, e o estômago de Ledi se agitou de um jeito que não era provocado pelo balanço do trem. A mão dele se fechou em volta da barra de apoio, e ela sentiu o calor se espalhando pelo corpo ao lembrar da pressão daqueles dedos dentro dela. Desviou o olhar. Eram apenas dois amigos indo dar um passeio no parque. E daí que ele tinha visto a cara de orgasmo dela e tocado a calcinha embaraçosa que ela fora obrigada a usar porque um vizinho tinha se apossado da máquina de lavar do prédio?

Ela olhou rapidamente e percebeu que ele estava estudando seu rosto.

— Uma coisa divertida que você aprende ao estudar saúde pública, especialmente doenças infectocontagiosas, é que a maioria das sociedades na verdade está a um passo da distopia — disse ela, tentando soar profunda, como se não estivesse pensando na viagem que tinham feito juntos a Dedadalândia.

— Você sabe mesmo como deixar um homem mais tranquilo. A seguir vai me dizer que o povo toupeira que vive nos túneis do metrô é real.

Ledi arregalou os olhos fingindo terror, olhou em volta do vagão e depois se aproximou dele.

— Alguém lhe disse que o povo toupeira *não era* real? Ah, pobre cordeirinho. Você não tem a menor chance.

Ele se aproximou também.

— Eu diria que minhas chances são boas. Tenho bastante sorte, sabia? Pelo menos na minha escolha de pastora.

O ar parado do vagão ficou preso na garganta de Ledi. Não eram as palavras. Era o jeito como Jamal tinha olhado para ela ao dizer "escolha". Toda interação com outro ser humano não deixava de ser uma escolha, de fato, mas o jeito como a palavra tinha rolado pela língua dele parecia íntimo. Ela nunca tivera a experiência de ser escolhida. Era algo que lhe havia sido negado cada vez que os pais de um lar temporário tinham se sentado para conversar com ela, com aquela expressão culpada no rosto. Mas Jamal falara como se qualquer um fosse escolhê-la.

Você está vendo sinais onde não existem. Não é como se ele tivesse escolhido *ser seu vizinho. Foi um acaso. Não fique empolgada – você sabe o que acontece quando fica.*

De repente, uma voz adolescente ecoou pelo vagão.

— Hora do show! Hora do show, senhoras e senhores!

Jamal deu um pulo, levando um susto com os gritos arrogantes do grupo de garotos do outro lado do vagão.

— O que está acontecendo? — perguntou Jamal, posicionando-se na frente dela de modo protetor. Ledi riu, mas gostou do cavalheirismo.

— Ah, perfeito, você vai ter a experiência nova-iorquina completa — disse ela, puxando o braço dele de maneira a encostar o corpo contra a porta ao lado dela. — Fique encostado aqui, e cuidado com os membros voadores.

Um dos adolescentes digitou alguma coisa no celular e segurou uma pequena caixa de som sem fio acima da cabeça. Um segundo depois, o trem foi inundado com a batida grave de uma das músicas de hip-hop mais tocadas recentemente. Ledi não andava com muito tempo para música, mas tinha ouvido pedaços daquela tocando nos carros que passavam com as janelas abertas pela rua, ou no rádio da mercearia enquanto esperava pelo café, e começou a balançar a cabeça ao som do ritmo conhecido. Um dos adolescentes tirou o boné e começou a fazer movimentos de *street dance*, enquanto jogava o boné, girava-o e pegava-o de volta.

— Dança do boné? — perguntou ele, chegando bem perto da orelha dela. — É isso que a juventude anda fazendo hoje em dia?

— Continue assistindo — explicou ela, sorrindo para ele.

Ledi havia crescido vendo aquelas performances no metrô – garotos diferentes, coreografias diferentes, mas sempre a mesma habilidade impressionante. Fazia tempo que ela tinha se cansado deles, mas estar com Jamal enquanto ele assistia àquilo pela primeira vez fez com que tudo parecesse novo para ela também. Manteve os olhos nele, esperando...

— Vai! Vai! Vai! — gritavam os garotos, começando a bater palmas. Jamal observava com ceticismo, com as sobrancelhas franzidas em um segundo, depois arqueadas em direção à testa no seguinte. Ela ouviu o impacto inconfundível e olhou para o adolescente, que tinha acabado de dar um salto mortal para a frente e cair de pé, a tempo de vê-lo fazer alguns passos de dança como se seus braços fossem de borracha e, em seguida, emendar em uma combinação de saltos acrobáticos para a frente e para trás, aterrissando no meio do vagão em movimento. A pose marrenta que ele cravou ao final da sequência foi bem merecida.

— Puta merda — disse Jamal. — Isso é normal? Garotos dando piruetas no metrô em movimento? Eu mal consigo ficar de pé sem me segurar na barra, e essa criança acabou de reproduzir uma sequência de ginástica artística digna de ouro olímpico.

— É bem normal. É divertido, até que você leva um chute acidental no rosto.

— Maravilhoso. — Foi só o que ele disse, ainda prestando atenção nos dançarinos.

Thabiso riu e aplaudiu enquanto cada um dos três garotos fazia seu próprio circuito; ele dava pequenos passinhos no ritmo da música e de vez em quando empurrava de leve o ombro contra o de Ledi, como se quisesse que ela participasse também. Ela não conseguia relaxar o suficiente a ponto de dançar, embora o ritmo da música fosse contagiante. Em vez disso, acompanhou batendo palmas. A música terminou, e Jamal vibrou, atraindo olhares de alguns nova-iorquinos entediados que estavam no vagão com eles. Ele estava particularmente impressionado com o último rapaz, o dançarino de break.

— Alguém disposto a se jogar nesse chão, depois de todas as informações que você me deu sobre bactérias, deveria ser considerado um artista do mais alto calibre, evidentemente preparado a sofrer pela arte.

— Nunca pensei nesses termos, mas acho que você tem razão — respondeu Ledi.

Um dos rapazes passou com a mochila aberta, coletando doações. As pessoas que observavam fascinadas um minuto antes de repente estavam com o rosto afundado em livros e leitores digitais, ignorando-o. Ledi viu que a mochila estava vazia, mas ela quase nunca andava com dinheiro. Revirou a bolsa na esperança de achar uns trocados.

— Pode deixar. Afinal, você pagou o almoço. — Ele vasculhou a carteira e jogou algumas notas quando o garoto passou.

— Valeu, moço — agradeceu o rapaz, com um aceno de cabeça, e continuou andando. Então parou e se virou para trás, com uma expressão confusa. Olhou para a mochila, depois para Jamal, depois de volta para a mochila. — Ahm…

Jamal fez um gesto com a mão.

— Obrigado, foi um ótimo show.

— *Valeu*, moço! — O garoto se virou e correu até os amigos na outra ponta do vagão enquanto o trem parava na estação.

— Uaaaaau!

Os três saíram correndo pelas portas abertas, reunindo-se atrás de uma pilastra que os bloqueou da vista de todos.

— O que foi aquilo? — Ledi se virou e espiou pela janela enquanto o trem se afastava. Os garotos estavam olhando para dentro da mochila e gritando, o som amplificado pela acústica da estação. Ela se recostou na porta e cruzou os braços, olhando para Jamal.

— Você sabe como são as crianças — disse ele, dando de ombros. — E aliás, os avisos de segurança dizem para você não fazer isso. — Ele apontou para o adesivo descascado acima da cabeça dela que dizia "Não se apoie nas portas".

— Tudo bem. Agora que você está encurralado neste vagão, tenho que perguntar. Como você nunca andou de metrô nem foi a uma mercearia antes? Nunca viu dançarinos de rua? Eu conheço gente rica, tipo, bem rica, mas eles não são tão… desconectados assim. — Ela tentou amaciar a pergunta afiada com um tom provocador, mas se ia perder seu precioso tempo com ele, merecia saber com quem estava lidando.

O riso fugiu do rosto dele; era estranho vê-lo esconder as emoções tão rapidamente. Isso a lembrou do fato de que não o conhecia, apesar de ter conversado com ele – e deixado que ele a tocasse – como se conhecesse.

— Estou acostumado a usar outros meios de transporte e a frequentar outros círculos quando estou por aqui, só isso.

O metrô começou a diminuir de velocidade outra vez, parando na próxima estação, e o guincho alto dos freios nos trilhos abafou o som dentro do vagão, assim como o restante da resposta dele.

Ela deu um passo para o lado, deixando um homem sair, depois retomou sua posição de pé em frente à porta.

— Mas então, com que tipo de "outros meios de transporte" você está acostumado? Imagino que você não costume frequentar fazendas de alpacas no interior do estado.

Ele riu.

— Não.

— Então você não anda circulando por aí de dromedário em vez de metrô. Acho que teria visto algum vídeo disso na internet. — Ela voltou a se apoiar na porta.

— Eu tinha choferes. — Ele respirou fundo e, quando olhou de novo, um medo familiar tinha surgido no rosto dela. O rosto de Thabiso tinha aquela expressão. Que era sempre a mesma, independentemente da cor de pele, idade ou gênero. A expressão que os diversos pais dos lares temporários tinham quando a chamavam para a cozinha ou para a sala de estar, evitando contato visual enquanto explicavam por que ela tinha que ir embora.

Culpa.

— Fiquei com medo de contar sobre a minha condição financeira e a forma como fui criado porque queria que você visse quem eu sou — explicou ele. — Estou acostumado a ser julgado por tudo que tenho e tudo que represento, e não pela minha pessoa.

Ele juntou as sobrancelhas, e Ledi sentiu uma vontade imensa de estender a mão e afastar as preocupações dele, mas ainda estava esperando de onde ia vir a rasteira.

Jamal abriu a boca, depois a fechou.

— É só que...

Respirou fundo.

Aí vem. Ledi se preparou para o impacto. Por que havia se arriscado em uma possibilidade tão frágil, sabendo que, quando se tratava de sua vida amorosa, todos os experimentos levavam ao mesmo resultado? Deveria ter ficado em casa estudando. Ler estudos de caso sobre vírus que devoravam a pele humana seria um progresso em relação à rejeição iminente.

— Vou simplesmente falar de uma vez. — A boca de Jamal se torceu sob os pelos da barba. — Eu gosto de você.

Ledi não estava esperando aquilo. Três palavras, carregadas de confusão, medo e esperança, entrelaçadas como hélices de DNA. Ela olhou para ele, esperando pelo "mas", e em vez disso recebeu um olhar preocupado.

— Eu sou péssimo nisso. — Ele balançou a cabeça. — Nunca tive que anunciar meus sentimentos, nem anunciar nenhuma outra coisa, para falar a verdade. Passei a maior parte da vida me preparando para o trabalho que me aguarda. Relacionamentos sempre foram uma atividade extracurricular.

Ledi ficou surpresa com aquilo – não parecia muito diferente da vida dela.

Os dedos de Jamal subiam pelo braço dela, deixando arrepios por onde passavam, mesmo dentro do vagão quente e abafado. Ela se apoiou mais para trás contra a porta, afastando-se um pouco dele, como se tentasse escapar de sua força gravitacional. Ele, por outro lado, não tentava resistir à dela, não com aqueles toques suaves que a faziam querer mais. O olhar dele era muito intenso, como se estivesse realmente tentando enxergá-la, e pedindo que ela fizesse o mesmo com ele.

Ledi nunca havia se sentido tão exposta. Queria sair correndo e gritando, mas aquela sensação de reconhecimento, que sentira brevemente quando o conheceu, retornou ainda mais forte.

Jamal sorriu, mas seu olhar não relaxou.

— Esta, pelo menos, é a verdade: eu gosto de você, Naledi. Gosto de quem eu sou quando estou com você, gosto do homem que você me faz querer ser. Quero conhecer você melhor, e quero que você me conheça, que me conheça de verdade.

A boca de Jamal se contraiu em uma linha, do mesmo jeito que tinha acontecido naquela primeira noite no Instituto, quando Ledi o treinou. Como se estivesse esperando que ela o repreendesse. Ledi não sabia o que dizer, e os dedos dele se movendo pelo seu braço eram tão desconcertantes quanto suas palavras. Ela não sabia o que responder; suas defesas deveriam ter sido ativadas, mas esse tipo de ataque era inédito e conseguiu passar por elas.

De repente, o olhar dele ficou sério.

— E é por isso que você precisa saber que…

Era bobo, mas ela se sentiu subitamente leve – e foi então que percebeu que estava caindo.

— Rua Dyckman! — gritou a condutora do trem. As portas tinham se aberto atrás dela sem nenhum aviso, ou sem nenhum aviso que ela tivesse sido capaz de escutar no estado em que se encontrava, e ela estava prestes a cair de bunda na plataforma.

Mas então as mãos de Jamal seguraram seus ombros, e ele se lançou para a frente, em direção à sua queda desajeitada, e a puxou para cima, para bem perto dele. O apito soou anunciando o fechamento das portas, que se juntaram com um baque enquanto os dois estavam de pé, seguros na plataforma. No entanto, ele não a soltou, e ela teve um lembrete de como o corpo dele era morno e sólido contra o dela.

— É por isso que você não pode se apoiar nas portas! — avisou a condutora, aos gritos, da pequena janela enquanto o trem saía da estação.

Jamal riu e olhou para Ledi.

— Eu falei. Um ponto para o time cordeirinho.

O corpo musculoso dele estava pressionado contra ela, e ele a segurava firme, mas a expressão em seu rosto não era sedutora. Jamal a olhava como alguém que realmente gostava dela, e Ledi tinha certeza de que o olhava da mesma forma. Porque ela gostava dele. Mesmo que fosse ilógico. Mesmo que ela fosse um ímã defeituoso, e que Jamal logo fosse descobrir isso. Naquele momento, apertada contra ele naquela plataforma de metrô imunda, Ledi respirou fundo e decidiu que talvez agir por impulso não fosse a pior coisa do mundo.

— Devo estar violando alguma regra do manual de ética das pastoras, mas...

Ela se inclinou e deu um beijo nele. Os lábios macios se encaixaram nos seus, e as mãos dele foram até os seus quadris, segurando forte. A língua dele deslizou para dentro de sua boca, procurando, e ele gemeu quando a língua dela passou pela dele.

Por um momento de êxtase, a mente dela estava vazia – sem preocupações sobre amizades arruinadas ou orientadores desaparecidos ou turnos de trabalho perdidos –, apenas o cheiro, o gosto e a sensação de Jamal. Jamal que gostava dela.

Estudar era supervalorizado.

15

Thabiso se concentrou na sensação de leveza que impulsionava seus passos desde que Ledi lhe dera aquele beijo longo e intenso, nos túneis sujos, úmidos e infestados de ratos de Nova York. A adrenalina já tinha baixado, mas ele ainda sentia vontade de levantar Ledi no ar e girá-la, enquanto as cordas da Orquestra Nacional de Tesolo tocavam ao fundo. Mas isso teria sido exagerado, mesmo para um príncipe, e a única música que tocava no momento era o *reggaeton* pulsando do celular de um dos homens que jogavam dominó na mesa bamba ali perto.

Ele reprimiu o desejo de fazer todos os clichês românticos cafonas, exceto por um: levantou a mão de Ledi que segurava, mais macia do que ele imaginara, dado o quanto ela trabalhava, e beijou-lhe o dorso.

Ledi sorriu e colocou o cabelo atrás da orelha com a outra mão. Era evidente que ela estava nervosa; tinha se transformado em uma guia turística no momento em que eles saíram da estação, dando explicações detalhadas sobre a região e evitando olhar para ele.

Tinham dado uma volta pelo Fort Tryon Park, um oásis verde inesperado, e ao mesmo tempo repleto do barulho e agito da cidade. Ela havia lhe mostrado o exterior do Cloisters, um mosteiro francês transportado para a cidade pedra por pedra, porque a América precisava importar suas antiguidades. Contou-lhe sobre a história do bairro, seu papel na Revolução Americana e a vibrante comunidade latina que surgira na região, agora ameaçada pelo processo de gentrificação. Ele notou que Ledi ficava muito falante quando o assunto não era ela. Duvidava que fosse uma coincidência.

Estavam quase chegando ao topo de uma pequena colina, mas isso não impediu que ela continuasse com a habilidosa técnica de distração.

— E no verão, às vezes, eles fazem exibições de filmes aqui e…

— Naledi.

Ela olhou para ele com os olhos arregalados. Talvez pela primeira vez desde que a conhecera, o olhar dela estava vulnerável, e ele viu o furacão que acontecia lá dentro. O furacão causado pelo beijo. Ele não queria saber como ficaria o rosto dela quando ele revelasse a verdade, mas logo descobriria.

— Vamos sentar — disse ele, indicando um banco de frente para o rio Hudson. A luz do sol primaveril salpicava as ondas verdes e lamacentas do rio, tornando-as tão belas quanto as cachoeiras que corriam pelas montanhas de Tesolo, selvagens e indomáveis. Ou quem sabe era Naledi que exercia aquele efeito sobre a percepção dele. — Pedi para fazermos hoje alguma coisa que você quisesse, e eu duvido muito que me fornecer um relato altamente detalhado da história local seja o seu jeito de relaxar. Você está sempre fazendo tudo pelos outros. Deixe que eu faça alguma coisa por você.

Ele não tivera a intenção de dizer aquilo, mas quanto mais ela falava, mais ele percebia que ela estava construindo um muro de palavras entre eles, entre o beijo que tinham dado no subsolo e o tempo que haviam passado no parque. Ele não podia permitir que isso acontecesse.

O que ela vai fazer quando descobrir a sua mentira?

Ledi piscou algumas vezes e recolheu a mão devagar.

— Então está bem — concordou ela. Andou até o banco e se sentou, régia como a rainha que estava destinada a se tornar. — Se é assim, entretenha-me.

Um arrepio atravessou o corpo dele, e não tinha nenhuma relação com a brisa que vinha do rio. Tinha mais a ver com o modo como as coxas dela se apertaram quando ela cruzou as pernas, e com o olhar que estava fixo nele. Ela não estava apenas baixando a guarda, que ele sabia que era um grande passo, mas o estava convidando.

— Quer que eu dance? — ofereceu ele.

— Você aprendeu alguns passos com os artistas do metrô? — perguntou ela, levantando uma sobrancelha.

— Tenho meu próprio estilo, se você quer saber. — Ele pulou para o lado, dobrou os joelhos e balançou o quadril, fazendo a dança tradicional que todos os garotos de Tesolo tinham que aprender para a cerimônia da maioridade que acontecia durante o festival da primavera.

Ledi desatou a rir, o que não era o efeito que a dança da maturidade masculina deveria causar, mas ela não tinha como saber disso. Se tivesse sido criada em Tesolo, provavelmente teria apresentado a dança feminina junto com ele na cerimônia, uma vez que era sua noiva. No entanto, ela não estivera presente, e um Thabiso muito teimoso havia dançado sozinho. O fato de que ele imaginara uma garota negra com um olhar alegre ao lado dele durante a cerimônia era um segredo.

Ele terminou a dança sob o som dos aplausos de Ledi.

— Não precisa agir como se isso não tivesse feito seu turbante ferver — disse ele, ao se jogar no banco ao lado dela, colocando o braço sobre o encosto, apesar das farpas na madeira. Mais uma risada escapou dos lábios dela, o som explodindo como o canto dos pássaros no fim de tarde ao redor do palácio em Tesolo.

— Feito meu turbante ferver? O que isso quer dizer? — Ela olhou para ele, limpando lágrimas do rosto de tanto rir.

Thabiso chegou mais perto.

— Quer dizer chegar a um estado de excitação tão grande que o calor produzido pelo corpo sai pelo topo da cabeça em forma de vapor até o turbante... ferver.

Ledi piscou algumas vezes.

— Ok, preciso saber mais sobre o lugar de onde você vem, onde as pessoas realmente dizem esse tipo de coisa umas para as outras.

A alegria dele se transformou em pânico, depois em inspiração. Talvez houvesse um jeito de revelar a verdade a ela que anulasse as mentiras que ele tinha contado. Costumava funcionar nos contos de fada: a Bela ainda amava a Fera depois de ele revelar ser um príncipe, não amava? Thabiso teve um vislumbre: a Fera sofrendo e morrendo sozinha porque a Bela o havia deixado por algum motivo. Não era bem o desfecho que ele esperava.

— Está bem, está bem — concordou ele, as engrenagens do cérebro derrapando na areia, até que finalmente pegaram tração e começaram a girar. — Você me deu um tour do parque local, agora é a minha vez. Só... tenha boa vontade. — Ele a olhou de lado para ter certeza de que ela estava prestando atenção. — Estamos em um jardim cheio de uma vegetação exuberante, com lindas flores importadas de vários lugares do mundo. Aquele pássaro majestoso ali. Está vendo?

— Hum, o pombo? — perguntou ela, cética, e levantou uma sobrancelha quando a ave inflou o peito e começou a perseguir uma fêmea dentro de uma poça.

— Pombo? Isso é um pavão! Eles passeiam pelos jardins do parque perto da minha casa, embora não sejam uma espécie local. E aquele ali? — Ele apontou para um cachorro pug que passava, com as pernas arqueadas e fazendo barulho de ronco ao respirar. — É um dos porcos que moram atrás da cozinha, comendo as sobras e gerando adubo. Nós não os comemos, não porque sejam sujos, mas porque são muito inteligentes.

— Tenho certeza de que as vacas teriam algo a dizer sobre isso — disse ela, com sarcasmo.

— As vacas têm uma vida muito boa, assim como as cabras, mesmo que não consigam aproveitar tanto quanto os porcos. Sabe como é: "Alguns animais são mais iguais que os outros".

A boca de Ledi se curvou para cima em um sorriso, e algo no peito dele se desalinhou. Amava vê-la sorrir. E amava ser a causa disso. Aquele sorriso logo desaparecia; ele esperava apenas que ela fosse capaz de perdoá-lo.

— Tem um parquinho? — perguntou Ledi, enquanto eles observavam um pai passeando com um grupo de crianças que andavam de patinete, correndo em direção aos balanços e escorregas.

— Meus pais tinham uma área de parquinho para eu brincar, sim. — Ele tinha certeza de que ela estava imaginando um pequeno conjunto de brinquedos de plástico, não a arena de ginástica e o escorrega aquático digno de parque de diversões que os pais haviam construído para ele.

— Este foi o meu parque por um tempo — falou Ledi. — Quando eu tinha treze anos. Morava com uma família, os Davis, e vinha aqui nos fins de semana andar de bicicleta. Às vezes, eu encontrava com as crianças da nova escola e ficava com eles. Ali, perto das gangorras, foi onde dei meu primeiro beijo.

— Que romântico.

— Foi nojento — disse ela, com uma careta de brincadeira. — Ele usava aparelho, e a gente tinha acabado de comer comida chinesa. Não preciso falar mais nada.

Thabiso não estava exatamente com ciúmes, mas imaginou o que teria acontecido se a família não a tivesse levado embora de Tesolo. Não havia regras específicas determinando que a prometida do príncipe só poderia se relacionar com ele, mas será que ela teria dado seu primeiro beijo desajeitado nele?

— Eu nem gostava do menino — continuou Ledi. — Mas o meu pai temporário ficou sabendo o que tinha acontecido e disse que não queria uma garota assanhada debaixo do teto dele, porque era muita dor de cabeça. Então esse beijo só me rendeu uns restos de frango com gergelim meio mastigados e um novo lar temporário. — Ela olhou para ele. — É engraçado, nenhuma dessas coisas costuma me incomodar, mas basta você me olhar e dar duas piscadas que eu já estou fazendo uma viagem pela terra das memórias.

Ela parecia constrangida, e talvez um pouco brava. E tinha direito de estar. Expulsar uma garota de casa por querer experimentar algo natural era uma atitude cruel.

— Fico honrado em ser seu copiloto nessa viagem pela terra das memórias — disse ele. E de repente o caminho tortuoso que levava à verdade, contra a qual ele vinha lutando, se descortinou diante dele. Sabia como contar a ela. Sabia como consertar tudo.

— Posso contar minha história embaraçosa também — completou Thabiso.

— Você já se envolveu em outros incêndios criminosos motivados pelo seu ego? — perguntou Ledi, com as sobrancelhas levantadas.

— Figurativamente falando, sim — respondeu ele, chegando mais perto. — Mas só teve uma vez que tentei botar fogo em um prédio para chamar a atenção de uma mulher. — Ledi riu de novo. Ele pegou a mão dela, passou o indicador pela palma. — Quando eu era criança, tinha certeza de que possuía uma alma gêmea, mesmo que muita gente me dissesse o contrário. Por um tempo, exigi que todo mundo ao meu redor fingisse que ela era de verdade. Colocavam um lugar à mesa para ela na hora do lanche. Eu pedia que comprassem presentes para ela. Com frequência alguém me encontrava falando com uma cadeira vazia como se ela estivesse sentada perto de mim. A certa altura, meus pais ficaram preocupados e tentaram me fazer esquecer essa alma gêmea imaginária, então eu fugi para tentar encontrá-la. Como eu tinha sete anos, o plano não deu muito certo.

Ledi sorriu.

— Ai, meu Deus, isso é muito fofo. Consigo imaginar perfeitamente como você devia ter sido quando criança.

Ela franziu a sobrancelha ao encará-lo, e ele se perguntou se ela estava imaginando ou evocando uma imagem dele dos cantos mais fundos da memória.

— O que aconteceu com a sua alma gêmea? — perguntou Ledi.

— Parei de acreditar por um tempo — respondeu ele. — Fiquei ocupado demais com coisas de adulto e parei de pensar nela.

— É, às vezes, a gente faz o que tem que fazer. Eu parei de pensar nos meus pais porque era doloroso demais, até que um dia tentei me lembrar deles e não consegui mais.

Ela ficou olhando na direção do rio.

Thabiso viu a oportunidade se apresentar diante dele como um presente cuidadosamente embrulhado. Tomou a iniciativa.

— Gostaria de saber mais sobre eles, se pudesse?

Uma expressão de desgosto atravessou o rosto dela.

— Por quê? Eles estão mortos, e eu me saí muito bem sozinha. Saber quem eles eram não mudaria nada disso.

— Mas…

— Minha amiga me deu de presente um desses testes de DNA, e eu ainda não olhei os resultados. Eu sou Naledi Smith. Funciono à base de bioestatísticas no café da manhã e produzo as imagens de ácidos nucleicos mais nítidas da Costa Leste. Não preciso de um passado.

Droga.

O caminho cheio de obstáculos até a verdade se apresentava novamente. Ele havia perguntado se ela queria saber, e ela não queria. Se ele lhe dissesse quem era, de certa forma estaria indo contra o desejo dela. O que devia fazer agora?

Eu sei que você acabou de dizer explicitamente que não quer saber sobre o seu passado, maaaaaas eu vou contar mesmo assim porque também preciso explicar que eu sou um babaca mentiroso.

Thabiso estava se esforçando para achar um jeito de contar a ela sem afastá-la mais ainda, quando sentiu uma vibração no banco. Ledi puxou a mão que segurava a dele e pegou o celular.

— Desculpe, estou esperando uma ligação do meu supervisor da universidade — explicou ela, enquanto destravava o aparelho e o levava até o ouvido. Thabiso percebeu a preocupação nos olhos dela. — Alô?

Sim, dr. Bell, aqui é a Naledi. Espero que o meu e-mail não tenha sido... ah. Ah.

Ela se levantou do banco e começou a andar de um lado para o outro.

— Isso não faz sentido, eu... como eles? *Por que* eles? — Ela fez uma pausa, fazendo que sim com a cabeça como se a pessoa do outro lado da linha pudesse vê-la. — Sim, eu entendo. Posso chegar aí em meia hora. Obrigada.

Quando se virou para ele, sua expressão estava apática, mas os olhos estavam marejados, e o lábio inferior tremeu ligeiramente antes que ela pressionasse os dentes contra ele para impedir o movimento.

— Naledi?

Thabiso ficou de pé com um pulo, parado ao lado dela, mas ela se afastou.

— Eu... Uau. Eu não estava conseguindo entrar em contato com meu orientador sobre o meu estágio neste verão, que deveria ser na Força-Tarefa Epidêmica, um grupo que monitora surtos de doenças infectocontagiosas.

Aquilo parecia ao mesmo tempo interessante e assustador, apesar de Thabiso já ter estagiado em Praga, um lugar que também soava vagamente ameaçador, mas tinha sido um tédio só.

— Imagino que tenha algo errado?

— Meu orientador é o diretor do programa. Ele não tem me dado notícias, e acabei de descobrir que a verba para a Força-Tarefa foi cortada. A razão pela qual ele sumiu é porque ele estava tentando salvar o máximo de informações que pudesse, para proteger as comunidades mais vulneráveis em meio a possíveis epidemias, ou o que mais você possa fazer quando uma agência governamental desse porte é fechada sem aviso.

Thabiso estava preocupado em vários níveis. Enquanto amigo, por Naledi; enquanto líder, pelo que o corte de um programa de detecção de surtos infectocontagiosos poderia causar.

— Eu sinto muito. Você sabe por quê?

Era simplesmente um caso de má administração, e ele não conseguia entender o que levava alguém a tomar uma decisão daquela. Então se lembrou de Tad/Todd. Do tio de Naledi, Alehk. Dinheiro. Com certeza havia dinheiro envolvido em algum lugar daquela história.

— Porque o governo vem fazendo cortes indiscriminados nas verbas da ciência. Esqueça o meu estágio. Estão cortando verbas de pesquisas que impediriam a morte de muitas pessoas. — A expressão dela estava em choque, como se não pudesse acreditar. — Eu só tenho que...

Thabiso se preparou para consolá-la. Estava abrindo os braços quando ela se afastou dele.

— Eu tenho que ir.

Thabiso enfiou as mãos no bolso.

— Sim. Quer dizer, você quer que eu...

Ele olhou para ela, com as sobrancelhas levantadas, perguntando.

Posso ajudar?

Ela balançou a cabeça.

— Eu só preciso ir até a universidade. Para uma reunião. — Ela tocou o braço dele, depois começou a descer a colina, segurando o celular. Tinha começado a se abrir para ele quando estavam sentados no banco. Mesmo quando ele parecia ter ficado encurralado. Mas agora ela tinha se fechado novamente.

Ela estava com problemas e não queria recorrer a ele. E o pior: ele ainda não tinha contado quem realmente era.

Thabiso olhou ao redor do parque e suspirou enquanto tentava descobrir como voltar para o metrô. Tinha se envolvido em uma bela de uma confusão, com certeza.

16

Me desculpe.

Ledi ignorou a mensagem de Portia que apareceu na tela do celular enquanto estava sentada na sala de casa, bebendo um merecido vinho gelado. A garrafa de The Harbor Fog havia sido a melhor que Julio, o dono da mercearia, tinha a oferecer, e mesmo sendo enjoativamente doce, preferia aquilo a pensar nas notícias horríveis que recebera.

Também era melhor do que pensar no apartamento silencioso do outro lado do corredor, e em como ela tivera que lutar contra a vontade de bater na porta e pedir que Jamal a fizesse se sentir melhor depois da reunião de emergência na universidade, apesar de ter saído correndo no meio do passeio com ele. Ela sabia que ele podia fazê-la se sentir melhor – e ele faria –, e por isso era imprescindível que ela continuasse quieta em seu apartamento, do mesmo jeito que sempre fazia quando a merda voava no ventilador.

Desde quando ela precisava da ajuda de alguém para alguma coisa? Na maioria das vezes, nem mesmo Portia sabia o que estava acontecendo quando a vida de Ledi ficava difícil de verdade, porque de que adiantava atrapalhar os outros com o peso de seus problemas? Ela sempre mantivera seus sentimentos mais profundos tão bem escondidos quanto pornografia em um computador desbloqueado – figurativamente falando, pastas dentro de mais subpastas cheias de arquivos com nomes falsos para mascarar o que ela realmente sentia daqueles que talvez pudessem clicar nos ícones. Mas Jamal ganhara acesso à pasta intitulada NãoTemNadaAqui depois de poucos dias. Ela tinha se aberto para ele e, por mais assustador que fosse, queria mais. Por Deus, ela queria mais. Queria se enroscar no colo dele outra vez, deixar que ele a tocasse e a beijasse e a fizesse esquecer que sua vida estava desmoronando.

O calor pulsou entre suas pernas e ela pressionou as coxas bem juntas, como se isso pudesse impedi-la de pensar no homem que havia invadido sua vida. Aquele que logo estaria a poucos metros dela. Seu lado cético e supersticioso imaginava se a presença dele não estaria conectada à sua falta de sorte.

Você baixou a guarda. Quando faz isso, o mal pode entrar junto com o bem.

Não havia nada de científico nesse raciocínio. De jeito nenhum que alguns dias com Jamal poderiam ter provocado a situação atual, mas ela *se sentia* assim. Do mesmo jeito que ficar empolgada com o estágio não tinha feito com que o governo cortasse a verba da Força-Tarefa, ainda que parecesse que sim. Sentimentos não podiam ser quantificados como dados de pesquisa, mas isso não tornava seus efeitos menos reais.

Ela suspirou e tomou um gole do vinho doce.

No fim das contas, não importava. Jamal era temporário. A sra. Garcia logo estaria de volta, e tudo que restaria dele seriam as memórias de como ele lhe dera o melhor orgasmo de sua vida – e o mais inapropriado. Ela se arrependera de tê-lo deixado no parque, mas agora se perguntava se não tinha sido melhor assim. Ele era uma complicação da qual ela simplesmente não precisava no momento.

Isso não impedia seu coração de disparar toda vez que ouvia um barulho no corredor.

O celular vibrou outra vez, e ela finalmente se rendeu, pegando-o para ler a mensagem de Portia.

Olha, eu estava bêbada e preocupada, fui uma idiota. Eu exagerei.

A foto de um Doberman rosnando apareceu, seguida da foto de um filhotinho de Doberman triste. Portia sabia que Ledi não resistia a imagens de cachorrinhos. Ela suspirou e respondeu antes que tivesse tempo de pensar demais.

Está desculpada. Basicamente porque a minha vida está desmoronando e eu preciso de você para funções de amiga, tipo me dizer que vai ficar tudo bem.

Uau. Naledi Smith admitindo que precisa de ajuda.
olha para o calendário
vê que é o Dia de São Nunca

arranca a folha do calendário e corre para dar um abraço em Naledi

O que aconteceu? Descobriu alguma coisa sobre Jamal?

Vou ligar para você.

Ledi clicou no botão de ligação do aplicativo de mensagens.

Portia atendeu no primeiro toque, implorando por desculpas como só ela sabia fazer. Depois escutou atentamente enquanto Ledi explicava como seu campo de estudo tinha acabado de implodir.

— Caramba. Bom, eu ia mesmo convidar você para sair amanhã à noite, mas agora você definitivamente tem que ir.

Ledi suspirou.

— Sair para encher a cara não vai ajudar nesse caso. — Ela tomou um gole do vinho. Uma quantidade moderada de álcool sim, mas moderação não era um conceito com o qual Portia costumava ter muita familiaridade.

— Não ia sugerir isso. — Portia suspirou. — Meus pais querem que eu vá a um evento beneficente amanhã à noite e eu tenho um convite extra. Acho que eles tinham esperanças de que eu arrumaria, em um passe de mágica, um cara para arrastar comigo que não me desse alergia depois do primeiro encontro.

Ledi pensou em apontar o fato de que Portia não namorava tanto quanto fazia sexo casual, mas parecia desnecessário.

— A amiga deles que trabalha no Departamento de Saúde Pública, a dra. Okri, vai estar lá. Ela curte muito fazer mentoria e todo esse lance social careta, então posso apresentar vocês e ver se ela quer arrumar um estágio para você ou alguma coisa assim.

Uma leve esperança borbulhou no peito de Ledi. Poderia ser tão simples assim? Sério? Ela não queria usar as conexões da amiga para se dar bem, mas seguir as regras também não a havia levado a lugar nenhum. Ela tinha fugido de todas as reuniões extracurriculares, acabando com as chances de fazer o *networking* que poderia ter-lhe aberto mais portas, então agora precisava superar isso e se jogar no mundo.

— Seria ótimo, Portia. Obrigada.

— Não me agradeça. Eu sou sua amiga e me importo com você. — A voz de Portia tinha ficado séria, e Ledi imaginou por que seria. — Olha, Ledi. Eu vi uma coisa meio estranha nas redes sociais ontem...

Ledi pousou a taça de vinho na mesa de centro descascando, feita de aglomerado de madeira, e se sentou ereta no futon. Tinha estado tão absorta nos próprios problemas que, talvez pela primeira vez, não havia perguntado como estava Portia.

— Está tudo bem? — perguntou ela.

Portia estava ficando bem famosa nas redes sociais, cultivando uma pequena base de fãs postando fotos artísticas, curiosidades sobre uma grande variedade de assuntos e demonstrando interesse em tudo e em todos. Não chegava a ser um problema, mas, às vezes, ela atraía a ira de uns tipos esquisitos.

— Sim. É uma coisa sobre o evento beneficente. — Portia ficou em silêncio.

— Hum. Certo. E o que seria isso?

Ela fez uma longa pausa, que durou pelo menos uns nove meses de tensão e expectativa.

— É só que... o traje é formal — respondeu Portia, dando em seguida uma risadinha curta. — Você tem que estar deslumbrante. Posso emprestar um vestido se quiser. Ou ajudar a escolher alguma coisa para você, se quiser ir fazer umas compras na Nordstrom.

— Eu tenho um vestido. Mas obrigada.

— Ótimo. Passo para buscar você às oito amanhã.

Quando Portia desligou, Ledi ficou tentada a ligar de volta e perguntar o que estava acontecendo de verdade, mas precisava se preocupar primeiro consigo mesma, nem que fosse só naquela noite. Abriu o navegador da internet no celular e continuou procurando campos de estudos disponíveis em epidemiologia, como vinha fazendo pela maior parte da tarde; ter um plano B para o seu plano B era questão de bom senso.

Depois de uma hora de pesquisa, tinha reunido uma lista de quatro vagas que ainda estavam abertas, além de três pessoas com quem poderia entrar em contato por e-mail. Não estava convencida de que nenhuma dessas opções daria em nada, mas pelo menos lembrou a si mesma de que era capaz de dar um jeito e resolver os problemas que aparecessem.

Ela colocou o telefone para carregar e se jogou de volta no futon. Ouviu os passos no corredor, mas seu estômago já tinha parado de dar pulos depois de vários alarmes falsos – era uma noite movimentada no prédio. Pelo cheiro de maconha que entrava por debaixo da porta, o *hipster* do fim do corredor estava dando uma festa.

Dessa vez, no entanto, ela ouviu as chaves balançando e a porta do apartamento da sra. Garcia ser aberta e fechada. Ela foi inundada pela decepção, esparramada em cima da cama.

Tudo bem que ela tinha abandonado Jamal no alto de uma colina no meio de Manhattan, mas ainda esperava que ele fosse ver como ela estava. Ela pegou o travesseiro e enfiou a cara nele, morrendo de constrangimento. Alguns dias e uma boa fodida de dedos não significavam nada na cena de relacionamentos de Nova York. As conexões naquela cidade eram voláteis, para dizer o mínimo, e nesse caso mais ainda, mas ela havia se permitido criar expectativas, como uma idiota.

Foi então que ouviu uma batida na porta.

Talvez seja alguém procurando a festa.

Outra batida, mais insistente.

— Quem é? — gritou ela, querendo evitar a decepção implacável quando abrisse a porta cheia de esperanças bobas e visse um cara aleatório pingando colírio nos olhos.

— Entrega especial para uma pós-graduanda que teve um dia muito ruim, péssimo — respondeu uma voz carregada de sotaque. A esperança que ela sentira ainda parecia boba, mas a fez levantar do futon e ir até a porta quase tão rápido quanto para receber um pacote da UPS.

Ela abriu a porta e, simples assim, sua membrana protetora foi perfurada, suas defesas foram desativadas e os eventos exaustivos do dia foram anulados pelo sorriso alegre de Jamal. O coração bateu mais rápido, e ela sentiu a euforia tomar conta de seu corpo. Já tinha trabalhado em um laboratório que pesquisava vícios, e vira como os camundongos que tinham acesso a glicose misturada com cocaína ficavam tristonhos até que um pesquisador chegava com um refil; depois, eles ficavam correndo de um lado para o outro da gaiola, ansiosos pela próxima dose. Ledi agora entendia a reação deles um pouco melhor.

— Oi. — Por que ela queria tanto tocá-lo? Por que estava sorrindo tanto que as bochechas doíam, apesar do dia de merda que tivera?

— Olá — cumprimentou ele, segurando uma sacola. E ela não precisou abri-la para saber o que tinha dentro. Sentiu o cheiro de carne, azeite e vinagre do seu sanduíche preferido assim que a sacola se mexeu. — Não chegamos a comer, e imagino que talvez você tenha ficado ocupada demais na reunião para almoçar. Acertei? Eu estava passando pela mercearia e... — Ele parou de falar, e o sorriso desapareceu enquanto ele balançava a cabeça. Quando seus olhares se encontraram de novo, foi intenso, insistente. — Chega de desculpas. Eu não me importo com esses sanduíches cancerígenos, por mais deliciosos que possam ser. Estou aqui porque queria ver você. Sei que você está acostumada a fazer tudo sozinha, mas queria ter certeza de que você estava bem depois de receber aquela notícia. Você está bem?

Tudo que Ledi pensou que sabia sobre seus desejos e necessidades escorregou por entre seus dedos, deixando-a aberta, exposta e chocada diante da pergunta direta dele. Ela tinha apoio, tinha amizades, mas nunca tivera um homem parado diante dela daquele jeito: tão frustrado que parecia disposto a perseguir a pessoa que tinha cancelado a verba da Força-Tarefa Epidêmica e esganá-la pessoalmente.

Ledi achou que fosse chorar, mas isso seria inaceitável, então fez a segunda opção que estava na lista: agarrou Jamal pela frente da camisa e, pela segunda vez naquele dia, o beijou como se não houvesse amanhã. Dessa vez, ela não pretendia parar.

17

Estava tudo errado, mesmo que parecesse muito certo.

Thabiso havia passado a noite distraído durante um evento de última hora na embaixada de Tesolo organizado por Likotsi, depois de ter sido deixado sozinho no parque. A cabeça estava ocupada com pensamentos sobre as esperanças frustradas de Ledi e como ela tinha saído correndo antes que ele pudesse vê-la vulnerável. Ele cumprimentou o embaixador do Quênia em francês em vez de suaíli, ofereceu ao representante do Marrocos uma vieira enrolada em bacon, depois se virou e ofereceu o mesmo para um ministro de Israel.

— Você está péssimo, amigo — comentou Johan, entregando-lhe uma taça de vinho.

Figurinha certa nos tabloides, o príncipe de Lichtenburg era igualmente conhecido pelo cabelo vermelho-vivo, pelas constantes aventuras infames e por ser enteado de um rei. Costumava provocar Thabiso nos tempos do internato, dizendo: "Só a fama, zero responsabilidade".

— É por causa de mulher, não é? *Schietze de mierde*. — Nem mesmo a mistura de francês com alemão de Lichtenburg animou Thabiso.

— Algum conselho? — pediu Thabiso. Johan não era exatamente um poço de sabedoria tratando-se de construir relações duradouras, mas talvez a rotação semanal de mulheres houvesse lhe trazido algum tipo de entendimento especial.

— Não se apegue — respondeu Johan secamente, antes de tomar um gole de sua taça.

— Parece uma coisa que ela diria — falou Thabiso.

— Meu tipo de mulher. Ela está aqui?

Thabiso deu um empurrão de brincadeira em Johan e mudou de assunto, discutindo os encontros sobre o clima que aconteceriam em Paris.

Em algum momento, ele tinha conseguido se recompor o suficiente para ser um bom anfitrião e deixar os convidados da embaixada de Tesolo felizes; acordos comerciais foram firmados não oficialmente e discussões políticas ocorreram sem que os ânimos se elevassem. Ele era o único que estava solene e circunspecto ao fim de uma noite que acabou sendo um sucesso.

A data do retorno se aproximava, e a janela de tempo viável para que ele contasse a verdade a Naledi e implorasse seu perdão corria como uma bomba-relógio, que se tornava ainda mais ameaçadora em sua mente. As opiniões de Likotsi, que de repente se tornara uma especialista em relacionamentos, também não ajudaram muito. Ela passara a noite sorrindo e mandando mensagens discretamente, e Thabiso estava com inveja. Com inveja da felicidade de sua assistente.

Por isso tinha parado na mercearia no caminho de volta da ONU e comprado dois sanduíches do tipo que Ledi adorava, assim como algumas cervejas que pareciam boas demais para a geladeira com porta rachada em que estavam armazenadas. Tinha um plano: iria ver como ela estava, garantiria que a situação dela na universidade estava sob controle e em seguida revelaria todas as mentiras que tinha contado, a começar pelo próprio nome.

Mas então ela o beijou.

Pressionou os lábios macios contra os dele e colocou a língua em sua boca, que havia se fechado pudicamente devido ao choque. Quando a abriu, Ledi soltou um pequeno gemido de alívio – de desejo – que se enroscou dentro dele, deslizando pela pele até a base da coluna como uma criatura viva e faminta. Com a língua dela entrelaçada na sua daquele jeito, e o grito baixinho ainda reverberando dentro dele, Thabiso sentiu o pau reagir sem precisar de mais nenhum estímulo. O membro só queria entrar em ação, e não estava nem aí para as intenções de Thabiso.

Ele a puxou para dentro do apartamento e deu um chute para fechar a porta, sem deixar que suas bocas descolassem, principalmente, porque ela agarrara seu rosto com as duas mãos para mantê-lo ali. As mãos de Ledi bagunçaram sua barba quando deslizaram até a nuca dele e se entrelaçaram, puxando-o para baixo, em direção ao futon. No meio do caminho, ele largou a sacola com os sanduíches, sem prestar atenção para ouvir se as garrafas tinham se quebrado com o impacto. Sua atenção estava totalmente direcionada para o calor da boca de Ledi, o modo como a blusa dela subia devido ao movimento das mãos dele, revelando a pele nua da cintura dela ao seu toque. Thabiso sentia o sangue pulsando e o coração pulando em uma dança bizarra que não seguia coreografia nenhuma, apenas a alegria de Naledi.

Ela estava no futon debaixo dele, a língua explorando sua boca enquanto as mãos dela subiam por debaixo da camisa dele. Thabiso nunca tinha prestado muito atenção às palmas da mão de uma mulher, mas as de Ledi eram mornas e hábeis, queimando sobre a pele descoberta. Ele a havia comparado à deusa da chuva, mas estava errado. Ledi era puro fogo.

— Caralho, Naledi. Calma aí. Calma, calma. — Ele apoiou a testa contra a dela e segurou os dois pulsos dela com uma das mãos. Ela o olhou, com os olhos bem abertos refletindo o desejo dele.

— Ah, desculpe. Eu meio que ataquei você.

Ela juntou as sobrancelhas e rolou para o lado, afastando-se dele, mas ele se inclinou e pegou os lábios dela com os seus. Beijou-a devagar, provando-a como uma borboleta saboreando o néctar mais doce. Ela arqueou as costas sob o corpo dele, pressionando o V onde a costura da calça jeans que ela estava usando tocava sua ereção, ondulando os quadris enquanto o beijava, completamente entregue.

— Preciso contar para você — declarou ele, entre um beijo e outro — quem eu sou.

— Eu sei quem você é. — Ela se afastou e tirou a camiseta estampada que estava vestindo, revelando um sutiã cinza de tecido fino, que envolvia os seios macios. — Você é o cara que aprendeu a cozinhar para mim. O cara que me fez rir de um jeito que eu não ria há muito tempo. Que me fez gozar com tanta força que eu achei que tinha feito xixi.

Essa parte não devia tê-lo deixado mais duro, mas deixou. Graças à deusa pela espontaneidade dos americanos. Deslizou o dedo pela renda do sutiã, fazendo-a estremecer com o mero toque acidental em sua pele. Ele riu.

— Adoro quando você fala assim — disse ele.

Ela cobriu a mão dele com a sua, e quando ele olhou para Ledi, ela estava balançando a cabeça.

— Eu não costumo ser assim, na verdade. Sinto que passei a vida inteira tentando manter tudo sob controle, mas agora só quero deixar rolar. E quero que você seja o cara que faça eu perder o controle. — Ela tinha o olhar firme, e ele via desejo nos olhos dela, assim como aquela solidão que às vezes aparecia rapidamente. Uma das coisas que ele adorava em Ledi era como ela sempre parecia ter tudo sob controle, mas agora estava se entregando a ele.

— Você logo vai embora — disse ela, e aquelas palavras o quebraram.

— Ainda temos que conversar — afirmou Thabiso, mas já estava ajoelhado no futon, puxando-a em direção a si.

Ele abriu o sutiã dela com um movimento hábil dos dedos, depois removeu-o gentilmente pelos braços. Ele já tinha sido envolvido pelas sedas mais finas, pelas lãs mais macias – chegava a ser algo cotidiano –, mas a pele dela era a textura mais luxuosa que já havia agraciado seu toque.

— Está certo. Eu já entendi que você é uma espécie de herdeiro rico fugitivo. Mas estou aqui falando um monte de coisas piegas que vão me matar de vergonha amanhã de manhã. — Ela balançou a cabeça e fechou bem os olhos. — Affe. Pode pelo menos garantir que a minha última noite seja boa?

Thabiso deslizou as mãos pelo corpo de Ledi, envolvendo os seios dela e sentindo cada um delicadamente.

— Posso fazer isso.

E ele fez.

Juntou os seios dela com as mãos e lambeu e chupou os mamilos, sem tempo a perder com carícias suaves. Lambeu com a língua rígida e esticada, circulando e provocando os bicos com a pontinha, depois mordiscou um dos mamilos e puxou, muito levemente.

— Eeeepa — disse ela, com a voz ofegante. — Assim é capaz de você me matar antes que eu morra de vergonha. Também serve.

Ela levou as mãos à calça jeans dele e abriu os botões até ter espaço suficiente para enfiar a mão e segurá-lo. Thabiso parou no meio de uma mordiscada ao se dar conta do calor da mão de Ledi, sentindo os toques desajeitados enquanto ela tentava acariciar a ereção dele em um espaço tão apertado.

Ele se inclinou para trás e puxou a camisa por cima da cabeça, depois ficou de pé e arrancou a calça jeans, movendo-se com eficiência para que as mãos e a boca não ficassem longe de Ledi por muito tempo. Deitada na cama, ela estava tirando a calça de pijama, revelando uma calcinha de cor e tecido diferentes do sutiã, mas que abraçava suas curvas e valorizava seu quadril com tamanha perfeição que ele se perguntou qual era a graça de lingerie combinando.

— Você é linda. — Ele se abaixou de novo até a cama, prendendo o corpo quente e macio dela sob o seu. Ela riu, mas desviou o olhar.

— Naledi, você não tem ideia… — Ele não achou que seria respeitoso compará-la a outras mulheres, ou outras mulheres a ela. Ledi era linda, assim como outras com quem ele se relacionara também eram, mas elas não tinham feito ele se *sentir* daquele jeito. — Você é bonita, sim, mas você me faz sentir como… como se eu pudesse ser qualquer coisa.

E era verdade. Todo mundo tinha aprendido a tratá-lo como um futuro rei, mas Ledi o libertara dessa prisão, fazendo-o perceber que ele era mais do que a linhagem Moshoeshoe da qual descendia.

Ela sorriu e o abraçou, envolvendo-o em algo que parecia muito mais do que tesão.

— E você me faz sentir como se eu já fosse alguma coisa.

Então ele a beijou, e todas as palavras desapareceram. Ela passou as mãos pelas costas dele, fazendo pequenas faíscas elétricas dispararem pelo corpo dele. Ele colocou a mão no ponto em que as coxas dela se uniam, onde ela estava molhada e quente. Brincou com os dedos na abertura, provocando-a, depois esfregou com força, e continuou ao perceber que ela queria um toque mais firme, beijando-a o tempo todo.

— Meu Deus, isso. — Ela se contorcia debaixo dele, o corpo suave ficando rígido ao ser, pouco a pouco, inundado pelo clímax. Primeiro os dedos dos pés se esticaram, depois a pressão nas pernas, e então ela arqueou as costas e irrompeu em um grito que quase o carregou junto com ela. Ela se desmanchou debaixo dele, ofegante.

— Você tem camisinha? — perguntou ele.

— Sou uma estudante de saúde pública — respondeu Ledi, com um olhar afiado. Levantou a tampa de um pequeno móvel de apoio perto da cama e procurou sem pressa lá dentro, até levantar a mão com o resultado da pescaria: uma tirinha prateada de preservativos.

Ele pegou um, abriu com cuidado a embalagem e colocou-o em si mesmo, retomando em seguida sua posição entre as pernas dela e empurrando devagar ao entrar. Os músculos dela imediatamente se contraíram ao redor dele, e a pressão dela em seu pau era desesperadora.

— Ledi — sussurrou ele, e rezou para que ela não respondesse com o nome que não era o dele. Fez uma pausa ao sentir a realidade invadindo seu prazer.

— Eu estou bem — murmurou ela, achando que era isso que o preocupava. — Muito bem.

Ela puxou a boca dele até a sua e lançou os quadris para a frente, deixando-se ser totalmente preenchida por ele. Thabiso não saberia dizer o que aconteceu a partir daí. Ele se apoiou nos cotovelos de maneira que pudesse olhar para ela enquanto a penetrava loucamente, fazendo acrobacias com o quadril como se estivesse possuído. Ele estava em boa forma, sabia disso, e colocou cada centímetro daquela musculatura a serviço do prazer dela. E quando os olhos dela se arregalaram de surpresa e excitação, quando ela jogou a cabeça contra o futon e afundou as mãos no quadril dele, nos lençóis ou em qualquer coisa em que pudesse se segurar, ele deslizou a mão entre o corpo dos dois e pressionou o clitóris dela.

Ela soltou um grito curto e agudo quando o orgasmo a atingiu, mas ele já o sentira vindo lá do fundo. O interior dela o apertava forte, repetidas vezes, e ele próprio soltou um grito rouco ao sentir o corpo entrando em curto-circuito de tanto prazer.

Ele desabou sobre o corpo dela, que pulsava suavemente, e usou as últimas forças que tinha para rolar para o lado e puxá-la para perto. Ele inspirou, absorvendo o aroma do óleo que ela usava no cabelo, do suor e do sabonete dela.

— Você está me cheirando? — perguntou Ledi, se aconchegando mais a ele. Apoiou a cabeça cheia de cachos no braço dele, e a respiração fazia cócegas nos pelos do peito dele.

— Talvez. — Ele puxou alguns lencinhos de papel da caixa perto da cama e tirou a camisinha. Ouviu algo se remexer do outro lado do cômodo e, ao se virar, havia dois pares de olhos pequenos e brilhantes o encarando.

— Seus camundongos estavam observando a gente — disse ele, ao puxá-la de volta para o abraço. — Pragas *voyeurs*. Essa eu nunca vi.

— Eu sabia que esses dois eram safados. — Pela primeira vez desde que ele a conhecera, a risada dela tinha uma espontaneidade verdadeira. Ele sentiu o coração se contrair dolorosamente ao olhar para ela. Ser observado por roedores não era a única coisa que acontecia pela primeira vez naquela noite. Não queria analisar demais o que estava sentindo por ela – não depois de sentir o peso de tudo que estava escondendo desabar de volta sobre ele, apagando aquela incrível sensação pós-sexo e deixando-o apenas com a consciência de que ela ainda pensava que ele fosse Jamal. Simplesmente Jamal.

Ledi ainda não sabia nada sobre ele, sobre os pais nem sua terra natal, e não deveria ter conhecido a sensação de ser penetrada por ele antes de conhecer as outras coisas.

Ele sentiu o corpo gelar e afrouxou o abraço.

— Ledi, olha, a gente realmente precisa conversar. — Ele apertou a ponta do nariz enquanto pensava em como iria se explicar, ainda mais estando nu como uma hiena sarnenta.

Ela parou de rir e se inclinou para trás, afastando-se dele. Rápido assim, a abertura tinha sumido.

— Ei, não precisa ficar todo estranho. Foi só sexo.

Ela pulou da cama e foi em direção ao banheiro.

Ele se sentou e ficou olhando para ela, as palavras varrendo até mesmo o ódio que ele sentia de si mesmo.

— Como é que é? Só sexo? Isso não foi só sexo.

— Certamente que foi. Prova disso: estou indo fazer xixi agora para não desenvolver uma infecção urinária. É uma coisa que você deve fazer logo depois de transar. — Ela deu de ombros e entrou no banheiro. Não bateu a porta com força.

— Ledi, está havendo um mal-entendido. — Thabiso fez uma pausa, depois abaixou a cabeça entre as mãos. — Na verdade, estão havendo muitos mal-entendidos. Que tal a gente resolver pelo menos esse mais simples? Aquilo não foi "só sexo" para mim. Eu gosto muito de você, e isso não mudou.

O barulho da descarga. A água correu, ele a ouviu murmurando uma musiquinha enquanto lavava as mãos, e então a água parou.

Ele vestiu a cueca, a calça e a camisa, e ela finalmente voltou, agora usando um roupão rosa que seria fofo, não fosse pelo olhar desconfiado dela.

— Certo. Foi só sexo bastante bom — disse ela, dando de ombros, de um jeito que ele achou que indicava indiferença. Mas ela se sentou ao lado dele e cruzou as pernas, mostrando uma faixa da coxa macia. Ele deslizou o nó do dedo pelo joelho dela até a pele sensível, depois parou e segurou a mão dela.

— Olha…

Nesse momento, alguém bateu na porta. Ledi fechou os olhos, frustrada, e pulou da cama enquanto uma segunda bateria de batidas rompia o silêncio.

— Portia, desculpe, mas realmente não é uma boa hora — disse ela, ao abrir a porta. — Ah.

Ledi olhou para ele por cima do ombro.

— É para você.

Ele sentiu o medo brotando no estômago, mas se levantou mesmo assim e encarou o olhar sério de Likotsi.

— *Jamal.*

Uma única palavra carregada de acusação e repulsa.

— Err. Olá. — Ele não sabia como explicar a presença dela para Naledi. — Essa é minha amiga.

— Prazer em conhecê-la de novo — disse Likotsi a Naledi com um sorriso gentil, mas retornou à expressão severa ao olhar para ele. — Houve um problema. Recebi notícias da sua família e, antes que pergunte, não, não pode esperar. Sinto muito por interromper sua diversão, mas é algo de extrema importância.

— Bom — falou Ledi, visivelmente desconfortável —, a gente conversa amanhã sobre o lance da herança e tal. Espera aí, você não é, tipo, um assassino em série rico nem um banqueiro nem nada assim, é?

Thabiso bufou.

— Já falei que não sou um assassino em série.

— Então é um banqueiro? — perguntou ela, fingindo estar horrorizada.

Thabiso não conseguiu segurar a risada. Ela conseguia extrair isso dele, mesmo que ele estivesse na merda.

— Vou ter que estudar o dia todo — falou Ledi, e o olhar foi direto para a porta do outro lado do corredor. Ela suspirou, e ele sabia em que ela estava pensando. A sra. Garcia logo estaria de volta. Likotsi havia recebido por e-mail a notificação do *check-in* para o voo. Thabiso não queria pensar em retornar à vida normal.

— Você tem planos para amanhã à noite? — perguntou ele.

— *Você* tem planos para amanhã à noite — interveio Likotsi.

— Tenho — respondeu Ledi, olhando de um para o outro. — Mas talvez consiga encontrar você depois.

Thabiso a conhecia bem o suficiente para entender que poucos homens já haviam recebido aquela oferta. Ficou tentado a pedir que Likotsi contasse toda a verdade para ela ali mesmo e acabasse logo com aquilo – isso não fazia parte do escopo de trabalho de uma assistente? –, mas Ledi merecia mais.

Likotsi limpou a garganta. Thabiso apertou a mão de Ledi, depois saiu e cruzou o corredor acompanhado pela assistente enfurecida.

Assim que entraram no apartamento, ela se virou para encará-lo.

— Seu cabeça de rinoceronte tolo e autocentrado! No que está pensando? Como foi capaz de brincar com ela desse jeito?

Ele notou as lágrimas se formando nos olhos de Likotsi, mas ela rapidamente as afastou.

— Ah, deixe para lá. Tem gente que gosta de brincar com os sentimentos dos outros, pelo visto. Estou cansada de ser a sua consciência. Vai ter que criar uma própria.

Thabiso não sabia direito como agir. Um pouco mais cedo, ela parecia estar nas nuvens, a caminho do encontro com a mulher misteriosa.

— Quer conversar? Aconteceu alguma coisa com a mulher que você ia encontrar? Por isso que foi me buscar?

Likotsi estalou a língua nos dentes.

— Nunca teria essa falta de profissionalismo de adentrar um quarto e exigir que escutasse os meus problemas. Esse papel é o seu.

Thabiso não podia argumentar contra aquilo.

Ela suspirou.

— Não vou mais vê-la, então não tem nada a ser dito. — Os olhos dela estavam marejados, mas sua expressão se mantinha impassível. — O senhor, por outro lado, está com problemas.

— Estava tentando contar a verdade para Naledi e resolver esse problema quando você interrompeu — disse Thabiso, entredentes. Por que todo mundo estava tornando aquilo tão difícil?

— Não, na verdade temos um novo problema — declarou Likotsi, ao pegar seu fiel tablet, digitando e arrastando a tela. — Um e-mail dos seus pais, Vossa Alteza.

Ela lhe entregou o aparelho.

Assunto: Sua noiva foi escolhida

Thabiso olhou para Likotsi, cuja expressão estava absolutamente neutra.

— O que eu faço agora? — perguntou ele, passando a mão pela barba. Ainda tinha o cheiro de Ledi.

Likotsi deu de ombros.

— Já lhe ofereci diversos conselhos de cunho emocional ao longo desta viagem, sem êxito. Resolva sozinho, senhor.

Com isso, ela bateu as polainas e andou até o banheiro, um dos únicos locais do apartamento em que não teria que olhar para ele.

Thabiso desabou no sofá. Será que poderia ser o primeiro rei solteiro de Tesolo? Naquele ritmo, sua vida amorosa estava se tornando mais complicada que administrar com sucesso uma pequena nação.

18

Ledi passou o dia seguinte no laboratório, depois estudando com Trishna, apesar de ter ficado tentada a desmarcar, deixar a porta aberta e se esparramar na cama sugestivamente. Mas nem mesmo Jamal e seu corpo incrível podiam fazê-la deixar os estudos de lado. Ela tinha trabalhado demais e ainda tinha muito em jogo para deixar que seus sentimentos fossem tão longe.

Mesmo assim, seu nível de atenção não estava afiado como de costume. O cérebro estava mais interessado em ficar exibindo repetidamente pequenos trechos do sexo mais incrível da vida dela do que em ler estudos de caso. Quando conseguiu parar de pensar em Jamal, e parar de pensar em pensar tanto em Jamal, o nervosismo com a ideia de ser apresentada à dra. Okri naquela noite já havia tomado a frente, pronto para entrar em campo pelo Time Distração.

Quando Trishna por fim exigiu saber por que ela estava tão esquisita, Ledi desconversou, mas então se lembrou de Jamal dizendo que ela devia delegar. Que não precisava fazer tudo sozinha. Explicou seu dilema, e Trishna entrou em ação e disparou e-mails para sua rede de amigos, tentando ajudar Ledi a encontrar um estágio caso as coisas não funcionassem com a dra. Okri.

Ledi se perguntou o que era aquela estranha queimação nos olhos enquanto observava os dedos de sua colega de turma voando pelo teclado do laptop. Primeiro Portia, e agora Trishna, de quem ela havia se escondido durante todos aqueles meses.

Parece até que as pessoas ajudam se você deixar, uma parte sarcástica e não muito sutil de sua mente opinou. *Parece até que não tem problema em precisar de ajuda de vez em quando.*

Depois de se despedir de Trishna com um abraço, Ledi voltou para casa, alimentou os Tivôs e se arrumou correndo para o evento beneficente. Escolheu um tubinho roxo na altura do joelho, que envolvia e valorizava suas curvas, com um xale preto e o sapato de salto alto mais sofisticado que tinha. Hidratou o cabelo e amassou bem os cachos, de maneira que emoldurassem seu rosto, e fez uma maquiagem simples e elegante. Enquanto se arrumava, tinha a esperança de que Jamal fosse bater na sua porta com uma caixa da Espátula Amarela e um sorriso. Talvez sem mais nada além disso. Mesmo que tivesse que recusar a oferta para jantar, havia a possibilidade da sobremesa quando voltasse.

No entanto, essa pequena fantasia foi afogada pela realidade de que, mesmo que o visse mais tarde, na semana seguinte ele seria apenas mais um homem que passara pela sua cama. Isso era tudo que ele poderia ser, ainda mais pelo fato de que ele aparentemente era um cara rico, e ela definitivamente não era. Sentiu o estômago revirar, mas se concentrou em terminar de passar o batom.

O celular vibrou, sinalizando que Portia estava lá embaixo. Ela pegou a bolsa e saiu correndo, tropeçando em uma pequena caixa que havia sido deixada em frente à sua porta. Trancou o apartamento e pegou o pacote enquanto saía apressada; morava em uma rua estreita, e odiava o barulho de buzinas e xingamentos que aconteciam quando alguém ficava parado em fila dupla.

Mesmo assim, não conseguiu esperar até chegar lá embaixo para descobrir o que era. Desembrulhou o pacote e puxou a tampa enquanto descia as escadas. Já trabalhara como garçonete usando salto, e poderia correr pelo menos uns cinco quilômetros com aqueles sapatos, ao mesmo tempo que carregava uma bandeja. Abrir uma caixa não era nada.

Dentro havia um bilhete em um papel pequeno, mas elegante e de boa qualidade; por um segundo teve o medo ridículo de que o bilhete dissesse "Saudações de Tesolo", mas a bonita letra manuscrita parecia pertencer a Jamal.

Ledi,

Peço desculpas pelo modo como a noite passada acabou. Recebi notícias preocupantes de casa, e mais algumas hoje de manhã. Passei o dia tentando apagar incêndios (figurativamente falando – aprendi minha lição, oh Ledi, deusa dos extintores). Não tenho mais muito tempo em Nova York, e é essencial que eu a encontre esta noite. Existe algo sobre o que precisamos conversar, da maior importância, mas, além disso, quero vê-la. Deveria estar focado em meu trabalho, mas passei cada minuto livre pensando em você. Pelo visto, você se tornou muito importante para mim. Aqui está algo para lhe trazer sorte.

Seu vizinho, Jamal (por enquanto)

Quando afastou o papel, viu um pequeno frasco de vidro, revestido por ornamentos de metal, repousando na caixa forrada de tecido. Uma corrente prateada estava presa ao frasco, indicando que ele poderia ser pendurado no pescoço. Ela o levantou pelo fio de elos delicados e tirou a pequena tampa de rolha. Sentiu um estranho calor espiralar dentro do peito que não foi provocado pelo sutiã apertado, mas sim ao ser atingida pelo aroma do óleo de *eng*. Por que ele provocava aquele efeito nela? Como um cara que ela tinha conhecido havia poucos dias, sob as circunstâncias mais esquisitas, podia deixá-la sem ar?

Passou uma gota do óleo nos pulsos, depois fechou bem a tampa e colocou o frasco no pescoço. Correu até a caminhonete gigante que esperava por ela no meio-fio, e estava prestes a entrar quando um homem enorme circulou o carro e abriu a porta para ela. Uau.

— Qual foi a do carrão com motorista? — perguntou a Portia enquanto se acomodava no assento de couro, que parecia quase cremoso de tão macio. A amiga olhou para ela sem entender, e ela percebeu que aquilo era parte da vida privada que Portia escondia dela, tanto quando Ledi escondia a sua. Ela já tinha ido a boates e restaurantes chiques com Portia, passado um fim de semana de inverno com ela e os conhecidos do mundo da arte no chalé de esqui dos pais da amiga e participado de um churrasco de Quatro de Julho no bangalô de veraneio em Sag Harbor. Tinham sido eventos raros e maravilhosos para Ledi, mas para Portia, ter uma infinidade de casas e motoristas treinados em direção defensiva eram coisas normais.

— Que perfume bom. E você está linda — elogiou Portia, ignorando a pergunta constrangedora com uma elegância resultante de anos de aulas de etiqueta. — Essa cor ficou ótima, e você está radiante! E esse colar é fabuloso.

Ledi deslizou o dedo pelos ramos de metal que envolviam o frasco de vidro.

— Bom, acho que a dra. Okri não vai se interessar tanto pela minha aparência, mas cada detalhe ajuda.

— Pode apostar que sim — disse Portia, estreitando os olhos. Abriu um pequeno compartimento refrigerado e tirou uma lata.

— Refrigerante? — perguntou Ledi. Seu lado de estudante de saúde pública já estava repreendendo o alto índice de açúcar na bebida, mas Portia riu e balançou a cabeça.

— Champanhe. Em lata! Acho que meu pai está investindo na empresa ou alguma coisa assim.

— Não, obrigada — recusou Ledi. — Não posso implorar por um estágio enrolando a língua.

Portia desatou a falar enquanto o carro avançava pelo trânsito de sexta-feira à noite. Tinha se inscrito em mais um estágio de arte, depois de decidir que não gostava muito da galeria atual. Estava fazendo um curso de trabalho em metal, além do curso de engenharia social, e estava pensando em começar a trabalhar com administração de redes sociais. Apresentou essas novas possibilidades com o otimismo genuíno que sempre tinha no início de qualquer empreitada; Ledi esperava que um daqueles projetos fosse a chave para a felicidade da amiga.

— Que tipo de evento beneficente é esse? — perguntou Ledi, de repente, percebendo que não fazia ideia do lugar aonde estava indo.

Portia tirou um espelhinho da bolsa e retocou o batom.

— É um evento anual de caridade para uma organização pan-africana. Costumo ir pelo arroz *jollof*, mas eles na verdade fazem um trabalho bem importante. Campanhas de vacinação, microempréstimos, acompanhamento psicológico para vítimas de transtorno de estresse pós-traumático em países que passaram por conflitos... E todo mundo é sempre lindo. Já conheci muitos artistas e educadores lá também.

— Parece bem interessante mesmo. Obrigada de novo por ter me convidado.

Portia olhou para ela intrigada, depois guardou o espelhinho.

— Acho que "interessante" talvez seja pouco para definir a noite de hoje, mas vamos ver.

Ledi se virou e olhou pela janela, observando os prédios altos que margeavam a Park Avenue. Inspirou fundo. Se a sorte estivesse ao seu lado, os acontecimentos daquele evento beneficente mudariam sua vida.

19

Ledi tinha achado que estava arrumada demais, mas assim que pisou no lobby do hotel Waldorf Astoria se sentiu como uma amostra sem graça em preto e branco perto de lindas células com contraste colorido. Sob o pé direito alto e as colunas coríntias, havia uma aglomeração de mulheres com turbantes elaborados e vestidos de estampas vistosas que colocavam qualquer pavão no chinelo, todas conversando em diversos idiomas diferentes. Os homens, igualmente elegantes usando ternos com estampas africanas, circulavam ao redor delas ou pela área do *lounge*. Uma das mulheres parecia flutuar indo em direção ao elevador, com uma saia laranja que ondulava atrás dela como a cauda resplandecente de uma fênix.

— Minha nossa — exclamou Ledi. — É como se estivéssemos em um concurso de top models africanas.

Ledi ainda estava embasbacada quando subiram de elevador até o salão de baile na cobertura do hotel. A batida grave da música despertou seus quadris antes mesmo que ela atravessasse a porta, e os garçons usando aventais de tecido *kente* passavam de um lado para o outro com travessas de *hors d'oeuvres* com um cheiro maravilhoso. Ledi pegou uma tortinha de carne, depois mais uma, em parte porque estava com fome, em parte porque sabia que quando os convidados não comiam durante a festa, os pulsos dos garçons sofriam com o peso. Também era um pecado capital deixar comida gratuita passar. Ficaram perto da parede enquanto Portia procurava os pais.

— Meu pai deve estar por aqui…

— A mamãe e o papai estão fazendo a dança das cadeiras no momento. Temos que ir. Alguém fez cagada com a lista de convidados, e nem pensar que eu vou me espremer entre aquelas mesas. — A voz era grave, com uma cadência lenta e pronunciada. Ledi levou um susto ao ver que ela vinha de um rosto tão parecido com o de Portia.

Regina, a irmã gêmea de Portia.

Não eram idênticas, mas quase. O cabelo dela era bem curto, com os cachos mais fechados, mas do mesmo castanho-escuro avermelhado. Ela tinha os olhos da mesma cor de mel e o mesmo sorriso, mas enquanto o de Portia tinha algo de triste, o de Regina era afiado. Estava sentada em uma cadeira de rodas luxuosa e tecnológica. As rodas tinham aros de um vermelho-vivo e pareciam saídas de uma revista em quadrinhos. Ledi tinha certeza de que a intenção era aquela. Os vestidos coloridos não seriam os únicos a chamar atenção no baile de gala.

Quando ficava bêbada, Portia às vezes mencionava uma época "quando a minha irmã estava doente", mas fora isso quase não falava sobre a irmã, apesar do crescente estrelato de Regina na internet. Ledi tinha atribuído o fato a uma competição entre irmãs, mas agora já não tinha certeza.

— E aí, mana. Bom ver você. — Regina olhou para a irmã com uma expressão indecifrável.

— Reggie! Não sabia que você vinha — disse Portia, abaixando-se para dar um beijo no rosto dela.

— Você saberia se tivesse respondido às minhas mensagens — falou Regina, com mais um sorriso cortante.

— Desculpe. É só que... Você sabe como é.

Regina não parecia saber como era, e apenas levantou uma sobrancelha.

Em vez de elaborar mais, Portia fez um gesto na direção de Ledi.

— Essa é a minha amiga Ledi.

— Ah, essa é a Ledi com quem você sempre está. — Regina parecia estar... com ciúmes?

Ledi sentiu uma onda de nervosismo tomando conta dela, vendo-se no meio de uma óbvia tensão entre irmãs. Tentou soar tranquila, mas não durou mais que cinco segundos.

— É um prazer conhecer você, e também, AI, MEU DEUS, eu sou muito fã do seu site! Leio todo dia! Muito obrigada por tudo.

Não soou muito tranquila.

Regina estendeu a mão para Ledi e, mesmo em um simples aperto de mão, ela tinha a pegada forte.

— De nada? Não sei qual seria a resposta certa. Nunca sei o que dizer quando as pessoas ficam empolgadas com o site. É por isso que fico mais on-line. — Ela estreitou os olhos para Ledi. — Espera aí, você não me é estranha. Você não costuma comentar como HeLaMusa?

Ledi sentiu o rosto ficar quente, e Regina ficou constrangida.

— Ai, merda, não devia ter perguntado isso. É só que você tem uma foto de perfil tão legal usando equipamento de laboratório, e você sempre fala umas coisas tão inteligentes nos posts sobre ciência, então eu me lembro do seu avatar. Eu estava querendo saber se você, quer dizer, HeLaMusa, não queria escrever uma coluna sobre mulheres cientistas. Nossos colunistas são remunerados, caso você esteja se perguntando.

— Poxa, parece bem divertido — respondeu Ledi, ao mesmo tempo chocada e lisonjeada. — E o dinheiro extra não faria mal.

— Oráculo, anote. Mandar e-mail para Ledi sobre mulheres cientistas.

Um painel de LED no braço da cadeira de rodas ficou vermelho, depois verde. Uma voz robótica, parecida com a de HAL em *2001: Uma odisseia no espaço* respondeu: "*Anotado, Reggie*".

— A sua cadeira fala? — perguntou Ledi. — Que incrível!

— Aposto que o seu celular também fala — disse Regina, secamente, mas sorriu para ela.

Ledi sentiu um puxão no braço. Portia.

— A dra. Okri está ali. Eu vou apresentar vocês. — Portia sorriu apenas com a boca, mas não com os olhos, e Regina fez uma careta, olhando para baixo.

— Foi muito bom conhecer você — falou Ledi para Regina antes que Portia tivesse tempo de responder à careta. — A gente se vê na mesa.

— É — disse Portia. — A gente já volta.

A expressão de Regina se suavizou.

— Certo. Vou só... ficar esperando a mamãe e o papai, acho.

E então Ledi já estava sendo arrastada em direção a uma mulher imponente, cercada por um pequeno grupo de admiradores. Ela usava um vestido azul-royal com uma estampa amarela de uma revoada de pássaros, além de um turbante no mesmo tecido. A pele negra não indicava a idade, o que significava que ela podia ter de trinta a setenta anos, e os olhos dela eram brilhantes e bondosos.

— Ora, como vai, srta. Portia? — enunciou ela, com um sotaque que só poderia ser descrito como de "nova-iorquina rica". Depois que você juntava uma determinada fortuna, podia inventar o sotaque que quisesse e ninguém falava nada. — E essa moça encantadora é a amiga sobre a qual me falou? De onde você é, querida?

A última pergunta foi direcionada a Ledi.

— Aposto que é da Eritreia — disse uma das mulheres do grupo. — Ela é a cara da minha tia.

— Não — interrompeu um homem, com um sotaque carregado. — Olha essas maçãs do rosto. Ela só pode ser do Sudão. Eu reconheço meu povo em qualquer lugar.

Ela ficou na defensiva, como sempre acontecia quando alguém falava sobre o seu passado ou seus ancestrais.

— Sou de Manhattan — afirmou ela, com firmeza.

— Humpf — exclamou a mulher da Eritreia. — Então imagino que o seu povo simplesmente brotou do chão, não é?

— Ah, não comece com isso, Judy — pediu a dra. Okri, depois enlaçou o braço no de Ledi. — Essa moça está trabalhando para se tornar uma epidemiologista, um bem valioso para a comunidade, não importa de onde ela seja. Agora temos que ir falar sobre assuntos chatos de ciência, mas por favor aproveitem a comida e a música. Estou muito animada para a programação desta noite.

A dra. Okri a conduziu para um canto mais afastado da banda.

— Mas então, que história é essa sobre o estágio que não deu certo?

— Bom, eu deveria estar trabalhando na Força-Tarefa Epidêmica.

— Que não existe mais graças a pessoas que nunca abriram um livro de ciências na vida — disse a dra. Okri. — Gostaria de poder dizer que essa será a última vez que esse tipo de coisa acontece. — Ela suspirou. — Bem, você está convidada a vir estagiar comigo. Não é muito empolgante, mas talvez a gente arrume uma nova epidemia de gripe aviária, já que ninguém está fazendo um acompanhamento preventivo.

— Muito obrigada! Isso seria ótimo. O estágio, não a epidemia. — O corpo de Ledi relaxou de alívio. Sua carreira não estava arruinada. As coisas não haviam saído como o planejado, mas Portia tinha ajudado, e agora ela podia finalmente relaxar e se concentrar nas provas. Imaginou se teria chance de dividir a boa notícia com Jamal. Quem sabe ele não a ajudava a comemorar?

— Ou quem sabe a gente não vai acabar tendo alguma doença misteriosa para desvendar, como essa com que eles estão lidando em Tesolo? — falou A dra. Okri.

A cabeça de Ledi se levantou imediatamente.

— O quê?

A mulher embarcou na fofoca científica, sem perceber o choque que a menção a Tesolo tinha provocado em Ledi.

— Não é ebola nem malária. As fontes hídricas estão limpas, e não se pode discernir um padrão de contágio. Só se fala nisso esta noite, ainda mais com a presença do nosso convidado de honra, o príncipe Thabiso.

Ledi não soube dizer se o chão balançou ou se foi ela.

Príncipe Thabiso. O homem que havia sido assunto de seus e-mails durante semanas agora estava em Nova York, no mesmo evento que ela?

Impossível. Mas a dra. Okri não tinha razão para mentir, a menos que também estivesse envolvida. A ideia era absurda, mas se o príncipe Thabiso realmente estava ali, será que tudo não seria possível?

— Você está bem, Naledi? — A dr. Okri estava olhando em seus olhos, e Ledi entendeu que ela estava checando se suas pupilas estavam dilatadas.

— Estou bem — respondeu Ledi. — Acho que quando o estresse por causa do estágio acabou tão de repente, acabei ficando meio tonta.

A dra. Okri assentiu.

— Eu entendo. A pós-graduação já é estressante o suficiente sem contratempos desse tipo. Vá procurar Portia, coma um pouco dessa comida maravilhosa e relaxe. Tudo vai ficar bem agora.

Ledi respirou fundo. A dra. Okri estava certa. Sua carreira acadêmica estava voltando aos eixos. Ela ainda tinha pelo menos uma noite de sexo inacreditável com Jamal pela frente. A questão com o príncipe Thabiso não era nada com que devesse se preocupar; na verdade, havia decidido encontrá-lo em algum momento da noite e avisá-lo de que os golpistas estavam usando o nome dele. Seria esquisito conversar com um príncipe, mas ela tinha certeza de que ele era igual a qualquer outro cara.

20

— Com licença, Vossa Alteza, mas um cavalheiro de Botswana está insistindo bastante para que o senhor conheça a filha dele — disse Likotsi, em voz baixa. — Eu avisei que o senhor estava ocupado, mas tenho medo de que ele se esconda embaixo da mesa e apareça ao seu lado durante o jantar.

Thabiso fechou os olhos, irritado. A banda era excelente e a comida esplêndida, mas não passavam de ruído em seus ouvidos e poeira em sua boca, porque Naledi não estava ali com ele.

Ele ainda tinha que revelar a ela sua verdadeira identidade, mas ao mesmo tempo sentia que não era bem assim. Thabiso nunca se sentira mais autêntico do que nos momentos que passara com Naledi. A bajulação e os olhares recatados das mulheres, os apertos de mão firmes e a admiração dos homens, o fato de todos o tratarem como realeza – era tudo muito desgastante. Desejou estar de novo naquele prédio, em uma cozinha minúscula, sobre um futon desconfortável ou um sofá embrulhado em plástico, desde que Ledi estivesse com ele.

— Diga-lhe que não estou disponível para conhecer moças solteiras no momento — instruiu ele, encostando-se mais na parede do canto onde se escondia. Em algum momento teria que socializar, mas ninguém o havia reconhecido ainda. — O fato de meus pais terem encontrado uma noiva para mim resolveu pelo menos essa chateação.

— Sim, senhor.

Enquanto Likotsi se afastava, Thabiso reparou em uma moça que estava zanzando ali por perto. Ele quase a dispensou, mas então notou que ela segurava uma bandeja. Era uma garçonete, assim como ele tinha sido naquelas poucas horas fatídicas em que trabalhara com Naledi.

— Err, gostaria de mais água com gás, príncipe, senhor?

— Sim — disse ele, estendendo o copo vazio. Depois acrescentou: — Obrigado.

A mão dela tremia ao servir a água, e algumas gotas espirraram no sapato dele.

— Ah, me desculpe. Eu nunca derramo.

— Não se preocupe. Sei que esse trabalho é difícil. E não é como se você tivesse colocado fogo em mim nem nada do tipo. Aí sim teríamos um problema. — Ele sorriu, esperando que isso fosse tranquilizá-la, e ficou satisfeito quando ela retribuiu o sorriso.

— Obrigada, senhor. E parabéns.

— Estou neste evento em nome do meu povo, não de mim mesmo, mas obrigado.

— Ah, parabéns por isso também! — completou ela, e foi embora sorrindo.

Thabiso ficou ligeiramente confuso, mas as pessoas costumavam dizer coisas estranhas quando percebiam que estavam falando com um membro da realeza.

Um vislumbre de canto de olho, de um tecido roxo envolvendo um quadril que parecia familiar, chamou sua atenção. Mas quando Thabiso se virou para averiguar, só viu a saia ampla e estampada de um vestido longo onde antes tinha estado a aparição roxa.

Será que ele estava tão arrebatado por Naledi que havia começado a conjurar a presença dela? Não seria a primeira vez; afinal, havia feito o mesmo durante a infância. Certamente seria desconcertante se fosse esse o caso, mas isso não fez sumir a repentina inquietação. Precisava vê-la. Precisava contar a ela. Ele havia criado um conjunto absurdo de condições em sua mente, quando na verdade não havia momento melhor do que *o quanto antes, sua hiena covarde.*

Likotsi voltou, mastigando alguma coisa e espanando migalhas da lapela.

— Essas bananas-da-terra recheadas são viciantes — comentou ela. — Quer provar uma antes de ser anunciado?

— Não — negou ele, com a voz rouca de nervosismo, que não tinha nada a ver com o discurso que faria na frente de toda aquela gente. — Qual é o mais cedo que eu consigo sair daqui?

— É costume o convidado de honra ficar por pelo menos dois terços do evento — respondeu Likotsi, as palavras cobertas de desaprovação. — Não me diga que está pensando em ir embora para se encontrar com ela. Realmente acha que ela está sentada em casa esperando por você?

Ela disse que tinha um compromisso. Pode estar com outro homem, um que não esteja mentindo para ela.

A ideia fez Thabiso cerrar os punhos. Foi como se uma coroa gelada de pânico pousasse sobre sua cabeça, só de pensar nela com outro homem, talvez o mesmo homem que a consolaria quando ela descobrisse que Jamal na verdade era Thabiso.

— Ela não falou nada sobre outro homem — disse ele, na defensiva.

— E o senhor não falou nada sobre morar em um palácio — devolveu Likotsi, com um sorriso malicioso. — É engraçado, as pessoas omitem cada coisa quando o amor está começando a surgir.

Amor? Poderia ser essa a causa da felicidade ridícula que o preenchia só de pensar em Naledi, o sentimento que o deixava doente de raiva ao pensar na possibilidade de que ela estivesse com outra pessoa?

Impossível.

Ou inevitável, se as sacerdotisas tivessem acertado suas previsões.

A música silenciou, e o burburinho da multidão ficou mais alto por um instante, antes que começassem a pedir silêncio. O mestre de cerimônias pegou o microfone e começou a fazer piadas com os convidados.

— Você tem razão — disse Thabiso. — Tenho uma obrigação aqui e não posso sair correndo porque não contei a ela quando deveria. Mas esta noite…

— Acredito que uma vez o senhor me disse que sua vida amorosa não estava no meu escopo. Podemos manter assim até *depois* de ter contado a ela? Não estou me sentindo muito beneficente hoje.

— Quer conversar, Kotsi? — Thabiso estava preocupado com a apatia nos olhos de sua assistente. Olhando mais de perto, reparou que a camisa dela estava amarrotada e que as pontas do cabelo curto estavam começando a precisar de um corte. Ela tinha tido tempo de se arrumar para o evento, mas não fizera isso. No mundo de Likotsi, aquilo era uma catástrofe.

— Se Naledi mandar você ir pastar, o que ela tem todo direito de fazer, talvez um dia possamos nos lamentar sobre nossas conquistas americanas mal-sucedidas — disse ela. — Mas agora ainda não. Estou um pouco magoada, sabe?

Thabiso pousou a mão no ombro dela.

— Você é uma mulher legal. Não sei o que aconteceu, mas sei que a pessoa que a magoou é uma idiota.

— Parece que estou cercada por idiotas ultimamente — disse ela, mas o sorriso era afetuoso. — Para o seu bem, espero que Naledi goste tanto de idiotas quanto eu.

A voz do mestre de cerimônias ecoou.

— O jantar será servido em breve, mas, antes disso, permitam-me apresentar o convidado de honra desta noite. Eleito o homem mais poderoso da África e, até pouco tempo, conhecido como um dos solteiros mais cobiçados do mundo, Sua Alteza Real, Aquele que Traz a Luz e o Amor, o príncipe Thabiso Moshoeshoe de Tesolo!

Thabiso queria revirar os olhos ao ouvir os títulos honorários, mas o homem estava apenas lendo um discurso pronto. Além do mais, no passado, o título já havia servido para quebrar o gelo com muitas mulheres. Um passado nem tão distante, de fato, mas a ideia agora lhe parecia de mau gosto. Tudo que não fosse voltar para Ledi e contar-lhe a verdade, e depois voltar ao seu povo, parecia não ter importância.

— E pelo visto também seremos os primeiros a parabenizar o príncipe por seu matrimônio iminente! Parabéns!

O quê? As notícias corriam rápido. Ele não poderia simplesmente negar, pois causaria um escândalo. Thabiso cerrou os dentes. Mais um fingimento que teria que aguentar por enquanto.

Avançou em direção ao palco, e já tinha subido o primeiro degrau quando teve novamente um vislumbre daquele tecido roxo, de canto de olho, mas desta vez acompanhado por uma comoção. Ele se virou, e seu olhar encontrou dois olhos castanhos conhecidos que estavam arregalados de incredulidade. Ele sentiu o estômago se revirar e dar um nó, como se tivesse acabado de despencar da cachoeira mais alta de Tesolo dentro de um barril.

Ledi. Com a amiga Portia, que ele conhecera no outro dia, sentada ao seu lado. Ledi estava de pé, com os punhos cerrados e uma fúria que deformava suas feições. Agora ela sabia que ele era um príncipe. E achava que ele era um príncipe que estava noivo, prestes a se casar. Thabiso se preparou para que ela gritasse, esperneasse e fizesse uma cena, mas ela lhe deu as costas e olhou de modo cortante para a amiga.

— Você sabia — disse Ledi, baixinho, mas as palavras ressoaram alto.

— Não! Sim. Eu desconfiava. — Portia encolheu os ombros, culpada.

— Você desconfiava e me trouxe aqui para me humilhar?

— Do que você está falando? — A voz de Portia se levantou, em pânico. — Foi ele que mentiu. Ele que deveria se sentir humilhado.

— Diga isso a todo mundo assistindo — rosnou Ledi, depois desviou da amiga e atravessou a multidão em polvorosa.

Thabiso sentiu que seus pés estavam colados ao chão, como se estivesse em um filme mudo assistindo à protagonista fazer sua saída triunfal, mas então o barulho dos convidados inundou seus ouvidos, e suas pernas começaram a se mexer, levando-o por entre as mesas até a porta pela qual Ledi acabara de sair.

Ele estava prestes a começar a correr quando uma cadeira de rodas bloqueou seu caminho. A mulher de cabelo curto sentada nela deu-lhe um olhar arrogante enquanto apertava um botão na cadeira.

— Oráculo, envie uma mensagem para Kelly. "Kelly, pegue uma amiga chamada Ledi em frente ao Waldorf, imediatamente, e leve-a aonde ela quiser" — disse ela, depois soltou o botão e sorriu para Thabiso. — Vai ter que dar a volta. Espero que ela já tenha ido há muito tempo quando você chegar lá embaixo.

Thabiso não sabia quem era aquela mulher, nem por que ela estava bloqueando seu acesso à única coisa que importava para ele, mas esbarrou desajeitadamente na mesa ao desviar dela. O espaço entre as cadeiras era apertado, e ele forçou a passagem por entre os convidados chocados que começavam a se levantar de seus lugares, exigindo saber o que estava acontecendo.

Ele alcançou o elevador bem quando a porta estava fechando, e enfiou a mão na abertura estreita, torcendo para que os sensores não estivessem com defeito, mas ao mesmo tempo preferindo correr o risco. A porta parou e começou a abrir, revelando Ledi encostada na parede do fundo do elevador. Ela tinha uma expressão de terror – será que estava com medo dele? – e balançava a cabeça.

— Deixe-me explicar — disse ele.

— O que você vai explicar primeiro? Os e-mails loucos? Como apareceu no meu trabalho? Como acabou indo parar no apartamento da frente? Como mentiu sobre tudo? Tudo!

Ela fechou os olhos com força e suas narinas se dilataram; ela estava lutando contra a dor, e ele era o culpado. Thabiso queria tomá-la em seus braços, mas aquilo aliviaria sua própria dor, não a dela.

— Escute, Naledi…

— Não — negou ela, com a voz engasgada de um jeito que o comoveu. — Por favor. Só… não. Nada que você diga vai consertar isso.

As lágrimas começaram a escorrer pelo rosto dela, e Thabiso entendeu que estava tudo acabado. Embora em tão pouco tempo não conhecesse tudo sobre ela, sabia o quanto ela valorizava seu orgulho e sua resiliência. Ele a havia machucado, e pior, ele havia visto aquelas lágrimas caindo sem que ela pudesse controlá-las. Aquilo talvez tivesse sido pior do que ser a causa delas. Ele soltou a porta do elevador, tremendo ao ouvir o *ting* que anunciava o fechamento. Naledi abriu os olhos um segundo antes de as portas se juntarem, e a dor que havia neles revelou o quanto ele havia sido ridículo e egoísta.

Ele encostou a testa no metal frio das portas.

— Senhor?

— Volto em um instante, Kotsi — disse ele. Não importava onde ele estivesse. Sentia uma dormência estranha, mas ainda era um príncipe. Sentimentos podiam esperar. — Sei que tenho obrigações a cumprir.

— Na verdade, eu ia sugerir que fôssemos embora. É costume que escândalo e corações partidos sejam motivo suficiente para que o convidado de honra vá embora de um evento. Mas talvez devamos esperar um pouco.

Ela estava dando um tempo para Naledi ir embora. Por mais legal que estivesse sendo com ele, Likotsi o avisara desde o começo que ele magoaria Ledi, e a assistente estava sempre certa.

— Tudo bem — disse ele. — Você acha que a mercearia tem uísque Macallan?

— Não, mas estamos em Nova York. O senhor pode conseguir tudo que quiser.

— Quase tudo — corrigiu Thabiso. Likotsi assentiu de modo sombrio.

Ele ouvia as pessoas circulando e as vozes se aproximando do elevador.

— Que tal irmos de escada?

Quarenta e sete degraus depois, Thabiso havia quase convencido a si mesmo de que tinha sido melhor assim.

21

— Lediiiiii!

No dia seguinte, Ledi soube que sua maré de azar não havia terminado assim que viu a cabeça de Brian aparecer da porta do escritório. Tudo que ela queria era construir uma trincheira de travesseiros e se esconder do mundo, mas a pós-graduação não permitia que você se recuperasse das pequenas tragédias da vida. Nem das comédias. Talvez ela estivesse vivenciando um pouco de cada. Havia sobrevivido à manhã no piloto automático, alimentando os Tivôs, saindo sorrateiramente do apartamento e fingindo que seu coração não doía ao ver a porta do 7N. Mal conseguira dormir, pensando que ele talvez aparecesse do outro lado do corredor a qualquer momento, mas depois lembrou a si mesma de que aquele teatrinho de viver na pobreza, com a plebe, havia terminado, e ele provavelmente se realocara para acomodações mais refinadas. Talvez com a noiva.

Respire fundo. Você não se importa. Ele é apenas mais um estudo de caso para a edição mensal da Embustes & Cia.

O colar que ele havia lhe dado se mexeu debaixo da camisa. Se ela fosse mais forte, teria jogado aquilo nele enquanto a porta do elevador fechava, em uma cena dramática. Mas não conseguiu. O aroma lhe trazia conforto, e era o presente mais perfeito que já recebera, mesmo que tivesse vindo de um escroto.

Tinha deixado o celular em casa; tinha desligado o aparelho, com dedos trêmulos, enquanto o elevador descia, para evitar a avalanche de mensagens de Portia. Jamal – Thabiso – a havia magoado, muito. Mas a mentira de um cara era previsível, a da melhor amiga era insuportável.

— Bom dia, Brian — cumprimentou ela, educadamente, recusando-se a mostrar qualquer emoção, e também sem a menor paciência para as palhaçadas dele.

— Minha assistente de laboratório preferida! Eu já disse que você é a minha preferida, não disse? — Ela se perguntou se ele realmente achava que aquela careta constipada dele se passava por um sorriso. Talvez ele achasse que, se pedisse com jeitinho, ela não perceberia que ele só tinha olhos para ela na hora de entubar o trabalho. — Sei que você ia acompanhar a coloração de Wright-Giemsa hoje, mas o Kevin, que estava na função do sacrifício hoje de manhã, tirou uma licença médica.

— De novo? — Fazia muito tempo que Ledi se sentia exausta, mas agora estava à beira do colapso. Ir ao laboratório depois de toda a merda da noite anterior deveria ser uma trégua. Realizar uns procedimentos de centrifugação, fazer a coloração de algumas células; tentar não pensar no imbecil gato que atravessara suas defesas, não uma, mas duas vezes.

A revelação de Jamal havia despertado uma questão urgente, que se escondera por trás da raiva e da decepção a noite toda: se o príncipe era real, o que significavam os e-mails de "spam" que ela vinha recebendo de Tesolo?

— Naledi? — Brian levantou as sobrancelhas, a testa enrugada como os pequeninos cérebros que ele queria que ela fosse buscar para fatiar. — Você faz o sacrifício dos camundongos, certo? — Ele estendeu o jaleco e os óculos de proteção para ela como se fossem as vestes sagradas necessárias ao ritual. — Pode fazer uma perfusão transcardíaca no grupo de retrocruzamento C57BL/6-? Seria ótimo.

Ele largou o jaleco e os óculos na mesa ao lado dela, como se Ledi já tivesse concordado. Mal conseguia processar a própria vida, e agora tinha que ser carrasca de roedores? Brian de merda. Thabiso de merda. *Tudo* de merda.

— Não.

Brian continuou andando, então ela repetiu mais alto.

— Não, Brian.

Ele se virou, a irritação estampada no rosto.

— O que quer dizer com "não"?

Ledi inspirou fundo.

— Quero dizer que tenho minhas próprias coisas para fazer e não posso fazer isso. Você me perguntou se eu podia, e a resposta é não.

O rosto de Brian ficou vermelho.

— O que você tem? Trabalhar em equipe significa ajudar quando é necessário.

— E ser um supervisor significa delegar as tarefas de maneira justa — rebateu Ledi. Estava chocada com a calma na própria voz, mesmo que seu rosto parecesse estar em chamas e a respiração estivesse rasa. — Você sempre me procura quando tem algum trabalho pesado, mesmo eu sendo uma das pessoas com mais experiência no laboratório. Você chama a minha atenção pelos atrasos, mas dá passe livre para o Kevin, que magicamente fica doente sempre que é a vez dele na função do sacrifício. Eu disse "não".

Eles ficaram olhando feio um para o outro. Ledi já estava pensando nas réplicas, preparada para o que quer que ele fosse dizer, fazendo parecer que ela era a culpada naquela situação. Estava cansada de aturar as merdas dos outros.

Pelo visto, a Ledi-sim-pode-deixar-que-eu-faço havia sido consumida pelas chamas de sua própria frustração, fazendo nascer das cinzas uma Ledi-não-fode-comigo.

Experimenta só, ela pensou enquanto os dois continuavam se encarando, até que a porta do laboratório se abriu. Ledi se virou e viu uma mulher entrando, o longo cabelo preto deslizando pela blusa rosa-choque.

— Dra. Taketami? — Fazia três semanas que Ledi não via a Pesquisadora Principal. — Não sabia que já estava de volta.

— Voltei ontem à noite da conferência sobre imunologia. Ainda não acertei o fuso — disse ela, sorrindo. — Vim hoje pedir um favor. Tem uma pessoa interessada em conhecer mais sobre o laboratório, e gostaria que alguém mostrasse tudo a ele.

— Ledi ia começar agora a fazer os sacrifícios — disse Brian, com um sorriso convencido.

— Na verdade, eu ia começar agora a fazer meu próprio trabalho. Estou cansada de fazer o seu também.

A dra. Taketami olhou de um para o outro.

— Brian, espere por mim no meu escritório.

Ele fez um som de protesto, mas a dra. Taketami já estava concentrada de volta em Ledi.

— Sei que está ocupada, mas foi pedido especificamente que você acompanhasse a visita.

— Como assim? Por que alguém pediria que fosse eu?

Ledi estava tentando processar tudo que tinha acabado de acontecer. Havia dito não a Brian. E depois de novo na frente da Pesquisadora Principal. E estava tudo bem. Ela sentiu uma onda de alívio, que logo foi substituída por preocupação. Nada de bom acontecera nos últimos dias sem deixar um rastro de destruição. Por que haveria um desvio de padrão?

A porta do laboratório se abriu, e todos os pensamentos dela foram soterrados pela raiva.

Esse filho da puta.

— O que você está fazendo aqui? — Ledi exigiu saber quando Thabiso marchou para dentro do laboratório com aquele maldito passo largo de realeza. Usava uma calça social e uma camisa de tecido fino com uma espécie de estampa hexagonal vermelha, preta e amarela que quase chamava mais atenção do que a pele negra e suave dos braços dele.

Naledi se virou para a dra. Taketami.

— De jeito nenhum. Desculpe, vai ter que arrumar outra pessoa para mostrar tudo a ele.

— Srta. Smith! — Ela sentiu uma pegada firme no braço, ainda que a dra. Taketami sorrisse com todos os dentes.

— Esse senhor é um doador. Um doador. Muito. Generoso.

— Então está me rifando para um cara estranho por dinheiro? — perguntou Ledi, em voz baixa. — Existe um termo para isso, sabia?

A dra. Taketami se inclinou para perto dela e sussurrou:

— O cara é um maluco ou alguma coisa assim? Se for, vou chamar a segurança. Se não for, os supervisores ficariam muito agradecidos se você pudesse atender a esse pedido. Os cortes governamentais foram um baque para o programa. É algo sem precedentes, e sem as doações teremos problemas sérios.

Ledi olhou feio para Thabiso. O queixo dele estava levantado de modo altivo, mas o olhar parecia nervoso.

A dra. Taketami continuou.

— E, se tiver um minuto para falar com ele, talvez ele tenha a solução para o problema do seu estágio.

— Já encontrei outro estudo de campo, uma vez que a universidade me deixou na mão — Ledi contra-argumentou, mas então se lembrou da cena da noite anterior. Será que a dra. Okri ainda estaria interessada em trabalhar com ela depois daquele papelão? As pessoas sem dúvida tinham começado a fofocar antes mesmo que ela saísse do salão. Será que o estágio ainda estava de pé?

Ela olhou feio para Thabiso outra vez, e a dra. Taketami se colocou na frente dela.

— Não sei o que mais você arrumou, mas a probabilidade de ser algo tão importante para sua carreira quanto isso é pequena. E não estou dizendo só para você fazer o que eu quero. Isso poderia ser algo de enormes proporções, tanto para você quanto para o programa.

Ledi estreitou os olhos e cruzou os braços. Odiava o fato de sua carreira estar sendo usada como chamariz, mas agora estava curiosa, e a dra. Taketami sabia disso. A mulher olhava de Ledi para Thabiso, e vice-versa.

— Posso deixá-la encarregada, então?

— Com certeza — concordou Ledi. — Por favor, peça para o Brian cuidar do meu processamento de dados também, além dos sacrifícios?

A dra. Taketami sorriu.

— Ele vai fazer e vai ficar feliz com isso. Passe no meu escritório quando o tour acabar. — E com isso ela saiu.

Ledi baixou os olhos para o chão, mas se lembrou de que *ela* não tinha feito nada errado, então o encarou. Sentiu um tremor no corpo ao fazer isso, e desejou desesperadamente que fosse apenas de desgosto. Odiava o fato de se lembrar da sensação das mãos dele nas partes mais sensíveis de seu corpo, dos lábios voluptuosos contra os dela. Odiava o modo como ele a estava olhando, com aquela maldita inocência de personagem da Disney. Como se ele não tivesse dado um jeito de se infiltrar na vida dela e implodi-la pelo lado de dentro. Quando o conheceu, ela tinha pensado que ele talvez fosse um vírus, e tinha acertado – só não se dera conta de quão rápido ele agiria.

— Então, esse é o equipamento para o assassinato das pragas que você mencionou outro dia? — Ele fez a pergunta como se tivesse o direito de ficar recordando depois de tudo que tinha feito. A raiva se espalhou pela pele dela.

— O que você está fazendo aqui? Acha que ficar distribuindo dinheiro vai consertar tudo, príncipe? — perguntou ela. Ela tinha concordado com o tour, não com a bajulação.

Ele riu, um som grave e rico que se insinuou por baixo das roupas dela e pressionou sua pele. Ledi se blindou contra a sensação.

— Até eu sei que existem coisas que o dinheiro não pode comprar — disse ele, e agora que ela olhava bem para ele, podia ver o arrependimento em seus olhos. — Mas você precisa saber que eu ia contar...

— Não. Você pagou por uma sessão informativa, não pela chance de se embrenhar de volta na minha vida.

Thabiso se inclinou para trás como se desviasse de um golpe.

— Eu entendo que estraguei tudo, mas você não acha que merece uma explicação?

Ledi revirou os olhos.

— Explicações são para pessoas que se importam com elas, e eu não estou nessa categoria. Não preciso de você. Não preciso de ninguém.

As palavras sempre tinham sido verdade, mas agora pareciam uma mentira, uma mentira derrubada desajeitadamente no chão, de um jeito que atraía os olhares de pena de todos em volta.

— Gostaria de poder dizer o mesmo — falou ele, enfiando as mãos no bolso.

— Este é o laboratório — continuou Ledi, em tom monocórdico, espalmando as mãos como uma guia letárgica de museu. Recusava-se a escutar mais um segundo das mentiras dele, ainda mais quando era tão tentador acreditar nelas. — Fazemos coisas científicas. Tipo mágica, mas com mais burocracia.

— Não quero um tour, Naledi — disse Thabiso, baixinho.

— Aqui estão os microscópios de alta resolução — continuou ela, com um gesto do braço. — Ao olhar através deles, é possível ver os mínimos detalhes de uma forma de vida. Nada escapa daquela lente Zeiss. É uma pena que não exista um equipamento desse tipo para analisar homens como você.

Não tinha sido a intenção dela dizer aquilo, mas vê-lo ali e não odiá-lo tanto quanto deveria era perturbador.

— Naledi. — Ele tocou de leve o braço dela, fazendo-a se afastar da sensação que se espalhava pela pele. Ela se recusou a olhar para ele, mas sentia o perfume familiar. O perfume da felicidade. A garganta arranhou. Se ele a fizesse chorar no laboratório, no mínimo iria fingir infectá-lo com antraz. — Eu não estou noivo — revelou ele. — Pelo menos isso você precisa saber. Foi um mal-entendido. Não existe outra pessoa.

Ledi escolheu ignorar o alívio que tomou conta dela, correndo pelas veias, tornando aparente quão boba ela era. Não havia motivo para acreditar nele, exceto o fato de que ele estava na frente dela, e não em uma piscina de dinheiro ou o que quer que fosse que príncipes faziam no tempo livre. Mas não mudava nada.

— Você quer dizer então que não existe pessoa alguma — corrigiu ela.

Ele inspirou com força.

— Sempre acreditei que, depois que uma coisa é feita, não há como voltar atrás — disse Thabiso. — Que as pessoas devem pagar pelos seus erros. Pensava isso basicamente porque aprendi que eu não estava sujeito a cometer esses erros.

Ledi olhou de relance, querendo estapear aquele sorriso humilde da cara dele.

— Eu sou egoísta. Arrogante. Você presenciou uma amostra disso em primeira mão no dia em que me conheceu. Mas eu sou um príncipe, Ledi. Até esta semana, nunca tinha precisado pensar em nada além de mim mesmo e do meu povo. Acreditava que conseguir o que eu queria, na hora que eu queria, era uma troca justa por uma vida de servidão.

— Servidão? Procurei você no Google. Finalmente pesquisei, e me pareceu uma vida bem boa. Empregados. Um palácio. Amado pelo seu povo. Desculpe se eu não estou comovida.

Thabiso franziu a testa.

— Pode desdenhar da minha riqueza, mas essa é a vida que você teria se seus pais não tivessem fugido. Você provavelmente já seria minha esposa, estaria vivendo naquele palácio, sendo servida por aqueles empregados e amada pelo seu povo. O nosso povo.

Ledi respirou fundo, tão fundo que quase engasgou. Quando era criança, naquelas casas de desconhecidos, contara a si mesma histórias bobas enquanto passava as noites em claro. Histórias com castelos e realeza, onde lares temporários existiam apenas como pesadelos. Fazia muito tempo que ela tinha enterrado aqueles sonhos bobos, mas agora eles estavam sendo arrastados de volta para a superfície.

— Por que está fazendo isso? Se o que você diz é verdade, meus pais eram a única coisa que me prendia a Tesolo. Eles estão mortos. Qualquer pacto ridículo que tenham feito quando eu era criança não tem nada a ver comigo.

As palavras eram frias, mas ela precisava do frio para combater as lágrimas quentes que começavam a brotar. Ele sabia tudo sobre ela, e ela não sabia nada. Agora já se tratava de mais do que a traição; viver no escuro, sem saber, tinha tornado possível que ela seguisse com a vida em seu mundo autocentrado. Agora ele estava se oferecendo para trazê-la para a luz, e aquilo mudaria tudo. O medo a apertava com força, com esta verdade simples: se ela soubesse quem seus pais eram, saberia o que havia perdido, o que lhe fora negado.

Não tinha certeza de que poderia aguentar isso.

Jamal – Thabiso – assentiu.

— Eu não deveria lhe pedir nada, mas um bom príncipe é também um homem de negócios. Tenho uma oferta que beneficiará a nós dois.

Ledi queria virar as costas e ir embora, mas não conseguiria mesmo que tentasse. Se aqueles e-mails diziam a verdade...

— Fale logo — exigiu ela.

— Meu país está passando por uma grave crise médica. Meu povo está caindo doente com uma enfermidade sem causa aparente, e nossos melhores médicos não conseguem resolver a questão. Isso já causou diversos problemas, incluindo a busca das pessoas por respostas em bruxaria e superstições.

Ele suspirou e passou a mão na barba.

— Existe um setor pequeno, mas importante, de líderes religiosos que acreditam que essa doença se abateu sobre o povo porque a deusa está insatisfeita comigo.

Ledi inclinou a cabeça, como se isso a ajudasse a entender melhor.

— Por ser um canalha mentiroso? — perguntou ela.

Os olhos dele piscaram na direção dela, depois se desviaram.

— Por não ter me casado.

— Você está de sacanagem...

— Escute, Naledi. — Ele levantou a mão para tocá-la, mas seus dedos se encolheram, afastando-se da pele dela no último segundo. Ledi desejou não ter sentido uma pontada de tristeza com o quase contato com os dedos dele. — Esta é a minha proposta: venha para Tesolo. Eu lhe darei acesso ilimitado à minha equipe de epidemiologistas e médicos enquanto eles acompanham a situação. "Novida" é como os cientistas estão chamando. Novidades são bastante importantes no seu campo de trabalho, se não me engano.

Droga, ele tinha razão. Trabalhar no Departamento de Saúde de Nova York lhe daria um assunto sobre o qual escrever, mas seria uma tese insignificante, a não ser que alguma coisa impressionante acontecesse. Ela tinha quase certeza de que nenhum outro estudante de pós-graduação do seu nível, e talvez ninguém nos Estados Unidos, teria acesso a uma epidemia em pequena escala em um reino africano de população homogênea. Odiava o fato de que as pessoas estavam sofrendo, mas se ela fosse até lá, poderia ajudar a dar um fim àquilo, e ainda por cima ganhar reconhecimento por isso. E...

— Você também pode saber mais sobre o seu passado. Seu povo. O país que nunca conheceu.

— Eu disse que não me importo com isso — falou Ledi, mas seu coração ficou apertado com as palavras dele.

— Pode conhecer sua família — insistiu ele, baixinho, como se tivesse vergonha de usar essa carta.

— Eu... Eu tenho uma família? — Ela sentiu uma rápida explosão de alegria, seguida por outra de raiva. — Tenho uma família e você esperou até agora para me contar?

As palavras saíram mais alto do que ela pretendia. Thabiso se encolheu, e Ledi apertou os lábios, atravessando mentalmente a raiva, a esperança e a traição que se aglutinavam dentro dela. Não podia ser sufocada por aquilo. Ela se recusava.

— Eu perguntei diretamente e você disse que não queria saber — disse ele. — Deveria ter empurrado essa informação goela abaixo?

— Sim! — respondeu ela, em um sussurro gritado, e então se lembrou de como havia sido categórica no Fort Tryon Park. — Não. Bom, então me diga agora.

— Você tem um tio e uma prima. Seus avós, os pais da sua mãe, estão no grupo de pessoas que adoeceram. Estamos tentando salvá-los.

Ledi ficou olhando para ele. Ela era péssima em saber se ele estava mentindo, mas não achava que ele se rebaixaria ao ponto de inventar aquilo.

— O que eu preciso fazer? E o que você ganha com isso?

Thabiso suspirou, mas dessa vez não desviou o olhar.

— Não precisa fazer nada além do que já fez, na verdade. Só precisa ser a minha noiva prometida.

Ledi colocou uma das mãos na testa e levantou a outra na direção de Thabiso.

— Espera aí. *Espera aí*. Você veio aqui se desculpar por ter mentido sobre a sua identidade e está pedindo para eu mentir sobre a minha? Você é ridículo.

— Não estou pedindo para você mentir — explicou ele. — Você é a minha prometida, por decreto real e religioso. Não estou pedindo para você fingir que me ama…

— Ótimo. Sou uma cientista, não uma atriz, Magro.

— Magro?

Ela deu uma olhada para ele, e Thabiso desistiu da pergunta.

— Deixa para lá. Certo. — Ele afundou mais as mãos no bolso. — Já estão correndo boatos depois do evento de ontem à noite, mas podemos dar um jeito nisso. Vamos com a versão de que você não sabia quem eu era, nem quem você era, e você retorna como a filha pródiga. Isso deve aplacar o povo que estava com raiva dos seus pais por terem fugido. Depois, quando a epidemia estiver controlada e tudo voltar ao normal, você pode dizer que está com saudade dos Estados Unidos e voltar para casa.

Ledi estava se esforçando muito para não se importar, mas as últimas palavras dele tocaram em um ponto vulnerável. Uma parte romântica e idiota dela esperava que ele fosse implorar para ela ficar, mesmo que fosse a última coisa que ela queria. Ledi não merecia aquela mentira também? Então se lembrou de que ninguém nunca a quisera por muito tempo.

Ímã defeituoso.

Ela quase recusou.

Isso é trabalho. É pela sua carreira.

— Está bem. Eu vou fingir ser sua prometida — concordou ela, estendendo a mão. Ele a apertou com força, então a soltou. — E depois vou embora.

22

Ledi tinha arrumado e rearrumado a mala diversas vezes ao longo da semana, além de fazer seus exames práticos, encontrar alguém para cuidar dos Tivôs, tomar vacinas de última hora e tirar passaporte e vistos especiais emitidos pelo Consulado de Tesolo.

Tudo isso enquanto evitava Portia.

Eu mesma deveria ter falado com ele quando comecei a suspeitar. Não achei que você ficaria magoada assim se eu estivesse certa.

Ledi tinha que admitir que passara anos convencendo Portia, e a si mesma, de que nada que um homem fizesse poderia magoá-la. Mas Portia deveria saber o quanto *ela* poderia magoar Ledi.

Eu não tenho que me justificar. O que eu fiz foi errado, me desculpa.

Ledi largou o celular, sentindo o peso da tristeza. Sentia falta da amiga, apesar do comportamento ridículo e inconsequente de Portia, mas precisava de um tempo para pensar antes de falar com ela. Precisava entender como romper com padrões nocivos na amizade delas, como criar outros melhores e também entender se Portia seria capaz de fazer o mesmo.

Por isso que sua bicamada lipídica era tão importante. Uma vez que alguém passava por ela, estava tudo acabado. Mesmo se a pessoa a machucasse profundamente, Ledi ainda se importaria com ela. Era terrível se importar, ainda que fosse uma necessidade evolutiva.

Ela voltou a se concentrar na mala, tentando se decidir entre um terninho mais conservador e uma calça *skinny* rosa-choque. Enfiou as duas opções na mala e fechou o zíper resolutamente. Não havia uma roupa ideal para conhecer seus conterrâneos. Ou para fazer um príncipe morrer de arrependimento.

Não seja ridícula.

Ela mal veria Thabiso – odiava esse nome. A cada vez que tinha que se corrigir mentalmente, de Jamal para Thabiso, lembrava como tinha sido feita de idiota. "O que há, pois, num nome?" Humilhação profunda, pelo jeito.

Ela teria o suficiente para se manter ocupada enquanto estivesse lá; tinha baixado no celular todas as informações disponíveis sobre a possível epidemia, além de dezenas de estudos de caso para ler durante o longo voo. Também compilara os e-mails sobre Tesolo, os mais recentes, que de repente haviam começado a explicar mais sobre a história e a cultura do país. Ela agora se dava conta de que os e-mails tinham sido uma tentativa de Likotsi – a amiga misteriosa de Thabiso, na verdade sua assistente, que ela havia conhecido na portaria do prédio – de prepará-la para a confissão de Thabiso que nunca chegou a se concretizar.

Já tinha lido todos eles, absorvendo os fatos e as fotos como uma esponja que havia ficado tempo demais longe da água, dura e ressecada. Era muito para processar de uma vez só, e ela leu os e-mails muitas vezes, repetindo para si mesma que era igual a qualquer tarefa da universidade. O único e-mail não lido era um cujo assunto ia direto ao ponto: "Libiko e Kembe Ajoua, seus pais". Ledi não tinha conseguido mentir para si mesma a respeito daquele, por isso, não o abrira. Ainda.

O celular tocou, e o barulho a trouxe de volta dos devaneios.

— Srta. Naledi Ajoua, prometida de Sua Alteza Real, Aquele que Traz a Luz e o Amor, o príncipe Thabiso Moshoeshoe de Tesolo?

O homem do outro lado da linha daria um ótimo leiloeiro, com aquela pronúncia rápida e limpa.

Ela levou um susto ao ouvir seu verdadeiro sobrenome em vez daquele que aparecia em todos os documentos. Smith havia lhe conferido anonimato, garantido que ela ficasse sempre no fundo da sala de aula e no final da chamada. Ajoua era o tipo de nome da frente da sala, do topo das listas alfabéticas. Um nome que não lhe permitia se encolher. Ela se perguntou como sua vida teria sido se os assistentes sociais não tivessem encontrado os documentos falsos dos pais dela, mas isso a conduziu pelo caminho perigoso de imaginar como sua vida teria sido se seus pais tivessem sobrevivido, além de imaginar por que eles tinham identidades falsas, para começo de conversa.

— É ela — respondeu Ledi, mudando imediatamente para um registro formal, ainda que sua vontade fosse desligar o telefone e jogar o aparelho no triturador de lixo, para valer dessa vez.

— Aqui é o seu motorista, contratado pelo Consulado de Tesolo para levá-la até o aeroporto. Gostaria que eu subisse para pegar suas malas?

Bom, certamente era uma qualidade de atendimento com a qual ela não estava acostumada. Likotsi tinha dito que ela não precisava se preocupar com nada relacionado à viagem, e a mulher não estava de brincadeira.

— Não, tudo bem. Desço em cinco.

— Ficaria feliz em ajudar — insistiu o motorista.

— Preciso de um minuto — disse Ledi, olhando ao redor do apartamento arrumado. Tocou o parapeito da janela, onde costumava ficar a gaiola dos Tivôs, e inspirou fundo.

— Eu entendo. Não tenha pressa.

— Obrigada. — Travou o celular e guardou-o no bolso.

Enquanto arrastava a mala para fora do apartamento e trancava a porta, preparou-se mentalmente para a enormidade do que a aguardava. Ela tinha passado a vida toda – até onde lembrava – sem criar raízes, passada de um lado para o outro como uma travessa de couve-de-bruxelas (antes que elas virassem moda nos jantares). Agora estava prestes a embarcar em uma viagem ao seu país natal, onde de fato tinha nascido, e não fazia ideia de como deveria estar se sentindo.

A porta do apartamento 7N se abriu, e a sra. Garcia, bronzeada e radiante, colocou a cabeça para fora.

— E aí, *hermosa*! Mal vi você desde que voltei, e agora é você quem está indo?

Ledi tentou não parecer uma pessoa que tinha praticado atos inenarráveis no sofá da vizinha.

— Oi! Como foi de viagem?

— Foi incrível! Eu fui à praia, uma praia de verdade, vi minha família e amigos com quem não falava desde que me mudei, na adolescência. — A sra. Garcia sorriu. — Acho que aquele cara rico que me deu essas férias para ficar aqui era um anjo. Era mesmo. É uma loucura como uma pessoa pode aparecer e *bum*! De repente, a sua vida muda completamente.

Ledi decidiu não contar à sra. Garcia que Thabiso era um mentiroso que usava sua fortuna para conseguir o que queria.

O que ele queria, exatamente?

Não importava. A sra. Garcia estava feliz, e ela não deixava de ter razão. A vida de Ledi com certeza tinha sofrido uma reviravolta nas últimas semanas. Se para o bem ou para o mal, ela ainda não sabia dizer.

— Didi! *Ven aquí, mi amor!* — Uma voz masculina rouca chamou lá de dentro do apartamento. Foi quando Ledi percebeu que apenas a cabeça e o ombro da sra. Garcia, o ombro nu, estavam visíveis pela pequena abertura da porta.

— Tenho que ir — disse a vizinha, com um sorriso malicioso. Ledi ouviu o som distinto de passos se aproximando, e então a sra. Garcia ficou toda vermelha. — Um velho amigo que eu reencontrei em Porto Rico está de visita. Sabe como é. Hum. Ah, faça uma boa viagem!

A porta bateu, e de trás dela veio o barulho de risadinhas baixas – masculinas e femininas –, seguidas do estalar do plástico. Ledi desejou à sra. Garcia mais sorte no amor do que ela própria tivera.

Desceu os sete andares de escada mais devagar do que nunca, e ficou tão absorta pela trepidação que, ao sair do prédio, demorou um segundo para notar a pequena aglomeração. Várias pessoas estavam apontando os celulares.

— Você acha que tem alguém famoso aqui? — perguntou um adolescente, dando zoom no iPhone.

— Pô, e se for a Beyoncé? — sugeriu o amigo.

As pessoas olhavam com expressões empolgadas para a limusine, nova em folha, que estava estacionada em fila dupla na frente do prédio. Ledi foi contagiada pela empolgação; se a Beyoncé tivesse resolvido dar uma volta ali pelo bairro, teria mesmo pedido para o motorista esperar um pouco.

A porta do carro se abriu, e um homem careca de terno preto saiu e olhou para o grupo de pessoas.

Sorriu ao reconhecê-la.

— Srta. Ajoua? — Ele começou a andar na direção dela, e a multidão se abriu, apontando as câmeras para ela quando o motorista pegou a mala. — Venha comigo, por favor.

Ledi ficou congelada por um segundo.

— Eu não sou a Beyoncé — afirmou ela, confusa.

— Está bem longe de ser — falou uma senhora na multidão.

— Não precisa ser indelicada, madame — interveio o motorista, com um olhar de desaprovação. Em seguida, pegou o braço de Ledi e a acompanhou até o carro. Abriu a porta e fez uma discreta mesura, esperando que ela entrasse.

— Acho que houve algum engano — disse Ledi.

— A senhorita é Naledi Ajoua, prometida de Sua Alte...

— Sim, sou eu — interrompeu ela.

As pessoas estavam filmando, e ela não precisava que a notícia sobre seu falso noivado corresse pelo bairro, ou pela internet. Tinha levado uma vida discreta durante anos, e aquela história da limusine seria difícil de explicar quando voltasse. Porque ela acabaria voltando, sozinha como sempre, e não precisava dos vizinhos achando que tinha deixado um príncipe escapar, quando na verdade ela nunca o tivera.

— Então não há nenhum engano. Entre, e estaremos no aeroporto em pouco tempo.

Ledi entrou na limusine e sentou-se sem jeito no meio do banco de trás. Sentia-se ridícula no interior enorme do veículo, que tinha um acabamento elegante em madeira e cheirava a couro misturado com alguma coisa que ela não conseguia identificar.

Dinheiro, ela pensou. *Um aroma com o qual você não está acostumada.*

— Está confortável? — A voz do motorista, vinda dos alto-falantes, preencheu o carro enquanto eles se moviam. — Tem bebidas na geladeira, além de um prato de crudités e aperitivos. Caso prefira algo quente, temos algumas opções de micro-ondas.

— Tem um micro-ondas aqui? — perguntou ela.

— Certamente — respondeu o motorista, como se ela tivesse questionado a honra dele. — Temos também uma máquina Keurig, se quiser café ou chá.

— Obrigada — agradeceu Ledi. O trânsito estava bom, mas ela tinha medo de que pegassem um engarrafamento pelo caminho. — Qual é o horário exato do meu voo, aliás? Likotsi só me disse para ficar pronta que o carro viria me buscar.

Um silêncio.

— Perdão?

— A que horas é o meu voo? — repetiu Ledi. Ela procurou em volta por algum tipo de interfone para que ele a ouvisse melhor. Quando apertou um pequeno botão na parede interna perto da cabeça, um painel deslizou, revelando uma tela *touch* pontilhada de ícones. Um com um copo de martini provavelmente representava o frigobar. Outro com linhas onduladas representava o ar-condicionado. Ela não tinha certeza do que significava o ícone com chamas, mas achou melhor deixar a curiosidade para lá, para não correr riscos.

— Imagino que seja dentro de uma hora e meia — respondeu ele, de modo vago demais para o gosto de Ledi.

— Tem certeza? — insistiu ela. Tocou no ícone com uma garrafa de água, e outro painel se abriu, revelando um nicho vazio. Um segundo depois, uma pequena garrafa de água mineral caiu ali.

Que diabos?

— Eu li que se deve chegar ao aeroporto com duas horas de antecedência. Não quero perder o voo e ter que remarcar.

Uma risada ecoou pelos alto-falantes.

— O voo não sairá sem a senhorita, então, por favor, relaxe a aproveite a viagem. Se quiser ouvir algum tipo específico de música, pode sincronizar seu telefone com o sistema de áudio do veículo.

Ledi pegou o celular e selecionou o episódio mais recente de seu podcast de ciência favorito. As vozes conhecidas dos apresentadores, fazendo piadas sobre microbiota intestinal, a acalmaram pelo resto do trajeto.

Pegaram um pouco de trânsito, e Ledi lutou contra o pânico que seria chegar ao aeroporto bem na hora em que o avião levantava voo. Nunca tinha passado pela segurança, mas Portia sempre dizia que era um terror se você não fosse inscrito no TSA PreCheck, que acelerava o processo.

Portia.

Ledi desejou ter perguntado à amiga o que esperar do voo, o que vestir para conhecer uma família real. Portia conhecia os macetes da alta sociedade, mas Ledi teria que descobrir tudo sozinha.

Sentiu uma pontada de culpa; estava voando para ver Thabiso, mas ignorando sua melhor amiga? Ela impediu a si mesma de se embrenhar naquele caminho de autorreprovação. No fim das contas, ela ainda estava furiosa, e sua confiança estava ferida e abalada. O que estava indo fazer com Thabiso era um teatro, e logo estaria terminado. Já quanto aos próximos passos com Portia... Ela precisava de um tempo, e se reservava esse direito. Se a relação não pudesse sobreviver a isso, não seria uma amizade verdadeira.

A limusine estacionou no aeroporto, e Ledi lutou contra o impulso que vinha controlando ao longo de todo o percurso. Olhou em volta, depois rapidamente tocou o ícone com as chamas no menu digital. Por um segundo, tudo ficou em silêncio, e ela tinha certeza de que havia ativado o comando de autodestruição, mas então um painel do outro lado do veículo deslizou, e uma lareira se acendeu.

Para que uma lareira no carro?

A porta de Ledi se abriu, e ela rapidamente tocou de novo no ícone para apagar a lareira. Uma mulher negra de terninho rosa colocou a cabeça para dentro.

— Srta. Ajoua?

— Sim. — Ledi gostou do fato de a mulher manter as coisas simples, deixando de fora os títulos de Thabiso.

— Eu me chamo Natalie, sou o seu contato no aeroporto. Queira me acompanhar, por favor.

O motorista lhe desejou um bom voo e entregou a mala para Natalie, que já estava andando tão rápido que Ledi teve de dar uma corridinha para acompanhar.

— Estou com o seu passaporte — informou Natalie, enquanto elas passavam por uma fila serpenteante de pessoas. — A senhorita é muito mais adorável em pessoa.

— Obrigada. Eu acho. Essa é a fila da segurança? — perguntou Ledi. Sem dúvida perderia o voo.

— Para os cidadãos comuns — respondeu Natalie, energicamente. — O seu é um check-in agilizado.

— Tipo pré-aprovado?

A mulher riu.

— Isso também é para os cidadãos comuns. Acha que a rainha da Inglaterra fica na fila de pré-aprovados da Administração para a Segurança nos Transportes?

Ledi nunca tinha pensado no assunto. Não conseguia imaginar a rainha circulando pelo aeroporto, mas ela tinha que se locomover de algum jeito.

Natalie parou diante de uma porta em que estava escrito SOMENTE PESSOAS AUTORIZADAS e deslizou um cartão.

— Por aqui.

Do outro lado da porta havia um longo corredor que conduzia a uma área com uma atmosfera completamente diferente do caos que ecoava lá atrás. Música clássica saía dos alto-falantes em volume baixo, e a luz era cálida em vez de fluorescente. Após o detector de metais, havia quadros pendurados, um papel de parede aveludado e sofás macios em vez de assentos plásticos. Ela estava mal-arrumada de calça jeans e tênis, o que já era arrumado demais para os voos em que as pessoas com frequência viajavam usando calças de pijama.

— Espere bem aqui — pediu a mulher, e se aproximou do agente de segurança que estava sentado a uma escrivaninha de madeira. Ela mostrou a ele o passaporte de Ledi e passou a mala dela pelo raio-x, depois passou pelo detector de metais. — Pode vir, srta. Ajoua.

Ledi a seguiu, e um segundo depois estavam atravessando uma área de espera limpa e confortável. O espaço era composto por poltronas de aparência sofisticada sobre grandes tapetes coloridos, com mesas de apoio espalhadas, equipadas com carregadores, revistas, creme hidratante e outras amenidades.

— Não sabia que esse tipo de lugar existia — comentou Ledi, boquiaberta com a opulência ao seu redor. Tinha ouvido tantas histórias horríveis sobre como o aeroporto de LaGuardia era um inferno. As pessoas nem faziam ideia de que, enquanto esperavam uma pizza dormida do Sbarro's, havia ali um restaurante quatro estrelas, com poltronas confortáveis de couro e refeições requintadas.

— Pouquíssimas pessoas sabem — respondeu a mulher. — Às vezes, algumas celebridades tentam entrar aqui, mas sem sucesso. Este é o Portão R, a área de embarque da realeza. Venha, venha.

Ledi estava ficando para trás outra vez, por causa do passo acelerado de Natalie.

— Todo mundo já embarcou? — perguntou Ledi, notando como a área estava vazia.

Natalie olhou para trás sem perder o ritmo.

— Não tem mais ninguém. Apenas a senhorita.

Elas chegaram às imensas janelas de vidro que davam para a pista. Do lado de fora estava estacionado um jato, do tipo que Ledi só tinha visto em artigos criticando a emissão de carbono dos ricos e famosos. Havia uma flor amarela pintada no leme na cauda do avião.

O estômago de Ledi deu um pulo, e ela parou, deixando Natalie continuar.

Já era uma loucura estar indo para Tesolo. Fora a limusine. O portão secreto. O avião luxuoso esperando para conduzi-la pelo mundo. Ela era uma mulher que morava com dois camundongos em um apartamento minúsculo, cuja dieta era constituída de macarrão instantâneo e que empacotava o celular em várias camadas de proteção, porque quebrá-lo era inviável.

Isso é a vida real?

Mais à frente, Natalie estava na porta que levava à pista, entregando a mala de Ledi para um membro da tripulação de voo.

— Princesa! Hora de ir!

Ledi olhou em volta para ver com quem ela estava falando, então lembrou o que estava indo fazer. Andou até Natalie com as pernas trêmulas.

— Não sou uma princesa — corrigiu ela.

Natalie deu de ombros.

— É praticamente. Se não fosse, não estaria listada como "noiva do príncipe Thabiso" e não estaria no Portão R.

Ledi pousou a mão sobre o estômago, forçando-se a não vomitar. A não fugir antes de chegar a Tesolo e encarar o fato de que ninguém a queria lá também.

— Não posso fazer isso. Mas *posso* vomitar, e talvez seja exatamente o que eu faça.

Natalie suspirou. Quando falou, a voz já não tinha tanto daquela formalidade rígida.

— Olha, não sou terapeuta nem nada do tipo, mas aconselho você a se acalmar. Está prestes a entrar num avião e a comer uma refeição deliciosa, beber um vinho, dormir numa cama confortável...

— Tem uma cama?

— Tem uma cama, e eu garanto que é mais confortável do que qualquer uma em que já dormiu na vida — disse Natalie, com um pingo de inveja. — Você vai fazer tudo isso e depois acordar em um lugar em que vai ter duas opções: dizer às pessoas que não é uma princesa ou então fazer o que eu faria se tivesse a chance.

— E o que seria isso?

— Aproveitar um pouco. — Natalie sorriu. — Faça isso por aqueles de nós que estão presos no LaGuardia todos os dias, observando os aviões decolarem sem nunca embarcar neles. O Portão R é chique, mas ainda fica no bairro do Queens.

Ledi assentiu. Era uma oportunidade única, e ela não ia deixar o nervosismo – ou um príncipe irritante – estragar aquilo para ela.

— Obrigada, Natalie.

— Estou só fazendo o meu trabalho. Aproveite o voo.

E com isso foi embora.

O membro da tripulação com a mala de Ledi acenou para que ela viesse até a pista. Ela saiu, e o rugido das turbinas encheu seus ouvidos, bloqueando o barulho do coração que batia forte.

— Tesolo, aí vou eu.

23

Thabiso estava parado na pista do Aeroporto Internacional de Kwetsi, com os ventos vindos das montanhas à sua frente e a comitiva real às suas costas – ele não sabia qual dos dois era mais frio.

Observou enquanto o avião surgia, por detrás da mundialmente famosa cadeia montanhosa de Tesolo, e iniciava a descida. Inspirou reunindo forças e olhou para os pais: o rei alto e magro, a rainha com a mesma altura e a mesma testa franzida que o marido. O plano de Thabiso de ceder ao clamor do povo enquanto os médicos e cientistas mapeavam a doença que os assolava não tinha saído exatamente como o esperado.

— Francamente, Thabiso — disse a mãe, olhando feio para ele pelo canto do olho —, você deveria ter nos contado sobre essa busca pela desertora. Teríamos lhe dito que não era necessária. Entre isso e a cena no baile de gala, sobre a qual toda tia linguaruda daqui até Cartum está falando, o que vamos dizer aos pais de Shanti?

Shanti, prova viva de que os pais dele não estavam de brincadeira quando disseram que, se ele não arrumasse uma noiva, arrumariam uma para ele, estava no palácio naquele momento, fazendo o que quer que fosse que uma mulher fazia quando seu único objetivo na vida era se tornar uma rainha. Ele estivera com ela brevemente, para informá-la de que eles não iriam se casar, mas os pais dele e os dela tinham outros planos. Ela era boazinha, mas boazinha não era o que ele queria. Naquele momento, ela não passava de mais uma preocupação na pilha de preocupações que ele já tinha.

— Digam a eles que vocês sentem muito, mas terão que devolvê-la — disse ele, abruptamente. — Se não tivessem saído por aí catando noivas para mim como se fossem fruta madura no mercado, não estaríamos nesta situação.

— Filho. — Uma única palavra de seu pai, mas Thabiso ouvia tudo que havia por trás dela. *Garoto, não pense que só porque cresceu pode falar comigo e com a sua mãe nesse tom.*

Era o equivalente verbal a um puxão de orelha.

— Peço desculpas, mãe. Estou nervoso.

— Por que deveria estar nervoso? O fato de os pais traiçoeiros dessa garota terem abandonado seus deveres não é razão para pensar que ela irá abandoná-lo e fazê-lo de idiota na frente do seu povo. Ou é? — O sorriso da rainha era um pouco sabido demais para o gosto de Thabiso.

— Mãe, você deveria estar feliz por ela ter retornado para atender aos desígnios da deusa — disse Thabiso, em voz baixa.

— Os pais dela nunca deveriam ter ido embora. Foi uma traição imperdoável, pela qual eles não podem ser responsabilizados porque...

Thabiso olhou para a mãe quando as palavras foram interrompidas, mas a expressão dela estava calculadamente neutra. Qualquer pessoa teria achado que a rainha estava um tanto calma, mas Thabiso sabia que era uma fachada; afinal, havia sido ela que lhe ensinara a fazer o mesmo.

Demonstrações públicas de emoção são para os cidadãos comuns, Thabiso.

— Vamos ver se essa filha dos traidores Libi e Kembe é digna — completou ela, de modo sombrio.

O homem parado atrás dela pigarreou alto.

— Estou certo de que a minha sobrinha está no nível de exigência da *sua* família, Majestade.

Alehk Jarami tinha sido uma pedra no sapato de Thabiso desde a volta ao país, mais interessado no fracasso do acordo com a Omega Corp do que no fato de sua sobrinha ter sido encontrada, de maneira que Thabiso estava feliz por ele finalmente ter começado a levar a sério o retorno dela. Naledi precisava de aliados, e embora ele preferisse que o tio dela não fosse um palhaço autocentrado, Alehk era um dos poucos familiares que ela tinha.

— É o que veremos. — Foi só o que a rainha respondeu, sem se dar ao trabalho de disfarçar a dúvida.

Thabiso nunca achara a mãe particularmente indelicada, mas sua visão de mundo havia mudado bastante ao longo da última semana.

O barulho das turbinas abafou o restante daquela conversa desagradável, e Thabiso concentrou toda a atenção no avião que taxiava pela pista. O barulho da multidão ficou mais alto conforme as pessoas gritavam por cima das turbinas – era a maior aglomeração que Thabiso via em muito tempo, espalhada pela grama salpicada de neve de ambos os lados da pista. Ele sabia que haveria algum interesse, mas o comitê de boas-vindas logo se transformou em uma multidão nunca antes vista. Havia sido necessário chamar uma equipe adicional para garantir a segurança de todos. Comerciantes tinham começado a vender bonés e camisetas estampados com #REUNIÃOREAL, que aparentemente era a hashtag oficial. Vendiam também máscaras cirúrgicas para aqueles que estavam preocupados com a doença misteriosa. A imprensa de todo o continente tinha vindo para registrar o momento em que o "solteiro mais cobiçado da África" seria apresentado à sua prometida.

Sem pressão.

Quando o avião finalmente parou e desligou as turbinas, os representantes de diversas tribos, cada um paramentado com as capas de trama elaborada de seu povo, formaram uma procissão atrás da tripulação de solo. Um tapete vermelho foi estendido diante da porta do jato e adornado com pétalas de flores, espalhando um cheiro de esperança pelo ar. Os membros da câmara se enfileiraram ao longo do tapete, alguns sorrindo discretamente, outros com expressões de dúvida. A traição da família de Ledi tinha sido fonte de um descontentamento nacional, mas agora estavam mandando o povo recebê-la de volta de braços abertos. Por um instante, Thabiso desejou poder desempenhar o papel de Jamal com seu próprio povo, circular entre eles como um cidadão normal para descobrir o que eles realmente pensavam e sentiam. Mas Jamal estava aposentado, e as expressões duvidosas das pessoas teriam que ser o suficiente.

Apenas as crianças – fossem os pastores que mal chegavam à altura de seus animais ou os jovens membros do coral que esperavam ansiosos seu momento de brilhar – estavam inequivocamente felizes com a chegada da futura princesa.

As crianças e Thabiso.

Ele tinha tentado aceitar o fato de que havia estragado tudo. Em matéria de amor, as pessoas costumavam receber uma segunda chance. Infelizmente, já havia usado sua segunda chance, e tinha certeza de que terceiras chances eram raras.

No entanto, ainda que o detestasse – e com razão – Ledi tinha que vir. Ele tinha sido avisado assim que ela embarcou. Teria a chance de vê-la redescobrir o país que havia esquecido, e talvez pudesse ajudá-la com a carreira que ela tanto prezava. Era um prêmio de consolação ínfimo comparado a tê-la para si, mas ainda o deixava feliz saber que a vida dela poderia ser diferente – melhor – agora. Que ela não estaria mais sozinha, mesmo que não estivesse com ele.

Os murmúrios baixos da multidão ficaram mais altos quando a porta do avião se abriu e ela saiu. A camiseta, completamente inadequada para a baixa temperatura do inverno na montanha, estava amarrotada devido ao voo longo, e ela piscava como uma coruja sob o sol forte da tarde. Não estava maquiada, e o cabelo grosso que ele sabia ser tão macio ao toque estava preso em um rabo de cavalo bagunçado no topo da cabeça, enrolado com um lenço. Ela achatou o cabelo com a mão, e então seu rosto foi tomado pelo choque. Correu de volta para dentro do avião e saiu um minuto depois, sem o lenço, com o cabelo solto sobre os ombros. Ela sorria com nervosismo, e colocou uma mão sobre a barriga.

— É essa que você escolheu em vez de Shanti? — perguntou a mãe, sem desarmar o sorriso.

— Com certeza.

Naquele momento, ele percebeu que era justamente o babaca egoísta que Naledi o acusava de ser. Poderia ficar feliz por ela de maneira altruísta, platônica? Mais uma mentira em uma longa lista delas. Ela ficou parada na porta do avião, verde de inexperiência e vestida como se estivesse indo até a mercearia da esquina, e ele a desejou tanto que teve que cerrar os punhos.

Queria sentir nas mãos aqueles quadris que ondulavam conforme ela descia a escada do avião. Queria provar aqueles lábios que se abriram em um sorriso quando um menino se aproximou e entregou-lhe um buquê de flores. Queria Naledi Ajoua, mesmo que não tivesse direito sobre ela – apesar do noivado, somente ela poderia agraciá-lo com aquela honra. O calor em seu peito se transformou em uma pulsação, sincronizada com cada passo que Ledi dava em sua direção.

— Senhor. Vai deixá-la chegar a uma terra estranha, e ir em direção a uma multidão de estranhos, sozinha? — A ponta do mocassim italiano de Likotsi espetou a parte de trás do tornozelo dele, incentivando-o a tomar uma atitude.

Thabiso foi em direção a Ledi, e embora seu primeiro passo tenha sido incerto, o passo seguinte o aproximou mais dela, e não havia nada que ele quisesse mais do que aquilo. Sabia que ela tinha consciência da aproximação, embora tivesse se mantido concentrada na garotinha que a havia tomado pela mão e que a olhava com adoração.

— Bem-vinda ao lar, minha querida Naledi — disse ele, ao chegar mais perto, a voz quase abafada pelo coral infantil que tinha começado a cantar o hino nacional. Ela por fim se virou para ele.

— Ah, oi, *querido* — respondeu ela, com um sorriso debochado. — Bela coroa.

Ele tocou de leve o aro de platina que usava ao redor da cabeça. Havia esquecido que ele estava ali, ainda que devesse servir como um lembrete constante, como uma aliança de casamento. Deu de ombros.

— Ah, esta coisa velha? É minha coroa casual. A formal tem vinte centímetros de altura.

Ela torceu o nariz.

— Nós, os Moshoeshoes, não somos conhecidos pela sutileza — acrescentou ele.

— A plincesa é bou-ni-ta — falou a garotinha que segurava a mão de Ledi, inclinando a cabeça de timidez.

— Ela é mesmo.

A menina saiu correndo de volta para a multidão quando Thabiso se dirigiu a ela, escondendo-se atrás da saia longa e estampada da mãe.

— *Ela* também não está vestida adequadamente — completou Ledi, batendo os dentes. — Não deveria fazer calor na África?

Ele pôde perceber que Ledi estava tremendo; ainda estava vestida para a estação quente do hemisfério norte, não para o inverno do sul. Tirou a manta pesada de lã que usava e colocou-a ao redor dos ombros dela. Uma exclamação de susto correu a multidão. Usar a manta de alguém era um ato de intimidade; como compartilhar sua segunda pele. Enquanto ele puxava a gola para cima, reparou na corrente fina de metal que brilhava no pescoço dela.

O colar.

O que o fato de ela estar usando seu presente queria dizer? Sentiu a esperança, mais forte do que a lógica dizendo que nada poderia reconquistar Ledi, se espalhar pelo peito como uma das grandiosas criaturas aladas que se dizia servirem a Ingoka.

Ele inspirou profundamente ao ajeitar a gola da manta e abotoá-la nela.

— Está calor em algumas partes do continente. Estamos a mais de quatrocentos e cinquenta metros acima do nível do mar, em um região montanhosa, e é inverno. Estamos na temporada de esqui.

— Óbvio — murmurou Ledi.

Thabiso se perguntou como Naledi, que amava dados técnicos, havia sido relapsa na hora de pesquisar sobre o clima local. Tinha certeza de que Likotsi a teria informado sobre isso em um dos e-mails, mas então lembrou que Naledi tendia a ignorar tudo que lhe causava desconforto emocional.

— Está pronta para conhecer o seu povo?

— Acho que sim. — Ela estava olhando para os próprios tênis. Ele estendeu a mão, que ela pegou com incerteza, e a puxou para mais perto dele, acomodando delicadamente o braço dela sob o seu, de maneira que a lateral do corpo dela ficou junto a ele.

— O quê…

— Mãe, pai, estimados cidadãos de Tesolo e convidados. Apresento-lhes minha futura esposa, e sua futura rainha: Naledi Ajoua. — Palmas educadas surgiram da multidão, que se reunira para presenciar o evento histórico. Ele sentiu Ledi se retesar ao seu lado. — Embora seja uma de nós, muitos anos se passaram desde que os pés dela tocaram este solo sagrado. O povo de Tesolo é famoso no mundo inteiro por sua bondade e hospitalidade, e não tenho dúvida de que vocês ajudarão a mostrar a ela como sua terra natal, nossa terra natal, é maravilhosa.

Essa parte provocou aplausos ruidosos. Nunca era demais elogiar as pessoas ao pedir-lhes um favor. Ele estava tentando recrutar duzentos mil aliados – precisava de toda ajuda que fosse possível.

— Hum. Tem muita gente aqui. Olhando para mim. E tirando fotos com o celular. — Ledi estava com a respiração acelerada quando Thabiso olhou para ela, os olhos arregalados de pânico. — Milhares. Como células em um hemocitômetro. Se cabem três pessoas em um metro quadrado, e você multiplicar isso por…

Thabiso não tinha parado para pensar em como ela reagiria à multidão. Embora ela tivesse feito uma piada sobre analisá-lo no microscópio, a verdade é que ele sempre estivera sob análise. Esperava ser observado e fotografado assim que saía da privacidade do palácio.

Não sabia o que dizer para tranquilizá-la.

Em vez disso, levantou a mão e passou de leve os nós dos dedos pelo maxilar dela. Ela olhou imediatamente para ele, mas a respiração não se acalmou. Na verdade, ela passou a respirar ainda mais rápido, e seus olhos perderam um pouco o foco – do mesmo jeito que ela ficara logo antes de ele penetrá-la aquela vez, no minúsculo apartamento. Antes que ela se contraísse e gritasse, com uma fração muito pequena de todo o prazer que ele queria dar a ela.

O desejo se agitou, mas o principal evento sendo fotografado em toda uma geração não era o momento adequado para uma exibição do membro real.

— As pessoas estão olhando para você, sim, mas não precisa ter medo do julgamento delas.

A pele de Ledi se aqueceu sob a mão dele.

— A sua vida aqui é assim? — O som de milhares de cliques de câmera a fez desviar o olhar dele. Ela fechou os olhos bem apertados.

— Não costuma ser nessa proporção, mas eu sou da realeza. A celebridade é parte do pacote. — Ele deu de ombros. — Acho que seria o equivalente principesco dos rituais de assassinato animal que você faz.

— Sacrifício — corrigiu ela. Thabiso sentiu que ela sorriu contra os seus dedos, e isso o banhou como uma grande cachoeira.

— Como quiser chamar. Assim como os seus sacrifícios, não é divertido, mas é necessário para se atingir os objetivos.

Se ele movesse a mão só um pouco, poderia delinear o contorno dos lábios dela com a ponta dos dedos...

— Já pode parar de me tocar — disse ela, virando a cabeça e rompendo o contato com ele. — Achei que a gente não fosse fingir.

Ele odiou perder o toque da pele macia dela, mas recolheu a mão.

— Não estou fingindo.

Thabiso se virou e viu os pais observando com aquela apatia real que o assustava tanto quando era criança, por ser tão diferente dos pais amorosos e expressivos que ele conhecia.

— Venha. Está na hora de conhecer meus pais.

Ele sentiu quando Ledi inspirou e endireitou a coluna. Likotsi havia se perguntado se ela estaria à altura da tarefa; a única dúvida de Thabiso era se a tarefa estaria à altura dela.

Os dois pararam diante dos pais dele, que tinham assumido completamente a postura de "realeza congelada". Olhavam-na de cima para baixo, como se ela fosse um suvenir cafona que ele tivesse comprado na loja do aeroporto.

— Mãe. Pai. Permitam-me apresentar novamente minha futura noiva, Naledi Ajoua.

Naledi se mexeu com nervosismo, depois deu um rápido aceno.

— Rainha Ramatla, rei Lerumo. É um prazer conhecê-los.

A rainha correu os olhos por Ledi, analisando-a meticulosamente, e bufou.

— Espero que no futuro ela escolha trajes mais adequados para aparições públicas. Esse estilo não cabe a uma suposta futura rainha.

Thabiso sabia que os pais ficariam aborrecidos, mas achou que o fato de finalmente ter se comprometido com o casamento apararia as arestas afiadas. Só que isso teria sido fácil demais.

— A vista do avião foi linda — falou Ledi. — Fiquei olhando para as montanhas e cachoeiras e me perguntando por que meus pais fugiram de um lugar assim. — Ela devolveu o olhar meticuloso que a mãe dele tinha acabado de dar. — Obrigada por tirar minhas dúvidas quanto a isso. — A rainha inalou com força, e o rei levantou as sobrancelhas grossas.

Naledi olhou para Thabiso.

— Sua família é *encantadora*, mas eu gostaria de conhecer a minha agora, se não for um problema.

— Estou aqui, minha sobrinha. — Alehk deu um passo à frente, e antes que Thabiso tivesse a chance de apresentá-los, Ledi foi puxada para um abraço. — Meu Deus, você está tão crescida. Da última vez que eu a vi, você batia no meu joelho!

Ledi ficou olhando para ele.

— Desculpe, não lembro. Eu…

— Não se desculpe. — Alehk enxugou os olhos. — Eu sou seu tio Alehk. Represento os Jarami, já que seus avós, os anciãos da nossa comunidade, estão hospitalizados. Esta é sua prima, Nyakalla.

Uma moça magra, ligeiramente curvada, com uma capa azul-escura e com um turbante preto deu um passo de trás de Alehk e abraçou Naledi também. A fragilidade de Nyakalla era chocante depois de Thabiso ter ficado um tempo sem vê-la. Ela sempre fora propensa a doenças; havia nascido com problemas de saúde, e a mãe morrera de complicações no parto, apesar da baixa taxa de mortalidade materna em Tesolo. O fato de Nyakalla ter sobrevivido era considerado ao mesmo tempo um milagre e uma pena pelas fofoqueiras de plantão. Ela quase não saía de Lek Hemane, sua cidade natal, e havia sido criada, em parte, por Annie e Makalele. Thabiso se perguntava se a aparência sombria dela era motivada pelo fato de os dois estarem doentes.

Thabiso detestava Alehk, mas a expressão no rosto de Ledi apagou tudo, por um instante. Ela se afastou do abraço da prima e olhou para ela.

— A gente tem o mesmo nariz. E o mesmo sorriso — comentou Ledi, quando Nyakalla torceu o nariz e riu.

— Estou feliz de vê-la outra vez depois de tantos anos, minha prima. Nossa avó sempre acreditou que você retornaria. — Os olhos dela se encheram de lágrimas, que ela piscou para afastar. — Se quiser, pode me chamar de Nya, como você fazia quando era criança.

Naledi piscou várias vezes, depois limpou a garganta.

— E você pode me chamar de Ledi.

Elas ficaram se olhando, observando uma à outra com sorrisos largos.

Nya desviou o olhar, como se estivesse com vergonha.

— Adoraria saber mais sobre Nova York. Sonho em ir para lá, mas nunca saí de Tesolo.

— Nova York tem ratos. Enormes — afirmou Thabiso.

Nya e Ledi ficaram ainda mais parecidas quando reviraram os olhos ao mesmo tempo.

— Talvez você possa me contar mais sobre Tesolo, e eu conto sobre Nova York? — propôs Ledi. — Ele está certo quanto aos ratos, mas tenho certeza de que existem pragas gigantes por aqui também.

Ela não olhou para ele, mas a alfinetada atingiu o alvo mesmo assim.

— Deveríamos voltar ao palácio e nos preparar para a celebração do noivado — disse o rei. A voz ressoava alto, mas havia um brilho divertido em seus olhos.

— Naledi pode vir com a gente — disse Alehk, colocando-se entre ela e Thabiso.

— Não, ela irá na carruagem real — respondeu o príncipe.

— Está tranquilo — falou Naledi, dando um tapinha no braço de Thabiso. — Eu gostaria de conversar mais com a minha… com a minha família. Nos vemos mais tarde.

Com isso ela se virou, afastando-se dele.

Likotsi se adiantou e ajeitou a gola da camisa, com os olhos treinados fixos em Alehk, que tinha envolvido Naledi com o braço.

— Isso é prudente, Vossa Alteza?

— Talvez não, mas é o que ela quer. Estou nas mãos dela.

— Os Jarami são conhecidos pela teimosia, senhor — lembrou Likotsi a ele. — O perdão não está no DNA dela.

Thabiso esperava que Ledi tivesse puxado à família do pai.

24

Não era exatamente assim que Ledi tinha imaginado que seria a sua noite. Vestida em um robe curto demais e empoleirada em um banquinho – luxuosamente estofado, mas ainda assim um banquinho. O tecido que forrava o assento pinicava a parte de trás das coxas. Ou talvez fosse só o nervosismo. O que quer que fosse, Ledi não conseguia ficar parada.

— Gostaria de não ficar famosa como a mulher que mutilou a futura rainha — avisou Nya, com um sorriso forçado antes de tentar delinear os olhos de Ledi com *kohl* pela décima vez. Ledi prendeu a respiração e ficou parada até Nya acabar.

Nada saiu como ela esperava. Pensou que seria levada imediatamente ao seu quarto, onde poderia ficar sozinha e reorganizar as ideias, e depois se reunir com os epidemiologistas locais. Mas embora estivesse considerando a viagem um estudo de campo, todos os demais viam apenas o seu retorno e o restabelecimento do noivado com Thabiso. Parecia que as duas coisas tinham de ser celebradas antes que ela pudesse trabalhar.

Ela se arrependeu de não ter consultado Portia sobre as roupas que levou; a maioria das peças era risivelmente inapropriada, e ela estremecia só de pensar nas fotos que haviam sido tiradas no aeroporto. O tio encomendara um vestido para ela, que já estava a caminho. Pelo visto ele era importante no reino de Tesolo, porque as pessoas ficavam felizes de atender aos pedidos dele com um simples estalar de dedos. Ledi já tivera fantasias em que quebrava os polegares de clientes do restaurante que estalavam os dedos para ela, mas tinha decidido dar um desconto ao tio. Ele tinha sido bem legal, apesar de ela ter cochilado um pouco no carro durante o discurso dele sobre o orgulho Jarami e como Ledi poderia mudar o futuro de Tesolo. Isso foi depois do interrogatório sobre os pais dela, que, compreensivelmente, não era muito divertido para alguém que não se lembrava de nada sobre eles. Ele era... focado. Mas a tratava com uma afetividade quase enjoativa, da qual ela já ouvira as pessoas reclamando quando recebiam visitas de familiares.

Eu tenho uma família. Ela tentou não ficar animada demais sobre isso. Alehk não falara muito sobre os avós dela em meio à discussão sobre o dever de uma pessoa para com seu país, provavelmente porque eles não estavam muito bem de saúde. A expressão sombria de Nya, por outro lado, dizia muito.

— Posso tomar mais um pouco daquele chá que o seu pai me deu? — perguntou Ledi. — Era gostoso. — Ela tinha tentado se manter hidratada durante o voo, e a comissária havia insistido para que ela bebesse água e usasse os óleos e máscaras faciais, mas ela agora sentia mais sede do que quando tinha pousado.

— Você devia provar a água que vem direto das nossas fontes na montanha. Dizem que é abençoada por Ingoka e carrega a própria essência de Tesolo.

Nya foi até um cântaro de argila esmaltada e serviu o líquido para Ledi em uma caneca do mesmo conjunto. Ledi havia lido o suficiente para saber que Ingoka era a principal divindade adorada em Tesolo, e que tanto ela quanto as sacerdotisas que a reverenciavam eram parte crucial da cultura do país.

Ela tomou um gole de água, e embora não fosse tão saborosa quanto a boa e velha água da pia de Nova York, chegava bem perto.

Houve uma batida na porta do quarto de vestir, e duas mulheres usando camisa roxa e calça preta, identificadas como funcionárias do palácio, entraram apressadas. Uma delas segurava uma roupa dentro de uma capa protetora com o braço esticado acima da cabeça, a outra trazia um estojo em cada mão; ambas tinham expressões tão sérias que chegavam a ser cômicas. Pareciam uma equipe tática de moda, como em um daqueles *reality shows* que Ledi às vezes deixava passando no fundo enquanto estudava.

— Já fez sua maquiagem? — perguntou a mulher mais alta e corpulenta, decepcionada.

— Não deveria ter feito? — A julgar pelo modo como as duas a olhavam, a resposta era não.

— Jolie tem muita experiência como maquiadora, muito requisitada por todas as jovens estrelas de Nollywood — explicou a mulher que segurava o vestido.

— Eu posso remover a maquiagem — disse Nya, já pegando a caixa de lenços, mas Ledi a impediu. Havia algo na maneira rápida como ela havia aquiescido que desagradava Ledi.

— Não. A cara é minha, e eu adorei o que você fez, então pode deixar — interveio ela, sentindo-se estranhamente protetora. — E eu também trouxe o meu próprio batom. Desculpe, Jolie.

— Tudo bem — disse a mulher do vestido, empurrando Nya para fora do caminho. — Primeiro, vamos fazer alguma coisa com o seu cabelo, depois colocamos você neste vestido.

Jolie deixou de lado os estojos de maquiagem e se posicionou atrás de Ledi, pegando os pequenos cachos que emolduravam seu rosto.

— Achei que meu cabelo já estava pronto — falou Ledi.

As duas funcionárias tinham o cabelo alisado, e Ledi não iria se submeter a uma chapinha, nem por Thabiso nem por ninguém. As mulheres se entreolharam.

— Venha, garota. Você é a prometida de Sua Alteza Real, o príncipe...

— Sim, eu sei quem ele é — interrompeu Ledi.

— Sabia que ele encabeçou a lista do Homem Mais Sexy do Continente três anos consecutivos? Além de ter figurado em listas do mundo inteiro? — perguntou Jolie, enquanto começava a juntar o cabelo de Ledi em um rabo de cavalo, amaciando os cachos grossos com a mão antes de pegar uma escova delicada. Olhou para Ledi no reflexo do espelho e apontou para ela com a escova. — A fila de noivas esperançosas vai daqui até o Magrebe.

Ledi tentou não demonstrar o quanto aquele pensamento a tirava do sério.

— O que você quer dizer com isso?

Sabia o que ela queria dizer: Thabiso tinha um mar de noivas em potencial entre as quais escolher. Ledi sabia quais eram suas chances naquele cenário. Tinha aprendido isso repetidas vezes, ao enfiar seus pertences em um saco de lixo preto e ir embora de um lar temporário acompanhada por uma assistente social.

Ninguém escolhe você.

— Só queremos dizer que algumas famílias por aqui apostaram todas as fichas nisso. A cada vez que ele recusa uma aliança próspera em potencial, elas acreditam que suas chances aumentam. Se você aparecer com uma aparência que não seja digna de princesa, vai ter uma fila de pessoas para acabar com você — explicou Jolie, retorcendo os dedos em forma de garras e fazendo como se atacasse Ledi. — Você pode até ter nascido aqui, mas no momento não passa de uma americana interesseira que está vindo tomar o que é nosso.

A mulher com o vestido pigarreou, e Jolie se sentiu repreendida.

— É o que algumas pessoas diriam.

As mãos de Ledi suavam, e ela estava tão nervosa que sentia a náusea revirando o estômago. O problema de se compartimentalizar as emoções era que ela tinha separado todos os aspectos emocionais da viagem – medo, raiva, apreensão, ansiedade – em várias caixas. Uma a uma, as caixas estavam sendo derrubadas, e o resultado daquela bagunça não seria nada bonito.

— Qualquer um que diga isso é um tolo — afirmou Nya, postando-se ao lado de Ledi. — Thabiso é um homem, não um prêmio, e se ele e Ledi tiveram a sorte de encontrar o amor, todos deviam comemorar isso. — Ela falava em um tom que não abria margem para discussões. — E qualquer tesoliano que tenha um problema com isso talvez devesse ir reclamar com as sacerdotisas.

O silêncio se abateu depois disso, exceto pelo barulho do tecido do vestido enquanto a outra mulher preparava a roupa, e o som do cabelo de Ledi sendo torcido e preso com grampos.

— Prontinho — anunciou Jolie, depois do que pareceu uma eternidade.

Ledi teve que olhar duas vezes ao se ver no espelho. O cabelo estava arrumado em um coque alto e redondo, um estilo simples e elegante tornado régio pelas dezenas de grampos de ouro *rosé* com a pontinha de cristal. O coque se tornara uma coroa elegante pontilhada de joias. Ela endireitou os ombros e tocou o penteado com uma das mãos.

— Obrigada. Ficou lindo.

Jolie fez um som que significava ao mesmo tempo "de nada" e "dã", como se nunca tivesse havido nenhuma dúvida de que ela deixaria Ledi maravilhosa.

— Agora o vestido — disse a outra mulher. — Alehk realmente caprichou neste aqui.

Ledi se virou e viu a mulher segurando o que parecia uma pilha de seda preta e vermelha. Pisou na abertura e prendeu a respiração enquanto o vestido era fechado pelas costas, observando-o tomar forma conforme o zíper subia. Quando a mulher deu um passo para trás, Ledi olhou para si mesma sem acreditar.

O corpete preto era ajustado no corpo, com um decote em formato de coração e babados que caíam sobre os ombros. A saia armada ao redor dela tinha camadas ondulantes, pretas e vermelhas, de seda e tafetá, que a faziam parecer uma fantástica rosa desabrochando. Juntos, o vestido extravagante, o penteado alto de coroa e a maquiagem espetacular de Nya a tinham transformado em uma pessoa completamente diferente. Talvez na mulher que ela teria se tornado se os pais nunca a tivessem levado para Nova York.

— O príncipe não vai conseguir tirar os olhos de você esta noite — falou Nya. — E o seu batom vermelho vai combinar perfeitamente.

Ledi deixou Jolie contornar sua boca com o lápis e aplicar o batom vermelho, tentando não pisar no calo de mais ninguém, depois conferiu sua aparência no espelho.

— Uau — exclamou ela, permitindo-se um momento de vaidade.

— Uau — repetiu Jolie, com uma risadinha. Ledi pensou que a outra estava fazendo graça dela, mas então viu que Jolie parecia estar genuinamente se divertindo. — É assim que os americanos falam? Sim. Uau mesmo. Legal.

Pelo espelho, Ledi reparou que Nya olhava sonhadoramente para o batom vermelho. O vestido de Nya era simples em vez de suntuoso, largo em vez de valorizar seu corpo magro. O cabelo dela estava enrolado em um turbante preto, mas também de modo simples, não com a arquitetura maravilhosa que Ledi vira no baile de gala. Não usava maquiagem alguma. Ela era adorável, mas havia nela um ar de descuido que era preocupante. Ledi se perguntou por que Alehk havia esbanjado naquele presente para ela enquanto sua própria filha parecia a gata-borralheira.

— Quer passar um pouco? — ofereceu Ledi à prima.

— É ousado demais para mim. E de qualquer forma, vermelho não fica bom para garotas de pele mais escura — respondeu Nya.

— Quem disse? — Ledi olhava para a prima com a cabeça inclinada. — Eu sou da mesma cor que você.

— Mas… — Nya olhava com cobiça para o batom vermelho. — Você é de Nova York. Eu sou apenas uma professora de vilarejo.

Ah. Aquilo explicava o tom de "sente-se e fique quieta" que ela usara com Jolie.

— Eu sou uma garçonete e calculadora humana supervalorizada — argumentou Ledi. — Você não está falando com uma especialista em glamour.

Ledi a conhecera havia poucas horas, mas já percebia que as semelhanças entre elas não se limitavam à aparência, eram mais profundas. O modo como Nya se encolhia e tentava não chamar atenção, por exemplo.

— Se alguém perguntar, diga que a americana mandona obrigou você a usar — continuou Ledi, entregando o batom para ela. Observou Nya pintar a cor chamativa com cuidado, e viu os olhos da prima se acenderem quando ela se olhou no espelho.

— Jolie, já que você acabou não fazendo a minha maquiagem, poderia fazer a dela?

Alguns minutos depois, Nya estava contornada, corrigida, empoada e delineada. O turbante também havia sido refeito em um estilo que eles chamavam de *gele*, com um formato mais elegante e estruturado. Ela já era adorável antes, mas agora parecia uma estrela.

— Isso pede uma *selfie* — disse Ledi, e fez uma pose ridícula ao lado de Nya no espelho. Tirou uma sequência de fotos e escolheu a melhor: as duas estavam explodindo em risadas, com os lábios vermelhos bem abertos.

Já estava mandando a foto por mensagem para Portia quando lembrou que elas não estavam se falando. Mas parecia um pecado desperdiçar uma *selfie* tão boa, então resolveu postá-la em seu perfil no InstaFoto. E daí que ela só tinha três seguidores e um deles era Portia? Não tinha ninguém mais com quem compartilhar a atual estranheza de sua vida.

Quando abriu o perfil, percebeu que devia ter havido algum erro: milhares de notificações. Ela com certeza estava com mais de três seguidores, e tinha sido marcada em pelo menos uma centena de fotos. Ledi descendo do avião. Thabiso olhando em seus olhos como se realmente se importasse.

"Arrasaaaaaa Rainha (Literalmente)! Metas de Relacionamento: alguém que olhe para mim como o PrTh olha para a noiva dele!! #REUNIÃOREAL", dizia a legenda.

"Argh, que inveja!", dizia o primeiro comentário.

"Ela? Sério?", dizia o terceiro.

Ela fechou o aplicativo sem postar a foto e deixou o celular de lado. Ainda não tinha parado para pensar em tudo aquilo. Lembrou a si mesma que a opinião de desconhecidos na internet não importava, de qualquer forma. Aquele relacionamento todo era uma armação, e Thabiso era só mais uma pessoa que não ligava muito para o fato de ela estar por perto ou não.

"E depois você pode voltar para casa."

Mesmo assim... aquele comentário "Ela? Sério?" alfinetou o orgulho de Ledi. Ela pegou o telefone e postou sua foto com Nya, colocando como legenda um *emoji* com sorriso irônico.

Sim, ELA, seu babaca. Sério.

— Vamos, moças, chega de enrolação. Hora de fazermos nossa entrada! — Alehk bateu na porta com um vigor irritante, como se fosse a quinta vez que ele vinha chamá-las, sendo que era apenas a primeira.

— Desculpe — falou Nya, e Ledi percebeu que ela estava acostumada a pedir desculpas para o pai. Foi só então que percebeu que a prima não havia falado de alguém especial em sua vida, ou de filhos ou de sua própria casa. Não era a primeira vez naquele dia que Ledi imaginava se teria ficado mais parecida com Nya caso nunca tivesse saído de Tesolo, ou se Nya teria sido mais como ela se tivesse.

Elas saíram para o corredor e foram engolfadas por um redemoinho de cores, que deixava o baile de gala beneficente no chinelo. Alehk mantinha viva uma conversa que Ledi fingia acompanhar, embora não estivesse prestando atenção em uma só palavra. Havia tanta coisa para ver.

A guarda real estava em formação ao longo do extenso corredor que levava ao salão de baile, cada um vestindo um uniforme azul impecável, com um sabre pendurado de um lado da cintura e uma corneta do outro. O corredor estava cheio de pessoas que tentavam chegar ao salão também, mas os olhos dela imediatamente focaram em uma.

Thabiso estava parado ao fim da fileira de sentinelas, olhando para ela. Em vez de um smoking formal, como Alehk usava, ele estava vestindo o que parecia ser um traje preto tradicional, uma espécie de túnica longa com gola alta.

— Apegado ao passado, como sempre — murmurou Alehk, antes de dar um tapinha no ombro dela. — Com sorte, você vai poder mudar isso.

— Hum — respondeu ela.

Tesolo estava sempre listado como um dos países mais progressistas do mundo, com mais avanços tecnológicos e ambientais sendo implementados à medida que a atuação de Thabiso se tornava mais presente no governo. Ela nunca o vira usando um telefone celular, mas também não o chamaria de retrógrado. E se aquela roupa representava o passado, então não havia nada de errado com o passado, na opinião dela.

O traje era de uma alfaiataria fina, valorizando os ombros amplos, e também acentuando a largura do peito e o estreitamento da cintura. Os punhos eram pontilhados com detalhes em vermelho, combinando com o vestido dela.

Alehk soltou o braço dela e fez uma careta para Thabiso. Nya levantou os polegares para ela, antes de ser arrastada dali com o pai. A prima se foi, e Ledi ficou sozinha com o peso do olhar de Thabiso.

A pele de repente parecia retesada e sensível, traindo sua resolução de não se deixar afetar por Thabiso. Entendia as razões técnicas que estavam por trás da excitação; o que não entendia era como ainda podia se sentir daquele jeito depois de ele ter mentido para ela. Depois de ter fingido ser Jamal, fazendo-a rir, fazendo-a se apaix…

Ei, calma aí. O que foi isso?

A mera possibilidade daquele pensamento incompleto fez com que ela tivesse vontade de virar as costas e correr de volta até o aeroporto, mas seus pés traiçoeiros continuaram a impulsioná-la adiante, até estar tão perto que teve que olhar para ele. Ela se preparou, lembrando a si mesma que aquele não era o homem de quem ela se tornara próxima na semana anterior.

— Príncipe Thabiso — saudou ela, interpondo o nome como mais uma barreira entre eles.

— Minha bela noiva — respondeu ele. Pronunciou a última palavra tão calorosamente que qualquer um que estivesse assistindo à cena pensaria que aquele era um homem ansioso para se casar. Mas se fosse assim, ela também nunca achara que Jamal poderia ser um príncipe disfarçado até a noite em que ele subiu ao palco. O peito dela se comprimiu com a lembrança.

— Tem certeza de que não está cansada demais para o evento? — perguntou Thabiso. Pousou uma mão preocupada no ombro dela, e Ledi fechou os olhos devido ao prazer do seu toque sobre a pele nua.

Ela se sentia exausta. Não fazia ideia de que horas seriam em Nova York, mas estava com o fuso horário trocado e, somado a isso, tinha uma família e uma nação inteira para conhecer. Não havia calculado que a presença de Thabiso tornaria tudo tão difícil; só o conhecera por poucos dias, ele já deveria ter sido eliminado do organismo dela. Homens já haviam feito coisas antes para magoá-la, e Ledi sempre fora capaz de seguir em frente rápido. Com Thabiso, ela de fato *tinha sido* magoada, o que tornava tudo um pouco mais complicado.

— Estou bem — respondeu Ledi.

Ele assentiu, depois pegou o braço dela com delicadeza.

— Uma celebração típica de Tesolo pode durar dias, mas vou garantir que você esteja fora daqui em poucas horas, só para o caso de não se sentir mais *bem*.

— Acho que posso aguentar um jantar — afirmou Ledi, de modo seco, mas assim que eles entraram no salão ela se arrependeu. O lugar era gigantesco, com um teto de vigas e ricas tapeçarias pendendo das paredes. A longa mesa de jantar que ficava sobre uma parte mais elevada, evidentemente destinada aos convidados de honra, estava do outro lado do cômodo. Para chegar até ela, precisavam atravessar um corredor de pessoas que, aparentemente, tinham ido até lá só para conhecer Naledi.

— Aqui vamos nós — sussurrou Thabiso, fazendo uma carícia leve no dorso da mão dela.

Depois das dez primeiras pessoas, Ledi mal se lembrava de ter apertado a mão de um ou beijado o rosto de outro. Não recordava um único nome, e não sabia do que estava rindo quando as pessoas faziam uma piada. Apenas seguia o que Thabiso fizesse.

— Minha nossa, você é igualzinha à sua mãe — comentou um senhor, depois de quase interromper a circulação na mão dela. Todas as pessoas mais velhas que ela tinha conhecido disseram algo similar, embora não houvesse um consenso entre com qual dos pais ela se parecia mais. Ela sorria e fazia que sim com a cabeça, mas a cada vez que alguém mencionava aquilo, ela só conseguia pensar que eles haviam conhecido seus pais melhor do que ela.

— Sim, Ledi é de uma beleza extraordinária — concordou Thabiso, dando um tapinha nas costas do homem com energia suficiente para fazê-lo largar a mão dela. Estava constantemente intercedendo por ela, intervindo sempre que achava que Ledi estava sobrecarregada ou sem palavras. — Eles já vão servir as saladas. Deveríamos tomar nossos lugares.

Ele ajeitou de volta o braço dela sob o dele, e apesar de Ledi antes ter ficado ressentida com o gesto, agora sabia que ele a estava apoiando. Não tinha certeza de quanto tempo se passara desde que haviam descido para o andar principal, mas poderiam ter sido dias, dado o tanto de mãos que ela havia apertado e o tamanho do cansaço que estava sentindo. Não queria se inclinar demais na direção dele, mas era uma mulher prática, e ele era a fonte de suporte mais próxima. Inclinou-se.

— Você está se saindo muito bem — elogiou ele, no mesmo tom que um professor usaria ao distribuir troféus de participação.

Ledi riu, e mesmo essa pequena ação a deixou um pouco desnorteada. Quando ela tropeçou, Thabiso parou e olhou para ela.

— Ledi, você não parece estar *bem*.

— Não estou — admitiu ela. — Podemos sentar?

Ele a conduziu até o assento, perto da cabeceira da mesa, e os outros convidados começaram a se encaminhar aos seus lugares também.

O rei e a rainha já estavam sentados, e Ledi os cumprimentou com o máximo de energia que conseguiu reunir dentro de si. Sentia a cabeça girar, e só queria dormir.

— Pronto — disse Thabiso, ao ajudá-la a se sentar. Foi tão gentil que ela teve que fechar os olhos. Talvez um pouco gentil *demais*.

— Não me diga que ela está grávida! — sussurrou a rainha, com indignação, fazendo Ledi abrir os olhos na mesma hora.

— Mãe — alertou Thabiso.

— Então é tudo por causa disso? Sinceramente...

— Não estou grávida — interrompeu Ledi. Estava cansada e desgastada demais para fingir educação. — Sei como usar uma camisinha, mas também uso um DIU para o caso de acidentes, e acabei de ficar menstruada. Precisa de mais alguma explicação? Quer que eu faça xixi no palito para você?

— Naledi. — Thabiso se engasgou.

O rei pegou a taça de vinho e tomou um gole generoso. A rainha deu um olhar estranho para ela, que Ledi ignorou.

Imaginou se era isso que todos estavam pensando. Que ela o havia segurado com um bebê, ou alguma outra baboseira novelesca desse tipo. A ideia a deixou angustiada, mas logo lembrou que, na verdade, eles estavam fazendo uma armação muito mais audaciosa, então sorriu. Não estava feliz de fingir ser a prometida dele, mas aquele segredo tinha o mesmo efeito de um belo "foda-se" para os pais dele, que estavam fazendo tudo que podiam para que ela se sentisse indesejada ali.

— Você está sorrindo — observou Nya, ao se sentar ao lado dela. — Espero que esteja se divertindo.

— Estou me sentindo um pouco doente, mas acho que é o *jet lag* — falou Ledi.

O sorriso de Nya falhou. Tirou um vidrinho da bolsa e entregou-o para a prima.

— Você não pode ficar se sentindo mal. Tome, é um remédio local. Deve resolver o mal-estar e a fadiga. Tome um comprimido com água. — Ledi analisou os ingredientes, depois abriu o vidro e sacudiu uma das cápsulas gigantes antes de engoli-la. Quando tentou devolver o vidro, Nya balançou a cabeça. — Tenho mais em casa. Com certeza você vai precisar disso, os próximos dias vão ser bem cheios. Tome um de manhã e outro antes de dormir.

— Obrigada — agradeceu ela.

Ledi logo começou a se sentir melhor, mas conforme o jantar progredia, começou a achar que talvez Nya tivesse lhe dado um alucinógeno.

Esta é mesmo a minha vida?

Ela era bastante versada em culinária internacional, mas a variedade de ensopados encorpados, carnes macias e sobremesas que iam do doce ao ácido faziam aquilo parecer um banquete de conto de fadas. Ledi se considerava uma excelente garçonete, mas não chegava aos pés da equipe do palácio. Às vezes, era como se a comida aparecesse com um passe de mágica diante dela, e a louça suja se desintegrasse no ar. Quando o último prato foi retirado, ela já estava preparada para que um dos candelabros começasse a cantar e lhe oferecesse um aperitivo.

Nya ficou ao lado dela ajudando-a a entender melhor a sociedade de Tesolo, indicando algumas das pessoas importantes e dividindo fofocas sobre outras. O rei e a rainha estavam em frente a ela, e de vez em quando dirigiam perguntas a Ledi que, se não eram ofensivas de propósito, pareciam ser, por causa dos ruídos da comunicação intercultural. No entanto, Ledi tinha quase certeza de que era a primeira opção; apesar de só falar inglês, era fluente em deboche.

— Então, você é uma epidemiologista? — perguntou a rainha, entre uma pequena garfada e outra. — Não fez medicina? É bom ter consciência das próprias limitações.

— Médicos diagnosticam doenças, mãe. Epidemiologistas livram o mundo delas — esclareceu Thabiso, do outro lado dela, onde havia permanecido em silêncio pela maior parte da refeição.

Em vez de fazer piadas, ele dava respostas sucintas aos pais. Todas as vezes que tentou falar com Ledi, foi interrompido por um ministro, um conselheiro ou uma sacerdotisa, todos querendo seu tempo e pressionando-o a respeito de um ou outro assunto. Ela começou a sentir estresse alheio por ele, e isso porque só estava ouvindo em parte.

Ledi se lembrou das piadas bobas que ele tinha feito no apartamento da sra. Garcia, e de como ele havia preparado o jantar para ela e ficado tão orgulhoso daquela pequena conquista. Jamal de fato era uma pessoa diferente do Thabiso rígido e sobrecarregado, que parecia estar trabalhando até durante uma comemoração. Uma pequena parte dela, só algumas moléculas, pensou que talvez fosse compreensível ele querer ser outra pessoa, mesmo que por pouco tempo.

— Então quer dizer que você não tem memória alguma dos seus pais? — O rei entrou na conversa, dando continuidade ao revezamento que ele e a esposa tinham estabelecido. — Isso é um tanto... conveniente.

Ledi se engasgou com o pedaço de bolo que estava engolindo, e tanto Thabiso quanto Nya lhe deram tapas nas costas. Ela havia tolerado a grosseria educada do rei e da rainha, mas eles tinham passado dos limites. Ledi sentiu o calor subir até o rosto ao se levantar e olhar feio para eles.

— Há muitas maneiras de se descrever uma infância como órfã, mas *conveniente* não é uma delas.

— Chega — disse Thabiso, em um tom que Ledi ainda não tinha ouvido dele até então. Era grave e rouco, e ressoou direto nos tímpanos dela, descendo depois entre suas pernas. Pelo visto ela gostava daquela voz de comando. Muito.

— Sim, diga a ela para se sentar — disse a rainha.

— Na verdade, "senta lá" você, mãe.

A rainha inclinou a cabeça para ele, confusa.

— Já estou sentada.

O rei se inclinou na direção dela.

— Ah, isso é uma expressão que os jovens estão usando hoje em dia. Significa…

— Significa que vocês vão parar de desrespeitar a sua futura nora — interrompeu Thabiso. — Imediatamente.

Seguiu-se um silêncio tenso, então o rei pegou o garfo e atacou a sobremesa.

— Este bolo está uma delícia, não é mesmo?

Ledi voltou ao assento devagar.

— Sim. Delicioso. Meus cumprimentos ao chef.

— Nossa faculdade de gastronomia forma alguns dos melhores *chefs* do mundo. — O rei continuou com a conversa fiada sobre bolos, tortas e doces por alguns minutos. A rainha bebeu seu café em silêncio. Seu olhar pousava em Naledi de vez em quando, mas a expressão era indecifrável.

O restante do jantar transcorreu sem incidentes. Houve dança e performances de grupos de diversas tribos, e Ledi conseguiu se recompor por um curto período, embora tenha evitado a pista de dança. Ficou fascinada pelas cores vivas e pela música tentadora, que quase foi mais forte que suas preocupações, mas isso não a impediu de cochilar sentada. Mesmo o café forte e amargo não foi suficiente para mantê-la acordada.

Ela acordou no colo de Thabiso, que a carregava até o quarto. Por um instante, ficou apenas piscando, observando-o. O rosto dele estava mais bonito do que nunca, mas os olhos pareciam cansados, e os lábios, que ela se acostumara tanto a ver abertos em um sorriso, estavam retorcidos em uma careta. O desejo de desmanchar aquela careta surgiu tão forte que ela se remexeu nos braços dele, tentando afastar aquele sentimento.

— Olá, Bela Adormecida — cumprimentou ele, e o coração dela ficou leve ao ver aquele sorriso outra vez.

Coração idiota. Não tinha feito nada além de bombear sangue em um ritmo constante até que Thabiso entrara em sua vida, mas vinha tendo todo tipo de comportamentos bizarros desde que ele pisara na cozinha do Instituto.

— Você leu contos de fadas demais — disse ela, mal-humorada, quando ele a deixou diante da suíte. — Odeio ter que dar a notícia, mas não existem finais felizes.

— Contos de fadas nunca são demais. — Ele se aproximou, o tamanho dele fazendo-a lembrar como tinha sido bom ser pressionada por aquele peso enquanto ele a penetrava. O corpo dela de repente ficou quente, e o tecido pesado não era o único motivo pelo qual ela queria tirar o vestido.

Thabiso levantou a mão e deslizou gentilmente os nós dos dedos pelo pescoço dela, e se havia algo de conto de fadas no efeito que o gesto causou, só podia ser de alguma releitura safada que ela tinha lido na internet. Luxúria. Uma umidade entre as pernas e um tremor nos joelhos, tudo por causa de um toque.

— E eu sei que você já teve um final feliz — continuou ele. — Pelo menos dois. — A mão dele parou de roçar o pescoço dela. — Senti seu corpo estremecer nos meus braços e ouvi sua língua gritar meu nome. Seu próximo final feliz está esperando por você quando quiser, Naledi.

E então ele afastou a mão, virou as costas e andou de volta pelo longo corredor. Ledi percebeu que estava na ponta dos pés, com cada parte sensível do corpo inclinada em direção ao espaço que Thabiso ocupara um segundo antes.

Ela voltou a pisar o chão e exalou. Havia pensado que Jamal e Thabiso eram homens completamente diferentes, mas, para sua ruína, tinham uma coisa em comum: as defesas dela era inúteis contra os dois.

25

Ledi olhou pela janela do quarto, que era três vezes maior que seu apartamento, enquanto tomava uma xícara do chá que Alehk lhe dera de presente, e desejou que a bebida tivesse mais cafeína. Já havia tomado duas xícaras, mas sentia-se ainda mais sonolenta. *Jet lag* não era brincadeira.

Tinha acordado no meio da noite e, sem conseguir voltar a dormir, finalmente abrira o e-mail de Likotsi sobre seus pais. Sentira-se constrangida ao ouvir as pessoas na comemoração falando sobre eles enquanto ela apenas balançava a cabeça e concordava, porque não sabia de nada.

Os e-mails cobriam o básico. As cidades em que haviam nascido. Libiko, Libi, tinha um irmão, enquanto Kembe era filho único. Os dois se conheceram no ensino médio, e se casaram logo após a formatura. Na Universdade de Tesolo, Libi havia estudado tecnologia laboratorial, e Kembe, matemática. Foi aí que Naledi se sentou na cama, segurando o celular com força.

Ela com certeza sabia. Acreditara ter apagado todos os vestígios dos pais, mas talvez o desejo de ser cientista não tivesse sido motivado por uma capa da *National Geographic*, mas pela memória da mãe, que também havia sido uma.

Ela fechou os olhos, lutando contra a pressão quente das lágrimas até que elas arrefeceram, depois rolou a tela para o anexo: um vídeo curto. Trinta segundos de minúsculas versões dela e de Thabiso sobre uma cama de travesseiros no centro de uma estrutura que parecia um gazebo, criancinhas bochechudas brincando com as pétalas de flores que os cercavam. Uma mulher com uma túnica amarela e verde entoava preces sobre eles enquanto os pais observavam. Logo antes de o vídeo acabar, a mãe dela se inclinou e sussurrou alguma coisa para a rainha Ramatla, que riu e envolveu a mão dela na sua. O coração de Ledi doeu pelo modo como as duas se olharam, fazendo-a sentir uma saudade de Portia mais forte do que tinha imaginado.

Ledi deixou o celular de lado e pegou o livro que havia comprado sobre epidemias africanas no século XX, por ser uma leitura mais leve do que a biografia de seus pais.

Agora ela observava a luz da manhã se espalhando sobre a paisagem invernal do jardim abaixo do quarto; haviam lhe dito que aquele era o jardim secundário. Não conseguia nem imaginar como seria o jardim principal. Arbustos parrudos, resistentes ao frio, e árvores ladeavam os caminhos salpicados de neve, e pequenos animais corriam aqui e ali. Uma explosão de cor chamou sua atenção. Por um segundo, achou que o *jet lag* e a fadiga estavam realmente fazendo-a ver coisas, mas era, de fato, um pavão orgulhoso desfilando por um dos caminhos. Thabiso não tinha mentido ao descrever o parque de sua infância, embora tivesse omitido certas informações cruciais, como o fato de o parque ser parte do terreno do palácio. Ele havia descrito o lugar que talvez já fosse a casa dela àquela altura, se ela tivesse ficado.

Tinha coisas demais na cabeça para esmiuçar aquilo. E se sentia confusa demais pelo modo como reagira a Thabiso depois da festa. Estava exausta ao entrar naquela suíte ridiculamente grande na noite anterior, mas tão irritada e com tanto tesão que não tinha conseguido dormir, até deslizar as mãos por entre as pernas e matar o desejo que Thabiso despertara nela. E do mesmo jeito que tinha feito naquela primeira noite em que ele chegara ao apartamento 7N, depois de ter comido o jantar que eles tinham preparado juntos, ela se perguntou se ele estaria fazendo o mesmo. Será que a forma como o corpo dela tinha se arqueado e estremecido, só pela ideia dele se masturbando, também poderia entrar na conta do *jet lag*?

Provavelmente.

Ela se afastou da janela, deixou de lado o chá morno e se sentou na cama, bem na hora em que alguém bateu na porta.

— Pode entrar. — Ela ficou de pé, torceu as mãos com nervosismo, depois apertou melhor o laço do roupão.

A porta se abriu, e uma arara de roupas deslizou sozinha para dentro do quarto, ou pelo menos foi o que pareceu a princípio. Mais um aspecto mágico do palácio? Foi quando Naledi reparou nos pés na parte de baixo e percebeu que havia uma mulher do outro lado.

— *Mmoro! O fela jang?* — gritou a mulher, de trás da arara abarrotada de roupas.

— Ah, hum. — Ledi foi desajeitadamente até a escrivaninha para pegar o cartão em que havia anotado as frases básicas em tesoliano. — *Lanthe fela, anwo fela jang?*

Uma risada aguda ecoou, e em seguida uma mulher baixa, de meia--idade, saiu de trás da arara, usando uma camisa roxa e uma calça preta.

— Ah, não estavam de brincadeira quando disseram que a senhorita tinha sido americanizada! — desdenhou ela, mas sorrindo. — Seu sotaque é uma graça, mas eu também falo inglês, ok? Todo mundo fala inglês aqui, então não vai ter nenhuma dificuldade.

A mulher levantou os polegares e Ledi retribuiu o gesto, ao mesmo tempo irritada e grata. Era frustrante saber que o tesoliano era sua língua nativa, e agora ela tropeçava nas palavras, desastrada como uma estranha. Graças aos pais, ela *era* uma estranha.

Por que fomos embora? A pergunta pairava em cada curva do palácio e, assim como nas pesquisas do laboratório, não havia garantia de que ela encontraria a resposta.

— Aqui está seu enxoval. O príncipe em pessoa escolheu todas as peças. Ele disse que, evidentemente, a senhorita deveria me dizer o que gostaria que fosse feito sob encomenda.

Ledi não saberia nem por onde começar em uma encomenda de roupas sob medida. A maior parte de seu guarda-roupa consistia de peças em liquidação. Além do mais, Thabiso parecia ter mandado o suficiente para uma vida inteira.

— Conheço aquele garoto desde que ele usava calças curtas, e nunca o vi tão interessado em moda! — A mulher lhe lançou um olhar irônico.

— Mas Thabiso está sempre bem vestido — falou Ledi.

A mulher riu.

— Isso é obra da Likotsi. Ele simplesmente usa o que ela sugere, e ela nunca erra. Bom, teve uma vez só, com a calça saruel.

A mulher fez uma careta, e Ledi riu.

— Na semana passada, foi a primeira vez que ele me procurou com um interesse específico. Entenda como quiser. Mas então, aqui temos calças quentes de lã e também um suéter.

Era um pouco estranho tirar o robe na frente de uma estranha, mas a mulher a incentivou. Ledi vestiu a calça preta estilo *legging*, de tecido grosso, e o suéter preto de caxemira com gola alta que a outra lhe entregou. No espelho, via que tinham sido costurados com perfeição, abraçando bem suas curvas e na medida exata nas mangas e na cintura.

— Ah. Achei que seria difícil tirar suas medidas por fotografias, mas eu ainda tenho a mão. Agora experimente isto. — Ela lhe entregou uma manta parecida com a que Thabiso havia enrolado nela no dia anterior, e que muitas outras pessoas no aeroporto estavam usando também.

— Esta é uma manta de Tesolo. São uma parte muito importante da nossa cultura — explicou ela, enquanto ensinava Naledi a amarrar e dobrar a peça de maneira a ajustá-la ao corpo. — Nós a usamos para muitas funções. É possível comprar modelos similares nas lojas para turistas, mas há quem prefira uma estampa diferente, feita com exclusividade. O príncipe escolheu esta para a senhorita. O design foi complicado, mas meus tecelões fizeram o melhor que podiam.

Ledi estava olhando para a padronagem em forma de grão de café cor-de-rosa, que flutuava em um mar de roxo, quando de repente percebeu em que a estampa tinha sido baseada. Ela se engasgou, depois caiu na gargalhada, passando os dedos pelo material encorpado.

— Se não tiver gostado, posso fazer outra. — A mulher estava olhando para o chão. — Sinto muito se a desagradei, senhorita.

Ledi segurou o braço da mulher.

— Não! Eu amei! É só que… — Como ela podia explicar que o design era baseado no bacilo da gonorreia? Que Thabiso se lembrara da anedota humilhante que ela contara a ele no dia em que se conheceram? — É uma piada interna entre mim e o príncipe. A manta é linda.

A mágoa desapareceu do rosto da mulher, sendo substituída por um sorriso radiante.

— Que bom. Espero que tudo mais seja do seu agrado, senhorita. Vai encontrar também uma boa variedade de sapatos e meias quentes para não congelar os dedos.

Ela fez uma reverência para Ledi e saiu. Assim que a porta estava fechando, um rosto conhecido espiou para dentro do quarto.

— Com licença, senhorita? — perguntou Likotsi, com educação.

— Toda. — A formalidade soava bizarra, mas era difícil falar normalmente quando todos se dirigiam a ela como se estivessem em um filme de época.

Likotsi entrou, sofisticada como sempre em um terninho verde ajustado, seguida por Thabiso.

— *Mmoro* — disse Ledi, tentando não ficar arrepiada de aflição ao ouvir o lindo idioma assassinado pela sua pronúncia. Como duas sílabas podiam ser tão difíceis? Mesmo assim, a tentativa foi recebida com amplos sorrisos, tanto por Thabiso quanto pela assistente.

— E bom dia também — respondeu Likotsi. Ela pegou o tablet e começou a deslizar o dedo pela tela. — Estamos pensando em fazer um desvio rápido para visitar Annie e Makalele. Seus avós. Eles estão no Hospital Real, aqui no terreno do palácio.

Ledi ajeitou a manta.

— Entendo. Obrigada por me contar mais sobre eles, aliás. Nos e-mails. Você escreve muito bem.

Ela havia descoberto a origem dos e-mails persistentes, e agora que sabia a verdade por trás deles, via a bondade que Likotsi fizera por ela, mesmo que tivesse sido cúmplice das mentiras de Thabiso. Ao ler a sequência de mensagens, viu as exigências de respostas se transformarem em histórias informais sobre as pessoas que Ledi nunca conhecera, mais íntimas do que as páginas da Wikipédia e os sites de turismo que ela havia encontrado. Aprendera em um site qual era o ponto mais alto de Tesolo, mas tinha sido Likotsi quem lhe falara sobre o festival anual do solstício que acontecia no topo da montanha, descrevendo sua aparência, sabores e cheiros. Descobrira como os pais se chamavam, mas Likotsi contara como eles tinham se conhecido, quais eram seus sonhos, suas esperanças.

— É um prazer — disse Likotsi.

— Além disso, peço desculpas pelo e-mail grosseiro. De antes. — Ledi limpou a garganta.

— Considere esquecido, senhorita. Por favor, me avise se precisar de algo. Sou a assistente de Thabiso, mas também serei a sua até que outras providências sejam tomadas.

Ledi iria embora antes de precisar de uma assistente, mas não falou isso.

— Isto é para você. — Likotsi entregou a Ledi o envelope que estava segurando.

Ledi esperava que ele fosse leve, mas era um pouco mais pesado do que deveria ser uma pilha de papéis daquela espessura, e mais firme.

Ela abriu o envelope e tirou de lá um tablet fino e reluzente, do tipo que tinha gerado um surto coletivo no *garotasdeóculos.com* duas semanas antes. O aparelho que Brian tinha pesquisado na internet no dia em que o lançamento fora anunciado, gritando as especificações técnicas dele, enquanto ela fazia para ele as inscrições para a bolsa. O mesmo que ela nem se atrevera a ver quanto custava, porque era muito acima do seu orçamento.

— Isto é muito caro. Não posso. — Ela teve a intenção de devolver, mas por alguma razão ainda estava segurando o aparelho de plástico e vidro sofisticado, imaginando todas as formas como ele poderia ser útil à sua pesquisa.

— Pode e vai. Já fiz o upload de arquivos importantes, como sua certidão de nascimento, trabalhos dos seus pais na universidade e fotos de família. Já está personalizado.

— Então acho que vou ter que ficar com ele. — Ela pousou o tablet sobre o travesseiro. Veria as fotos mais tarde, quando estivesse sozinha. Foi até a arara de roupas, pegou um par de meias, uma botinha rosa de couro, e se sentou em uma cadeira.

— Posso sugerir estes? — Likotsi segurava um par de botas pretas que iam até o joelho, com sola tratorada. A expressão dela indicava que não era uma sugestão.

Ledi pegou as botas.

— Agora você vê o que eu passo todos os dias — disse Thabiso, sorrindo. Tinha estado surpreendentemente quieto, mas Ledi não esquecera por um segundo que ele estava ali. Evitar olhar para ele era difícil, mesmo enquanto concentrava toda a sua atenção em Likotsi.

A assistente estalou a língua nos dentes.

— Não fica bem para o senhor fingir que não me pergunta todos os dias que sapatos deveria usar.

Thabiso fingiu estar chocado.

— Isso não é verdade. Faz dias que não peço sua opinião. Talvez até uma semana. Ignore o que ela diz, Naledi.

Ledi sorriu, ainda que a interação tivesse feito seu peito doer. Esse era o homem que ela tinha conhecido em Manhattan: divertido, aberto, que queria sempre fazê-la rir. Ela não sabia como devia reagir, não conseguia sequer entender como realmente se sentia.

Por que parecia tão natural bater papo com Thabiso e Likotsi? Por que estava ansiosa para encontrar com a prima Nya e saber como tinha terminado a noite? Ela deveria estar preocupada com Annie e Makalele, pessoas que ela nem conhecia, mas que eram, em parte, responsáveis pela existência dela? Seria considerada um ser humano horrível se, quando os conhecesse, não sentisse nada?

Olhou para cima e viu que Thabiso encarava os pés dela enquanto ela colocava as meias.

Ela agitou os dedos, exibindo o esmalte rosa.

— Combina com a minha manta — disse ela. — Você costuma dar doenças venéreas de presente para todas as garotas?

— Vossa Alteza! — Likotsi estreitou os olhos para Thabiso, que estava se esforçando para ficar sério.

— Só para as garotas de quem eu gosto muito — respondeu ele. — Fica bem em você.

Ela terminou de fechar o zíper da bota e suspirou, fazendo a pergunta que realmente queria.

— Annie e Makalele. Você acha que eles vão morrer?

— Não sabemos ainda — disse Thabiso, com uma expressão solene. — A dra. Bata, com quem você vai trabalhar, está coletando os dados. Quando ela voltar, você pode falar mais com ela sobre os sintomas e possíveis desdobramentos.

Naledi assentiu.

— Acho que preciso de um café antes de irmos.

— Seu café a aguarda. Junto com a carruagem. — Likotsi abriu a porta e mostrou três Segways estacionados do lado de fora. Um deles tinha um porta-copo abastecido com uma caneca térmica de café, estampada com uma linda aquarela floral.

Ledi achou que só podia ser uma pegadinha. Pegou o café e deu um gole, que tinha gosto de caro, depois olhou desconfiada para aqueles estranhos aparelhos elétricos com duas rodas, uma ao lado de cada pé.

— Isso é sério?

— O terreno do palácio é muito grande, senhorita. — Likotsi subiu no Segway e o ligou. — Antigamente, a realeza era transportada em veículos parecidos com riquixás. Substituímos os carrinhos de golfe por essas belezuras alguns anos atrás. Muito mais divertidos, se quer saber.

— Não sei como usar isso — disse Ledi, subindo em um deles. Apoiou o café no porta-copo e apertou o botão de ligar, como tinha visto Likotsi fazer. — Como faço para ele andar?

— É bem simples. — O corpo grande de Thabiso subiu atrás de Ledi no veículo, e ele esticou os braços ao redor dela. — É só se inclinar. Assim. Ele anda na direção em que você o empurra. — Ele se moveu, de maneira que o corpo todo ficou contra o dela, e mesmo através do tecido encorpado da manta, ela sentia os contornos dos músculos contraídos.

— Parece fácil demais — comentou ela, odiando o tremor na própria voz.

A voz de Thabiso ficou mais baixa, rouca e grave.

— É fácil, Ledi. Ele vai fazer o que você mandar. É você quem escolhe o caminho. Você está no controle.

Porra. Ela imaginou se Likotsi teria organizado para Thabiso um dossiê sobre ela, ou se ele instintivamente sabia a coisa a certa a dizer para fazer com que ela quisesse se virar e enroscar as pernas nele.

— Aham. Adiante, senhorita. No momento, está se inclinando *para trás*. — Likotsi nem tentava esconder o quanto estava se divertindo com aquilo.

— Ah. Certo. — Ledi inclinou-se para a frente e sentiu as rodas se mexerem, levando-a para longe do calor de Thabiso. — Até que não é tão ruim.

Ela fez o Segway andar a um ritmo constante pelo corredor, rápido o suficiente para que ela sentisse um ventinho no rosto e no cabelo, além de uma explosão empolgada com o sentimento de liberdade. Ela estava dirigindo! Quase! Olhou para trás em triunfo, bem a tempo de ver o sorriso de Thabiso se transformar em uma careta, e a mão de Likotsi se estender. E então o veículo parou abruptamente com um baque surdo, fazendo com que ela caísse de bunda no chão. O som dos passos correndo na direção dela ecoou pelo amplo corredor.

— Senhorita. Tem que se inclinar para a frente e olhar para a frente também. — Likotsi passou o dedo pelo sulco que se formou na opulenta figura de madeira entalhada em que Ledi havia batido.

Thabiso pegou sua mão e ajudou-a a se levantar.

— Seria melhor irmos andando?

— E aquela história de que sou eu que escolho meu caminho? — perguntou Ledi.

Ele segurou a mão dela.

— Um caminho batendo em cheio na representação do deus da luxúria foi uma escolha interessante. Gosto dos lugares aonde você vai quando assume o controle.

— Poderia não fazer isso? — Ela puxou a mão e pegou o café de volta. O copo térmico também estava quente, mas não fez o corpo dela se contrair do mesmo jeito que o toque de Thabiso tinha feito.

Levaram cerca de quinze minutos até o hospital. No caminho, Ledi perdeu as contas das obras de arte inestimáveis, dos animais selvagens, dos funcionários simpáticos do palácio e dos comentários explicativos de Likotsi sobre todos eles. Sentia a cabeça zumbindo, e começou a perder o fio da meada conforme mais e mais informação era atirada sobre ela. Durante os últimos anos, vinha treinando para ser uma máquina de processamento de informações, então era estranho não conseguir acompanhar uma simples conversa.

É o jet lag.

Engoliu com o resto do café uma das pílulas que Nya tinha lhe dado, e entregou o copo vazio a uma funcionária que passou e perguntou se ela já havia terminado.

— Não é estranho ter pessoas servindo você o tempo todo? — perguntou Ledi a Thabiso, enquanto observava a mulher indo embora. — Realmente precisa que as pessoas fiquem em volta o tempo todo, vendo se você precisa de alguma coisa?

— Estranho é relativo — respondeu ele, dando de ombros. — Acho que morar em uma caixa de sapatos com duas pragas é um pouco estranho, mas não julgo você por isso. E caso esteja se perguntando, a equipe do palácio é muito bem remunerada, tem excelentes benefícios e pode se aposentar aos quarenta e cinco anos com uma pensão vitalícia e uma casa no local que escolher. As vagas são muito disputadas.

— Com certeza, existe algo parecido nos Estados Unidos — comentou Likotsi, com um sorriso largo. — Já que eu sou uma das pessoas estranhas a quem se refere, é bom manter minhas opções em aberto. Conte-me tudo sobre os maravilhosos ambientes de trabalho, salários e planos de aposentadoria do seu país.

— Ah, não. Eu não estava falando de você. Ou de ninguém, na verdade. Estou só jogando conversa fora — explicou Ledi, enquanto eles entravam no hospital. Thabiso riu como um garoto vendo um colega de classe ser repreendido. Ela lhe deu uma olhada feia.

— Certamente — disse Likotsi.

As enfermeiras, vestindo uniformes lilás impecáveis, andavam para lá e para cá fazendo suas rondas. Uma delas, uma mulher alta e corpulenta com o cabelo trançado, veio cumprimentá-los.

— Vossa Alteza. Senhorita. — Ela fez uma pequena mesura, depois olhou para Likotsi com uma expressão muito menos formal. — Kotsi.

— Oi, Sesi. — Likotsi endireitou a gravata borboleta. — Há quanto tempo.

— Suponho que seja porque alguma mulher de sorte agarrou você — falou Sesi, pegando um prontuário.

— Ainda não. Estou curtindo mais um pouco a vida de solteira. — Likotsi sorriu com malícia, mas até Ledi percebeu que não foi com sinceridade.

Sesi pareceu feliz com aquela informação, mas parou com o flerte assim que abriu o prontuário. A expressão brincalhona de repente ficou sóbria.

— Annie, Makalele e os outros estão do mesmo jeito. Não pioraram, mas também não estão melhorando. A pessoas do vilarejo vêm todos os dias ficar um pouco com eles, conversar e trazer chás medicinais, mas no momento não tem nenhuma visita. — Ela olhou para Ledi. — É a neta deles, não é?

Ledi fez que sim com a cabeça, e Sesi deu um sorriso gentil.

— Eles falavam sempre da sua mãe, quando estavam bem. Não estão conscientes, mas talvez a sua presença ajude.

Ledi sabia que a mulher estava tentando confortá-la, mas em vez disso, seu nível de nervosismo que estava relativamente baixo de repente disparou. Ela tentou sorrir de volta, mas pareceu forçado, ela não estava enganando ninguém. Então um calor familiar subiu por seus dedos. Thabiso segurou de leve a mão dela enquanto seguiam Sesi, deixando-a à vontade para recolher os dedos se quisesse.

Ela não quis.

— Não se sinta pressionada, Naledi. — Thabiso se inclinou e falou em voz baixa. — Sabe o que eu penso sobre os contos de fadas, mas ninguém espera que eles pulem da cama e comecem a dançar assim que você entrar no quarto. Se isso acontecer, vou ter que brigar com as sacerdotisas para que elas não levem você à força para a ordem delas.

— Ser uma sacerdotisa até que parece bem legal — disse Ledi, feliz por falar de outro assunto além dos avós doentes. Seu estômago afundou quando eles passaram pelas portas que levavam à ala de tratamento intensivo.

Thabiso lhe deu um olhar sério de brincadeira.

— Sim. Sempre esqueço que você tem experiência com rituais de sacrifício. Mas não sei se conseguiria se adaptar tão bem ao celibato.

— Na verdade, até andei considerando, depois das minhas últimas experiências com os homens — disse ela, puxando a mão da dele ao se lembrar do que tinha acontecido entre eles. Ela queria o conforto dele, mas da última vez que se abrira para aquilo, pagara o preço com a perda da confiança.

Ele levou numa boa.

— Antigamente, o rei podia se casar com a sacerdotisa que quisesse.

Ledi o ignorou. Ele tentava distraí-la, mas Sesi estava distribuindo máscaras cirúrgicas para eles cobrirem a boca, luvas e aventais hospitalares antes de abrir a porta.

— Aqui estamos — indicou a enfermeira. — Senhorita? Gostaria de entrar sozinha?

Ledi não queria nem entrar. Queria se virar e sair correndo pelo corredor com luzes brancas. Queria vomitar. Talvez as duas coisas ao mesmo tempo. A ideia de entrar no quarto sozinha disparou o pânico dentro dela.

Ela se virou e olhou para trás.

— Pode entrar comigo?

Thabiso deu um passo à frente, mas Likotsi deu um toque leve no braço dele.

— Acredito que ela tenha se dirigido a mim, senhor.

— Ah. Sim.

Ledi ignorou a decepção que tomou conta do rosto dele e a pontada que ela mesma sentiu por não ser ele quem a acompanharia. Não que se importasse em magoá-lo, até porque ela logo estaria indo embora de Tesolo. Os sentimentos dele não eram prioridade. No fim das contas, o que importava era se ela conseguiria fazer a diferença para seus avós e para as outras pessoas que estavam doentes.

Ela entrou no quarto seguida por Likotsi, que fechou a porta com um clique.

As duas camas hospitalares tinham sido coladas uma à outra, cobertas com mantas tradicionais verdes e marrons estampadas com uma padronagem circular que parecia a mesma, até que você olhava mais de perto e percebia que eram variações uma da outra. Sobre a mesa de cabeceira, havia um bule e duas xícaras que, pela aparência de uso, só podiam ter sido trazidas da casa deles.

Ledi se permitiu observar bem o rosto deles. Ambos tinham a pele negra, como a dela, e estavam envelhecidos, mas não enrugados. Eles tinham a bochecha e o pescoço inchados e cobertos com manchas vermelhas que se estendiam para baixo das camisolas hospitalares que eles usavam, mas isso não diminuía a semelhança com o que Ledi via no espelho todos os dias. Ela se sentiu estranhamente desconectada do próprio corpo, como se estivesse assistindo a uma outra órfã conhecer os avós.

— Oi. — O que você deveria dizer para alguém que estava em coma? — Eu sou a Naledi. Sua neta. Humm... prazer em conhecê-los? Quer dizer, não é um "prazer" com essa coisa toda do coma.

Não houve resposta. Ela chegou mais perto e apoiou a mão na grade de proteção da cama.

— Gostei das mantas. É uma padronagem legal. A minha tem estampa de gonorreia porque o Thabiso se acha muito engraçado.

Os dois monitores cardíacos apitavam ao mesmo tempo, mas os avós não se mexiam. A situação toda era meio constrangedora, mas se ela era capaz de conversar com seus camundongos sem esperar uma resposta, os avós certamente mereciam o mesmo.

— Eu faço pós-graduação. Estou estudando doenças infectocontagiosas. É um volume de trabalho imenso, e o curso é supercaro, e eu passo a metade do tempo me perguntando se fiz escolhas terríveis na vida. Mas eu amo. E acabei de descobrir que o amor pela ciência é uma coisa de família. Engraçado, não é?

Mais silêncio.

Ela suspirou e olhou para o meio das camas, e foi então que a emoção a atingiu como uma onda. Alguém tinha colocado um travesseiro entre os dois, metade em cada cama. As mãos de seus avós estavam unidas, com os dedos levemente entrelaçados. Mesmo naquele sono profundo eles se seguravam um ao outro.

Ela inspirou com força e olhou para aquelas duas pessoas frágeis que haviam ajudado a gerá-la. Que ela havia esquecido, e que talvez nunca tivesse a oportunidade de conhecer outra vez.

Ledi pigarreou. O ar seco do quarto devia estar arranhando sua garganta.

— Gostaria de ter conhecido vocês antes. Vocês têm cara de que teriam sido avós incríveis. Tipo, vocês teriam me dado doces escondidos quando meus pais dissessem que não, e teriam me dado abraços muito bons. Pode ser que vocês sejam dois babacas, já que os meus pais fugiram, mas vocês *parecem* legais. Muito legais.

Ledi parou de falar porque de repente já não conseguia mais. Tinha completado o rosto dos pais em sua árvore genealógica mental, e agora seus avós estavam lá também. A imaginação dela tinha essa informação, e embora ela não se considerasse muito criativa, havia uma área em que ela sempre conseguira se superar antes de se obrigar a parar de fazer isso: imaginar o que poderia ter sido.

Aniversários, almoços e jantares em família, brigas adolescentes estimuladas pelos hormônios seguidas de perdão… Ledi agora tinha os fatores de base para imaginar tudo aquilo. O sentimento de injustiça, que ela não tinha nem se permitido começar a sentir, começava a dominá-la. Naquele momento, o que ela queria mais do que tudo era recuperar o que havia perdido, fosse bom ou ruim.

Como meus pais puderam tirar isso de mim?

A avó estremeceu algumas vezes, e então seus olhos se abriram devagar, focalizando em Ledi. Um sorriso beatífico acendeu o rosto dela.

— Libiko. — A voz dela estava carregada, com o sotaque pesado tornando mais difícil entender aquela única palavra, mas o choque que Ledi sentiu ao ouvir o nome recém-aprendido da mãe a atravessou como um raio. A avó suspirou e disse alguma coisa em tesoliano que Ledi não entendeu.

— O quê?

Annie sorriu e voltou a fechar os olhos.

— Ela disse "Eu sabia que você voltaria para nós, meu coração" — traduziu Likotsi, com a voz embargada.

Os bipes das máquinas que mantinham os anciãos vivos preencheram o silêncio que se seguiu às palavras, até que o som dos soluços de Ledi se juntou a eles. O que estava acontecendo? Ela nem conhecia aquelas pessoas, então por que sua mão estava sobre o peito para impedir a dor? Por que havia rios de lágrimas descendo pelo queixo dela? Por que doía tanto vê-los daquele jeito se ela sequer sabia como eles eram antes?

As lágrimas começaram a encharcar os cantos da máscara quando ela sentiu um lenço sendo colocado em sua mão e o toque de Likotsi em seu ombro. Ela enxugou os olhos e limpou a garganta antes de falar. Emoções eram uma distração, e ela tinha ido até Tesolo para uma missão.

— Você disse que pode me ajudar com o que eu precisar, certo?

— Certamente, senhorita. — Likotsi endireitou a coluna, e Ledi achou que ela ia bater uma continência. Em vez disso, ela tirou o tablet do que só poderia ser um bolso feito sob medida no forro do blazer. Os dedos cobertos pela luva de látex ficaram suspensos acima da tela, aguardando o comando de Ledi.

— Preciso falar com os médicos imediatamente. Também preciso de cópias das últimas descobertas da dra. Bata e de acesso irrestrito aos arquivos do hospital, além de uma atualização sobre epidemias, doenças e anormalidades ocorridas nos últimos cinquenta anos. Para começar.

Likotsi assentiu e olhou para ela, e Ledi ficou surpresa ao perceber um certo orgulho nos olhos da assistente.

— Providenciarei tudo, senhorita.

— Por favor, me chame de Ledi. — Ela se virou e colocou a mão sobre as mãos dos avós por um segundo. Não sabia o que a tinha levado a fazer aquilo, mas ao sentir a pele fria do avô, fechou os olhos e fez um pacto com os dois.

Vou ajudar a descobrir o que está acontecendo aqui.

26

— Ledi?

Não obtendo resposta, Thabiso abriu a porta da suíte de Ledi, acreditando – ou desejando – que fosse encontrá-la ainda emaranhada nos lençóis de seda e no edredom almofadado. Em vez disso, ela estava debruçada na escrivaninha, de costas para ele. A manta que ele tinha mandado fazer para ela estava sobre os ombros dela e caía até o chão, e os papéis espalhados em cima da mesa estavam iluminados por um bonito abajur e pelo brilho da tela do tablet.

Por um instante, ele achou que ela tinha adormecido ali, mas então notou que a mão direita escrevia furiosamente enquanto a esquerda acompanhava com o dedo a leitura da página que ela tinha ao lado. Ela passou a página para uma pilha, e as pontas dos dedos começaram a deslizar pela página seguinte.

— Trouxe o seu café da manhã na cama, mas parece que cheguei tarde demais — disse ele, atravessando a suíte.

— Cedo demais — respondeu ela, com a voz rouca.

As mãos de Ledi pararam de se mexer e então se esticaram no ar enquanto Ledi se alongava, fazendo a manta deslizar completamente para o chão. Ela estava usando um roupão de flanela quente e grosso, e a silhueta dos seios e das costas curvadas aparecia contra a fraca luz antes do amanhecer, que entrava pela grande janela à frente dela. Vê-la daquele jeito despertava emoções em Thabiso, mas não de luxúria; em vez disso, ele sentiu uma pontada de tristeza. Os jardins do palácio e a cadeia de montanhas de Tesolo eram como um cenário de fundo para a beleza dela, mas, se tudo corresse de acordo com o esperado, ela em breve iria embora e jamais olharia para aquela paisagem de novo, nem ele olharia para ela. Será que aquela vontade incontrolável que ele sentiu de ir até ela tinha sido a mesma coisa que Ledi sentira naquela noite em que se abrira para ele no apartamento dela?

Não, para ele não. Para Jamal. Thabiso era só o homem que destruíra a frágil confiança que ela tinha sido generosa o suficiente para oferecer a ele. Ela não o suportava. Mas isso não o impedia de saborear a memória de tê-la em seus braços depois que ela adormeceu durante o jantar de boas-vindas. Um pensamento ridículo cruzara sua mente enquanto ele carregava Ledi.

Nossa noite de núpcias seria assim. Que tipo de absurdo era aquele? Sentimental e tão disparatado quanto a ideia de voltar rastejando para a Omega Corp. Ele havia comprometido qualquer possibilidade de negociação futura com Ledi, e no momento estavam apenas cumprindo um contrato temporário.

Ele deixou a bandeja na cama e percebeu que os lençóis ainda estavam limpos e esticados, e a flor de *eng* que as camareiras colocavam sobre os travesseiros do palácio para estimular bons sonhos não havia sido removida nem amassada.

Agora que estava mais próximo, via que os olhos dela estavam injetados e com olheiras escuras.

— Você não dormiu?

— Dormir é para os fracos — respondeu Ledi, depois bocejou. — E para pessoas que não estão tentando ajudar a decifrar uma possível epidemia.

Ele levou a tigela de *mielie pap* e a xícara de café até a escrivaninha.

— É melhor remarcarmos o evento de hoje no templo para você poder descansar. Não trouxe você aqui para se esgotar de tanto trabalhar.

Ledi bufou e pegou a xícara. Colocou na boca algum tipo de suplemento vitamínico e engoliu com um gole de café.

— Sou estudante de pós-graduação. Dormir é lucro, mas está longe de ser necessário. Não se preocupe comigo.

Thabiso queria argumentar que, desde o momento em que a conhecera, ela funcionava à beira do esgotamento, mas Ledi não era o tipo de mulher que você colocava para dormir com um copo de leite morno. A esperança dele era que, após o encontro com as sacerdotisas de Ingoka, ele conseguisse convencê-la a no mínimo tirar um cochilo, mas o descanso não parecia ser do feitio dela.

— Por favor, coma. Posso trazer outra coisa se você não gostar disso. E eu adoraria saber como foi seu dia ontem, se não se importar em dividir comigo. Sei que ver seus avós deve ter sido difícil.

— Por que você não me conta sobre o seu dia enquanto eu me abasteço de comida e cafeína? — propôs ela. Thabiso duvidava que ela estivesse realmente interessada, já que ela era mestre em mudar de assunto, mas ela pegou uma colher e afundou-a no mingau, e isso já estava bom para ele.

— Bom, depois que você e Likotsi saíram para iniciar a pesquisa, eu fui convocado para uma reunião de emergência com os ministros. Ministros bastante insatisfeitos.

— Com o que eles estavam zangados? — Ela rodou na cadeira giratória e se inclinou para trás, ainda irritada, mas pelo menos engatando uma conversa. — Você estourou o limite da mesada mandando a sra. Garcia para Porto Rico?

Ela deu mais uma colherada, e o olhar de Thabiso seguiu a trajetória da colher até a boca, observando o modo como os lábios pressionavam o metal liso e a língua deslizava sobre os lábios em seguida.

Ele olhou de novo nos olhos dela.

— Não, isso foi uma missão humanitária, embora a sra. Garcia tenha aproveitado bastante o frigobar do Ritz — explicou ele, conseguindo arrancar um sorriso dela. — Enquanto eu estava em Nova York, decidi não fechar um acordo multimilionário com uma empresa poderosa.

— Só isso? Quer dizer, o que são alguns milhões de dólares? — Ela mastigou com sarcasmo, algo que até aquele momento Thabiso não sabia ser possível.

— Tesolo é uma nação rica, mas centenas de milhões ainda são bastante coisa — disse ele. — Eu poderia comprar muitos sanduíches italianos com esse valor.

— Então por que não fechou negócio? — perguntou ela, ignorando a referência que ele havia feito. Ela abaixou o olhar para a comida, com os cílios escondendo os olhos.

— Porque mesmo que tenham falado para mim que esse acordo conduziria Tesolo para o futuro, eu me senti como se estivesse assinando a destruição do reino se dissesse sim. Decidi não deixar uma empresa vir até Tesolo, escavar nossos recursos e destruir a nossa terra, mas os ministros veem isso como impertinência e abuso de poder da minha parte.

Thabiso pensou nas vozes exaltadas e nas acusações de incompetência que tinham sido lançadas contra ele e prosseguiu:

— É como se eles vissem as outras nações tendo seus recursos roubados e pensassem: "Ah, mas é porque *eles* são idiotas, por isso foram enganados". São homens inteligentes, mas ignoram a história econômica, a colonização e a globalização. Só conseguem pensar no que é imediato, quando deveríamos pensar em cem anos à frente, e até mais além, na verdade.

Naledi agora olhava para ele, observando-o como se uma das aranhas gigantes que viviam nos cantos empoeirados do palácio tivesse acabado de descer do teto e pousado nele.

— O que foi? — perguntou ele, passando a mão pela nuca e pelo pescoço.

Ela mexeu no mingau e olhou de volta para ele.

— Desculpe, é só que… você sabe mesmo das coisas.

Thabiso bufou.

— Eu sou um príncipe. É óbvio que sei das coisas.

— Bom, quando você vê as notícias sobre os príncipes, eles costumam estar só flanando por aí, andando a cavalo ou jogando *strip poker*. Mas você *sabe* das coisas.

Ele rosnou.

— O Johan realmente estragou tudo para todos nós com aquele jogo de *strip poker*. Um bom príncipe sabe que sempre tem que fazer uma apreensão de câmeras e celulares antes de ficar nu.

Ledi revirou os olhos.

— Estou brincando. Mais ou menos. — Ele pigarreou. — Flanar e andar de cavalo são um marketing, e isso é parte do trabalho nos dias de hoje, não importa de que reino você seja. Mas embora eu tenha tido uma vida protegida e privilegiada, venho me preparando para comandar um reino desde que era capaz de me sentar no berço. O que eu sei, eu sei bem.

— Percebe-se. Fico feliz em saber. Achei que você era só um embuste com uma coroa, mas você parece se preocupar de verdade com o seu povo.

Thabiso controlou o reflexo de indignação que lhe subiu.

— Não sei o que é um embuste, mas o meu comportamento com relação a você não foi digno, então não a culpo por pensar o pior de mim.

— "Não foi digno"? *Isso* sim é marketing. Suponho que fingir ser um cidadão comum para levar uma mulher para a cama seja apenas parte do seu trabalho.

Ela disse as palavras sem emoção, mas as insinuações atingiram Thabiso em cheio, como um golpe no peito.

— Você acha que eu menti para levar você para a cama?

Ela olhou para baixo.

— Você mentiu para mim. Você me levou para a cama. Estou me esquecendo de alguma coisa?

— Não posso culpá-la por pensar o pior de mim, mas as pessoas deviam aprender que correlação não é o mesmo que causalidade.

Ledi se recusava a olhar para ele, mas ele esperava que ela estivesse ouvindo. Ele tinha estragado tudo, mas ela não poderia achar que ele tinha transado com ela como parte de algum joguinho mental de realeza transviada.

— Eu tinha a intenção de contar para você desde o momento em que entrei na cozinha do Instituto. Tinha todo um discurso ensaiado, exigindo uma explicação pela fuga da sua família de Tesolo, e por que nunca voltaram.

Ele moveu a cadeira para mais perto dela, olhando para o rosto que até algumas semanas antes tinha sido uma curiosidade borrada que ficava rondando sua imaginação. Lembrou-se do momento em que tudo entrou em foco e continuou:

— Sabe, desde que eu era criança, você sempre foi uma presença na minha vida. Você pode até não se lembrar de mim, mas eu nunca tive permissão para esquecê-la. Você se tornou um mito do qual eu não podia escapar, um caminho que estava fechado para mim. Eu queria encontrá-la e finalmente acabar com aquela esperança boba que eu havia alimentado durante anos. E de repente você estava ali, me chamando de Jamal e me entregando a couve, como se fosse uma coisa completamente normal. Estava esperando uma mulher grosseira e insensível, mas em vez disso você era… você.

Ledi largou a colher na tigela fazendo um barulho metálico.

— E aí? Você achou que mentir para mim era uma espécie de vingança por eu ter ido embora? Odeio ter que dar a notícia, mas você chegou atrasado para a festa. Eu paguei pela decisão dos meus pais durante anos. Passe a informação adiante para os seus pais, já que pelo visto eles não receberam o memorando.

— Mentir para você foi um erro — disse Thabiso, mas em seguida se corrigiu. — Não, isso não é verdade. Talvez uma parte de mim quisesse mesmo punir você. Lembre-se de que passei a maior parte da minha vida ouvindo como sua família traiu a minha. Racionalizei a minha mentira usando a mentira da sua família como parâmetro. Mas basicamente, no momento em que eu a vi, eu quis conhecer você. E aprendi que é muito difícil fazer isso depois que você solta as palavras "eu sou um príncipe".

— Você acha que isso justifica as suas atitudes? — perguntou Ledi, com o rosto contorcido em uma careta de raiva e incredulidade.

— Não — respondeu ele. — Mas eu sabia que, se tivesse dito a verdade desde o começo, nunca teria trabalhado, cozinhado, andado de metrô e caminhado pelo parque de mãos dadas com você. Isso faz com que seja bem difícil dizer que teria feito tudo diferente.

Ledi abriu a boca, mas então a fechou e desviou o olhar dele. Ele não gostava de como ela parecia derrotada naquele momento.

— Eu não me aproximo das pessoas — disse ela, por fim. — Tenho sido bem firme em relação a isso por causa da coisa toda do ímã defeituoso.

Thabiso achou que tinha ouvido errado.

— O quê? Que ímã?

— Ninguém nunca fica grudado. — As palavras saíram baixinhas. Insignificantes. Nada parecidas com Ledi, ou talvez justamente como a Ledi que ela mantinha escondida atrás de todos aqueles muros. Mas então ela balançou a cabeça e a raiva retornou. — Mas por alguma razão, achei que talvez você, Jamal, fosse alguém que valesse a pena eu deixar entrar. Alguém que talvez ficasse. E era tudo mentira. Você espera que eu esqueça isso? Não. — Ela balançou a cabeça de novo. — Saia daqui.

Ela se virou, pegou a caneta outra vez e ficou olhando pela janela, esperando ele ir embora.

Thabiso não conseguia se mexer; ainda estava se recuperando das palavras dela. Não fazia ideia do quão profundamente a havia magoado, mas também não havia entendido ainda quão profundamente se importava com isso.

Alguém que talvez ficasse.

Ela não sabia de nada sobre a fama ou a riqueza dele, nada sobre o passado dos dois, e ainda assim o queria. Thabiso tentou conciliar esse pensamento com a sua mentira, e com as consequências da mentira, e com o que poderia ter acontecido se simplesmente não tivesse mentido.

— Não espero que você esqueça. Mas, Ledi, o que você teria feito se eu tivesse aparecido no seu trabalho proclamando que era príncipe de um reino africano do qual você nunca tinha ouvido falar e que você era minha noiva prometida? Sinceramente.

Ela continuou de costas para ele.

— Saia. Daqui.

— Exatamente — disse ele. Thabiso exalou fazendo barulho e esfregou a palma da mão na barba. — Olha, nós temos essa cerimônia com a sacerdotisa em mais ou menos uma hora. Você deixou perfeitamente nítido que não quer ficar perto de mim, e está no seu direito, mas a gente tem que manter as aparências da encenação, Magra.

— Magra? — perguntou ela, inclinando a cabeça.

— Você tinha dito isso antes, no seu laboratório... — Thabiso foi interrompido pela coisa mais inesperada naquele momento: a risada de Naledi. Simples assim, a expressão dela passou de tensa para suave e aberta. Ela jogou a cabeça para trás enquanto ria, e ele sentiu o pau dar um pulo ao se lembrar de como ela era apertada em volta dele enquanto fazia aquela mesma ação. Pela deusa, ela era linda o tempo todo, mas em especial quando estava preocupada demais para afastá-lo.

— Você nunca viu *Star Trek*, viu? — perguntou ela.

— Esse é o que tem o cara de capacete preto com a voz engraçada, não é? — Ele sabia que estava errado, mas não ia perder a oportunidade de fazê-la rir mais uma vez.

— Tenho quase certeza de que mandei você sair. — As palavras foram firmes, mas não havia malícia nelas; apenas uma leve indicação de que ela estava se divertindo. Era o suficiente para Thabiso.

— Alguém vai vir buscar você para ir ao templo em breve — informou ele, já saindo.

— Ah, eu tenho um alerta para isso. Likotsi deixou programado na minha agenda — disse ela, pegando o tablet. Thabiso sabia que Kotsi ficaria satisfeita por alguém finalmente apreciar suas tentativas de modernizar a agenda. Ledi deslizou o dedo pela tela, apertando os olhos. — Cerimônia de purificação. Não vai ser uma coisa esquisita, vai?

— Acho que é só uma bênção, nada muito radical.

Ela não voltou a olhar para ele, e depois de um momento Thabiso entendeu que era porque ela já o tinha expulsado três vezes.

Talvez os sentimentos dele por ela fossem inúteis, mas, se ele a havia magoado mais do que qualquer pessoa, talvez fosse porque ela se importava com ele mais do que com qualquer outra. A probabilidade remota de que pudesse estar certo significava que ele não podia desistir. Ainda não.

27

Depois que Thabiso saiu, Ledi viu-se incapaz de se concentrar nos fatos e gráficos diante de si. Ele havia acabado com a sua concentração, mais um item para acrescentar à lista que ela vinha compilando de razões para odiá-lo: mentiroso, ladrão de concentração, péssimo cozinheiro, beijo excelente, mestre em fazer os dedos do pé dela se contorcerem...

Calma aí.

Ela estava se perdendo em pensamentos. Talvez virar a noite não tivesse sido uma ideia muito inteligente. Só podia ser por isso que ela estava alegrinha em vez de zangada, que seus dedos estavam coçando para baixar uma vídeo-montagem de um excêntrico médico intergaláctico para que ela e Thabiso dessem risadas em vez de expulsar o príncipe irritante do quarto. Ela estava feliz por não ter pedido a ele que ficasse; isso teria sido perigoso. Sabia o que acontecia quando via TV perto de Thabiso – ou melhor, o que acontecia quando ela adormecia vendo TV com ele, e ela estava a poucas piscadas de capotar, independentemente de sua própria resistência.

Ela ficou de pé e se alongou, quase tropeçando pela tontura de ter se levantado muito rápido. É. Virar a noite definitivamente não tinha sido uma boa ideia. Ela pegou o tablet e andou devagar até a cama, sentando-se na beirada para esperar que a cabeça parasse de girar. Ela tinha mesmo subestimado e efeito que o *jet lag* teria sobre ela, mas o fato de nunca ter viajado significava que ela não fazia nem ideia do que era *jet lag*. Quando voltasse, passaria a ser mais gentil com os colegas de laboratório que estivessem retornando de conferências no exterior.

Porque você vai voltar.

Ela tocou no ícone da galeria de fotos do tablet e passou pelas imagens que estavam salvas no aparelho. Não se deteve em nenhuma foto em particular; não conseguia chegar a tanto, embora já tivesse olhado para todas elas várias vezes. Uma criancinha gorducha, que devia ser ela, correndo por um jardim, pegando nas flores. Os pais sentados em um sofá olhando um para o outro; a mão do pai dela pousada sobre a barriga da mãe. Engraçado, ela achava que tinha imaginado certos traços quando tentava se lembrar dos pais, como as sobrancelhas do pai, que pareciam se arquear como as de um vilão de filme. No entanto, seus olhos eram grandes e bondosos. Ela não se lembrava daquilo.

Eles pareciam felizes em todas as fotos. O que fazia sentido, já que as pessoas raramente tiravam fotos quando se sentiam uma merda, mas mesmo assim. Ela não conseguia entender o que os motivara a ir embora. A levá-la para longe de tudo o que conhecia. Ela nunca tinha sentido raiva dos pais durante todos aqueles anos indo de um lar temporário para outro, mas agora cada memória do passado, cada lembrete do que havia perdido, atiçava seu ressentimento.

Uma onda de fadiga caiu sobre ela, e Ledi colocou o tablet de lado, deitando-se na cama macia. Era como cair em um poço escuro, onde os pensamentos sobre seus pais, Thabiso e Tesolo não podiam alcançá-la.

— Senhorita? — Houve uma batida na porta, e Ledi se levantou em um pulo. Só pretendia fechar os olhos por um minuto, mas agora estava grogue de sono e não sabia direito quanto tempo tinha se passado.

— Droga — sussurrou ela, ao ficar de pé, cambaleante. — Já vai!

A mesma camareira do dia anterior entrou, dessa vez sem a arara de roupas. Tinha apenas uma peça pendurada no braço.

— Está pronta para a cerimônia? — perguntou a mulher.

— Ainda não tomei banho nem me vesti. Peço desculpas, mas vou precisar de mais alguns minutos. — Que ótimo. Ia deixar as sacerdotisas com raiva. Com sorte, a deusa delas não seria do tipo vingativo.

— Se vestir? Tomar banho? — A camareira levantou as sobrancelhas. — Não foi informada sobre os detalhes da cerimônia?

Ledi encolheu os ombros.

— Não.

— Só vai precisar disto — afirmou ela, sacudindo o roupão de seda que trazia no braço — e de um coração puro.

— Hum, ok, pelo menos um está garantido — murmurou Ledi indo em direção ao roupão.

A mulher puxou-o de volta.

— Ah, talvez eu não tenha me explicado bem. Isto é *tudo* de que vai precisar. — Ela olhou incisivamente para a calça jeans e o suéter de Ledi, e então virou-se de costas, estendendo o braço com o roupão.

Ledi suspirou e começou a se despir. Quanto mais rápido ficasse nua e vestisse o roupão, mais rápido estaria com Thabiso – para esganá-lo.

— Você disse que isso não ia ser esquisito — Ledi falou em voz baixa. — Até agora eu já fui esfregada e untada com óleo por mulheres desconhecidas, tive meus pés beijados por *outras* desconhecidas diferentes, tive minha aura massageada, e depois ficaram me encarando um tempão.

Depois do exame das sacerdotisas, uma faixa de linho branco foi amarrada sobre o peito, como um bustiê, e outro pedaço de linho foi enrolado na cintura, como uma saia. Ledi foi conduzida até um tablado, onde ficou ao lado de Thabiso, que tinha o mesmo tecido de linho enrolado na cintura. Ele ficava bem demais de saia de linho e peito nu.

Os dois se ajoelharam de cabeça baixa diante de um grupo de pessoas, incluindo o rei e a rainha, que olhavam para eles com expressões solenes.

— Sério, aquela massagem explorou lugares nos quais nem eu mesma me aventurei — sussurrou Ledi, e Thabiso tentou engolir uma risada, mas não conseguiu.

Uma das sacerdotisas se virou pedindo silêncio, e Ledi sentiu como se estivesse sendo repreendida por conversar na biblioteca, exceto pelo vento debaixo da saia, lembrando-a de que geralmente usava calcinha quando pegava livros emprestados.

— As pessoas pagam caro por serviços de spa nos Estados Unidos, não? — disse Thabiso. Ela percebia o sorriso na voz dele.

— Se eu descobrir que foi tudo uma armação para me recrutar para um culto estranho, vou acabar com você — murmurou Ledi.

— Eu garanto que não é um culto. E mesmo assim, estranho é relativo — lembrou Thabiso a ela. — Nós achamos que comer o corpo e beber o sangue de uma divindade é bem estranho, mas não julgamos os outros por isso.

Uma voz alta e forte se ergueu do grupo de sacerdotisas. Todas vestiam os mesmos vestidos largos de linho com turbantes combinando, e Ledi não sabia dizer se, em média, elas eram mais novas ou mais velhas que ela. Aparentemente, os óleos e as massagens de aura faziam bem ao corpo.

— Nós, sacerdotisas de Ingoka, mãe de todos e tecelã do destino, passamos os últimos vinte anos duvidando. — Um coro de "sim" ergueu-se de trás das mulheres. — Duas décadas de recriminação, perguntando-nos se a deusa havia nos abandonado ou se havíamos sido enganadas pelo Ardiloso. Tudo por causa desta garota.

Ela se virou e apontou para Ledi.

Ledi esqueceu que estava brava com Thabiso e que ele estava do lado dela. O poder da voz da mulher a envolveu e paralisou, como se ela fosse um patógeno e elas fossem os neutrófilos encarregados de combatê-la. A angústia na voz da mulher... Ledi havia causado aquilo? Ela não era religiosa, mas será que tinham examinado sua alma e descoberto que era impura? Indigna? A ideia despertou pânico. O ímã defeituoso tinha sido desvendado, e elas contariam a todo mundo exatamente o que havia de errado com ela.

Ledi começou a se levantar, mas Thabiso segurou sua mão. Por que ele queria mantê-la ali, onde era mais uma vez indesejada?

Sempre indesejada.

A respiração dela estava acelerada, e ele apertou sua mão com força. Era demais, os dedos fortes e quentes em torno dos dela, como se ele quisesse que ela ficasse ali ao lado dele, quando ela obviamente não pertencia àquele lugar. Todos viam isso, menos ele.

A sacerdotisa prosseguiu com o discurso.

— Falhamos com nosso reino ao selecionar uma futura rainha que nos abandonou. A doença começa a se espalhar pelo nosso povo, e o futuro de Tesolo está ameaçado. Ingoka está nos punindo pelo erro, certo?

Ledi fechou os olhos e lutou contra as lágrimas, e contra o burburinho da multidão. Por que havia concordado em ir até lá? Por que tinha achado que alguma coisa seria diferente?

— NÃO.

As vozes de todas as sacerdotisas ecoaram a única palavra em uníssono, de modo resoluto, fazendo com que as defesas de Ledi se reduzissem a nada mais que filamentos esfarrapados de DNA.

— Nós examinamos esta mulher, e ela tem o mesmo coração puro e a mesma mente brilhante que a garota que escolhemos tantos anos atrás. O espírito do nosso povo é forte nesta aqui. Ela é adequada para ser a noiva do príncipe e futura rainha.

— Naledi retornou para nós — entoou uma das mulheres, um grito agudo e afiado que flutuou pelo templo.

— Sinal da graça de Ingoka — cantou outra.

— Naledi retornou para nós. — Todas as sacerdotisas cantaram juntas, algumas vozes voando alto, outras retumbando graves. — Retornou para tomar seu lugar de direito.

A sacerdotisa começou a dar gritos de júbilo, circulando Ledi e Thabiso em uma dança alegre. Flores, amarelas, roxas e rosa, choveram sobre eles. O coração de Ledi parecia prestes a explodir enquanto as mulheres a agraciavam com sorrisos de felicidade. Estavam felizes por ela estar ali. Extasiadas.

Essas mulheres não conhecem você. É um teatro.

Poderia até ser uma performance para a corte real, mas Ledi não conseguia evitar o calor que fluía pelo seu corpo, o senso de pertencimento. Não podia evitar o fato de que se sentia como uma princesa.

Thabiso apertou a mão dela e a puxou para ficar de pé.

— Venha. Já está mais do que na hora de fazermos isso.

— O quê? — A voz dela era apenas um fio, pois toda a sua energia estava sendo dedicada a segurar o choro.

— Isto.

Ele deu um pulo para o lado, dobrou os joelhos, e começou a balançar os quadris do mesmo jeito que tinha feito no dia que foram ao parque. A multidão começou a gritar, e Ledi riu, encantada quando finalmente a ficha caiu.

— Você não inventou aquela dança? — perguntou ela.

— Esta dança tem milhares de anos — respondeu ele, trocando para a outra perna.

— Também é uma pergunta, que somente você poderá responder — disse uma das sacerdotisas, postando-se ao lado de Ledi. A mulher se inclinou para a frente, abriu bem os braços e puxou os dois, movendo os quadris em círculos mais fechados que os de Thabiso. — Assim.

Danças em um palco na frente de uma multidão não era algo que Ledi sentia-se capaz de fazer. Mas Thabiso estava olhando para ela com uma sinceridade intensa enquanto dançava, e as sacerdotisas estavam batendo palmas e cantando, e então houve aquela conexão. A conexão que ela tinha sentido no instante em que ele entrou no Instituto pulsou dentro dela, fazendo-a embarcar no ritmo criado pelas palmas e pelos gritos das sacerdotisas. Ela ficara rígida com a ideia de dançar, mas se obrigou a relaxar, a deixar os quadris balançarem do modo como a sacerdotisa ao lado dela havia demonstrado. Os dela não se moviam com tanta fluidez, e ela toda hora errava o movimento de puxar e empurrar com os braços, mas a sacerdotisa se afastou, e então havia apenas Thabiso à sua frente.

O olhar dele queimava com a aproximação. A cada passo, ele parava para mover os quadris, a dança se transformando em algo ao mesmo tempo espiritual e sensual. Ledi sentiu o corpo formigar e o coração se encher a ponto de transbordar, e depois de um momento percebeu que não estava concentrada em se mexer corretamente, mas sim naturalmente.

Entendia a dança agora, os braços, os quadris e todo o seu ser sendo chamado em direção a Thabiso, abrindo-se para recebê-lo conforme ele se aproximava, muito devagar. Ela *sentia*. Por fim, ele estava diante dela, e os dois pararam de se mexer, olhando nos olhos um do outro, e ela não ouvia nada além das batidas ferozes do próprio coração – *do coração deles?* Ledi não conseguia respirar, não conseguia pensar e não sabia o que fazer, mas Thabiso sabia. Ele se ajoelhou fazendo uma reverência para ela, e todo o salão ficou em silêncio quando ele fez isso. Ela sentia a respiração dele nos dedos dos pés, algo tão íntimo que seu corpo inteiro ficou arrepiado.

— A cerimônia de noivado, iniciada tantos anos atrás, agora está completa. Naledi aceitou a proposta de Thabiso. Vamos todos recebê-la em nossos corações.

Todos se curvaram, seguindo o exemplo de Thabiso, exceto o rei e a rainha, que ajoelharam. A rainha olhava firme para ela, com uma expressão enigmática. Ledi olhou pelo salão, sem saber direito o que estava acontecendo mesmo quando as pessoas começavam a se levantar.

A euforia diminuiu, e as palavras da sacerdotisa começaram a atingi-la.

— Aceitei o quê? — perguntou Ledi.

— O pedido de Thabiso pela sua mão. O noivado agora é oficial aos olhos de Ingoka.

28

— Filho?

Thabiso se virou ao ouvir a voz da mãe ecoar no corredor do palácio. Não havia conversado com ela desde a chegada de Ledi, em parte porque estava ocupado lidando com a revolta dos ministros e com a possibilidade de uma epidemia, e em parte porque não queria mesmo. Depois da forma como ela tratara Ledi, não conseguia pensar no que dizer a ela cujo resultado não fosse ser banido. Mas não era disso que ele tinha medo. Nunca havia brigado com os pais por algo tão importante. Desentendimentos sobre como ele deveria governar o país ou sobre sua postura eram uma coisa, mas a baixeza dos insultos a que eles vinham recorrendo ultimamente eram algo que ele não sabia como resolver com as pessoas que mais amava. Não sabia como navegar esse novo terreno acidentado na geografia de seu relacionamento com eles.

— Mãe.

Ele esperou, ouvindo o estalar alto do salto alto pelo corredor, o som reverberando nas paredes de um palácio que havia se mantido firme durante gerações. Que um dia seria dele.

Ela enlaçou o braço no dele, e os dois começaram a andar juntos, seguindo em direção à ala privada. Já haviam andado daquele jeito muitas vezes antes, mas agora parecia forçado, rígido.

— Foi um espetáculo e tanto — disse ela.

Espetáculo? Enquanto dançava com Ledi, ele sentira algo se movendo dentro dele. Não sabia ao certo se era Ingoka, mas tinha sido algo significativamente perto do centro do peito, que pulsou em uma espécie de dor conforme Ledi o convidava a se aproximar. Chamar aquilo de espetáculo era uma forma de diminuir o que tinha acontecido.

— Fiquei muito satisfeito com o resultado da cerimônia de purificação — disse ele, fazendo bom uso de seu treinamento diplomático. — Estou feliz porque as sacerdotisas não acharam que ela estava ávida. Gostaria que todos compartilhassem da crença delas na vontade de Ingoka.

A mãe suspirou, depois parou e olhou para ele.

— Thabiso, você é nosso único filho. Tentamos incutir em você a magnitude do seu papel neste reino, mas talvez tenhamos sido negligentes em frisar a importância de se escolher a esposa adequada.

— Interessante. Vocês não estavam tão exigentes assim antes de eu viajar, jogando em cima de mim qualquer mulher que estivesse respirando, chegando ao ponto de trazer Shanti até aqui na minha ausência.

— Shanti sabe se comportar como uma rainha porque foi criada para isso. Seria uma esposa excelente e atenciosa, atenderia às suas demandas e...

Thabiso desvencilhou o braço do enlace da mãe, tão frustrado que sentia aversão ao toque dela.

— Eu não a amo, mãe! — Thabiso nunca havia levantado a voz para ela antes. Ele foi tomado por vergonha, raiva e tristeza, e lidar com aquilo já teria sido o bastante sem levar em conta a confissão que havia acabado de deixar escapar.

Ela olhou para ele durante um longo tempo, depois balançou a cabeça com pesar.

— Talvez eu não devesse ter sido tão permissiva quando você era criança e vivia insistindo que ela e os pais retornariam.

— Por quê? Eu estava certo. Ela está aqui agora.

O olhar da rainha tornou-se mais afiado.

— Está disposto a arriscar o futuro do seu país em qualquer que seja esse joguinho que você está jogando?

— Isto não é um jogo. — Ele exalou com força pelo nariz. — Sinto muito, mas eu me recuso a continuar discutindo isso. Você me criou para ser um homem que não desiste daquilo em que acredita. Não consigo nem começar a entender o que você tem contra Naledi, mas a minha escolha está feita.

— A dela está? — insistiu a rainha.

Thabiso não tinha nenhuma resposta que não fosse uma mentira, e ele não iria mais mentir.

— Tenho assuntos a resolver — respondeu ele.

Ela fez que sim com a cabeça.

— Seu pai e eu o pressionamos, mas sabe que só queremos o melhor para você, não sabe? Você deve saber disso.

Thabiso não podia suportar aquele olhar inseguro da mãe. Inclinou-se e puxou-a para um abraço.

— Eu sei, mãe. Mas vocês precisam confiar em mim desta vez.

— Eu confio em você. É com ela que eu me preocupo. — A rainha levantou a cabeça e olhou para ele, a preocupação estampada no rosto. — Thabiso, você nunca passou por uma perda. Amar alguém, deixar essa pessoa entrar no seu coração e depois perdê-la, ou pior, ser traído? É algo que todos teremos que vivenciar em algum momento, mas se eu puder evitar que você se machuque sem necessidade, farei isso. — Ela girou nos calcanhares, estalando os saltos de volta pelo caminho de onde viera.

Thabiso ficou olhando a mãe se afastar. Ela sempre tinha sido protetora, talvez até indulgente, mas nunca o havia mimado. A mãe, em especial, sempre tinha ficado mais indignada com a traição dos Ajoua, mas ele achava que o sentimento se atenuaria quando ela descobrisse que eles haviam morrido, e que talvez tivessem retornado. Estava enganado.

Ele foi até o quarto de Naledi, com as palavras da mãe ainda ecoando na cabeça. Quando estava ajoelhado diante de Naledi na cerimônia, a primeira vez em que se rebaixava daquele modo para quem quer que fosse, a ficha havia caído para Thabiso. Não podia deixá-la ir embora. Não faria isso. Ele a queria, não por uma nostalgia doentia ou porque ela era difícil de ser conquistada, mas porque ela era perfeita para ele e, o que talvez fosse tão importante quanto, era perfeita para o povo. Ela o incentivava a ser melhor, meramente por dar o exemplo. O que eles não seriam capazes de conquistar juntos como marido e mulher – rei e rainha?

No entanto, a mãe dele estava certa. Não importava o que ele quisesse, ela não pretendia ficar, e ele não era egoísta a ponto de torcer para que a crise de saúde durasse mais tempo para mantê-la ali no reino. Ele a imaginou embarcando de volta no avião para ir embora, e sentiu a frustração crescendo outra vez. Seria mesmo capaz de simplesmente deixá-la ir embora? Poderia deixar que mais um momento transcorresse com ela achando que ele não se importava se ela fosse?

Quando alcançou o fim do maldito corredor interminável e chegou à porta dela, já estava com a mente a mil por hora.

— Naledi.

Ele bateu com força, e ela abriu a porta com o olhar irritado que parecia reservar para ele.

— Estou ocupada, então a menos que seja uma emergência...

— Acho que isso configura uma emergência.

Ele colocou as mãos na cintura dela, os dedos afundando nas curvas ao puxá-la para perto. Abaixou a cabeça, mirando nos lábios dela, mas parou um segundo antes que suas bocas se tocassem, apoiando a testa na dela.

— Posso? — perguntou ele. Não iria beijá-la sem consentimento. Já estava entregue à força que o puxava na direção dela, só podia esperar que ela se juntasse a ele voluntariamente.

— Hum. — A respiração de Ledi estava rápida, e ela não tinha se afastado, mas parecia prestes a sair correndo. — Isto é novidade. Os caras não costumam perguntar depois da primeira vez.

A frustração se retesou dentro dele.

— Eu sou uma porra de um cavalheiro, Naledi. Cavalheiros não partem do princípio de que podem, eles perguntam. Então. Posso beijar você?

— Uau. Sem pressão nenhuma — disse ela, levantando as sobrancelhas.

— Ah, tem bastante pressão, sim — contestou ele, percebendo como a frase soava ridícula sem completar a parte não dita. *Na minha calça*. Não era um cavalheiro por completo.

Ledi bufou.

— Na sua calça? — perguntou ela.

A tensão entre eles murchou, esvaziada pela risada afiada que explodiu de ambos. Ele deixou a cabeça cair para trás, para longe dela, mas as mãos ainda estavam em seus quadris.

— Minha deusa. E pensar que já fui eleito "Maior Charme Real" do mundo. — Ele balançou a cabeça.

— Espera aí, as pessoas votam nesse tipo de coisa?

Ele tirou as mãos da cintura dela, andou até a cama e desabou.

— Bom, para a minha sorte, costumam ser desconhecidos que nunca ouviram minhas tentativas de sedução.

— Óbvio. — A porta se fechou com um clique.

— Não precisa concordar com tanto entusiasmo — murmurou ele.

— Eu precisava dessa risada — disse ela, com um suspiro, sentando-se na beirada da cama. — Hoje foi bem intenso. Mal preguei o olho, fiquei lendo estudos de caso o dia todo, e aquela cerimônia acabou comigo. Emocionalmente.

— Não só com você — disse ele, dobrando o travesseiro debaixo da cabeça de maneira que ficasse reclinado, olhando para ela.

— Eu cresci sem ninguém, Thabiso. Ninguém. E agora? — A voz falhou, e ela limpou a garganta. — Não sei como digerir o que aconteceu hoje, ou o que estou sentindo. É demais para mim. As sacerdotisas cantando. Me recebendo. As pessoas se curvando para mim. — Ela fechou os olhos com força. — E você. Ainda tem você.

— O que tem eu? — Ele se levantou um pouco do travesseiro, e os olhos dela se abriram devagar. Ela olhou para ele, e Thabiso se sentiu perfurado pela dor e pela confusão que viu no rosto dela.

— Isso não é real. — Ela fez um gesto abarcando o ar ao redor deles. — Mas está começando a parecer real demais e… eu não consigo. Simplesmente não consigo.

— E se parecer real para mim também? — perguntou ele, baixinho. — E se parecer real porque é mesmo?

O coração dele batia forte no peito, porque sim, era isso. Era real para ele, sempre tinha sido, e talvez ela nunca se sentisse da mesma maneira.

Ela balançou a cabeça.

— Você só acha que devíamos ficar juntos porque foi o que lhe disseram, e agora você precisa de uma esposa. Digamos que eu acredite que isso tudo é real. E aí o quê? Um dia você vai perceber o que todo mundo acaba percebendo. — Ela balançou a cabeça. — Eu não consigo.

A frustração de Thabiso fez com que ele se sentasse.

— Já lhe ocorreu que eu gosto de você? Você. Naledi. E que eu teria gostado mesmo se não houvesse cerimônia de noivado nenhuma?

— Não, não me ocorreu — respondeu ela, secamente.

Ele recordou o comentário que ela tinha feito na conversa anterior e se deu conta de uma coisa.

— Isso é a coisa do ímã, não é? De que ninguém fica grudado? Ledi, caso você não tenha notado, eu vou falar: eu grudei. Grudei para valer.

— Chega, Thabiso. — A voz dela não passava de um sussurro.

— Por quê? A gente ficar junto seria mesmo a pior coisa que poderia acontecer com você?

—Não, ficar órfã em um país estranho foi a pior coisa que aconteceu comigo — disse ela, sua expressão voltando a se fechar.

— Ledi — falou ele, em um tom gentil, tentando passar pelas frestas do muro que ela estava reerguendo rapidamente.

Ela olhou para ele inexpressiva.

— É engraçado que você tenha ficado magoado porque eu abandonei você. Você com a sua família e os seus empregados e o seu povo. Enquanto isso, do outro lado do planeta, era eu quem estava sozinha. — Ela esfregou os olhos. — Você devia ter me contado. No minuto em que percebeu que eu não tinha ideia de quem eu era, devia ter me contado. Mas não contou. Então não, não posso dizer sim quando você aparece na minha porta, todo galante e com esse olhar de personagem da Disney, perguntando se pode me beijar.

Ali estava. Thabiso estivera tão focado em fazê-la esquecer que ele tinha mentido sobre Jamal que perdeu a perspectiva mais ampla das coisas. Tinha feito pior: mentira para Ledi sobre ela mesma. Likotsi o havia chamado de covarde, e estava certa.

Ele exalou, um som profundo e cansado.

— O que posso dizer? Me desculpe por ser um embuste, Naledi.

Ledi deu de ombros, esfregando discretamente os olhos mais uma vez.

— O embustismo é uma doença bastante comum entre homens na faixa dos dezoito aos trinta e cinco anos.

— Qual é a cura?

— Você vai ter que conversar com seu médico sobre isso. Mas já posso adiantar que não sou eu.

Com isso, ela se levantou e foi até a escrivaninha. Thabiso lutou contra o desejo de segui-la e ordenar que ela o perdoasse; ela não era um de seus súditos. Ele foi em direção à porta.

— Temos a viagem para Lek Hemane, sua cidade natal, amanhã de manhã. Vista roupas quentes, porque fica a uma altitude maior.

— Obrigada. Com sorte, vamos encontrar lá o que estamos procurando, porque nada na pesquisa está dando nenhuma pista sobre o que está acontecendo aqui. Preciso resolver isso.

Para poder ir embora.

— Se a deusa quiser — disse ele, e então saiu para o corredor, fechando a porta atrás de si.

Thabiso ficou parado por um momento. Embora tivessem lhe dito o contrário a vida toda, estava aprendendo que havia algo mais forte que a vontade de um príncipe Moshoeshoe.

A realidade.

29

Ledi achava que as viagens diárias de metrô a tinham preparado para lidar com qualquer meio de transporte, mas estava enganada.

Ela se ajeitou em cima de D'Artagnan – o jumento que a conduzia até Lek Hemane – enquanto ele subia a trilha serpenteante da montanha a um passo lento e constante, rezando para que o animal não fizesse nenhum movimento brusco. Ele era muito fofo, e ela tinha virado sua melhor amiga depois de lhe dar algumas fatias de maçã, mas ela não conseguia se acostumar com um meio de transporte que também poderia mordê-la.

Quando o Land Rover que levava ela e Thabiso a Lek Hemane tinha parado na base da trilha sinuosa, onde alguns criadores de cabras esperavam com o rebanho, Ledi tinha achado que aquela era uma parada turística, não a próxima etapa da jornada. Havia se arriscado a alimentar algumas das cabras e conversado com um dos pastores. Chegara mesmo a sentir uma faísca aventureira ao ser colocada para cima de D'Artagnan, isto é, até Thabiso subir atrás dela. Uma hora andando de jumento pelo terreno íngreme e montanhoso, cercada de cabras, já era chocante o suficiente – as cabras eram muito mais barulhentas do que ela tinha imaginado –, mas com Thabiso acomodado atrás dela a empreitada era ainda mais desconcertante.

A conversa da noite anterior a deixara inquieta. Ela queria muito acreditar no que ele dissera. Mas ele já havia mentido antes. Ela podia realmente confiar nele?

— Tudo bem? — perguntou Thabiso.

— Ainda não entendi por que não podíamos simplesmente pegar um helicóptero até aqui — disse ela, e estremeceu quando uma rajada de vento gelado atingiu a pele descoberta do rosto.

— Porque os ventos da montanha são fortes demais para permitir a aterrissagem — explicou ele. — Esta é a rota mais segura.

Segura? As coxas de Thabiso apertavam seus quadris, os braços fortes a envolviam enquanto ele segurava as rédeas, e o calor do corpo dele despertava memórias quentes nas costas dela, da noite que tinham passado juntos. Não havia nada de seguro naquilo. Ela passou o trajeto inteiro envergonhada pelo fato de que queria empurrar a bunda na direção dele, sentir a ereção crescendo contra ela, como se ele não fosse um homem que a tinha traído.

Ela arqueou as costas para longe de Thabiso e puxou o ar, tão frio que quase sentiu os bronquíolos congelando, um a um. Ela se concentrou nisso, e não no modo como seu corpo protestava por ter se afastado dele.

— Você podia ter pego seu próprio jumento — disse ela.

— Podia — concordou ele, inclinando-se apenas o suficiente para preencher o espaço que ela havia criado entre eles, mas sem encostar nela. — Acredito que você teria achado a viagem muito mais fria se eu não estivesse aqui atrás. Sinto muito, mas você está grudada comigo.

Ela levou um susto com as palavras dele e se arrependeu por ter contado toda aquela história do ímã. Ele não poderia estar falando a verdade. Ela tinha anos e anos de evidências que provavam sua teoria – as pessoas até davam uma chance a ela, mas no fim, ela não era o tipo de pessoa que alguém mantinha por perto.

— Odeio que alguém fique atrás de mim — provocou ela. — Em especial, pessoas em quem não posso confiar. — Ledi precisava lembrar a si mesma que não podia simplesmente relaxar encostada nele. Que não podia acreditar quando ele dizia que talvez pudesse haver algo mais entre os dois. Ela sentiu o peito dele expandir com um suspiro.

— Bom, eu protejo a retaguarda das pessoas que são importantes para mim, mesmo que elas não confiem em mim. É um dos requisitos para ser um príncipe, embora a minha vontade de proteger você não tenha nada a ver com o meu trabalho. É importante deixar isso bem claro.

— Ah, agora você quer ser claro? — atacou ela. Mas não estava sendo inteiramente justa. Ele de fato vinha tentando se explicar desde que ela havia descoberto a verdade. E antes disso. Ela se lembrou daquele dia no Fort Tryon Park, e daquela noite, e de quantas vezes ele tinha tentado lhe contar antes do baile de gala.

Os braços dele se tensionaram nas laterais do corpo dela quando ele se inclinou para perto de sua orelha.

— Sim. Quero ser claro agora. Eu deveria ter sido honesto com você antes, mas fiquei com medo de perder você. É o que se pode chamar de ironia. — Ela sentiu uma risada reverberando no peito dele, mas percebia que não era de alegria. — Mesmo que você nunca me perdoe, mesmo que vá embora de Tesolo sem jamais olhar para trás, saiba que vou me arrepender de ter magoado você pelo resto da minha vida. E sei que você já deve saber disso pela sua pesquisa, mas os tesolianos têm uma expectativa de vida bastante longa.

Ela disse a si mesma que era o vento frio que fazia seus olhos lacrimejarem. Por que parecia que quanto mais determinada ela estava a mantê-lo a distância, mais as palavras dele a afetavam? E o toque dele também.

— Thabiso…

— A cidade fica ali depois da curva — gritou um dos pastores.

Eles fizeram uma curva acentuada e o precipício rochoso deu lugar a uma cidade que se espalhava pela paisagem, pitoresca como se fosse parte de um presépio. A maior parte das casas cobertas de neve pareciam ser cabanas tradicionais de Tesolo, sobre as quais ela havia lido na pesquisa – construções circulares com telhados de palha –, mas ao se aproximarem, Naledi percebeu que eram feitas de concreto, não de barro, e pintadas de marrom. A palha era de verdade, mas só podia estar cobrindo alguma outra estrutura, a julgar pelo peso das antenas e dos painéis solares no topo de todas as casas. Pareciam tendas grandes e luxuosas, e Ledi estava quase esperando ver uma equipe do canal House & Home filmando um episódio ali.

A distância, erguiam-se casas de arquitetura menos tradicional: vitorianas, georgianas, e alguns blocos de prédios residenciais.

A neve estava compacta e desgastada sobre os paralelepípedos em que D'Artagnan pisava, mas as calçadas estavam totalmente limpas. E fumegantes.

— Esta montanha é um vulcão? — perguntou ela. — Porque com a minha sorte ultimamente, talvez seja melhor para todo mundo eu sair daqui.

Thabiso riu.

— A calçada tem um sistema de aquecimento para derreter a neve — explicou ele. — A água derretida é coletada e usada no aquecimento das casas, assim as pessoas não precisam mais usar lenha nem carvão. Além da eficiência energética, é bom para a atmosfera, embora não seja ideal quando os animais resolvem desviar da rua.

— Impressionante — elogiou Ledi. — Todas as cidades são tão desenvolvidas assim?

— Ainda não. Lek Hemane foi sede do nosso piloto porque tem a maior incidência de neve, mas esperamos expandir o projeto em breve. Isso ficou em pausa enquanto as negociações com a Omega Corp estavam em andamento.

— Por quê?

— Porque não fazia sentido investir em uma cidade cuja população seria desalojada e a infraestrutura, destruída.

— Ah. — Ela sentiu um arrepio premonitório passando pela coluna. — Imagino que teria sido uma decisão difícil de tomar.

— Infelizmente, foi bastante fácil para alguns.

Ela se lembrou do que ele havia falado sobre os ministros e de como eles estavam contrariados por ele não ter fechado o acordo. Tomar decisões de grandes proporções como aquela devia ser o equivalente a ter que fazer um trabalho de grupo com um bando de babacas, mas com o futuro de um país em jogo em vez de uma nota.

— Você tomou a decisão certa — disse ela, e sentiu que ele ficou tenso atrás dela. — Posso até pegar no seu pé, mas você parece pensar sempre no bem-estar do seu povo. Não poderia dizer o mesmo da maioria das pessoas no poder.

— Quase todos estão insatisfeitos comigo no momento, então é um alívio ouvir isso — falou ele. — Sinceramente? Tenho a sensação de estar fazendo tudo errado, e olha que só tenho parte da responsabilidade real. Sinto que não posso cometer nenhum erro, mas tudo que faço gera descontentamento.

Havia vulnerabilidade na voz dele. Ledi conhecia bem aquele sentimento. Passara a maior parte da vida achando que se fizesse tudo direitinho, as coisas dariam certo. Seria adotada, passaria em uma boa faculdade, conseguiria o estágio certo. No fim das contas, nada tinha saído conforme o planejado, mas tudo tinha dado certo de algum jeito. Ela conseguira o estágio, encontrara a família e estava montada em um "belo corcel" com um belo príncipe. Nada mau.

— Se tem uma coisa que posso dizer é que você é perseverante e assume seus erros. E você se importa. É um bom começo para um futuro rei.

Ela fechou os olhos e, por um segundo, imaginou-se como a futura rainha. Seria estressante ter tamanha responsabilidade, mas em compensação poderia ajudar as pessoas. Ser da realeza talvez tivesse suas vantagens, mas pensar em si mesma nesse papel era problema na certa.

— Nunca vai ser perfeito…

— Por causa do embustismo? — interrompeu ele.

— Porque você é humano. E seres humanos erram.

— Ouvi dizer. Ouvi. Dizer. — Ele manobrou o jumento, desviando de um Land Rover.

Ela se lembrou da expressão de Thabiso aquele dia no parque, quando ele tinha tentado lhe dizer a verdade; na noite em que ele tentara outra vez. E outra. Ela pensou em Portia, que tinha cometido erros, mas de quem ela sentia tanta saudade que chegava a doer. Esse era o problema com as pessoas que passavam pelas suas defesas. Elas acabariam fazendo cagadas, algumas pequenas, outras grandes. Eram as atitudes que vinham em seguida que importavam. Ledi imaginou se o ímã era sempre defeituoso ou se, às vezes, ela tinha tanto medo de ser machucada que se machucava sozinha.

Voltou a atenção para a cidade em vez de ir mais fundo nessa epifania. O céu estava cinza-escuro, encoberto, e os postes da rua iluminavam os carros, as motos e as cabras que passavam, uma mistura de antigo e moderno.

— A minha família é daqui.

Atrás dela, Thabiso murmurou um som de confirmação. Ledi fez um esforço tão grande tentando se lembrar de uma vida com os pais que por um segundo ficou tonta, mas não conseguiu extrair nada. Não se lembrava de nada sobre aquele lugar.

— Engraçado. Eu odeio neve.

Ele não disse nada, mas não pareceu um silêncio desprovido de significado. Parecia estar dando espaço a ela.

Era difícil absorver as diferenças da vida que ela conhecia em Nova York para o que ela tinha diante de si. Ao passarem por uma casa maior, um grupo de crianças saiu correndo pelo portão, jogando bolas de neve umas nas outras. As risadas alegres reverberavam nos paralelepípedos, e duas mulheres vestindo parkas saíram e se juntaram à brincadeira. Ledi se sobressaltou ao ver o letreiro na fachada.

— É igual a todas as outras casas por aqui — observou ela. — Os orfanatos em que fiquei sempre pareceram ser o que eram: um lugar para colocar as crianças com quem ninguém sabia o que fazer. Não porque os assistentes sociais não se esforçassem, mas porque eram mal pagos, sobrecarregados e lutavam contra um sistema que deveria estar trabalhando junto com eles.

Thabiso abaixou as rédeas com uma das mãos e envolveu a cintura dela com o braço, de maneira que ela ficasse encostada nele. A sensação era boa, até demais, mas ela se permitiu ser confortada.

— Em Tesolo, as crianças que perdem os pais são criadas pela comunidade. Elas moram com as cuidadoras no orfanato, mas o lugar fica no centro da cidade porque acreditamos que todos devem participar e cuidar delas. Nya trabalha na escola anexa.

Ledi pensou nas solitárias casas de amparo e nos lares temporários lotados. Aquelas crianças ali tinham passado correndo como se fossem livres e felizes, sem medo de nada. Ela algum dia se sentira tão segura assim?

Você agora sabe: nos braços de Thabiso.

Ledi ignorou as emoções que ameaçavam engoli-la quando ele a puxou para perto e suspirou.

— Já estamos perto do hospital? — perguntou ela.

— É logo à frente, só mais alguns quarteirões.

— Ótimo. — Ela pegou as rédeas perto de onde ele as estava segurando e puxou, do jeito que tinha visto ele fazer; ele soltou a cintura dela. O jumento parou, e Ledi fez-lhe um carinho na cabeça. — Vou descer aqui e dar uma volta antes de ir falar com a dra. Bata.

Ela desceu até o chão, sentindo o corpo subitamente frio onde Thabiso a mantivera aquecida.

Ele assentiu.

— Eu digo a ela que você já está a caminho. Por favor, tenha cuidado.

E com isso ele foi. Como podia fazer com que andar de jumento parecesse sexy? D'Artagnan se virou e olhou para ela, piscando os cílios longos como se dissesse: "*Menina, nem comento*".

Ledi respirou fundo. Precisava colocar a cabeça em ordem antes de chegar ao hospital. Nada de pensamentos sobre ser rainha ou sobre órfãos, nem sobre Thabiso encostado às suas costas, prometendo cuidar dela. Embarcaria em uma investigação já em andamento, e embora já tivesse sido atualizada, ainda havia muito trabalho pela frente. Eles já estavam na quinta fase de investigação do surto, tentando organizar os dados que já possuíam em termos de tempo, lugar e indivíduos. Ela tinha que se provar útil para a dra. Bata; afinal, essa era a verdadeira razão para ela estar em Tesolo.

Mas será que era mesmo? Assim como a teoria do ímã, a teoria de "não estou aqui para fazer amizade" também estava rapidamente caindo por terra. Sua membrana social tinha falhado por completo, mas talvez isso não fosse sempre uma coisa tão ruim.

Ela passou por um pequeno restaurante; pela janela, viu os homens espremidos no espaço apertado, rindo enquanto contavam histórias e comiam uma carne de aparência deliciosa. O estômago roncou, apesar do café da manhã farto que havia comido. Que Thabiso tinha levado para ela mais uma vez, apesar de ter uma penca de empregados.

Ledi caminhava em direção ao hospital, mas um aroma familiar chamou sua atenção ao passar por uma pequena loja. Quando entrou, anunciada pelo chacoalhar das contas penduradas acima da porta, foi engolfada por uma mescla de cheiros, alguns florais, outros almiscarados.

Uma senhora de rosto redondo e *dreads* longos e grisalhos se virou para ela, e então arregalou os olhos.

— Senhorita! Bem-vinda de volta. — Ela saiu correndo de trás do balcão e fez uma mesura.

— Hum... — Ledi retribuiu o gesto, ou ao menos o mais próximo disso que conseguiu depois de passar a manhã montada em um jumento.

— Ah, eu lembro quando você era uma coisinha barriguda andando por aí, e agora olhe só para você! Uma cópia da sua avó. Estamos todos tão felizes com o seu retorno — disse ela, com os olhos se enchendo de lágrimas.

Ledi ficou desconfortável. Era a primeira vez que saía sozinha do palácio e não havia pensado em como as pessoas reagiriam a ela. Certamente não tinha esperado aquele tipo de recepção.

A mulher fez mais uma mesura, como se também não soubesse qual era o protocolo correto em uma interação com a prometida pródiga.

— Rezamos à deusa para que o príncipe encontrasse uma noiva e acabasse com essa terrível maldição que recaiu sobre a nossa terra, mas nossas preces foram atendidas ainda mais do que pensávamos!

— Obrigada. Estou feliz por estar de volta, apesar de tudo isso me deixar um pouco ansiosa. — Ledi pegou um sachê de folhas e cheirou. — Por que acha que a deusa puniria o país pelo príncipe não ter se casado?

Thabiso tinha mencionado que havia boatos, mas ela não saíra do palácio desde a chegada. Ninguém ousaria dizer nada negativo sobre ele por lá.

A mulher pareceu surpresa.

— Bem, talvez devesse conversar com seu tio. Ele é um homem muito culto, mas também muito versado nos costumes tradicionais. Mesmo antes de a doença começar, ele nos avisou o que aconteceria se o príncipe ficasse enrolando. Ingoka concedeu a Alehk o dom da clarividência, e ele deseja usá-lo para ajudar o povo de Lek Hemane e de Tesolo.

O modo como a dona da loja falava sobre Alehk deixou os cabelos da nuca de Ledi arrepiados. Talvez os dois tivessem um lance, ou talvez ela só tivesse uma queda por ele, mas alguma coisa parecia estranha no discurso da mulher. Algumas pessoas achavam que a ciência lidava com fatos duros, frios, mas não era bem assim, especialmente em se tratando de trabalho de campo.

"Os fatos vão acabar surgindo", uma das professoras havia dito à turma. "Mas antes disso existe o instinto. Não é baboseira. Afinal de contas, somos animais, e o instinto é uma das ferramentas do kit de sobrevivência da nossa espécie. Nunca se esqueçam disso."

— O pessoal da cidade está insatisfeito? — perguntou Naledi. — Acharam que meus avós não estavam sendo bons líderes?

Ela pensou no casal frágil conectado a um monte de tubos e sentiu uma onda de raiva surgindo em defesa deles.

— Não, de maneira alguma, senhorita. — A mulher fez uma careta e olhou em volta, como se elas não fossem as únicas pessoas na loja minúscula. — É só que… a senhorita ficou longe por muito tempo, vivendo nos Estados Unidos com toda aquela opulência. Annie e Makalele gostam de transformações lentas, mas Alehk acha que poderíamos fazer mais para ajudar todos os tesolianos a serem mais ricos, e não apenas aqueles que vivem no palácio.

Ledi ia argumentar que o apartamento mínimo em que morava não tinha nada de opulento, mas engoliu a resposta porque era uma mentira, comparativamente falando. Ela era privilegiada, sim, mas o que tinha visto de Lek Hemane não era compatível com uma comunidade carente. Aquela mulher com certeza nunca tinha visto uma sala de aula superlotada no Bronx ou um conjunto habitacional caindo aos pedaços no Brooklyn.

Ledi adotou outra estratégia.

— Ah, então foi Alehk que instalou os painéis solares? — perguntou Ledi. — E o sistema de aquecimento das calçadas?

— Isso foi obra dos seus avós — admitiu a mulher. — Eles vêm trabalhando em iniciativas ambientais junto com o príncipe Thabiso.

— Isso me parece bastante progressista.

— De fato — concordou a mulher, depois riu de nervoso. O sorriso dela agora era do tipo "falei demais". — Estamos todos torcendo pela rápida recuperação deles. Por favor, aceite o chá como um presente.

A vendedora pegou a caixa com os sachês que Ledi tinha cheirado e entregou a ela.

— São uma combinação local de ervas para trazer boa sorte, desanuviar os pensamentos e também... dar uma ajuda entre quatro paredes.

A mulher deu um sorrisinho malicioso enquanto a conduzia, não muito sutilmente, até a porta, e Ledi não conseguiu controlar o rubor que lhe subiu pelo rosto. Thabiso não precisava de nenhuma ajuda nesse departamento.

E por que você daria o chá a ele, *de qualquer forma?*

Ledi enfiou o chá na bolsa, agradeceu e seguiu em direção ao hospital, pensando sobre o comportamento estranho da mulher. Ela era apenas uma visitante, mas Tesolo parecia ser uma nação que levava a sério o bem-estar de seus cidadãos. Ela teria que investigar mais a fundo, mas alguma coisa não batia. A mulher havia falado como se aqueles que estavam no poder não fizessem o suficiente – ou pior, como se Thabiso tivesse ativamente lhes feito mal. Ledi tentou não imaginar a pressão de ser acusado por milhares de pessoas de ter provocado uma doença só por ser solteiro. Não era à toa que Thabiso tinha resolvido se arriscar e pedir ajuda a Ledi.

Ela havia ficado ressentida, mas a ideia de vê-lo diante da multidão com qualquer outra pessoa – fingindo amar qualquer outra pessoa – fazia com que ela tivesse vontade de chutar alguma coisa.

Ledi entrou na sala de espera limpa e clara do hospital e viu que estava lotada, todos ansiosos e olhando em volta à espera de alguma ajuda. Os pais apertavam as crianças contra o peito, e as pessoas estavam visivelmente organizadas em pequenos grupos, evitando os outros que estavam em volta. Havia um homem parado no balcão de recepção, sua voz alta carregada de frustração quando ele praguejou com a enfermeira da triagem.

— Como vocês podem deixar a gente esperando se estamos doentes por causa do príncipe que provocou essa peste? A culpa é dele, e ele tem que resolver isso!

Será que todas as pessoas diante dela estavam mesmo doentes? Como ela poderia ajudar todos eles? O impulso de sair correndo pela porta era forte, mas então ela pensou nos avós e se preparou para encarar. Queria ajudar as pessoas, e aquela era sua chance de fazer exatamente isso. Ela abriu caminho entre a multidão da sala de espera, e uma enfermeira abriu a porta para ela.

— Estávamos esperando por você — falou a jovem. — Eles estão lá atrás.

Thabiso estava conversando com a dra. Bata, a epidemiologista, e Ledi se apressou até eles.

— É verdade o que aquele homem estava gritando? Todas essas pessoas estão doentes? — Os dados que ela havia estudado em detalhe na noite anterior não indicavam que um aumento tão explosivo na quantidade de casos fosse possível. Na verdade, a doença tinha parecido estar progredindo vagarosamente, espalhando-se de acordo com um padrão completamente aleatório que ainda tinha que ser identificado. Se não tivesse atingido duas das pessoas mais importantes do reino, talvez tivesse passado despercebida durante meses.

A dra. Bata deu um sorriso cansado para Ledi e tirou os óculos redondos do rosto, limpando as lentes com a bainha da camisa.

— Não tivemos novos casos registrados, mas aparentemente os moradores da cidade fizeram uma reunião ontem à noite. Parece que discutiram os sintomas da doença de maneira bastante equivocada, porém convincente, e agora metade da cidade acha que tem a "peste do príncipe". Minhas desculpas, Alteza.

Thabiso deu um sorriso irônico.

— Eu até gosto do título, na verdade. Não é todo governante que fica conhecido por fazer uma peste se abater sobre o seu povo. É um tanto bíblico.

A testa franzida e o jeito como ele inclinou a cabeça para o lado, esfregando a barba, desmentiram o tom jocoso das palavras. Ledi o vira fazer aqueles gestos diversas vezes desde que chegara ao país. Lembrava-se dele fazendo a mesma coisa aquela noite no apartamento dela, quando tinha tentado falar com ela – a noite em que ela basicamente dissera que nada que ele pudesse dizer mudaria o que ela sentia por ele.

Pelo visto ele não era o único mentiroso ali.

A julgar pelo modo como ela queria confortá-lo, explicando para as pessoas na sala de espera que elas haviam sido enganadas por aqueles em quem confiavam para que ficassem com raiva do príncipe, talvez nada tivesse mudado. Este era o problema do vírus: uma vez que passava pelas suas defesas, às vezes nunca ia embora, os resquícios dele permanecendo na sua corrente sanguínea por muito tempo depois que você já pensava ter se recuperado. Às vezes faziam alterações até no seu DNA.

— Então isso não passa de um caso clássico de histeria coletiva? — perguntou ela à dra. Bata, forçando seu olhar a desviar de Thabiso. — Ao ficarem sabendo dos sintomas, todos começaram a achar que estavam doentes?

— Isso. Alguém foi leviano, irresponsável, pois se uma das pessoas aqui estiver mesmo doente, vai contagiar os outros. Vamos ter que examinar cada paciente, só para ter certeza. Seu primeiro dia de estágio vai ser bem divertido!

— Maravilha — exclamou Ledi, e não estava sendo totalmente sarcástica.

— Likotsi me disse que fez o download dos aplicativos necessários para o seu tablet. Pode abrir o SemFronteiras?

Ledi fez isso enquanto a dra. Bata revirava uma bolsa cheia de cabos. Ela plugou um deles no tablet de Ledi, mas o objeto na outra ponta não era um carregador, mas uma versão tecnológica de um otoscópio. Sem aviso, ela enfiou o aparelho na orelha de Thabiso e, um segundo depois, a leitura surgiu na tela de Ledi.

— Ah, siiiim — exclamou Ledi. — Eu não tinha cursado os pré-requisitos para poder fazer a aula de medicina moderna, mas estou impressionada com o uso da tecnologia nesse campo.

A dra. Bata sorriu.

— É um aplicativo que está sendo desenvolvido para uso em surtos de larga escala, particularmente útil em lugares sem muita infraestrutura médica e em comunidades nômades. Não é o caso aqui, certamente, mas é bem legal, não? — Os olhos da mulher brilhavam de empolgação. — Três extensões diferentes fazem o upload das leituras, criando um arquivo digital para cada paciente em um banco de dados fácil de ser pesquisado. Ele também cruza referências com outros aplicativos de bases de dados médicos para gerar possíveis prognósticos. Você só precisa inserir o nome do paciente, avaliar os sintomas e adicionar anotações, e no fim vamos ter muitos dados com os quais trabalhar. Preste atenção a alergias e irritações no pescoço. Esse parece ser o estágio inicial nos casos que vimos.

Ledi vibrava de empolgação. Alguns dos seus colegas tinham pensado que ela ia lidar com hospitais precários e condições adversas quando ela mencionou o trabalho de campo que faria, mas nem mesmo Ledi imaginara que trabalharia com equipamentos que não seriam comuns nos Estados Unidos por anos, ou que talvez nunca fossem, se os retrógrados da ciência conseguissem o que queriam.

— Vamos ao trabalho — disse ela, sentindo um pico de energia apesar da falta de sono.

Afinal, ela tinha uma promessa a cumprir.

30

Mais tarde, Ledi acordou debaixo de uma colcha quente, e não desejava nada mais do que se aconchegar e dormir por cem anos. Será que havia algum estágio em estudos do sono? Ela devia ter pesquisado isso.

— Está se sentindo melhor, prima? — Nya estava do lado dela, e só então lembrou que Alehk tinha aparecido no hospital assim que ela tinha encerrado o trabalho exaustivo da manhã. O tio havia convidado a ela e a Thabiso para almoçar na casa dele. Ledi pedira para tirar um cochilo rápido, e já estava dormindo antes mesmo de deitar nos lençóis.

— Ainda um pouco sonolenta, mas estou melhor — respondeu ela. — Acho que o meu cérebro ainda não se acostumou com o fuso horário. Perdi o almoço?

Nya sorriu, complacente.

— Perdeu o almoço, prima, e o lanche da tarde. Já está quase na hora do jantar.

Ledi se levantou em um pulo.

— O quê? Por que ninguém me acordou? — Ela procurou as botas, que não se lembrava de ter tirado.

— Porque o príncipe Thabiso disse que você devia dormir pelo tempo que fosse necessário, e que não deveria ser incomodada. — Nya sorriu e baixou os olhos. — Ele é muito protetor em relação a você. E se importa tanto a ponto de ficar e ser civilizado com meu pai, mesmo depois da punição que recebeu ontem.

O cérebro de Ledi ainda estava meio nas nuvens, mas ela se agarrou a um fragmento de conversa que tivera com Thabiso naquela manhã.

— Alehk é um dos ministros?

— Ele é *o* ministro da Economia, e com frequência não está de acordo com a família real. Às vezes acho que é porque… — O rosto de Nya ficou levemente corado. — Sabe, depois que seus pais foram embora, ele achou que eu seria escolhida para ser a noiva de Thabiso. Nossas mães eram melhores amigas, e foi visto como um bom presságio quando elas todas engravidaram na mesma época.

Ledi processou aquela informação nova.

— Espera aí, o quê? Elas eram melhores amigas?

— Ah, sim — confirmou Nya. — Só um segundo.

Ela correu até o outro lado do quarto e voltou com um porta-retratos. Três lindas mulheres negras: a mãe de Ledi, a rainha Ramatla e uma mulher que devia ser a mãe de Nya. Três grandes sorrisos e três barrigas enormes.

— Elas ficaram arrasadas quando a minha mãe morreu, e depois que as sacerdotisas escolheram você como a prometida de Thabiso, os laços entre Libiko e Sua Majestade se fortaleceram ainda mais. Quando a sua família foi embora sem aviso, a rainha ficou em estado de choque. Ela nunca mais foi a mesma. — Nya balançou a cabeça. — Certamente isso tudo é boato, mas meu pai achou que estava implícito que eu tomaria o seu lugar como a prometida do príncipe. Depois que eu fiquei doente, ele ficou ainda mais resoluto, enchendo a minha cabeça com todo tipo de bobagens sobre o futuro, como se a escolha de uma noiva para o príncipe fosse uma simples transferência de escritura.

Ledi organizou mentalmente toda a informação que Nya tinha acabado de lhe dar. De fato, não havia nada melhor do que uma pesquisa de campo, porque nenhum dos e-mails que Likotsi lhe mandara falava sobre aquilo. Amizade, traição e agora um possível triângulo amoroso.

— Você… você ama o Thabiso? — perguntou Ledi, com cuidado. Sentiu o peito apertar só de pensar na possibilidade.

— Ah! Não, de jeito nenhum. Nunca quis me casar com Thabiso — respondeu Nya, com uma risada chocada. — Conviver com um homem mimado e exigente ao longo da minha vida me deixou bastante vacinada contra o desejo de arrumar mais um. Embora o modo como Thabiso trata você me leve a acreditar que posso tê-lo julgado mal. Ou talvez as sacerdotisas estivessem certas ao escolherem você como a prometida dele, porque você parece despertar o melhor dele.

Ledi calçou as botas.

— Ele é legal, eu acho.

— Uhum — murmurou Nya. — Sabe, quando vejo programas de TV sobre Nova York, as mulheres são sempre tão cínicas a respeito do amor. Dá para perceber que essa parte não é mentira.

— É a única coisa que esses programas têm de verdadeiros — disse Ledi, rindo. — Vai poder ver em primeira mão quando for me visitar. Meu apartamento é do tamanho do banheiro de *Friends*.

Nya ficou séria de repente, e Ledi levou um susto ao ver como a prima era frágil.

— Sim, seria maravilhoso sair de Tesolo um dia. Mesmo que por pouco tempo.

— Ei, sobrinha, está acordada! — A voz de Alehk entrou no quarto antes dele, que veio carregando uma bandeja com uma xícara fumegante de chá. Thabiso vinha atrás dele. — Pronto, pronto, tome alguma coisa para se aquecer antes de ir.

— Já vai anoitecer — explicou Thabiso, enquanto Alehk enfiava o chá na cara dela. — Se quisermos chegar ao palácio, temos que ir. A não ser que você queira ficar.

— Ah, não seja bobo — disse Nya, ficando de pé e ajudando Ledi a levantar. — Nossas acomodações não são dignas de um príncipe e de sua futura noiva, não importa que sejamos família. Vão, nós nos vemos amanhã.

A prima se movia rapidamente, vestindo Ledi com a manta, o cachecol e o chapéu e colocando as luvas nas mãos dela, como os pais dos primeiros lares temporários faziam quando ela era criança. Alehk desapareceu por um momento e depois voltou com uma grande garrafa térmica.

— Para a estrada gelada, onde o calor é ainda mais importante.

Ledi guardou a garrafa na bolsa.

— Obrigada, tio.

Ela não gostava que cuidassem dela e sempre evitava como podia, mostrando que ela era um ativo, não um fardo, mas tinha que admitir que era surpreendentemente agradável ter pessoas que se preocupavam com o seu bem-estar, ainda que Alehk fosse meio babaca. Não era como a maioria das pessoas se sentia quanto à própria família?

Logo ela estava montada em D'Artagnan, acenando para os familiares enquanto Thabiso conduzia seu corcel não tão valoroso pelas ruas silenciosas da cidade, em direção à trilha que os levaria ao ponto de encontro.

— Obrigada por me deixar dormir — agradeceu ela, depois de um tempo. — Eu me sinto bem melhor. Até hoje só tinha trabalhado em laboratórios, não em um ambiente clínico, então as interações com os pacientes me deixaram esgotada. Mas estou feliz por nenhum deles estar doente.

— Eu é que deveria agradecer a você por ter trabalhado tanto hoje. Sabe, eu pesquisei epidemiologia quando ainda estava em Nova York, depois que descobri que esse era seu campo de estudo, mas não tinha entendido direito quanto trabalho isso envolve. Eu me lembro de ter perguntado uma vez por que você não continuava como garçonete, já que você deve trabalhar naquilo que faz melhor. Depois de observar você hoje, consigo entender o motivo.

Ledi se sentiu um pouco mais aquecida debaixo das camadas de lã.

— Quero muito entender o que está acontecendo aqui — disse ela. — Odeio mistérios. Odeio não saber o porquê por trás das coisas, e a epidemiologia é sobre responder a essa pergunta.

— Tenho certeza de que você tem boas razões para sentir essa curiosidade.

— Menos, Freud. — Ela sentiu a risada silenciosa dele reverberando contra suas costas.

Eles viajaram em silêncio por um tempo, o céu escurecendo rapidamente enquanto D'Artagnan seguia seu passo pesado pela trilha. Ela tremia no vento cortante, que não era mais atenuado pelos raios do sol da tarde.

— Acha que vamos conseguir chegar antes que o sol se ponha?

Poderíamos, mas parece que a natureza está querendo se divertir à nossa custa no momento. — Ele estendeu a mão diante dela, e um floco de neve caiu devagar, pousando na palma aberta, sendo imediatamente soprado para longe por uma rajada de vento congelante.

Ela sentiu o corpo todo tomado pela irritação.

— Não me diga que serei a primeira pessoa negra que viajou para África para conhecer sua terra e morreu congelada — rosnou ela, por entre os dentes que batiam. — Seria um prato cheio para as redes sociais, e eu não quero seguir vivendo em forma de meme. Você sabia que podia nevar?

— Esta tempestade não estava prevista — explicou ele. — Mas está começando a nevar mais, então precisamos buscar abrigo até sabermos quão forte vai ser.

Ledi olhou ao redor, depois jogou as mãos para cima, na única expressão de protesto que ela sabia que Thabiso entenderia ali de trás.

— Abrigo? Estamos na encosta de uma montanha.

— Ouvi dizer que se você tiver que ficar preso em uma nevasca, é útil ter um São Bernardo por perto — disse ele, calmamente.

— Thabiso...

— Eu disse para você, Naledi: o que eu sei, eu sei muito bem. Confie em mim.

E já que ela não tinha opção, confiou.

Menos de uma hora depois, Ledi estava sentada diante da fogueira que Thabiso tinha feito no fundo da caverna, que não chegava a ser espaçosa, mas que custaria pelo menos dois mil dólares por mês em Nova York. D'Artagnan estava mais perto da entrada em forma de L, amarrado ao lado do tecido fixado com uma pedra para amenizar a força do vento.

— Os rebanhos de cabras às vezes precisam de abrigo — explicou Thabiso, enquanto jogava um tufo de grama seca no fogo. — Esta caverna está aqui há gerações. Assustei muitas babás fugindo até aqui sem que elas soubessem.

— Quase matar do coração as pessoas responsáveis por você, fazendo elas acharem que tinha perdido o príncipe? Que gracinha — disse Ledi. Ela não estava contente com o acampamento. Ficar presa em cima de um jumento já tinha sido aventura suficiente; dormir em uma caverna nas montanhas sem água quente ou uma cama macia era um castigo cruel e incomum. Mas havia algo mais testando a paciência dela, uma palavra que não a deixava em paz. Medo.

— Era o único lugar no reino em que eu podia ficar sozinho — disse Thabiso, enquanto trabalhava. — Sempre havia alguém tentando me controlar, me lembrando das responsabilidades que um dia eu teria. Aqui, só havia uma cabra ou outra perdida, ou de vez em quando um pastor que tinha se desentendido com o colega.

Ledi respirou fundo.

— Desculpe por ter perdido a paciência com você. Não gosto de me sentir assim.

— Assim como?

— Apavorada — admitiu ela. Mas o acampamento improvisado não era a única coisa que a estava incomodando.

— Neve deixa você apavorada? — perguntou ele.

— Meus pais morreram em um acidente de carro. Acho que você sabe disso. Eu não me lembro de muita coisa, mas sei que teve uma tempestade e que as estradas estavam cobertas de gelo, e então o carro derrapou. Talvez fosse um táxi? Acho que fiquei chamando os dois, sem resposta. Mas até isso pode ser uma memória falsa. É só que esse tipo de tempestade *parece* ruim.

Ela se envolveu com os próprios braços. Sempre tinha dito a si mesma que o pesadelo era apenas um pesadelo, mas era o mais próximo que ela tinha de uma lembrança.

— Eu sinto muito — disse ele. — Sei que você não gosta de falar sobre o que aconteceu, mas eu estava me perguntando se estar de volta aqui não trouxe alguma memória à tona.

— Não. Eu me sinto bem idiota, para falar a verdade. Como você simplesmente esquece um pedaço enorme da sua vida?

— Acho que às vezes deve ser mais fácil esquecer.

Ele ficou em silêncio, e Ledi também, esticando as mãos em direção ao fogo.

Thabiso foi até D'Artagnan e lhe deu de comer um pouco do feno que os criadores de cabras haviam deixado no canto da caverna. O vento soprava forte, e ele gritou de lá para Ledi:

— Não vamos conseguir voltar hoje à noite, e não quero fazer ninguém se arriscar para nos buscar aqui. Está caindo o mundo lá fora. Mandei uma mensagem para Likotsi; espero que ela tenha recebido.

Ledi ignorou o lampejo de alegria que sentiu por baixo da frustração, como aqueles imbecis no metrô que pegavam carona atrás de alguém na catraca para passar sem pagar. Esfregando as mãos uma na outra, ela ignorou a fluidez no andar dele ao retornar, e o modo como o corpo dele era tão bem construído por baixo do suéter e da calça jeans. Nada disso importava. Eles iriam dormir, ser resgatados em algum momento, e então ela voltaria ao estágio e ele iria cuidar de seus assuntos reais. Se ela aguentasse só mais um pouco, estaria livre dele de vez. Era o que ela queria. Com certeza.

— O sinal pega aqui? — perguntou ela, pegando o telefone que haviam lhe dado.

— Não. Você teria que ficar em pé lá fora, no meio da neve — respondeu Thabiso. — Eu e minha mente brilhante somos sua única fonte de entretenimento no momento.

Ele desviou rápido o olhar, e ela entendeu que ele tinha pensado a mesma coisa que ela. Havia muitas formas como ele podia entretê-la...

— Queria ter almoçado — falou ela, subitamente percebendo que tinha diante de si a perspectiva de uma noite inteira sem comer. Falar sobre comida era mais seguro do que pensar de que maneiras Thabiso poderia mantê-la ocupada.

Ele sorriu e arrastou a bolsa de viagem para mais perto, depois revirou seu conteúdo e começou a tirar lá de dentro um embrulho de papel-alumínio. Virou-se para ela com um brilho nos olhos.

— Você pode até me detestar, mas jamais poderá dizer que deixei você passar fome.

Entregou-lhe um dos embrulhos, que Ledi rasgou, saboreando um salgado assado com um recheio de carne de bode levemente temperada.

— Meu Deus. Os bodes e as cabras andando por aí são fofos e tudo, mas não consigo nem me sentir culpada por comer isto.

Ela tentou comer com alguma classe, devorando dois salgados e já na metade de uma porção de arroz apimentado, até que percebeu que seria melhor se controlar. Não fazia ideia de quanto tempo ficariam naquela caverna.

— Vou guardar esses para depois — disse Thabiso, pegando os embrulhos ainda fechados e guardando-os de volta na bolsa. — Nya é uma excelente cozinheira. A mãe dela, a mulher do seu tio, faleceu no parto, então sua prima sempre teve muitas responsabilidades.

— Ela me contou. E também que nossas mães eram melhores amigas. Que todas ficaram grávidas juntas. — Ela manteve para si os comentários sobre o comportamento da rainha com a filha de sua melhor amiga.

Ledi havia esticado sua manta de um lado da fogueira, e Thabiso fizera o mesmo do outro lado. Ela rolou para o lado e olhou para ele.

— Existe alguma razão para você nunca ter me substituído quando a minha família foi embora? Por exemplo, pela Nya? Ela entende o seu povo, e sabe o que significa ter uma responsabilidade indesejada.

Thabiso estava deitado de costas, com as mãos embaixo da cabeça. Ele deu de ombros e, mesmo que a barba obstruísse um pouco a visão, Ledi percebeu que ele fez um beicinho pensativo.

— Não é sábio duvidar das sacerdotisas — disse ele, e virou-se em direção a ela. — Além do mais, sempre acreditei que você iria voltar. Acredito em contos de fadas, lembra?

De novo, ele olhava para ela com aquele jeito de personagem da Disney, dessa vez com a fogueira dançando nas profundezas dos olhos. O vento uivava lá fora, e as chamas tremeluziam com o ar frio que entrava na caverna. Ledi se lembrou da história que ele havia contado sobre a alma gêmea imaginária; ela não tinha esquecido, mas só agora percebia que era sobre ela que ele estava falando. Enquanto ela estava sozinha em Nova York, Thabiso não tinha perdido as esperanças. Guardando comida para ela, conversando, fazendo-lhe companhia…

Parei de acreditar por um tempo.

Isso significava que ele tinha voltado a acreditar?

Ela havia crescido achando que ninguém a queria, mas havia um príncipe do outro lado do mundo esperando por ela, e que pelo visto nunca havia deixado de esperar.

A emoção desceu sobre ela como a tempestade que os havia forçado a se abrigar na caverna. Ela segurou as lágrimas, mas não conseguia esconder o modo como tremia ao pensar no fato de que ele havia esperado. Ele tinha esperado e desejado, e quando ela não retornou, saiu para procurar por ela. Era bobo, ela estava romantizando as coisas, mas mesmo assim…

— Está com frio? — perguntou Thabiso, com a voz grave.

Ledi olhou para os olhos dele, cheios de fogo, e fez que sim com a cabeça. Na verdade, ela até estava aquecida; o corpo havia esquentado sob o olhar dele. Ela devia ter dito que não, que estava bem. Sempre estivera bem. Mas estava cansada de estar bem quando isso significava estar sozinha, então não havia problema naquela mentira.

Ela não estava com frio, estava com fome. Faminta pelo toque e pelo sorriso carinhoso dele, que diziam que ela nunca tinha estado sozinha. Ou melhor, que ela estivera sozinha, mas que ele também, porque talvez Ingoka realmente *não* errasse, como os locais estavam sempre dizendo.

Thabiso se levantou com um movimento fluido e puxou a própria manta atrás de si. Ledi sentiu o deslocamento de ar provocado pela manta quando ele a estendeu no chão atrás dela. Ela sentiu os movimentos quando ele se esticou e depois chegou mais perto dela, e então mais perto.

— Assim está bom? — perguntou ele, quando ainda havia alguns centímetros de vento gelado entre eles.

— Pode chegar mais perto.

E ele chegou. Devagar.

Os joelhos dele se encaixaram no espaço criado pelos dela ao dobrá-los. As canelas dele pressionavam as panturrilhas dela, cobertas pela bota, e os músculos das coxas dele roçaram nos glúteos de Ledi. Cada nova sensação do corpo dele contra o seu fazia com que fosse mais difícil respirar, mais difícil pensar em qualquer coisa a não ser como tinha sido bom senti-lo dentro dela naquela única vez. Será que só tinha que ser uma vez? O corpo dela estava refutando veementemente a hipótese.

O tronco musculoso de Thabiso pressionava as costas dela, e os braços dele a envolveram, mantendo-a segura.

— Está quente agora? — perguntou ele, com a voz baixa e só um pouco convencida. Ele sabia a resposta.

Ledi estava. Em vários lugares. A pele dela estava tensa e sensível. Os mamilos pressionavam o bojo do sutiã, logo acima de onde o braço dele estava apoiado. Se ele se movesse um pouco, sentiria as pontas duras através do tecido da camisa. Poderia roçar neles e deixá-la louca, como havia feito da última vez que a tocara. Ledi estremeceu ao pensar nisso, e se mexeu ligeiramente.

— Eu… eu estou.

Aquela pequena parte assustada da mente dela tentou desenterrar os sentimentos de humilhação para detê-la, e foi então que ela percebeu: não sentia vergonha alguma de dormir com ele. Tinha ficado puta com a mentira, se sentido magoada, com raiva e traída, mas também se lembrou de como haviam rido juntos e das coisas que ele a fizera sentir. Aquela parte *tinha* sido verdadeira. E se isso era verdadeiro, e se o fato de que ele sempre a desejara era verdadeiro, ela já não sabia mais contra o que estava lutando. Inclinou-se para trás e encostou nele.

— Pode me contar o que lembra de quando a gente era criança? — pediu ela.

Ele a puxou mais para perto.

— Eu me lembro da cerimônia de noivado, um pouco. De pensar que você era muito bonita, que tinha olhos alegres, e que era uma boa amiga, então também seria uma boa esposa. Não sei o que eu pensava que uma esposa fosse, provavelmente alguém que jogaria videogame comigo e compartilharia o giz de cera.

Ledi riu, e ele a apertou mais forte.

— Fiquei triste quando você foi embora, sabia? — continuou ele. — Foi a primeira vez que eu percebi que você pode chorar, gritar e espernear, mas isso nem sempre quer dizer que a pessoa vai voltar.

— Eu aprendi isso logo depois de você, se serve de consolo — disse ela, baixinho. Ele apenas a abraçou, e era exatamente o que ela queria naquele momento. A subida e descida sincronizada do peito dos dois. Ser abraçada por um homem que havia se apresentado com duas identidades diferentes, mas que parecia se importar com ela em qualquer uma das duas.

— Isso me serve de consolo, na verdade — falou ele. — Ter você aqui comigo. Sempre pensei que a coisa do noivado, especialmente das crianças, era ultrapassada, mas isto aqui parece certo.

— Você sabe que é difícil para mim admitir isso, mas parece certo para mim também. — Ledi inspirou fundo, depois se virou de frente para ele, ainda no abraço. Sob a luz da fogueira, ela via os ângulos arredondados das maçãs do rosto dele, o tom escuro da pele perfeita dele, e aqueles olhos que a encaravam como se ela fosse, ao mesmo tempo, a deusa e a plebeia.

— Eu não sei como fazer isso — sussurrou ela.

— Fazer o quê? — sussurrou ele, de volta.

— Estar com alguém. Sempre estive sozinha, e funcionou muito bem para mim.

— Você tinha amigos — respondeu ele, sem sussurrar mais. — Portia foi tão protetora com você quanto a minha Guarda Real.

Ledi balançou a cabeça, e seus olhos se encheram de lágrimas.

— Ela me machucou também.

A mão de Thabiso foi até o rosto de Ledi, ele acariciou a bochecha com as pontas dos dedos e contornou a orelha, enviando um arrepio de desejo pelo corpo dela.

— Aí é que está, Naledi. As pessoas que você mais ama são as que mais irão machucá-la, eis uma das grandes charadas da condição humana. Ou pelo menos é o que dizia o meu tutor de filosofia, e olha que ele tinha uns cinco diplomas na área, então acho que ele sabia do que estava falando.

Ela deu uma risadinha, apesar das lágrimas queimando os olhos que ela apertava bem fechados, finalmente dizendo em voz alta as coisas que ela vinha segurando desde que descobrira a identidade de Thabiso e, como resultado, a sua própria.

— Como meus pais puderam me levar para longe daqui, cortando todas as minhas conexões com as pessoas que teriam me amado? Como puderam me deixar sozinha?

Ela sentiu a pressão quente da palma da mão dele entre suas escápulas quando ele a puxou para mais perto e fez carinhos circulares nas costas dela para confortá-la. A barba roçava no rosto dela, que se aconchegava no espaço confortável entre o pescoço e o ombro dele. Ainda tinha cheiro de felicidade.

— Também sempre me perguntei isso. Durante anos achei que tinha sido por ganância, ou orgulho, ou insolência, mas não consigo acreditar que seus pais tomariam uma decisão tão drástica sem razão. Não consigo acreditar que sua mãe magoaria a melhor amiga sem razão. No entanto, uma coisa é certa, Naledi.

Ela abriu os olhos e o encarou.

— Você não está mais sozinha — afirmou ele. Thabiso pressionou os lábios contra os dela, mornos e sedosos, e enquanto as mãos ofereciam conforto, o beijo era desejo puro.

Naledi fechou os olhos e mergulhou naquele beijo. Ela foi envolvida pelo cheiro floral e almiscarado dele, que já era familiar, e deu beijinhos pelo maxilar dele, descendo pelo pescoço, inalando novamente o aroma. Ledi refez o caminho de volta até a boca de Thabiso e a cobriu com a dela, relembrando o gosto e a sensação de um homem que ela pensara ser o certo para ela, e que agora estava se revelando ainda melhor do que ela tinha imaginado antes.

— Deusa, achei que nunca sentiria seu gosto outra vez — disse Thabiso, rouco contra os lábios dela. — Acho que não poderia viver sem essa doçura.

Ela empurrou o ombro dele para deitá-lo de costas no chão, e então montou nele.

— Você sobreviveria. Embustismo não é uma doença terminal. — Ela lembrou a ele.

— Mas falta de Ledi crônica é — declarou ele. — Fragiliza os ossos.

Ela roncou ao rir, o que não era muito sexy, mas ficou feliz por não ser a única que dizia coisas piegas antes do sexo. Ele se debruçou sobre os cotovelos e mordiscou a boca de Ledi antes de beijá-la com força. Ela sentiu a pele formigar com a barba áspera dele, acentuando a sensação.

Ela se inclinou para trás e tirou o suéter. Com a peça ainda sobre a cabeça, sentiu as mãos dele passando pelos seios, e então um leve puxão na corrente que trazia pendurada no pescoço.

— Você ainda usa o meu presente — disse ele, enquanto abaixava o sutiã dela e puxava o cordão morno, deslizando o vidro liso sobre um dos mamilos dela, em contraste com o ar frio da caverna. Ela estremeceu e balançou em cima dele, finalmente conseguindo tirar o suéter com a gola ridiculamente estreita, no instante exato em que a boca dele substituiu o toque do material inorgânico em sua pele.

As mãos dele foram até os botões da calça de stretch que ela usava enquanto ele chupava e mordiscava os bicos endurecidos dos seios dela.

Isso, aí vamos nós, ela pensou ao sentir o cabelo curto e áspero roçando contra sua auréola, fazendo-a pular de choque antes que ele a amaciasse com a língua. Ela ficou de pé para tirar o jeans e a calcinha, tão preocupada com o calor no olhar dele enquanto a observava se despir que ela quase jogou a calça no fogo.

Ledi se abaixou para pegar a calça e o ouviu gemer.

— Pare de me provocar, Naledi.

Ela arremessou o jeans a uma distância segura das chamas e engatinhou de volta para o colo dele. O volume na virilha pulava de modo convidativo conforme ele endurecia, pressionando-a enquanto ela se ajeitava sobre o pau dele. Ele a interrompeu no meio do movimento.

— Sentou no lugar errado — disse ele, e então suas mãos fortes a seguraram pelas coxas, puxando-a por cima do torso dele em direção ao seu rosto.

— Hum... — Essa sílaba foi a única que ela conseguiu emitir antes que as mãos dele agarrassem sua bunda e a barba dele se acomodasse entre suas coxas.

— Puta merda — arfou ela. A língua dele pressionava com força o clitóris enquanto ele lambia, chupava e mordiscava, espalhando o prazer pelo corpo dela como uma substância que se expande até preencher cada centímetro do recipiente.

Os joelhos dela se apoiavam no chão de pedra, só um pouco amaciado pela manta, mas seus nervos receptores já estavam sobrecarregados pelo trabalho que Thabiso realizava com a língua. Ledi afundou na cara dele, gritando com a barba áspera que arranhava a pele sensível, com os dedos que ele pressionava com força nas coxas dela, mas acima de tudo, com a língua dele. Aquela língua, sozinha, fazia de Tesolo uma das maravilhas do mundo moderno.

— Thabiso, caralho — gemeu ela, e o nome nos lábios dela pareceu despertar a função tornado da língua dele. Thabiso girou a língua dura e quente no clitóris dela sem piedade, e Ledi debateu os braços no ar em busca de alguma coisa, qualquer coisa em que se segurar, para não ser derrubada pela sensação. Finalmente, assim que o orgasmo retorceu seus dedos do pé e arqueou suas costas, ela agarrou a cabeça dele e cavalgou. Ouvindo seus gritos abruptos, Thabiso diminuiu o ritmo, afrouxou a pegada e lambeu bem de leve. As coxas dela tremiam, e ela sentiu que ele sorria ali embaixo, uma sensação de surpreendente intimidade.

Ela engatinhou para baixo, e ele se sentou, de maneira que seus rostos estavam no mesmo nível quando a bunda dela encostou na ereção dele, ainda dentro da calça. Ele a envolveu com os braços e a beijou.

— Você está bem, deusa do fogo?

Ela quase caiu na risada com o apelido ridículo, mas se controlou. Estava se sentindo muito poderosa com toda aquela delícia pós-orgásmica eletrizante passando por ela.

— Não — respondeu ela, e o beijou, sentindo o gosto de sua própria essência. — Você não está dentro de mim.

Thabiso se inclinou para alcançar a bolsa e puxou uma tira de camisinhas.

— Estou namorando com uma estudante de saúde pública — disse ele, para se explicar, e ela riu, ainda que a palavra *namorando* despertasse um pouco de medo nela. Será que duas pessoas que todos achavam que estavam noivas podiam namorar? Então, ela fechou os olhos quando ele a beijou, e o único pensamento que passava pela sua cabeça era quanto tempo ele levaria para abrir o pacote do preservativo.

Ela ficou em uma posição agachada enquanto ele colocava a camisinha, e então afundou sobre ele quando suas mãos pegaram os quadris dela. Ela estava molhada e flexível, e não havia resistência, apenas uma fricção gostosa que a preencheu quando ele a tomou por completo.

— Ah, Naledi gostosa — gemeu ele. Thabiso lançou a cabeça para trás e respirou com força, e Ledi foi estimulada pela reação dele, só de estar dentro dela.

Ela levou as mãos até os ombros de Thabiso enquanto subia e descia lentamente no pau dele, gemendo ao ser preenchida por ele, de novo e de novo. Thabiso rangeu os dentes e arfou, e os sons fizeram Ledi se sentir como a deusa que ele dizia que ela era.

Ele apoiou os braços atrás do corpo e começou a empurrar para cima dentro dela, acompanhando seus movimentos ritmados sentando sobre ele, e então Ledi se perdeu. Ela se inclinou para a frente e ele a encontrou no meio do caminho. Suas testas se tocaram e eles olharam nos olhos um do outro, os dois movimentando os quadris em um frenesi enlouquecido para ver quem fazia o outro perder a cabeça primeiro. Ela levou a mão entre as pernas e pressionou os dedos ali.

— Cacete, ah, Naledi. — Thabiso estremeceu com o pau endurecendo dentro dela, e então Ledi se entregou também, pulsando em torno dele enquanto as sombras dos dois, projetadas pela fogueira, tremeluziam nas paredes da caverna atrás dele.

Thabiso caiu de costas sobre a manta e saiu com cuidado de dentro dela. Naledi rolou de cima dele.

— Ai! Esqueci que a gente não estava em uma cama — disse ela, esfregando o ombro.

— Meu cóccix não teve o luxo de esquecer, mas valeu a pena. — Ele a beijou, depois se levantou para pegar alguns guardanapos.

— Está com fome de novo? — perguntou ele.

— De comida? — Ela observou as luzes que brincavam pelo corpo dele ao se abaixar sobre a bolsa.

Ela viu o pau dele pular outra vez; Thabiso largou a bolsa e começou a andar de volta em direção a ela, com um olhar que definitivamente não tinha nada de personagem da Disney.

— A comida pode esperar — disse ele, acomodando-se ao lado dela. — Manter-se aquecido é a prioridade número um para se sobreviver a uma tempestade.

31

Thabiso ficou olhando de canto de olho para Naledi enquanto Likotsi brigava e o repreendia por ter passado a noite fora. Ledi tinha acordado alegre, só um pouco dolorida e perplexa por encontrar D'Artagnan deitado entre os dois, mas Thabiso continuava achando que ela iria reconstruir de volta o muro, separando-o da mulher que havia se entregado para ele tão livremente ao longo da noite, até de manhã.

— Vossa Alteza, tem ideia de como seus pais ficaram preocupados?

— Você estava bem do meu lado quando falei com a rainha ao telefone, Kotsi. Ouviu quando ela me deserdou e ameaçou me jogar na masmorra, assim como todo mundo em um raio de seis metros ouviu também.

Ao lado dele, Ledi abriu a garrafa térmica e serviu o restante do chá, espalhando o cheiro doce pelo carro. Ele duvidava que ela estivesse com sede – parecia estar bebendo para manter as mãos ocupadas. Todo mundo tinha ouvido a rainha berrando com ele, e também ouviram quando ela se referiu a Ledi como uma distração ridícula que já tinha se estendido por tempo demais. Ele entendia por que a mãe ficara chateada, mas a confiança de Ledi era algo muito frágil. Precisava ser nutrida com cuidado, e não ser bombardeada com dúvidas tóxicas.

Ele estendeu a mão para o outro lado do carro e segurou a dela, que tremia um pouco em sua palma.

— Desculpe — pediu ele, e levantou a outra mão para silenciar Likotsi, que já tinha aberto a boca para repreendê-lo outra vez. — O comportamento da minha mãe é bizarro, mas deixei explícito que você é parte importante da minha vida. Não é uma distração, e eu fico muito feliz por você estar aqui.

Ledi sorriu, e ele notou que as pupilas estavam grandes, cobrindo o lindo castanho que ele amava nos olhos dela.

— Estou feliz por estar aqui também. Se tem uma coisa útil que eu aprendi na vida é que não posso fazer alguém se importar comigo. Mas posso ser melhor em deixar entrar as pessoas que se importam — disse ela, dando um sorriso tímido que o aqueceu como o sol se erguendo sobre a montanha. Então ela estremeceu com força, como se tivesse pisado em um fio desencapado, e ele sentiu o calor se esvaindo. — Acho que tomei cafeína demais.

Thabiso fez que sim com a cabeça, mas segurou a mão dela com força, sentindo o tremor constante que antes não estava ali. Ele deveria tê-la deixado dormir por mais tempo em vez de fazer amor com ela até deixá-la desfalecendo, incapaz de manter os olhos abertos. Será que a neve a deixara doente? Ele ficou satisfeito ao pensar que logo ela poderia descansar, e ele mandaria o médico lá para examiná-la.

O carro entrou no complexo do palácio, e os pais de Thabiso foram até ele, seguidos por um grupo de pessoas, como de costume.

Ele olhou para Ledi.

— Talvez devêssemos ter ficado na caverna.

Ledi revirou os olhos.

— Se a sua mãe está chateada por você não ser capaz de controlar as forças da natureza, então eu entendo o que quis dizer quando falou que seus pais tinham expectativas muito altas.

Ele riu, dissipando a ansiedade, e Ledi continuou:

— Mas eu também ficaria chateada se achasse que alguma coisa tinha acontecido com você, então dê um desconto a ela.

Thabiso não comentou o fato de que ela disse de livre e espontânea vontade que se importava com ele.

— Acho que posso fazer isso — falou ele, apertando de leve a mão dela.

Eles desceram do carro, e Thabiso manteve a mão de Ledi apertada firme na sua.

— Bom dia, meus pais — cumprimentou ele, alegremente.

— Filho — responderam os dois, em uníssono.

— Retornamos cansados de nossa aventura congelante, porém ilesos. Peço desculpas pela preocupação causada.

— Preocupação? Por que ficaríamos preocupados? — perguntou o pai.

— Só porque o único herdeiro da coroa de Tesolo resolveu arriscar a própria segurança para continuar com essa farsa de noivado, quase deixando seu povo sem um futuro líder, não significa que ficamos preocupados — disse a mãe, calmamente. — Não, preocupados não, mas fartos de tolerar isso.

— Vossa Alteza, se alguém teve culpa por isso, fui eu — falou Likotsi, sempre mediando os conflitos. — Eu deveria ter checado a previsão do tempo com mais cuidado e não permitido que eles viajassem sozinhos.

— Não, só existe uma pessoa culpada aqui. Essa mulher irresponsável que distraiu Thabiso e que ameaça a prosperidade do reino.

— Sinto muito — disse Ledi, em uma voz tão baixinha que partiu o coração de Thabiso.

— Igual à sua mãe — afirmou a rainha, com uma ira irracional na voz. — Você não se preocupa com as pessoas que vai machucar com seus planos egoístas.

Ledi se encolheu, e Thabiso soltou a mão dela, abraçando-a pelo ombro.

— Mãe, pai, eu amo e respeito vocês dois, mas estão se valendo da força bruta quando bastaria o intelecto. Não sei a que farsa se referem, mas sugiro esquecerem que falaram uma coisa desse tipo.

A cabeça latejava com a raiva que fermentava dentro dele naquele momento. Como os pais podiam ter dito que ele poderia ter tudo que quisesse, mas lhe negavam aquela única coisa? A mais importante de todas?

A mãe estendeu o braço, e uma linda jovem se adiantou do grupo que estava atrás dela. Era alta, magra e régia. O cabelo caía em cachinhos ondulados pelas costas, e suas feições poderiam ter sido esculpidas em ônix por um dos grandes mestres. Shanti.

— Sabemos que isso tudo foi um combinado entre vocês dois para nos afrontar. — O tom da rainha era tenso. — Acharam que não íamos colocar nossa agência de inteligência para investigar os e-mails dela, para garantir que ela não fosse uma espiã dos americanos enxeridos, ou até pior? Podem acabar com isso agora, e Thabiso seguirá em frente com Shanti ao seu lado.

A jovem fez uma belíssima mesura.

— Vossa Majestade, fui treinada em todas as artes femininas, moldada por meus pais e professores para ser a melhor noiva possível para um rei. Se me permitirem, ficaria honrada em mostrar como posso ser uma excelente esposa.

Thabiso percebeu que Naledi estava mais quieta do que o normal, e isso despertou sua raiva. Ela provavelmente já estava voltando atrás em toda a confiança que depositara nele, imaginando por que havia deixado que ele entrasse em sua vida outra vez. Ele estava se preparando para que ela se afastasse, mas em vez disso ela se apoiou nele.

— Ela parece uma princesa — murmurou Ledi. — Sua mãe tem razão.

— Só existe uma pessoa com quem eu consideraria me casar, e já estou noivo dela — afirmou ele.

— Quem? — perguntou Ledi, com raiva, as sobrancelhas franzidas em confusão. — Existe *mais uma* mulher?

Um frio pior do que a nevasca da qual tinham fugido congelou o corpo dele.

— Estou falando de você. De nós. Ledi, você está bem?

— Ah. Sim. Eu confio em você, Jamal. Você não faria nada para me machucar. Tirando aquela vez em que tentou atear fogo em mim.

Ela riu com um som arrastado e irritante, que não tinha nada da sua risada habitual.

— O quê? — A mãe dele começou a se aproximar, sem a altivez atrás da qual se escondia um minuto antes. Aquele era o rosto que ele sempre vira a portas fechadas, contraído de preocupação ao pousar a mão sobre a testa dele ou sacudir um termômetro no ar. — Thabiso, ela caiu e bateu a cabeça? O que aconteceu na montanha?

A mãe estava diante deles com as sobrancelhas franzidas, observando o rosto de Ledi. Levantou a mão para tocá-la, mas depois a abaixou, entrelaçando os dedos de preocupação.

Thabiso ajeitou Ledi em seus braços. Ela não estava encostada nele pelo apoio moral, como ele havia pensado, mas porque já não conseguia se manter de pé sozinha.

— Você está me assustando, Ledi. Diga para mim o que está acontecendo.

— Eu estou bem. Só preciso ligar para Portia — disse ela, animadamente. Então se dobrou ao meio e vomitou, bem em cima do manto da rainha.

— Filho — disseram os pais dele, em uníssono, desta vez com medo, e Ledi começou a deslizar para o chão. Thabiso nem pensou. Pegou-a nos braços enquanto ela estava caindo e saiu correndo o mais rápido que podia para o hospital. Ela tinha passado todo o dia anterior no meio de todas aquelas pessoas doentes, protegida apenas pelas luvas de borracha e uma mísera máscara. E tinha sido ele que a levara até lá.

Ele parou bem a tempo de evitar a colisão com as portas automáticas que se abriam lentamente, e depois passou correndo como um louco pela sala de espera. Viu a mesma enfermeira do outro dia – como ela se chamava? Ammina? Sesi? Não importava!

— Você! Ajude-a, agora! — ordenou ele. Ela teria que escutá-lo porque ele era um príncipe, e as pessoas faziam o que ele mandava, cacete.

Ela se apressou até ele e então parou de maneira brusca.

— Vossa Alteza, por favor, coloque-a no chão agora e afaste-se.

— Do que você está falando? Eu disse para ajudá-la!

Sesi pegou o telefone e fez um anúncio pelo alto-falante.

— Equipe de descontaminação, favor comparecer à recepção. Imediatamente.

Ela colocou o fone no gancho e foi em direção a ele enquanto colocava as luvas.

— Senhor, não pode se dar ao luxo de ficar doente. Seu povo precisa do senhor. Solte-a. — Ela puxou uma maca que estava encostada na parede e a empurrou até lá.

Só então ele percebeu a vermelhidão empolada que descia pelo maxilar e pelo pescoço de Ledi.

— Não. Não, Ledi. — O mundo desabou ao seu redor naquela fração de segundo. Havia levado Ledi a Tesolo para salvar seu povo, mas a verdade era que queria que ela o salvasse também. E agora ela morreria por causa do egoísmo dele.

— Príncipe Thabiso, não podemos ajudá-la se não a soltar. — Uma equipe de médicos tinha chegado sem que ele percebesse. Usavam trajes próprios para evitar a contaminação, mas já era tarde demais para proteger Ledi.

— Eu sinto muito — disse ele, com a voz embargada.

Colocou Ledi sobre a maca, e todos correram até ela, levando-a para a UTI e para longe da vista dele. Ouviu um barulho atrás de si, sentindo a presença familiar do pai e da mãe ao seu lado. O pai colocou a mão em sua nuca, como se ele fosse uma criança outra vez.

— Ela vai ficar bem. Ingoka não a trouxe de volta só para tirá-la de você desse jeito.

Thabiso não tinha certeza, mas rezou para que o pai estivesse certo.

32

Ledi estava olhando para os pais, que enfiavam seus pertences dentro de malas com pressa. Não conseguia entender o que eles diziam, exceto por duas palavras: o nome dela e *Alehk*. O modo como o rosto do pai se contorceu de fúria quando disse o nome do tio a deixou assustada. Então ele a pegou no colo e beijou sua bochecha, e os dois saíram para a noite escura...

Ledi acordou com um pulo. Por um momento, achou que estava de volta à casa de Alehk. Aquele lugar era real? Talvez ela estivesse em seu apartamento, no futon vagabundo. Jamal estava do outro lado do corredor. *Ele* era real? Será que tudo que acontecera havia sido um sonho? Ao pensar nisso, sentiu a garganta bloqueada pela tristeza, mas então seus olhos se abriram devagar e ela olhou à sua volta. Estava em um lugar branco e inóspito, e ouvia um bipe constante. O despertador? Ela tateou a cama em busca do celular, mas alguma coisa impediu o movimento do braço. Ela se sentou, sentindo-se tonta. E com sede. Com tanta sede.

Por um segundo, pensou que a mulher perto da cabeceira fosse Nya – será que Nya era real ou parte do sonho? – mas então reconheceu os cachos castanho-avermelhados e as sardas espalhadas pelo rosto virado para baixo.

— Portia?

A amiga pulou de pé e foi direto até a cama. Vestia os trajes de proteção do hospital que eram padrão para a UTI, incluindo luvas, mas segurou a mão de Ledi e sorriu por entre as lágrimas.

— Só você mesmo para vir até a África e pegar uma doença esquisita. Falei para você parar de usar aquele gel antibactericida toda vez que andava de metrô. Diminuiu seus anticorpos.

— O que você está fazendo aqui? — perguntou Ledi, voltando a pensar que talvez estivesse sonhando. Ela tinha mesmo brigado com Portia? Esse sentimento já não existia. Havia apenas a felicidade e a sensação de que seu peito iria explodir ao vê-la. — Como você chegou aqui? Ah, calma, acho que é moleza para os ricos fretarem um avião.

Portia balançou a cabeça.

— Eu sou uma herdeira rica, mas jatinhos particulares não fazem parte da minha faixa tributária. Thabiso me trouxe até aqui depois de quase me matar do coração dizendo que você estava inconsciente no hospital. Você ficou apagada por dois dias.

— O quê? — Ledi tentou rolar as pernas para fora da cama, mas a cabeça começou a rodar. — Eu preciso vê-lo. Não, preciso ver a dra. Bata.

Portia ficou de pé e empurrou-a delicadamente de volta para a cama.

— Você precisa de repouso. Eles não sabiam quando você ia acordar, se é que ia acordar. — Portia deu um suspiro e estremeceu. — Passei a viagem inteira apavorada pensando que você ia morrer me odiando. Argh, isso soa egoísta. E *é* egoísta. Mas se você também me odiasse… — Ela balançou a cabeça. — Queria me desculpar. Eu errei, e deveria ter admitido o erro desde o começo. Você estava tão amarradona no Jamal, e eu fiz cagada de não ter avisado você das minhas suspeitas antes do baile de gala. Mas parte de mim queria que fosse ele, para você ficar com raiva e ele ir embora. Acho que fiquei, talvez, meio que com medo de ele mostrar que você não precisava de mim. E eu não estava totalmente enganada, porque quem é que precisa de uma amiga como eu?

Portia estava arrasada, e ainda que tivesse errado, a dor no rosto dela era demais para suportar. Ledi tinha achado que ninguém se importava com ela, mas Portia talvez se importasse até demais. Ledi identificou um problema em sua teoria do ímã: um ímã é uma conexão temporária. Portia, que sempre tentava ajudá-la e com certeza seria capaz de desovar um corpo para ela, se não se encarregar do assassinato e tudo, era uma amiga do tipo supercola. Elas estavam presas uma à outra por uma conexão que havia estremecido, mas permanecia intacta. Agora teriam que decidir como usariam aquela conexão.

— Eu preciso de uma amiga como você — falou Ledi, dando um abraço fraco em Portia, porque era o máximo que conseguia fazer. — Não odeio você, mas as coisas não podem continuar como estavam antes.

Portia fechou os olhos, mas isso não impediu as lágrimas de escorrerem. Ela fez que sim com a cabeça.

Ledi suspirou.

— Eu vou me esforçar para não ser uma mosca-morta. Mas você tem que se esforçar para não forçar a barra. — Ledi fez uma pausa. — E para não beber tanto. E para apostar tanto em si mesma quanto aposta nas outras pessoas.

Ledi sempre tivera medo de dar um ultimato. Uma profissional de saúde pública não faria isso, mas enquanto pessoa, Ledi precisava se colocar em primeiro lugar. Pelo visto ela não tinha problemas em aproveitar a culpa da amiga ali do leito do hospital.

— Bom, tive que remarcar minha sessão de terapia para vir para cá — Portia disse mal-humorada, limpando as lágrimas. — Estou me esforçando. Além disso, não posso aparecer bêbada no meio da noite e bater na porta de um palácio. Isso supera qualquer porteiro. Acho que agora seus dias de macarrão instantâneo ficaram para trás, hein?

— Nunca — afirmou Ledi, voltando a se recostar no travesseiro. — Mas de repente vou passar para uma marca chique.

A porta do quarto se abriu, e Thabiso e a dra. Bata entraram, absortos em uma conversa. Ledi viu o momento exato em que ele percebeu que ela tinha acordado, o modo como o alívio e a dor se mesclaram no rosto dele. Thabiso correu até a cama e a abraçou, provavelmente quebrando qualquer que fosse o protocolo estabelecido, mas fazendo-a se sentir um milhão de vezes melhor.

— Deusa, eu estava tão preocupado — disse ele, ofegante. Parecia exausto; ela nunca o tinha visto com a barba e o cabelo bagunçados, nem com olheiras. Ele estava acabado.

— Por que ficou preocupado? Shanti está no banco de reservas se alguma coisa acontecer comigo — disse ela. Só porque ele estava acabado não queria dizer que ela não podia provocá-lo. Ele soltou o abraço e olhou para ver se ela estava falando sério, e Ledi apenas sorriu.

— Ah, você já está boa mesmo — falou ele, com alegria. Os olhos de personagem de desenho animado estavam mais intensos do que nunca e, se tivesse um pouco mais de forças, Ledi o teria agarrado. — Você sabe que eu não tive nada a ver com isso. Além do mais, Shanti já foi embora faz tempo. Assim como os sapatos preferidos da minha mãe.

— Ótimo — exclamou Ledi, sem um pingo de pena de nenhuma das duas.

— Não quero nem saber o que aconteceu — disse Portia, diplomaticamente, em vez de rosnar para Thabiso. A mudança já era visível.

— Naledi, desculpe a interrupção, mas tenho que dizer que a sua melhora é no mínimo chocante — observou a dra. Bata, enquanto olhava o prontuário. — Nenhum dos outros pacientes estão totalmente recuperados, mas você está acordada e conversando. E a sua irritação na pele também sumiu.

Thabiso franziu as sobrancelhas.

— Então ela não tinha a "peste do príncipe"?

Ledi deu uma cutucada nele, que deu de ombros.

— O quê? É assim que todo mundo esta chamando.

— Fico feliz por estar melhor, mas não tenho ideia do motivo — falou Ledi. — Não sei nem como a doença se propaga.

A dra. Bata deixou o prontuário de lado e olhou para Ledi.

— O que você fez depois que saiu da clínica? Nenhuma das pessoas que estavam lá ficou doente, então não é provável que tenha pegado desse grupo.

Ledi olhou para Thabiso e sentiu o rosto ficar quente.

— Hum, não fiz nada demais...

— Eu não diria isso — murmurou Thabiso.

— Ai, menos, vocês dois. — Portia revirou os olhos, pegou o celular e começou a digitar.

Thabiso pigarreou antes de falar.

— Fomos à casa do tio dela, e Ledi dormiu porque estava exausta. Ficamos presos em uma nevasca e passamos a noite em uma caverna. Mas, hum, se o vírus for transmissível, não parece ser por meio de fluidos corporais.

Thabiso tinha uma expressão estranhamente desafiadora, mas a dra. Bata apenas riu enquanto fazia anotações.

— Bem, qual é a diferença de você para os outros pacientes? — perguntou Portia. — Existe algum fator de infecção em que você consiga pensar?

— Você não é artista ou algo do tipo? — rebateu Thabiso, com o rosto confuso e contraído.

— Eu contenho multidões, Vossa Alteza — respondeu Portia, em um tom doce que não tinha nada de delicado. — Você deve saber bem como é isso, *Jamal*.

Ela se encolheu e olhou para Ledi.

— Foi mal.

— Nenhum dos outros pacientes é estrangeiro, certo? — perguntou Ledi, sem se dar ao trabalho de mediar os dois, já que Portia não estava errada. Melhores amigas que daria uma navalhada no seu homem por você valiam tanto quanto qualquer coroa.

— Não. Como sabe, a doença estava restrita à região montanhosa, até o seu caso — respondeu a dra. Bata. — Embora sua origem seja daquela região e você tenha ido lá recentemente.

— Então talvez devêssemos estar procurando algum marcador genético na população nativa que possa indicar sensibilidade a alguma bactéria específica? — A mente de Ledi ainda estava confusa, mas as suposições estavam surgindo rápidas e fortes. — Ou algum fator do meio local.

Houve uma batida na porta, e Likotsi entrou carregando uma bandeja com um bule de cerâmica e várias xícaras.

— Hora do chá. Imaginei que precisasse se reidratar agora que acordou.

— Que tipo de chá? — perguntou Portia. — Ela é mais do tipo que bebe café.

Portia olhou para Ledi e balançou a cabeça como quem sabe das coisas, e Ledi não pôde evitar um sorriso.

— É o chá da nossa vegetação local, que também é conhecido por ajudar a combater doenças...

O mundo congelou ao redor de Ledi, enquanto os fatos, dados e conjecturas se cristalizavam em uma hipótese.

— Calma. Calma, eu acho que posso ter chegado a alguma coisa. Quando fiquei doente, tinha tomado uma boa quantidade desse chá forte local.

— E tinha acabado de encontrar com a minha mãe — acrescentou Thabiso.

— Pfff. — Ledi deu um olhar cortante para ele. — Sua mãe não duraria um dia em Nova York sem o séquito. Ela não é tão assustadora. Mas então, eu bebi uma substância com a qual meu corpo não está acostumado, em grande volume e grande velocidade. Na mesma hora eu vomitei, desmaiei e fiquei toda empolada. Talvez...

Ledi desejou que seu cérebro não estivesse ainda grogue de sono. A conexão que ela tentava fazer estava *muito* próxima. Ela começou a massagear as têmporas, esperando que isso fosse ativar suas sinapses, apesar de não ter nenhum embasamento científico.

— Você está bem? — Thabiso se inclinou, envolvendo-a em seu perfume familiar. O mesmo aroma que ela tinha sentido no chá que havia cheirado na loja, e que era ainda mais forte no chá de Alehk que ela havia bebido.

— Posso provar o chá, por favor? — pediu Ledi a Likotsi. Era leve e delicado, nada como o chá forte e terroso que Alehk tinha lhe dado, e que ela vinha bebendo desde a chegada ao país. E definitivamente não tinha o mesmo aroma floral.

— Dra. Bata, sabe alguma coisa sobre os efeitos da flor de *eng* no corpo humano quando ingerida em doses altas? — perguntou Ledi.

— Não muito — respondeu a médica. — É parte da nossa cultura local. Já foi usada de maneira medicinal no passado, mas os efeitos foram considerados, em grande parte, psicossomáticos.

Likotsi interrompeu:

— Não sei muito, mas lembro-me bem da minha avó sempre nos dizer para tomar cuidado com o equilíbrio dos ingredientes no chá, e que só porque uma coisa é natural, não significa que seja segura. Ela sempre dizia: "Menos é mais, e mais pode matar você".

Ledi fez que sim com a cabeça.

— Acho que o meu vômito foi causado por uma overdose, por assim dizer. A maioria das pessoas aqui tem vestígios acumulados no organismo devido ao hábito, diário ou ocasional, de tomar o chá, fazendo com que a doença evolua de maneira mais gradual. Como o meu corpo expeliu o veneno em cima dos sapatos da rainha, minha overdose de *eng* foi curada relativamente rápido. — Ledi olhou para Thabiso enquanto o pensamento se formava e se expandia na cabeça, ramificando-se para cantos mais sinistros de sua mente. — Thabiso…

— Estou entendendo que você não acha que foi apenas um lote de chá estragado — disse ele, sério.

Ela balançou a cabeça.

— Sesi disse que estava dando para os meus avós uma mistura especial trazida pelo meu tio. E você se lembra de como Nya praticamente me expulsou da casa quando ele veio com o chá? Essa não foi a primeira vez.

Nya lhe dera as vitaminas, dizendo que tomasse as pílulas diariamente. Ledi tinha esquecido delas nos últimos dias, mas não tinha deixado de tomar o chá.

Thabiso arregalou os olhos.

— Você acha que seu tio é um embuste?

Ela assentiu.

— E se eu estiver certa, o caso dele não tem cura.

O príncipe se levantou.

— Likotsi, precisamos manter isso em segredo para evitar tumulto, mas por favor providencie que Alehk Jarami seja trazido imediatamente para interrogatório.

33

Duas semanas depois

O sistema de justiça tesoliano era confuso, mas ágil.

Ao que tudo indicava, Lek Hemane ficava em um terreno valioso; era a parte mais rica em coltan de todo o território nacional. O discurso de Alehk sobre trazer Lek Hemane para o futuro não passara de um plano traiçoeiro para destruir a cidade. Ele queria envenenar as pessoas para dar a entender que a área não era habitável. A "peste do príncipe" tinha sido um efeito colateral do plano, que ajudara a aumentar sua popularidade entre os habitantes do vilarejo antes que ele revelasse a "verdadeira" causa da doença: o coltan, que o príncipe egoísta se recusava a escavar e retirar dali.

A prisão de Alehk, seu envenenamento e dos outros, tudo isso, deveriam ter feito Ledi desconfiar ainda mais da raça humana. Mas a prima Nya viera ao hospital, desmanchando-se em lágrimas de cortar o coração ao perceber que sua tentativa de impedir o pai não havia funcionado, e Ledi não conseguiu ficar com raiva dela.

— Ele é um homem que cria ressentimentos sem motivo e fica preso a eles — explicou Nya, enquanto caminhavam pela estufa do hospital, protegidas do frio. Ledi estava melhor, e as outras vítimas estavam se recuperando, mas Nya estava doente de preocupação, literalmente. O quarto dela ficava ao lado do de Annie e Makalele, o que tornava a visita conveniente para Ledi. — Seus pais foram embora há muitos anos, e ele ainda sentia raiva toda vez que os nossos avós falavam com carinho da sua mãe. Ele sentia que ela recebera algo e ele não, e nunca a perdoou.

— E o que era isso? — perguntou Ledi. — O que ela poderia ter que ele não podia?

— Você, prima — respondeu Nya, com tristeza. — E por causa de você, o poder. Nós nascemos com pouca diferença, mas as sacerdotisas escolheram você em vez de mim para ser a prometida do príncipe. Ele já havia perdido a minha mãe, e acho que se sentiu privado de alguma coisa que lhe era devida por causa dessa perda tão grande. Ele a amava. Ele me ama também, do jeito dele.

Ledi acariciou o ombro da prima.

— Eu sinto muito. Deve ser muito doloroso para você, embora agora esteja livre dele.

Nya sorriu.

— Acho que a gente nunca se livra dos nossos pais. Estou triste, mas então lembro que você entrou na minha vida, e acho que é uma troca mais do que justa. — O rosto dela ficou caloroso. — Queria que você não fosse embora — disse ela, com tristeza.

Ledi limpou a garganta. Nas semanas desde que ficara doente, vinha reunindo dados e tentando respaldar a tese que estava escrevendo sobre a experiência, combinando os campos de doenças infectocontagiosas, epidemiologia social e a formação não oficial que tinha por assistir a tantas maratonas de *Law & Order*.

Thabiso também andava extremamente ocupado. Havia sido encarregado de acompanhar a investigação e buscar outros possíveis crimes cometidos por Alehk que poderiam colocar em risco o povo de Tesolo. Além disso, estava rastreando as conexões de Alehk com empresas cujas iniciativas com o governo de Tesolo tivessem sido rejeitadas. A caixa de e-mails do tio estava abarrotada de acordos obscuros e interações não autorizadas, o que significava muito trabalho para Thabiso e pouco tempo para ficarem juntos. Ele não estava brincando quando disse que ser príncipe não era só diversão.

— Eu não me importaria em ficar mais um pouco — disse Ledi. — Faz calor demais no verão de Nova York. — Até parece que era com isso que estava preocupada. — Mas você devia me visitar.

— Gosto de calor — afirmou Nya, enquanto elas andavam de volta até o prédio principal do hospital. — Quero experimentar esses *bagels* de que você tanto fala. E uma fatia de pizza.

— Ai, meu Deus. Depois que eu levar você à minha pizzaria favorita, é capaz de você se recusar a voltar para Tesolo. E tem essa lojinha de *bagels* em Williamsburg. A gente vai fazer um tour gastronômico!

Nya pareceu gostar da ideia.

— Agora que eu sou filha de um criminoso, talvez ir embora para sempre não seja de todo mau.

Ledi colocou o braço ao redor da prima. Abraços espontâneos ficavam muito mais fáceis quando você tinha certeza de que não seriam rejeitados. Ela disse o que desejava que alguém tivesse dito a ela ao longo dos anos.

— Se precisar de mim, estou aqui, ok? Somos família, e não só porque somos primas. Quer dizer, tecnicamente sim, mas eu gosto de você por motivos que vão além do nosso DNA em comum.

Nya fez que sim com a cabeça, limpando as lágrimas.

— E Portia também gosta de você. Ela postou uma foto de vocês duas no InstaFoto com a hashtag #miga, e, em geral, sou eu quem recebo esse tratamento.

Ela deixou Nya perto da entrada do hospital e andou de volta para sua suíte. Os funcionários, que agora já não eram desconhecidos, acenavam e assentiam de modo encorajador quando ela os cumprimentava em tesoliano, cheia de sotaque. Um pavão de penas caídas que ela havia batizado de Thurston andou junto com ela um pouco antes de voltar para o jardim. Ela ia sentir saudade de morar no palácio, e não apenas por não precisar lavar a louça.

Ia sentir saudade de Thabiso.

Mas eles não tinham conversado sobre o futuro, e ela nem sabia ao certo o que queria. Ainda estava noiva dele? Queria estar? Afinal, eles nunca tinham saído juntos em um encontro propriamente dito. Ela não fazia ideia se ele era o tipo de pessoa irritante que falava alto durante o filme, apesar de ela ter ouvido falar que havia um cinema em algum lugar do palácio. Se antes de ir embora ela pudesse confirmar que ele tinha esse hábito terrível durante o filme, se sentiria um pouco melhor de dizer adeus. Ou talvez ele fizesse safadezas com ela na sala escura. Estava disposta a aceitar essa alternativa.

— Naledi?

A voz de dentro da biblioteca a deixou paralisada. A rainha vinha sendo mais gentil com ela desde a doença, mas Ledi ainda tinha suas dúvidas a respeito da mulher. Apesar disso, seguiu o som da voz dela e entrou no cômodo. A rainha Ramatla estava olhando para o quadro de Ledi e Thabiso na cerimônia de noivado. Mas os olhos dela não observavam as duas criancinhas na imagem, e sim ela própria e a mãe de Ledi ao fundo.

— Os provadores de comida reais têm cumprido sua função? — perguntou a rainha.

— Sim — respondeu Ledi. — Acho que a ameaça já passou, mas agradeço mesmo assim, Vossa Majestade.

— Gostaria de lhe fazer um pedido formal de desculpas — disse a rainha, de repente, endireitando a postura. — Foi errado da minha parte ser tão fria com você, mas... — Fechou os olhos por um instante e respirou fundo, e quando os abriu, havia neles uma emoção profunda que Ledi não vira antes. — Você se parece tanto com ela. E ela me magoou tanto. Toda vez que olhava para você, ou que ouvia sua voz, sentia a dor toda de novo. Eu acho... Eu *sei* que descontei minha raiva em você. E isso foi injusto, indigno de nós duas. Espero que possamos recomeçar. Ou melhor, eu gostaria de conhecê-la em vez de tentar puni-la por algo que não fez.

Ledi ainda estava desconfiada, mas olhou para a foto, para a mãe e a rainha rindo daquele jeito especial entre amigas, e depois de volta para a dor duramente represada no rosto da rainha.

— É difícil perder uma amiga — disse Ledi, baixinho. — Quando é um companheiro amoroso, você tem direito ao luto. Mas as pessoas agem como se existissem melhores amigas em qualquer esquina, como se elas pudessem simplesmente ser substituídas.

A rainha assentiu, contraindo a boca em uma linha fina.

— Nunca substituí Libi. Depois que perdemos a mãe de Nya, ela era meu único apoio. Achei que fôssemos o apoio uma da outra. E ao descobrir que ela tinha ido embora... — A rainha balançou a cabeça. — Eu nunca tinha sentido tanta dor. Quando Thabiso me disse que você tinha sido encontrada, por um segundo fiquei tão aliviada. E então ele me deu a outra notícia...

A rainha desviou o olhar subitamente, mas Ledi percebeu o tremor na boca e o modo como ela prendeu a respiração em um soluço. Ledi havia começado a sentir um luto renovado pelos pais, mas não tinha conhecido a mãe como a rainha conhecera. Tentou imaginar o que faria se alguma coisa acontecesse com Portia, e a mera hipótese fez seus olhos se encherem de lágrimas.

Ela estendeu a mão, hesitante, e a pousou no ombro da rainha.

— Eu sinto muito. Gostaria que pudesse tê-la visto de novo.

A rainha fez que sim com a cabeça e pigarreou.

— Bem, honrarei melhor a memória dela na maneira como me relacionarei com você. E mesmo que eu não tenha tido a chance de estar com ela outra vez... Ingoka não se engana, Naledi Ajoua. Estou feliz com o seu retorno, e Libi ficaria muito orgulhosa de quem você se tornou.

Agora era a vez de Ledi segurar a emoção. Muitas pessoas já haviam dito o mesmo, mas não conheciam a mãe dela como a rainha conhecera. E embora a rainha tivesse se desculpado, não era o tipo de pessoa que mentiria para fazer alguém se sentir melhor.

Quando Ledi olhou de novo, a emoção no rosto da rainha já tinha sumido, e ela tinha uma expressão tranquila, régia.

— Antes de ir embora, vamos fazer uma cerimônia memorial para eles no templo.

— Obrigada. — Ledi não sabia o que mais dizer, então respirou fundo e andou de volta para o quarto. Sabia que nem sempre ela e a rainha concordariam, mas sentia que alguma coisa tinha sido curada entre elas. Esperava que a rainha sentisse o mesmo.

Quando chegou à suíte, a porta estava entreaberta. Ela a abriu e encontrou Thabiso esparramado na cama, em um sono profundo. Fechou a porta com cuidado e se aproximou dele, sorrindo com o contraste entre o modo relaxado como ele estava deitado e o terno fino que usava.

Ela subiu na cama ao lado dele e se encaixou no espaço deixado pelo braço esticado.

— Agora sei como o pequeno urso se sentiu quando encontrou a Cachinhos Dourados em sua cama — disse ela.

Ele sorriu e abriu os olhos devagar.

— Achei que você não gostava de contos de fadas.

— Não gosto. A Cachinhos Dourados era uma metida invasora de domicílios. — Ledi se aconchegou mais a ele. — Mas acho que você sendo um príncipe e tudo vou abrir uma exceção.

— Não me importo de ser uma exceção, desde que eu possa acordar com isso aqui ao meu lado — respondeu Thabiso, abraçando-a mais. — Mas eu vim aqui por um motivo. Encontraram um papel entre os documentos do seu tio. Para um homem que metia o bedelho em tantas coisas questionáveis, ele era bem acumulador.

Ele se sentou, e Ledi fez o mesmo, esperando na cama enquanto ele andava até a escrivaninha e trazia um pedaço de papel meio rasgado nas bordas dentro de um saquinho plástico. Era antigo, mas não uma antiguidade, e a caligrafia confusa era assustadoramente parecida com a dela.

— Isto foi encontrado entre as páginas de um livro na biblioteca dele — indicou Thabiso, sentando-se ao lado dela.

Faremos o que você diz. Gostaria que meu próprio irmão não fosse meu inimigo, mas não posso prometer o que você pede. Não posso arriscar a vida da minha filha por algo tão frívolo quanto dinheiro ou poder. Rezarei pela sua alma, e pelas nossas.

Ledi não sabia direito o que o bilhete significava.

— Ele ia me matar? — perguntou ela.

— Tudo indica que ele tinha algum plano maluco com o qual seus pais se recusaram a colaborar. Alguma coisa que os levou a achar que seria mais seguro fugir com você do que ficar aqui. Ele se recusa a nos dizer, mas achei que você deveria saber.

O tio havia feito a mãe ir embora. Odiava tanto a própria irmã que permitira que o ódio o consumisse. Ou talvez amasse tanto Nya e a mãe dela que, no fim, foi consumido por esse amor. Era assustador o que a emoção era capaz de provocar quando dominava uma pessoa.

Ela pegou o bilhete e colocou-o na mesa de cabeceira, depois ficou olhando para baixo, para as próprias mãos.

— Ledi? — Thabiso parecia preocupado. — Alguma coisa errada?

— Sim — respondeu ela. Olhou para ele, examinou o rosto perfeito que a fazia querer abraçá-lo e protegê-lo e, de vez em quando, dar-lhe um chute na canela. — Eu acho que de repente eu amo você. Talvez.

— O quê?

— Eu sei. Uma loucura, não é? Não ia tocar no assunto, mas já que estou indo embora em breve, achei que deveria dizer. — Ela esperou que ele começasse a rir, ou que pulasse de pé e saísse correndo, afinal, não precisava mais dela. No momento, ele era o herói das massas, sem necessidade de uma noiva.

— Hum. Sabe o que é? Eu tenho algumas reuniões de negócios em Nova York — disse ele, esfregando a barba do jeito que fazia quando estava pensando em alguma coisa. — Estava pensando, já que você está indo embora, em ir com você. Como você mesma falou, uma loucura, não é?

O coração de Ledi começou a bater mais forte e mais rápido.

— Que tipo de negócios?

— Ah, tem sempre *alguma* coisa para um príncipe fazer em Nova York. — Ele a puxou para o colo, e ela entrelaçou as pernas nele. Como foi aquilo que você tinha falado uma vez? Andar a cavalo e jogar *strip poker*?

— Cavalo? D'Artagnan vai ficar com ciúmes.

— Ele disse que eu podia ir — falou Thabiso. — Mas ainda falta a autorização de mais um. Dois.

Ledi ficou confusa, depois riu.

— Os Tivôs são bastante territoriais. — Ela se inclinou na direção dele. Ficaram colados, peito com peito, e o coração dele também estava batendo rápido.

— Não vou invadir o espaço dos Tivôs, mas acho que eles vão gostar muito da vista da casa que Likotsi escolheu para mim, então vou acabar conquistando os dois. A vista não chega aos pés de uma parede de tijolos, mas o Central Park é um charme no outono.

— É mesmo — concordou Ledi, encostando a testa na dele. Os braços de Thabiso a envolveram, com as palmas apoiadas na base da coluna dela, segurando-a bem perto.

— Quem sabe? Se eles gostarem de mim o suficiente, talvez considerem vir para Tesolo em algum momento no futuro — concluiu ele.

Ledi fechou os olhos.

— Existe um final "felizes, mas com frio na barriga, para sempre"? Porque é assim que eu estou me sentindo agora.

Thabiso riu.

— Com certeza prefiro isso ao "felizes para sempre". Bem menos pressão.

— Ah, tem bastante pressão, sim, Magro — disse ela, imitando o sotaque dele.

Thabiso suspirou.

— Você nunca vai deixar essa passar, vai?

— Vamos descobrir — respondeu ela.

Então ele a beijou, de maneira mais doce do que nunca. Ledi o segurou com força e imaginou se a nova casa deles teria uma lavadora e secadora de roupas. Afinal, ela estava beijando a prova viva de que até seus sonhos mais extraordinários podiam se realizar.

Acreditamos
nos livros

Este livro foi composto em Dante MT Std
e impresso pela Santa Marta para a Editora
Planeta do Brasil em julho de 2020.